天圣令

叁

蒋胜男 著

目录

001　第四十九章　紫金凤钗

她觉得自己看清楚了,想清楚了,甚至不需要去选择。这是帝王给她指出的一条明明白白的通天大道,而后宫之中,不是谁都能够有这种机遇的。

她颤抖着双手,拿起那支紫金凤钗来。她觉得自己应该是欢喜的,得意的,可她的内心却充满了绝望。

那是深不见底,无一丝自我欺骗可能的绝望。

011　第五十章　封妃之议

曹美人冷笑道:"满朝文武,以才华博富贵,以忠诚博富贵,以性命博富贵,谁博的是真爱啊?你也要真爱,她也要真爱,这宫里哪有这么多的真爱?谁不是以真爱博取富贵?"

022　第五十一章　宰相焚书

郭熙忍不住道:"你懂什么?后妃尊位,首要是德行令名。别管这个德行令名是真是假,可是总得有。封妃之事,让宰相得到不阿谀君王的美名,她就成了被那个美名踩在脚下的人。一个失去德行与名声的人,她再得宠,又能有什么将来可言。"

诛心,胜过杀人。

033　第五十二章　太后赐封

这一战,从来就不是她和皇后之战,而是朝堂之争的延续。而最终,南北官员之争,也将决定大宋江山的走向。

044 第五十三章 遂城之战

从雍熙三年到如今的咸平二年，从陈家谷到遂城，杨延朗可以说每一刻都是在为了今天而期盼着、而准备着。

他当然不会退，他也不能退。上天把萧太后这样一个对手送到了他的面前，今天他如果退了，也许他的人生中就再也没有这样的机会了。

055 第五十四章 咸平新政

赵恒在考虑了这一年文武百官尽言国事无讳的奏疏之后，接受王钦若等大臣的奏议，又下了两道特旨：

一、免天下百姓自五代以来历年内所欠朝廷所有租赋。

二、减天下冗官冗吏。

067 第五十五章 赋诗劝学

"富家不用买良田，书中自有千钟粟。安居不用架高堂，书中自有黄金屋。出门莫恨无人随，书中车马多如簇。娶妻莫恨无良媒，书中自有颜如玉。男儿欲遂平生志，六经勤向窗前读。"

雪白的澄心堂纸，飞墨走笔，浓浓地落在"读"字的最后一点上。赵恒提起笔，端详了一下，笑问身边的刘娥："我这首《励学篇》如何？"

078 第五十六章 重阳封妃

刘娥站在琼林苑中，站在赵恒的身边，看着眼前向自己跪倒的文武百官，听着耳中山呼千岁之声，只觉得一股热气冲上眼帘，整个人像是踩在云上，一阵阵晕眩，好似在梦中。

真的有这么一天吗？真的有这么一天，再也没有死亡的阴影、分离的忧虑，再也没有恐惧、羞辱……她能够与三郎两人肩并肩站在阳光下，接受天下的朝贺、百官的欢呼！

089 第五十七章 陈氏大车

陈大车素来思维异于常人，她自己这辈子就从来不顾人言而活，哪里又见得了他这样，只道："所谓布衣傲王侯，学问从来都是超越身份的，否则的话，人还要努力做什么？人努力了，做到了超越身份的成就，就能得人之敬。若再有人拿身份说事，不是你低贱，是他自己低贱。"

098 第五十八章 险象环生

就见着杨婕好散发跣足,被两个嬷嬷按着灌药。她拼命挣扎,不住晃着头,一时竟灌不进去。地上打碎了一只药碗,旁边却是一个小药炉,上面还煨着一整壶的药。

纪嬷嬷大怒,喝道:"你们好大的胆子,胆敢公然谋害皇嗣!"

106 第五十九章 连环之计

她得了皇帝十几年的宠爱,这种安全感让她渐渐消融了原来在危境中培养出来的警惕性与攻击性。如今陈大车的事忽然点醒了她,生于忧患,死于安乐。她的懒怠是出于对皇帝的信任和依赖,而皇后的攻击欲则是出于因此产生的不安和恐惧。

117 第六十章 侠女蒙冤

陈大车问他:"先生如此世事通明,为何还要对我这个愚钝之人出手相助?"

刘承珪轻叹一声:"娘子虽为巾帼,却是英雄。老奴虽然微贱,但还是想为英雄牵马坠镫一回。"

128 第六十一章 杨媛难产

玄祐睁开眼睛看着郭熙,满脸迷惘,道:"我做了一个很可怕的梦,我看到涂嬷嬷养的猫扑倒了杨娘子,地上都是血……"

郭熙一震,声音都不自觉地尖厉起来:"你怎么知道那猫是涂嬷嬷养的?"

139 第六十二章 西阁大火

陈大车只觉得意识渐渐被痛楚盖过。她从痛楚中醒来时,原充满了愤怒与不甘,但这痛楚渐渐变得麻木,她便自知大限将至,反而释怀了,只道:"罢了……我以前还想过呢,将来若是老了,看不清书本,听不见乐声,吃不了东西,然后才死,那才难过呢……没想到是这样的死法,也好……我一生爱书,如今为了书,与书和书阁同葬,未必不是一件雅事……"

第六十三章 重重打击 150

静默良久,刘娥忽然轻轻地笑了,眼神望向远处,低低地道:"有时候一关一关地过去,总以为忍过这一关就不必再忍了,却不知道,就算过了这一关,也并非终点,而是更艰难的开始。一开始我什么事都不能忍,到现在,每每以为已经是忍无可忍了,结果最后还是硬生生地咽下,从头再忍。"

第六十四章 内忧外患 160

赵恒听着寇準一番话,一字字说来犹如千钧之重,那"南唐后蜀,前车之鉴""皮之不存,毛将焉附",更是一字字如同重锤打在他的心头。

砰!赵恒拍案而起:"传旨,令三省六部,准备御驾亲征之事!"

第六十五章 御驾亲征 168

刘娥抬首望着赵恒微微一笑:"三郎不怕兵凶战危,小娥也不怕!"她软软地伏在赵恒怀中,"我要与你同生共死,我更要看你退辽兵、平安回来,看着你铸就你想要的盛世!"

赵恒抱着刘娥,心中又甜又酸:"算我怕了你啦!咱们到哪里都在一起,一辈子都不分开!"

第六十六章 澶州城头 178

千军万马只簇拥着一个女人,千万头颅只为她一言而落。这个女人,执掌着最骁勇的军队,执掌着大辽帝国。以往辽国在南朝的北征之下只会节节败退,是这个女人令英勇无敌的太宗皇帝一而再地折戟沉沙,是这个女人令衰落多年的契丹王朝反败为胜,在继辽太宗之后,跨越数个皇帝,第二次可以拥兵南下。

第六十七章 澶渊之盟 187

经过几轮来回谈判,宋真宗景德元年,即辽圣宗统和二十二年的十二月,宋辽和议达成,史称"澶渊之盟"。

第六十八章 皇后杀机 199

官家追查之下,还会发现李阮为此计划商讨过多次。而她郭熙,自然是一无所知地成了雍王妃陷害刘德妃的工具。究其原因,就是雍王妃不能忍受她如今在宫外见不到儿子,而刘德妃却插手抚养她儿子的事情。她怀疑是刘德妃进谗言,所以要对刘德妃动手。这样的言行举止,十分符合雍王妃的为人。

而她郭熙,也受够了这个嚣张跋扈的"闺中密友"。既然这孩子现在是她的,就不能再叫别人"母亲"。

第六十九章 图穷匕见 210

她如今只是一个有着亡子之痛的皇后,不管谁杀死刘娥,都只是出于对刘娥暗害皇子、谋算皇后之位被揭发之后的"义愤",到时候皇帝再伤心,杀一个侍女不够,那添一个雍王妃,想来也是够了,难道还能够废了她这个"多次丧子""孤苦病弱"的皇后不成?

从刘娥迈入寿成殿开始,她的命运就已经注定了。

第七十章 郭后之死 221

这个世界,摧毁信任很容易,重建信任却是太难太难。一个人要是知道连自己的枕边人都在骗自己,他会怎么样?他会不会觉得真心被轻贱,会不会觉得自己被愚弄,会不会变得怀疑一切,会不会变得畏惧信任而猜忌多疑?

第七十一章 立后之争 233

谁也不希望这时候大家拼了老命地争,结果这个皇后生不出儿子来,将来江山照样属于不知道哪方的皇子或者皇侄。

赵恒却不愿意让他们继续争下去了,他心里已经有了主意,不想让他们继续拿这事当成焦点。过了数日,就与群臣微露心意,说人言未必可信,中宫重要,不能不知贤愚,要先进宫来看看。于是再过得数日,就下诏让沈氏入宫,封其为才人。

第七十二章 宰相寇准 243

张咏听说寇准为相时,当场说:"寇公奇才,惜学术不足尔。"这话传到寇准的耳朵里,等到两人见面,寇准故意问:"不知张公有何以教我?"张咏见寇准一脸不以为意,沉吟片刻说:"《霍光传》不可不读!"

·5·

251 第七十三章 天书封禅

"王钦若显然是要君。古往今来,有多少臣子巧立名目多生事端,或修土木工程,或祈福祭天,或借神道之言,名义上为国为君,其实是利用这个事端,借天子、国家之名,将普天下的官职、钱财任意调遣,变为自己的权势。此等事不可不防啊!"

261 第七十四章 后宫生变

这时候他忽然有些明白父亲当年的心情了,明白为什么父亲宁可拼着一世清名不要,也要将皇位从四皇叔的手中夺回,传给大皇兄了。那时候他们还太年轻,还不知道皇权是什么。

而他,如今明白了。明白了,就不能放手。

271 第七十五章 借腹生子

她永远是鲜灵灵的,活生生的,可这样的鲜灵灵活生生,却是经历了脱胎换骨式的蜕变。

那时候他握着她的手,心里就想:你这是把别人几辈子没受过的苦都受了。好吧,老天爷亏欠了你的,我给补上,必不再教你受苦。你不会的,我教你;你没有的,但凡我能给的,都给你。

282 第七十六章 得子封后

经过一年多的波折,大中祥符五年(1012)十二月,旨意传至中书省:因中宫虚位,特立德妃刘氏为皇后。

第四十九章
紫金凤钗

赵恒匆忙赶去寿成殿中,但见皇后急忙迎上来,道:"臣妾恭迎官家。"

赵恒不及与她叙话,急道:"罢了,不必行礼。玄祐怎么样了?"

郭熙方道:"方才太医用过药,刚刚睡着了。官家要去看看吗?"

赵恒嗯了一声,道:"带我过去。"

郭熙引着赵恒到二皇子的床边,掀开帘子看了看。但见二皇子的脸红扑扑的,睡得正香。

赵恒以手探了探二皇子的额头,似乎有些发烫,却是热得不甚厉害。他点了点头,转身走了出来,问道:"太医怎么说?"

郭熙忙请罪道:"官家恕罪,臣妾方才吓得六神无主,什么忌讳都忘记了,只想着请官家拿主意,却不该打扰了官家休息。太医说是贪玩着凉,也开了药。如今孩子已经睡下了,今夜谅无大碍。"

她看了看外头,又道:"今日听说官家去了梧桐院刘美人处,岂可让她空等!"

其实孩子睡着的时候,身体自然会热一些,再加几个火盆煨着,就更热了。既半夜叫了太医来,太医岂有坚持说皇子无病的,只胡乱开个相应的人平方子罢了。

赵恒倒笑了:"她已经知道我今夜来这里了,我这又来又回地折腾什么呢?再说我也不放心玄祐,今夜就留宿于此吧!"

郭熙暗喜,脸上却不露出什么来,依旧如往常一般温婉,服侍了赵恒安歇。

次日清晨,赵恒比往常早了两刻钟起身,匆匆洗漱完便出了宫。郭熙瞧着他离开的身影,却不是向着崇政殿去的,倒是昨日梧桐院的方向,心中一沉,暗暗叹了口气。

昨日赵恒原可起身再回梧桐院去的,只是自潘妃的事起,他便多留了一份心。刘娥才入宫不久,倘若他真是不管玄祐生病径直过去陪了她,郭熙虽然贤惠,却也难免忌恨。只是留在寿成殿一夜,心中却是越发地不安起来,早早起了身,便先去梧桐院。

进了殿中,见侍女如芝忙着跪迎,却不见刘娥,便问:"小娥呢?"

如芝悄悄地指了指内房道:"回官家,昨天自官家去后,娘子一直坐着,直到五更天才熄灯,这会儿刚刚睡着。要不要奴婢去唤娘子起来?"

赵恒忙摇摇手:"不必吵醒她,朕进去看一看就出来。"

这边如芝引着赵恒悄悄地进了内房,但见刘娥睡得正香,满头青丝散落在枕上,锦被斜斜滑落,露出半边藕一样雪白的肩膀来。

赵恒心中一动,轻叹道:"虽说是暮春了,到底还有些寒气,这被子也不掖好。"忙亲自上前,拾起锦被帮她掖紧了。此时距她的脸庞不过半尺,赵恒心中一荡,轻轻地亲了一下。抬起头来,但见阳光初射入房中,近在眼前的刘娥眉头微锁,眼睑下一道青痕,显是一夜未睡的结果,心中更是怜惜,想要抱一抱她,又恐她一夜未睡,此时刚刚睡着吵醒不好。

赵恒心下甚是歉疚,轻抚了一下刘娥的发边,终于还是站了起来,亲手放下帐子挡去阳光,而后轻手轻脚地出了内房,吩咐如芝道:"好生侍候着,任谁也不许去吵醒她。朕黄昏的时候再过来,叫她等着朕。"

如芝忙含笑恭敬地应了,跪送着赵恒出了梧桐院。此时,上朝的钟鼓声远远地传来了。

如芝回到内房,却见刘娥已经坐了起来,忙道:"娘子,您怎么起了,官家还怕吵醒您呢。早知道刚才还能送送官家。"

刘娥却淡淡笑了一下,只道:"替我梳洗吧。"

昨夜的事,应该是皇后出的招吧。那日离了皇后宫中,她也打听了一下,她去之前,皇帝去探望过二皇子了。她想起那日皇帝出门前,她正在调香,他却过来纠缠,想是那时候,袖子上沾染了香气,令皇后起疑,因此叫嫔妃们到寿成殿里,亲自查问吧。所以,才有了秦国夫人乃至郭太夫人的进宫,甚至是皇后乳母的出宫。

如兰恭敬地站在外头。她是皇帝亲自指派的侍女,在薜萝小院时就跟着刘娥,乃至进了宫,皇帝身边的张怀德、雷允恭能知道的消息,她自然也能知道。

刘娥从不怀疑皇帝对她的心意。妻也好,妾也罢,甚至是侍女,只要能堂堂正正在他身边,不管什么名分,她都不觉得委屈。因为她知道,他一定会把此刻他能给的最好的给她。

可皇后不是潘妃,她虽没得到皇帝的心,但却曾经在一定程度上得到了皇帝的信任和赞赏,他们甚至还有一个儿子。如果皇后想对付自己,自己的确难以应付。

刘娥原以为,三郎当上皇帝,就是一切努力的结束,却没想到,宫中会是另一个战场。但刘娥想,对方纵然有地位、有继承大统的儿子、有宫中妃嫔为羽翼、有整个后宫听命,甚至有前朝大臣的支持,得尽了天时地利,那又怎样?她虽然出身卑微,青春已逝,但这一路走来,历经艰险,从不认输。她和三郎那样艰苦才能在一起,哪怕再多困苦,她都不会后退。

其实郭熙也在犹豫。

这个世界上人人都会有厌恶的人,都暗中有过"对方若是不在了该有多好"的心思,只是绝大多数的人,心里发泄过就算了。但却有极少数的人,只要动动念头,就会有人忙不迭地帮她执行,甚至自以为是地帮她做到。

当郭熙意识到自己有这样的力量时,当她知道这样的力量可以毁灭生命时,她是惊骇的,也是敬畏的。所以当乳母再次露出这样的念头时,她果断地送走了乳母。

可是,要如何对付那个让她厌恶的人呢,她却又犹豫了。这个女人,是有些棘手的。她不像杨媛,把她放到一个偏远的角落,就能够让赵恒不再想起来。轻的打击对她没用,重的打击则要考虑自己要付出多大的代价。

所以郭熙犹豫。

但她很快就知道,皇后的身份代表着什么。她不喜欢一个人,根本不需要说出口,只要在神情上微有泄露,立刻就有聪明人心领神会,帮助她出手。后宫从上到下,就会有人暗中给梧桐院制造一些小麻烦,这种小麻烦细碎到不足为此告到皇帝面前,但却让身处其中的人很难受。

其实自从那一夜赵恒直接从梧桐院去了郭熙宫中,赵恒对刘娥的宠爱,就已经是遮掩不住了。赵恒过后也有些回过味来,索性也不再遮掩,每日下朝之后就直接往梧桐院去,也懒得去各处应付众妃嫔。

众妃嫔这才恍然大悟,自然嫉恨上心,纷纷打听。刘娥原来的旧事,便也在郭熙的暗示之下,让众人知道了。

曹美人还略矜持,杜才人就直接视刘娥为假想敌,处处为难起来。连杨媛与陈大车都挡不住她的处处挑衅,刘娥却安之若素,并不接战。杨媛不明白刘娥为何这么做,这日见杜才人故意生事,甚至动手推搡了刘娥一把,气得冲过去与杜才人对骂起来,郭熙却以"杜才人还小"为由,明显偏袒她。

杨媛恼了,问刘娥:"姐姐,你也太能忍了,为何竟如此软弱退让?"

刘娥知她是好意,只得劝道:"有时候三寸之舌能杀人,可有时候,语言也是最无用的攻击。媛妹,皇后要的就是我们起争执,只有我们起了争执,她才能够做那个裁决之人。我为什么要应和于她?"

杨媛恨恨地道:"那又怎么样?就算不公,也好过次次忍耐。而且她还能次次都不公吗?"

刘娥却早已明白其中原委,叹道:"只要有一次不公,就足够你受的了。"

杨媛沉默,忽然苦笑:"也是。可是姐姐,你就真的能够这么忍气吞声?"

刘娥就道:"唐武则天时期,宰相娄师德之弟外放为州牧,临行前他嘱咐其弟说:'吾备位宰相,汝复为州牧,荣宠过盛,人所疾也,将何以自免?'其弟言:'自今虽有人唾某面,某拭之而已。'娄师德说……"

不等她说完,杨媛已经截断道:"娄师德说,就算擦拭了,也是得罪人,倒不如唾面自干。姐姐是不是也要做这个唾面自干的人?"

刘娥肃然道:"娄师德并非懦弱,他出将入相,开疆拓土,数十万雄师杀伐由己。他只是不争口舌罢了。我既集恩宠于一身,自然也就集怨恨于一身。对于我来说,这些口舌之争,算不得什么。"

杨媛歪头看着她,无法理解:"你又不是娄师德,凭什么要这么忍她们?"

刘娥笑着摇了摇头,什么也没有说就走了。这样的事情,难道要她向赵恒哭诉,让赵恒去惩处她们?郭熙是中宫,曹氏出身第一将门,杜氏是昭宪太后娘家人……何况这种小姑娘认为的难堪,无非是几句言语挤对,又算得了什么?哪怕是真的动手推搡,也不见得能把她怎么样。又或者是一些分配的物品迟缓或弄坏,可她现在用的是皇帝的份例,更不受影响。

现在赵恒有时候忙不过来,也会把奏疏搬到她那里去批阅,堂堂天子,其实有时候也会遭受无端污名和羞辱,大臣们为了让皇帝更听从自己的建言,动辄将皇帝的一些小事上纲上线,夸大其词,仿佛你不听从就是千古罪人，就是祸国殃民。

赵恒说起这些事时，也是极无奈的，但他能怎么样？就算是皇帝，有时候也要忍啊。欲取其有用之处，就只能忍其难忍之时。

杨媛却不明白刘娥的心思，只知如今她一忍再忍，宫里的势利眼便越发结伙欺凌。杨媛想着，若换了从前，她也只能忍了，她在王府忍了这么多年，仍然是一派笑容，也不是不能忍的。只不过以前她是为了将来而忍，而如今，她可不愿意就此忍一辈子！

所以这日，赵恒下朝去梧桐院时，就被杨媛拦在了路上。

赵恒诧异："杨娘子有何事要与我说？"

杨媛脸上仍然是笑盈盈的："我是想谢官家前日赐的围棋，特在此请官家到玉宸殿一起下棋，不知您今日是否有暇？"

赵恒一怔，心想杨媛素来懂事，这样半道拦人的情况从未有过，若换了其他人，他必要训斥的。赵恒不由得多看了杨媛两眼，见对方眼中满是急切之意，似有内情，心中一动，就点头允了。

玉宸殿里，杨媛早摆好了棋盘，两人下了几手，赵恒就见杨媛以眼神示意，便令雷允恭等人退出，而后道："好了，有什么话你可以说了。"

杨媛忽然跪下，垂泪道："官家，我实在是忍不住了，虽然刘姐姐不让我告诉官家，但我觉得官家应该知道。"

赵恒一惊，脸上却不露声色，只道："你说。"

杨媛就一五一十将近来的情况不论巨细皆说了，又将刘娥的委屈夸大了几分，而后抹着泪道："这些日子以来，刘姐姐受了这许多折辱委屈……虽姐姐不许我说，可我觉得，官家应该知道！"

赵恒伸手扶起杨媛："你做得对，我很感激你。"

杨媛被赵恒扶起，不由得含羞低头，叫了一声："官家！"

赵恒看着杨媛娇羞的样子，忽然问："你当日进府，是怎么想的？"

杨媛一怔，心想他如何问起这样的话来，含糊道："我……"

赵恒却喝道："说真话！"

杨媛吓了一跳，不假思索地道："我十二岁就父母双亡，蒙太后不弃，多加教导，能入王府为良娣，已经是叨天之幸，何敢再言其他？"

赵恒心中暗暗一叹：当年她进府时也不过是个小姑娘，是自己失察，让她受了许多委屈,只是自己心有所系,却也顾不得别人了。

赵恒当下点了点头,道:"当日你住进玉锦轩,是我失察。不过你也不必怪皇后,我一直都无心他顾。"

杨媛眼眶含泪,还欲再诉说:"官家——"

赵恒看着她,心中一动,一个想法升了上来,当下叫雷允恭进来,道:"你去把刚才我叫你带上的那对凤钗拿来。"

雷允恭不解:这对凤钗是官家刚才特意选了给刘娘子的,为什么要拿给别人?他暗暗觑了杨媛一眼,却也看不出什么来,只得忙将一只锦盒拿来,又退出去。

赵恒打开锦盒,推到杨媛面前,道:"这对紫金凤钗,我本是想都送给刘娘子的,如今就你与她一人一支吧。我在前朝,有许多事情照应不到,你聪明细心,刘娘子那边,就拜托你多加照应了。她身体欠安,皇后那边,我会让她少去。将来赏赐,有她一份,就会有你一份……"

杨媛跪在地上,耳边只余嗡嗡声,完全失去了意识。

赵恒起身,看着她说了最后一句:"你若想明白了,明日戴上这支钗到梧桐院见我。"

侍女倩儿看着皇帝走出,却不见杨才人出来送驾,心中惴惴不安,却也只能跪送圣驾离开,待看到最后一名内侍离去,这才站起来,慌忙冲进侧殿,却见杨才人呆呆跪着,案几上有一支紫金凤钗。

倩儿慌忙扶起跪在地上的杨媛,见杨媛似乎茫然失神,竟是毫无反应,顿时不知所措,叫道:"娘子,您怎么了?难道是官家责罚您了?这凤钗,是官家赏您的?您说说话啊,您这样,奴婢好害怕。"

好半日,才听杨媛悠悠开口:"倩儿,你说,女人进宫是为了什么?"

倩儿不明所以,只得努力想着:"嗯……得到官家的宠爱,提升位分,人前荣耀,亲族富贵……"

杨媛打断她:"那情爱呢?"

倩儿脱口而出:"谁到宫里找情爱啊——"忽然见杨媛神情不对,吓得忙退后一步跪下,"娘子,奴婢说错话了,奴婢该死。"

杨媛忽然笑了,笑中带泪:"你说得对,你说得很对。"

她忽然纵声大笑,边笑却边流下泪来。

是啊,谁到宫里找情爱啊。后宫佳丽三千,官家要分成三千份都不够!

富贵荣宠能赏给三千人,可人的情爱,怎么能分给三千人呢?

正如官家刚才问她的话,当年进府,想的是什么?难道她当时是奔着襄王的情爱去的?皇后当年做襄王妃时,难道也是奔着襄王的情爱去的?包括曹美人、杜才人、陈贵人……并不是,她们更多看重的是皇子的尊荣,是皇帝的至尊之位。

她们这些后宫女人,不过是用情爱遮掩欲望,以情爱博取恩宠罢了。她们于皇帝能贡献的,也不过就是青春貌美,知情识趣,甚至是床笫之欢的努力。她们不过是以肉欲博恩宠,却用了情爱当掩饰。但她们的确是要索求帝王的情爱的,只因那些人前的荣耀、亲族的富贵,一般情况下,也只有通过帝王的情爱才能得到。

情爱是假,富贵是真。

有了富贵,何必强求情爱。

她觉得自己看清楚了,想清楚了,甚至不需要去选择。这是帝王给她指出的一条明明白白的通天大道,而后宫之中,不是谁都能够有这种机遇的。

她颤抖着双手,拿起那支紫金凤钗来。她觉得自己应该是欢喜的,得意的,可她的内心却充满了绝望。

那是深不见底,无一丝自我欺骗可能的绝望。

第二天清晨,忽然就下了一场大雨。杨媛戴着紫金凤钗,坐在软轿上往梧桐院而去。

这么大的雨,小内侍们躲在廊下不出来,宫妃们也都不肯出门,这条宫巷里除了路口值守的宫卫,只有她们这一行人。

谁知宫巷尽头岔路上,忽见几个小内侍拖着个人过去,显得十分凄惶。

这样的雨天,犯了什么样的罪过,竟要冒着雨拖出来?

杨媛就同倩儿说,叫人去打听一下。

倩儿顺手指了小宫女春杏过去问,过了一会儿,春杏跑回来说:"回杨娘子的话,那个被拖过去的人,是官家身边的雷允恭。"

杨媛一惊:"他犯了什么错?"

春杏答道:"听说他昨儿在御前侍候,不知怎么得罪了官家,被打了二十板子,如今被赶去洒扫处了。"

杨媛怔在当场,好一会儿才忽然道:"春杏,回头你拿些伤药去洒扫处给雷允恭,顺便再带些钱,让人好好照顾他。"

春杏怔了一下,道:"他如今都这般倒霉了,娘子您还肯发这个善心,真是难得。"

杨媛意味深长地笑了笑:"在宫里,多结善缘,总是好的。"

杨媛才一进梧桐院的门,如芝便迎了出来,道:"这样的雨天,怎么好劳动杨娘子来。我家娘子昨儿着了凉,杨娘子可要小心。"

如芝边说边替杨媛脱下外头的雨披,又送了姜茶来给她喝。

杨媛一边喝姜茶一边问道:"我出门的时候还没多大雨呢,没走几步就忽然倾盆而下了。姐姐身子怎样了,可请过太医了?"

如芝忙回道:"谢杨娘子关心,我家娘子无碍,不过是昨晚见天刚刚放晴,贪看月色着了点凉,太医已经开了方子。"

她见杨媛已经进了院子,忙追上几步道:"杨娘子稍候,容奴婢进去回禀一声!"

杨媛奇怪地看着如芝:"我素日来都不见你这么蝎蝎螯螯的,今天是怎么了?"

如芝压低了声音道:"杨娘子,官家在里头呢!"

杨媛早知赵恒来了,故作诧异道:"我来得不巧,待会儿再来看姐姐!"

杨媛正要退出去,却听得刘娥的声音从里屋传来:"如芝,你跟谁在外头说话呢?"

杨媛只得道:"姐姐,是我呢!"

刘娥啊了一声道:"是媛妹,进来吧!"

侍女打起帘子,杨媛进来时,见刘娥与赵恒并肩站在桌前,正拿着一样东西看。两人均只着了家常小衣,刘娥单梳了一条大辫,竟是不施脂粉。

杨媛凝目看去,觉得岁月似乎对刘娥格外优待,竟未在她的脸上留下多少痕迹,依然是肤若凝脂,甚至因为今日室内暖炉生得旺了些,映得脸儿更加红艳娇媚。

此时见了杨媛,刘娥笑道:"媛妹今儿来得早,不想还有人比你更早吧!"一边说,一边笑瞥了赵恒一眼。

杨媛忙行下礼去,赵恒笑道:"罢了!在这里倒不拘这些个礼数。"

他说着话看了杨媛一眼,见她头上正戴着那支凤钗,点了点头,对刘娥道:"杨娘子是个伶俐的人,有她照应着你,我也放心。"

杨媛忙含笑侍立一边，心中却空空落落的，像长满了杂草般，荒芜得紧。

她虽然已经下定决心，可这颗心终究还没死。然她进襄王府做他的姬妾也有些年头了，赵恒看似温和，却淡淡地远远地高不可攀。此时见他与刘娥站在一起，穿着家常衣服笑嘻嘻的，两人举止并不格外亲昵，可却是说不出的自然默契，竟是毫无君臣之分、帝妃之别。

刘娥向杨媛招手道："媛妹过来，也看看这稀罕东西吧。"说着把手中的一张纸递给她，正是方才刘娥与赵恒一起在看的东西。

杨媛接过来，却是从未见过这样的东西。只见这楮纸比平常的纸约厚一些，宽六寸长三寸，上面印了一排铜钱，下面画着小人、店铺的图案，正反面却又是密密麻麻地凿了许多朱墨间色的印章与暗记花押，中间又有"十六商户通用并同见钱一千五百文流转行使"等字样。

她看了好一会儿，却认不得是什么，只得交还给刘娥，笑道："我看不出来，好像有些像传说中的当票子呢！"

刘娥接了这张楮纸笑道："这可不是当票子，你们不曾见过当票子，我却是见过的。这是昨天益州知府张咏夹在奏疏里头带来的，听说是叫什么'交子'的。莫说你不认得，我也不认得，只怕通京城通天下也没几人认得。你别小看这一张纸，在蜀中可以实当一千五百大钱呢！如今蜀中民间商号都把这个当实钱用。"

赵恒皱眉道："蜀中铁钱分量重却又不值钱。张咏在奏疏上说，如今市价买罗一匹要蜀钱两万，两万铁钱实重就一百三十多斤。蜀中山高水远，铁钱携带不便，李顺造反，铸钱局停工多年，铁钱更是不够用，就有商号之间用交子来代替铁钱流转行使。只是如今为这个，商号之间已起了不少官司，容易引起民乱。"

刘娥拿着交子道："张乖崖必不是没主意的人，想来他的奏疏里总是说了解决之道。"

赵恒点头笑道："确实如此。张咏请旨，一则是禁了交子之事，二则是收归官办。这样也可免些纷争。"

刘娥想了想，忽然笑道："他这是留了余地，请官家给个更英明的决断呢！"

赵恒知她已经会意，笑道："偏你是鬼灵精。我已经下旨，交子既有好处，何必禁呢？叫他先在蜀中试着官督民办，等成熟了些，再看看其中利弊。"

赵恒今日听说刘娥受了凉，便有些无心朝政，早早退了朝，也不想往崇政殿去，索性带上奏疏，搬进梧桐院看，倒也自在。这边拣了几件有点意思的政事说给刘娥解闷，听着她妙语连珠，倒不像平日独看奏疏那般无聊。

　　杨媛就听得他二人说话之间已经讲了好几桩事，她都听得不甚明白，却见刘娥似乎都是极通的，还能与赵恒交谈，心中也暗暗诧异：若换了别人，能与皇帝在一起，自然是挖空心思邀宠，纵弄些琴棋书画，也不过是变相显示自己的可爱之处罢了。可刘娥与皇帝在一起，却仿佛不像是男女相处，不断穿插着朝政、地理、史料，甚至说得高兴了，还要驳皇帝几句，皇帝也丝毫不以为忤。

　　杨媛心中迷茫，想着，皇帝就是喜欢这样的女人吗？

第五十章
封妃之议

不提杨媛迷茫,两人说了一会儿后,雨势渐停。刘娥抬头看了看窗外,叹道:"这天也真是的,昨天刚晴了一天,看这天色,明后日必还有雨。这样的下雨天,咱们倒也罢了,那些住在低洼地的贫民,家怕是都要被冲了。"

赵恒叹道:"何止呢。雨一大,城外的汴河便会涨水,冲坏田园庄稼,年年修,年年却仍旧积淤泛滥。京城中养兵马数十万,居民百万家,天下漕运都要从此河中来,此河却是最令我头疼不过的了。"

刘娥道:"我也听说过每年十月河水干枯时,都会关了运河来清淤,为何还会年年积淤?莫非是清理得不够,没有一个限定?"

赵恒道:"这河水清淤到几尺,确是无法限定。这一层层都有敷衍了事之人,先皇当年为督办此事,还曾亲自跳进都是泥水的汴河中,以晓喻群臣,也不过是好得几年罢了,时间一长,照样怠懒起来!"

刘娥微笑道:"这有何难!"

赵恒笑了:"小娥说得好生轻松,几十年的痼疾了,朝臣们都没议出一个真正有效的办法来!"

刘娥道:"我记得小时候在都江堰边,听老人们传说,打从李冰治河开始,就在河底埋下三个石人作为水则,水涨过石人脖颈,就该提早开闸放水,免得洪水泛滥。水底下又有石板,水枯时清理河道,必要挖到露出石板,才算合格。"

赵恒重重一击书案,喜道:"正是!如此一来,便可解决汴河的难题了!"

刘娥蹙眉道:"只是我不明白,都江堰治河之法已有上千年了,何以汴河治水竟不知其法?"

赵恒点头道:"皆因历代战乱,许多民间的好法子没有传下来。都江堰治河之法虽好,但蜀道之难,难于上青天,这消息不通,也是一个原因。"

刘娥道:"官家何不下旨令各地地方官吏搜集灌溉农田的好法子上呈朝廷,再由工部审定,颁行天下。如此一来,天下百姓便都能够安居乐业,得沐皇恩。"

赵恒大喜,拉住了刘娥道:"看来我从今以后都不必去崇政殿召群臣议事了,只需要拉着你议事便成!"

刘娥娇嗔着挣开他的手,道:"官家说什么呢!咱们开开玩笑罢了,倒没得教媛妹笑话!"

他二人机锋对答,杨媛不懂政务,饶是她素来伶俐,却也听得云里雾里,站在一边插不上话来。此时听刘娥说到她,忙笑道:"原是我不该来的,倒没得做了一支大蜡烛。"

刘娥扑哧一笑:"好了好了,咱们不说这么没趣的话了,挑些别的话说说罢。媛妹好意来看我,倒把你搁一边了。"

三人坐下来,挑了些有趣的话说说笑笑,不觉竟到了黄昏,但见一轮红日如火,慢慢西斜,格外好看。

刘娥挽留杨媛用晚膳,杨媛心中感激,知道是刘娥怜她多年空房寂寞,教她有机会得近圣颜。虽然只是陪着说说话儿,她却是自进襄王府,便从未有机会能与赵恒似今日这般坐到一起说话。

待到晚膳开始,杨媛见宫女们先是送上三只玉碗,碗内只盛了白饭,竟是无菜无肴。她看着这碗白饭,不知道是不是可吃的。赵恒与刘娥却不以为意,各自捧起碗,竟是细细地品味起来。

杨媛正自骇异,却听刘娥同她笑道:"媛妹尝尝今日这米饭,可有什么不同吗?"

杨媛知道刘娥这么说必有其用意,忙学着她的样子也拨入一口,细细品尝了一下,笑道:"姐姐,我不晓得时下宫里头竟艰难至此,连一道菜都上不起了。这米饭,都不及我素日吃的香滑。"

刘娥笑推赵恒道:"这是今日官家带来的,你且问他去。"

赵恒笑道:"你哪里知道,这东西比你们素日吃的御梗香米贵重多了。却不是咱们中原的东西,而是隔着千山万水的安南国进贡来的占城稻米。"

杨媛哦了一声道:"原来是打外国来的稻米,倒是怪稀罕的。"

刘娥捧着碗又尝了一口,神情庄重:"倘若只是一样远道而来的稀罕东西,倒不值得特地品尝。"

赵恒点了点头道:"正是。这占城稻咱们吃来口味虽糙,却是有一样顶稀罕处——它是一年两熟的。你们想想看,倘若这种稻米能够在咱们大宋境内到处种上的话,那该如何?"

杨媛出身贵家,一时倒未回过味儿来。

刘娥凝视着手中的碗,缓缓道:"那就是大宋的万年江山啊。汉亡于黄巾之乱,唐覆于黄巢造反,便连前几年的蜀中王小波、李顺之乱,也都是饥民暴乱的缘故。倘若这天下都种了占城稻,百姓们一年能收上两次稻米,则不是《论语》里说的三年之内可以无饥馑矣,而是百千年都可以无饥馑了。"

杨媛喜道:"哎呀,这可真是比珍珠还要金贵了。既有如此好事,官家何不下旨,令各州府都种上这种占城稻?"

赵恒笑着摇头道:"谈何容易!有道是橘生淮南则为橘,生于淮北则为枳。南方的水稻,到了北方,气候、水土都不一样,一则不容易种活,二则便是种活了也与原来的品质有异。中原素来以麦子粟米为食,咱们宫中平日吃的也是这些,偶尔吃的稻米,除了御田里种有少量,其余大多也都是打南方进贡来的。"

刘娥点头道:"是啊,昔年汉武帝建扶荔宫,用了无数人力物力把已经成活的荔枝树从南方移到宫内,结果也只成活了一年。前朝杨贵妃喜欢吃荔枝,便得千山万水地打岭南送过来,弄了个民怨沸腾,却也只因长安城内种不活这东西。安南离开封,比岭南离长安还远上不知道多少倍呢!"

一番话听得杨媛咂舌不已,笑道:"阿弥陀佛,这里头还有这么多讲究呢。怪道人家说一方水土养一方人,却是可惜……"

刘娥笑道:"话虽如此,可是事在人为,有这样的东西,咱们总是要先试着种种看的。"

赵恒点头道:"我已经让人在御田中先试种了,看看能不能种活。"

刘娥想了一下,道:"官家,我也想讨一些稻种在宫中试着种种看。"

赵恒失笑道:"哈哈哈,你也要种稻子?这是农人之事,辛苦得很,可不像养花研茶般地好玩儿!"

刘娥肃然道:"我知道,我不是为了好玩儿,而是认真的。我早年曾受离乱之苦,如今有这种利国利民之事,便很想亲手去试种一二!这种感觉,却又是不一样的。"

赵恒笑道："好好好，你有这种心，朕焉能不成全了你！"

杨媛乘机道："官家，我也请求同种占城稻。"

赵恒大喜："好啊，你们都是爱民的贤德之妃！"

刘娥对张怀德使了个眼色，张怀德走到门边打起帘子，侍女们捧着金盘鱼贯而入，今天的晚膳这才正式端上来。虽然皇帝因在刘娥宫中，菜肴已是简便了些，却也有二三十个的花样。

刘娥因受了风寒，只拣了几样素淡的小菜另坐一边吃了，让杨媛服侍赵恒进膳。赵恒吃着觉得今日倒有几样小菜甚是可口，不禁多下了几筷，而后叫张怀德赏今日做花炊鹌子与芦蒿鹅掌的厨子。

刘娥笑道："怀德回来，这两样菜原不是御膳房做的。"

张怀德忙转回房中，笑道："原来这是娘子小厨房的私菜，怪不得这么合官家的胃口！娘子恩典，什么时候请这位厨子教教御膳房那几个小的，省得老不合官家的口味。"

刘娥妙目在杨媛身上一转，抿嘴笑道："这可不是我的私房菜，这厨子是媛妹宫里的，我不过借来两天，官家既爱吃，以后让媛妹随时备着便成。"

杨媛心头狂跳。这厨子的确是她借与刘娥的，然而今日皇帝这一句，却明显是有意张扬风声，只不知道刘娥心中作何想法，也不知道她是否知道皇帝宠幸自己的真意。

却听得刘娥道："我今日着了风寒，也不敢留官家。媛妹，你服侍官家到你玉宸殿中去吧！"

赵恒却道："不必了，今日路上不好走，我也懒得动。"

杨媛苦笑一声，只得辞了出去。

见杨媛走了，刘娥诧异，看着赵恒："我还道你今日会去她那里。"

赵恒笑道："我为何要去她那里？"

刘娥语塞。昨日杨媛拦路，赵恒去了，却又没过多久就出来了。今日杨媛又来了，且赵恒态度丝毫无异，显见赵恒对杨媛并无芥蒂，杨媛拦人也并非为了争宠——那就是杨媛找赵恒告状了。而今日杨媛到来，则说明她是得了赵恒的许可，与自己交好。所以刚才看杨媛的态度，就顺水推舟一把，谁知道赵恒竟这样反问。

赵恒叹息一声："你也是笨，受了这样的委屈，如何不知道同我说？若不是杨娘子，我还不知道呢。"

刘娥心中一酸。她受委屈时不觉得如何，但这会儿受了他的怜惜，却当真是心里酸得可以。便如走失的孩童路上受人欺负时是不哭的，见着了家长疼惜，那就忍不住要哭了。

刘娥吸了一口气，忍住泪意，道："几个小丫头的任性，于我来说，并不算什么。官家何必多事，便是媛妹，我也嫌她多事了。"

赵恒就道："我倒觉得她是个难得的聪明人，她在府中宫中都久了，确是比你更精于人情世故。"

喜欢一个人，就会觉得她柔弱无助，必须自己替她操心。赵恒看着刘娥，感觉她就是个一直让自己操碎心的傻丫头，当时傻傻地跟着自己进府，后来又不明不白地为了自己躲躲藏藏，如今自己都成天子了，有足够的力量保护她了，她居然还不会保护自己，还会如此受委屈。

赵恒当下叹了口气，道："宫里有事，我让杨娘子帮着你，只是她毕竟另居一处，我也怕她一时照应不来。我叫人收拾翠华殿了，到时候叫她搬进侧殿与你一起，我才放心。只是终需时日，再则这段时间朝上的事情多，我想了想，还是让雷允恭过来。昨儿我找了点事打了他一顿，将他打发到洒扫处了，过几日你就去把他要过来，留在身边使唤着。他在我身边侍候了这么多年，宫里的门道都熟得很，我一时有照顾不到的，他也能帮我看着你一些。"

刘娥听着他絮絮叨叨地交代，不由得有些啼笑皆非，劝道："允恭一直是侍候你的，如今你把他给我，自己岂不是不方便？"

赵恒却道："我是天子，谁会让我不舒服？倒是你这里缺可用的人，旁人都不及他这般知我心意，也懂得如何服侍你。"

刘娥辩道："我能照顾好自己的。"

赵恒冷笑一声，眼含嘲讽。

刘娥只得哄他："真的，你把他叫回去吧，没有他在你身边，我也不放心啊。也就是你这般不放心我了，我千山万水都过来了，岂会不知道如何照顾好自己。"

赵恒冷笑："你能让自己活下去，但未必能照顾好自己。要不然就不会让自己受这么多委屈，还不让我知道。如今你在我这里已经没有信用了，必须让人看着你。你看你，都瘦了。"

刘娥见劝不动他，也是无奈："你呀，绕这么大一个圈子，何苦呢，还害得允恭白挨了一顿打。"

赵恒却是振振有词："我要是明面上把允恭给你，肯定招人生事。允恭这么笨，不打他一顿，他能演得像？"

刘娥苦笑。只可怜雷允恭白挨这一顿打，就是为了让他来服侍自己。皇帝这心思，也用得太深了些。

过得数日，正是楚王元佐的寿辰。自元佐救出宫后，赵恒为其复位，下旨重修楚王府，令其子允升以绿车宫乐送回府中，起为左金吾卫上将军等。可是元佐从回府开始便一直称病，赵恒知他心情，恩旨听其养疾而不必上朝，再封他为检校太师和右卫上将军。凡有恩赐，元佐也必是逊谢谦辞。

此番是元佐出宫后的第一个寿日，赵恒早早叫人准备好，欲率众兄弟齐至楚王府为其庆寿。元佐得知消息，忙上了一个奏疏谢罪，自称病重不敢庆寿，且君为臣贺寿于礼不合，甚至道："圣驾虽来，臣亦不敢见也！"

刘娥看了奏疏，也不禁叹道："楚王是大聪明人。他如今分明是跳出三界外，不在五行中了。听说他平日闭门谢客，只是看看道家的经书，便是几位王爷去，也不大见得到他。他既然有避世之意，官家却也不必勉强，倒不如成全了他的志向。"

赵恒叹了一口气："我本以为，做了皇帝，便可兄弟团聚，没想到虽然救得大哥出来，可如今有君臣之分，又成咫尺天涯。可见世上不如意事，十常八九。"

刘娥见他心情不悦，忙岔开话题："三郎，听说万安宫快要完工了，是吗？"

赵恒点了点头，道："嗯，万安宫完工之后，待太后迁出，回头再让你搬进翠华殿去。"

刘娥劝他："我终不过是个小小的美人，哪能坐一殿主位？你少闹些。"

赵恒叹息："我不能封你为后，那实是形势不由人，若是再教你居于别人之下，我心里也不安哪！如今只给个美人，不过在人前过渡而已，终究要给个妃位，才不负了你。"

刘娥微微一笑："我倒不在乎这个，什么名分，都是虚的，只要能与三郎在一起，哪怕为奴为婢，也胜过那些虚名。只不过皇后主持中宫，你要封我为妃，怕是要经过皇后同意吧！"

赵恒笑道："这个你只管放心好了，皇后素来是个省事的人，谅她必没话说。"

刘娥意味深长地道："三郎说放心，那小娥便放一百个心。"

皇帝在修缮翠华殿,皇后自然知道,这明显是要等过了周年,就升刘娥为妃。

郭熙犹豫了很久,却在这日,雍王妃李阮求见。

两人未出阁时,本也是闺中好友,听了她要来,郭熙喜道:"请她进来。"

李阮进来时,正遇到曹美人与杜才人来请安,郭熙就道:"就说我今日有事,让她们回去吧。"

李阮冷笑:"圣人真是好性子,这些人还敢天天来您这里碍您的眼。要是我,早赶出去了。"

郭熙嗔怪:"你说话还是这么口没遮拦的,我是皇后,得有皇后的气度。"

李阮叹道:"所以该你是皇后。要是我,谁敢跟我抢男人,我就灭了她。"

郭熙白了李阮一眼:"又要胡说了。怎么灭?"

却见李阮身子往前,压低声道:"让人消失的办法,有很多的。"

郭熙的神情似有所动,忽然笑了:"我是皇后,我做事,是要体面的,要做得让人无话可说。"

两人嬉笑了一会儿,至于李阮是在开玩笑,还是说的真心话,就无人深究了。

李阮叹道:"我真佩服你,可以永远这么冷静。若换了我,那是万万忍不得的。"

郭熙看着李阮,长叹一声:"我动过心的,我也有不冷静的时候,可是我又能怎么办呢?"

李阮面上含笑,心中却是暗暗冷嘲。郭熙纵做了皇后又如何,还不是被妃嫔们欺到头上,还不是强颜欢笑!泥塑木雕似的,做人没点刚性,从前在宫里头,每次要不是自己出来护着,她可真是能被别人欺负到死。可架不住人家命好啊,成皇后了。李阮心里是不服的,暗暗道,若不是为了丈夫,为了儿子,她才不愿意进宫,对这个自己曾经看不起的人称臣下拜。

李阮来了又走了,燕儿见郭熙仍在出神,劝说道:"圣人,雍王妃的性子就是这样,你们从小就相熟,还能不了解她?从来就是有口无心的。"

郭熙笑了:"我自然是知道的,所以,她是王妃,我是皇后。"

她看着桌上的茶杯,那是李阮喝过的。李阮的话,她看似浑不在意,可谁知道,她的心如针扎一样。她在袖中捏紧拳头,面上却是状若不经意地道:"燕儿,你想办法在宫内宫外传一传,就说刘氏想当贵妃。"

燕儿吃惊地看着郭熙,好一会儿才慌忙应道:"是。"

却说这几日,梧桐院里是极热闹的。皆因皇帝前些日子频频去了玉宸殿杨才人处,皇帝离开后,就有大批封赏源源不断地送到。再过得几日,杨才人的叔叔也提了官职。宫中之人皆是何等明眼慧心,此时见杨才人得宠,立时猜到其中关键,诸嫔妃只恨自己眼浅,竟然让她下了先着。

一时间,梧桐院竟然门庭若市,人人打着探病的名义,赶着来奉承刘美人,巴望着她能够为自己说上几句好话,纵然是得不着像杨才人这般的好福气,拖延在梧桐殿里,好歹也能让皇帝多看自己一眼。

众嫔妃既来讨好,刘娥本又是个极聪明的人,言语接待,将众人哄得一团高兴。她原是在薛萝别院中招待天下才子的,此时将风雅的玩意儿带入宫中,众人在梧桐院中玩些琴棋书画诗酒花,品尝着她的私房小菜,兼之刘娥言语谦逊风趣,手面慷慨,别人有一分的好处,她便已经说出十分来了。因此,众嫔妃虽是抱着目的机心过去的,却日渐觉得梧桐院另有一种吸引力,浑然忘了原来的打算。就连杜才人,也不甘不愿地拉了曹美人作陪,强要对方带她来梧桐院。

此时正是梧桐院中最美的时候,薜荔紫萝开满整个院子。众人就不在里头坐,而是坐在院中花架下喝茶。

曹美人接过茶喝了一口,放下茶杯称赞:"这茶果真不错,难怪官家爱待在梧桐院。喝了这样的好茶,连我都舍不得走了。"

杜才人不屑地看了眼曹美人,嫌弃道:"茶也不过如此,我看也就是这院子里的花开得还不错,难为这花这木这架上物件,配得极有品位。刘娘子把这人借我使使,回头我们的宫院里也种这样的好花,也讨得官家喜欢。"

刘娥看了看,一时倒不好说什么。她这院中的薜荔紫萝一应摆设,却是皇帝亲自布置的。

正在此时,就见赵恒进来,众人忙行礼,赵恒笑着叫众人起来,自己一屁股坐在刘娥方才的位置上,问道:"你们这里倒热闹,在说什么?"

刘娥笑:"杜娘子刚才夸我这花架配得极有品位,是难得的雅致呢。"

赵恒大喜:"是吗?你倒说说,好在哪里?"

杜才人无奈,她刚才不过就是虚应故事,如今见皇帝问起,只得搜肠刮肚,找了一些虚夸之辞。

赵恒听得心花怒放,不由得多看了刘娥几眼,神情得意。

杜才人心中生嫉,就道:"虽是好品位,然则也是有极大的缺……"

她话未说完,就觉得脚背一痛,却是坐在她身边的曹美人,借着站起拿茶杯之机,狠狠踩了她一脚。

杜才人痛呼一声,曹美人忙道:"杜娘子,是我不小心……"一边赔不是,一边来扶她,手中却又狠狠地捏了她一把。

杜才人手又一痛,这时候方看到曹美人眼神凌厉,暗含警告。她好歹与曹美人交好,也有些灵性,当下就把刚才的话咽了。

曹美人满脸堆笑地坐下,就道:"我正想跟刘娘子讨教这花怎么开得这么好呢。这花是去年种的,还是今年种的?"

刘娥还没回答,刚才已经被夸得很是得意的赵恒就接口道:"过了年就种下了,否则就会错了花时,今年就开不成了……"

刘娥听了这话,脸色微变,看了曹美人一眼,却见曹美人面色如常地道:"头年便能开花,想是用了好种子,却不知道哪里还有……"

曹美人是自己亲手种过花的,赵恒也种过,两人交流得十分热闹。到了黄昏时,见晚膳将上,刘娥苦劝两人留下共用,曹美人却坚决辞了出去。

杜才人有心留下,却被曹美人硬扯了出去,不由得恼恨,道:"你做什么,好容易来了,也与官家说得热闹,你如何不肯留下!"

曹美人冷笑一声:"留下又能如何?难道你还能将官家从这里拉到你宫里去吗?"

杜才人冷笑:"为何不能?你我这样的家世地位,这样的容貌才能,甘心就此独守空房吗?"

曹美人却道:"圣人是否同你说,叫你与刘娘子多多亲近?"

杜才人脸色变了,恼道:"休提这事。她还说,刘娘子位分太低,暗示我去官家面前提议晋升刘娘子位分好让官家开心。哼,真想不到,连皇后之尊,也要用这种方式讨好她。"

曹美人问:"那你提不提?"

杜才人怒道:"自然不提!她仗着官家宠爱压我们一头也就罢了,我可以低头,但绝不可能自我作贱。任何一个女人,只要对自己的男人还有心,就不可能做出这种事来。哼!"

曹美人长叹一声："你我进宫，抛亲舍故，为人姬妾，是为了情爱吗？"

见杜才人怔住，曹美人又道："想来你进宫的时候，你父母当也说过，进宫之后恭谨为上，以求服侍好官家，荣耀门楣。你我既然是为了博富贵而来，如今又想要情爱，世间哪可能什么好事都让我们给占了？官家也满足不了每个人的无边欲望。"

杜才人顿足，泪水流下："可我这不是欲望，我也不求富贵，我心悦他啊。"她虽然是怀着博富贵的心思进来的，可见着了那人以后，就当真爱上了。那样的容貌，那样的温柔，那样的至尊之位，他满足了她那少女心中对男人所有的幻想。她满腔爱意，求一份回报，有错吗？

谁知曹美人冷笑道："满朝文武，以才华博富贵，以忠诚博富贵，以性命博富贵，谁博的是真爱啊？你也要真爱，她也要真爱，这宫里哪有这么多的真爱？谁不是以真爱博取富贵？"

杜才人顿足："你、你这个人真冷血，我不理你了。"说罢，气得转身跑了。

曹美人看着她的背影，长叹一声："有些人，你就是把心掏出来说给她听，她也听不懂啊。"这也是自己最后一次对这个傻妮子说真心话了。

曹美人也就是在这一日，彻底地歇了自己原来怀着的那颗不知道是博富贵，还是求情爱的心。

那花是官家种的。她方才故意讲到种紫藤，官家说起来话比刘美人还多。而且那紫藤花开得这么好，按时间来算，明显不可能是刘美人进宫以后才种下的。她明白了，但她只能把这份明白烂到肚子里去。她做不到杜才人那般不留后路，也做不到杨才人那般舍弃尊严。所以，只能保持沉默了。

过了两日，赵恒留宿寿成殿，及至晚间，两人正下着棋玩耍，赵恒闲闲道："这些日子，曹美人、杨才人都提议要晋一晋刘美人的位分。你意下如何？"

郭熙先是愕然，然后微笑起来："论理，官家喜欢谁，要如何封赏，那自是玉旨纶音。特来与臣妾商量，这是怕臣妾不高兴？"

赵恒脸微微一红，却笑道："哪里的话？你是后宫之主，我自然是先敬着你的意思。"

郭熙心中既是感动又是酸楚，面上却不显，道："刘美人的确讨人喜欢，莫说官家，臣妾也是十分欣赏。既然官家来问臣妾的意思，臣妾也就直说。刘美人尽心伺候官家，官家喜欢，想要升一升位分，这是常理。皇后之下设贵妃、淑妃、德妃、贤妃，为四夫人；四夫人之下又设昭仪、昭容、昭媛、修仪、修容、修媛、充仪、充容、充媛，为九嫔；九嫔之下再设婕妤、婕妤之下设美人、美人之下设才人，为二十七世妇。刘美人如今为正四品，若是晋位为九嫔之一，也显不出官家恩典来，不如就直接册为贵妃，官家以为如何？"

郭熙将心一横，说出这样的话来，只道赵恒会谦逊一二，谁知赵恒立刻就道："连你也这般说，那我自然是尊重你的意思。"

郭熙没想到他居然毫不犹豫，只觉得心灰意冷，当下笑道："臣妾说了有什么用，官家自己做主才是真的。不过贵妃毕竟是正一品，册封时得大学士宣旨，不是后宫一道诏令就行，官家自然要和内阁商量。"

赵恒立刻就道："好，好，好。我这就写个字，叫宰相来商议。"他说完，就点点头，匆匆走了。

燕儿目瞪口呆地看着这一切，及至赵恒走了，才急道："圣人为何要这么说？就算是赌气，也不要这么不留余地，这样岂不是教自己没有退路了？"

郭熙目光森冷，走到棋盘边，将原来摆的棋子一一收起，却幽幽道："他多少时间没来了，如今只为了升刘氏的位分而来，待我答应，连这一夜也等不及就走了。难道我这床上是有钉子吗？"

燕儿急道："圣人，如今哪里是说这个的时候，若是官家当真下旨，封了那刘氏为贵妃，这后宫就要乱了！"

郭熙嘴角一丝冷笑："你急什么！"

她看着夜空，幽幽道："朝堂上，自有诤臣谏臣，哪能让官家……"

她说到这里，自悔失言，只冷笑一声，不再说话，徒留燕儿在旁边着急。

第五十一章
宰相焚书

这几日在内阁值夜的宰相恰好是李沆，他是东宫时的人，当时他与李至一起曾为太子宾客，如今官至户部侍郎、参知政事，深得皇帝信重。

皇帝将他视为自己人，所以就手书一封，叫张怀德递出去给李沆。也不是皇帝着急，这一夜也不肯等，实在是他也知道骤升太过，想着晚上就把事情落定，这样纵使明日其他人知道了，到时候旨意已下，也不过是后宫事罢了。

谁知道李沆见了这手书，顿时一惊，当着张怀德的面就拿烛火烧了。

张怀德大惊，道："李相，这如何使得！"

李沆从容道："你就告诉官家，说臣李沆以为此事不可。"

见张怀德犹豫，李沆脸色一沉，道："怎么，你还不敢回去？"

张怀德都要给他跪下了。他一个宰相敢烧皇帝手书，但自己只是个内侍，哪里敢将此言直说。前不久雷允恭还因为服侍不恭挨打被逐，如今自己这是要再当添头不成？想到此处，张怀德顿时面如土色。

李沆笑了笑，道："我随你去见官家，不教你为难。"

赵恒得知此事，果然既惊且怒，问李沆："李相何以焚朕手书？"

李沆却道："臣今晚不曾见过官家手书，官家也没写过不当的手书。"

赵恒强按下怒气，问他："朕不过封赏一个妃子，难道对天下有什么大碍？"

李沆抬头看着赵恒："喜欢一个后宫妇人，原本是官家的私事，然而封妃却是不同。天子无私事，如此封赏，天下人会非议官家继位之初就沉迷女色，无心政事。"

赵恒顿时站起身，想发作，却还是忍了下去，只不悦地道："朕是不是沉迷女色的皇帝,李相能不明白?"

李沆却道:"臣明白有什么用?天下人看到的,是曹美人、杜才人、陈贵人与刘美人本是同时进宫的,曹美人来自功勋卓著的世家,杜才人是昭宪太后的侄孙女,还有那戴贵人又为官家生下过皇子,她们都未晋位,此时官家独独要将刘美人晋为妃,臣怕他们会问:'刘美人何以骤晋为妃?敢问这刘美人是为官家生下了龙子,还是有大功于社稷,非赏不可呢?'官家欲以何辞相答?"

赵恒看着李沆,原本的怒意渐渐平息下去。这是他视为师友的倚重之臣,也只有李沆才会如此犯颜直谏。赵恒坐了下来,语气已经有些哀求:"李相既说了这般不可行,可否为朕谋划可行之处?"

李沆却道:"臣是宰相,为官家只谋朝政之事,不谋后宫之事。"

他虽说了这话,但见赵恒神情,最终还是心软了,劝道:"不过是一妇人罢了,官家喜欢她,多赏她一些就是。便是要封赏,也应一步步缓缓而来。终需服得了众口,否则位高招谤,有损官家令名。官家,今日这里只有臣一人,官家说些什么也就罢了。若是教御史谏臣知道,上得一表,官家颜面何存?官家若执意而行,这刘美人在天下人心中,就是狐媚迷惑君王的妖妃。"

赵恒怒道:"你岂可这般说——"看着李沆惊讶的神情,最终还是忍了忍,软下声来,"是朕对不住她,她是个最贤德不过的人。"

李沆也知道刚才说得过了,忙也恭敬地道:"官家与刘美人之间是私人之事,官家怎么样,天下人并不知道。他们只看到刘美人无功而得大赏,曹美人、杜才人、陈贵人有家世,戴贵人曾生育皇嗣,却都不得封赏。官家,太后、群臣,乃至天下人,都会将官家的一言一行看在眼里。天下非官家一人之天下,唐太宗曾言,水能载舟……"他说到最后又忍不住再劝谏起来。

赵恒恼了:"李相,你不必如此比喻。"忙令张怀德扶起李沆,"李相请起,朕明白了。"

李沆却执拗地道:"臣受先帝遗命,辅佐官家,盼官家为有道之君。"

赵恒看着李沆:"难道朕封一个妃子,就不是有道之君了?"

李沆却道:"官家想当一个明君,就要克制自己的欲望。一个能够克制自己欲望的皇帝,才是天下百姓的福气。您克制自己欲望的能力有多强,对天下百姓就有多少助益。"

这一夜，刘娥已经入睡，忽然听到声音，却是如兰来报，说皇帝来了。

刘娥心中还在诧异：他今晚不是去了皇后宫中，怎么这么晚还来？

却见赵恒匆匆走入，内侍、侍女们在门外跪了一地。

赵恒也不理睬，走进来就喝道："出去，都出去！"

如兰忙带人退出去，把门掩上了。

刘娥正欲问他怎么了，却见赵恒猛地抱住她，一动不动。

刘娥心中诧异，拉开赵恒，看到他已经泪流满面，不由得慌了："三郎，你怎么了？你别吓我，出什么事了？"

赵恒却扭过头来，咬着牙，不肯在她面前再哭，只是这样，反更令她心疼：他到底是遭遇何事，才会这样委屈？

刘娥不再说话，只默默地拍着赵恒，好一会儿，赵恒才平静下来。

刘娥不肯假手于人，亲自拧了巾帕过来，赵恒洗了脸，才自嘲地一笑，道："小娥，我这个天子，是不是当得很失败？"

刘娥沉着地说："三郎，你若这么说，古往今来，恐怕成功的天子也不多了。"

赵恒忽然暴怒起来："我今晚给内阁一封手书，想册封你为贵妃。可李沆……李沆居然当场把这手书烧了！"

刘娥心一紧，只觉得脸上火辣辣地烧得生疼，她顿时明白了为什么赵恒会如此愤恨。

赵恒却不待她说话，自己说了下去："说什么不能让这封手书毁了我的令名。我、我没想到，我如今身为天子，竟还要尝受这种无能为力的羞辱。"

刘娥长叹一声："官家，权力越大，责任越大，越不能任性。"

李沆自以为是地及时阻止了皇帝的一次冲动，乃是忠君之举。但对于赵恒来说，却只是勾起当年他因不能自主，眼睁睁看着刘娥被驱逐，失去孩子的痛苦与羞辱。他本以为，他用了十几年的时光当上皇帝，就可以修补当年内心的创伤，可是没有想到，还是遭受了这样的逼迫！

他看着刘娥，想起李沆的话，更是伤痛："皆是因为我处事不妥，连累你无端受到羞辱。"

刘娥满心疑惑：他今日是去了皇后处，怎么就半夜想到召宰相下诏书？为什么忽然行如此冲动之举？但此时她却顾不得追究原因，只必须快快让赵恒走出心结，遂笑着安抚道："不过是没有晋升位分，哪里就是羞辱了？"

赵恒咬了咬牙："是我鲁莽，反让人以为你是个狐媚惑主的妖妃，我是个沉迷美色无法自拔的昏君。这怎不是羞辱？"

刘娥听到这里，想到必是有人说了这样的话。赵恒素日在她面前是绝对不会说这话的，想是今日心神失守，方说了出来。刘娥心中暗恨，却只能微笑着劝他："三郎原来也会钻牛角尖。历来史书之上，君王若有私情，就会有所谤议。然，只要不误江山，不负黎民，终是一代圣君。"

赵恒将头伏在刘娥怀中，郁闷地说："可你不应该承受这些。"

刘娥笑道："你都已经收回成命了，除了李相，又能有几人知道还有这样一件事？再说了，你我这么多年，经历了那么多的波折才在一起，有位分固然好，没有位分我也不在意。三郎，从头到尾，我在乎的都是你，不管你是皇子，是王爷，还是皇帝。天晚了，我让她们给你打水洗漱，睡一觉，明天都会好的。"

她劝了半日，终于让赵恒把心情平复下来，慢慢睡着了。

赵恒睡着了，可刘娥的眼睛却是睁着的。这一夜，她无法入睡。

而这一夜，郭熙也同样无法入睡，她一直坐在床榻上，等着外头的消息。

燕儿匆匆进来，面带喜色："圣人，大喜！李相将诏书引烛焚了，已经劝得官家消了心思。"

郭熙长长地出了一口气，闭上了眼睛，脸上一片安然。她手一抬，让燕儿给她洗了脸，就躺下休息。

燕儿犹自低声道："圣人不再做些准备吗？须防着那人这回封不成，便寻思着下回找机会再起风波。"

郭熙忍不住道："你懂什么？后妃尊位，首要是德行令名。别管这个德行令名是真是假，可是总得有。封妃之事，让宰相得到不阿谀君王的美名，她就成了被那个美名踩在脚下的人。一个失去德行与名声的人，她再得宠，又能有什么将来可言。"

诛心，胜过杀人。

郭熙闭上了眼睛。她有些懊恼自己刚才说得多了，或许是她太得意了，无法忍住把这件得意的事全部咽进肚子里。

可是燕儿又怎么会懂呢？

自己早在数日前就在宫中传播起"官家欲立刘氏为贵妃"的风声，以皇帝对刘氏的宠爱，必然会有妃嫔为了讨好皇帝而向皇帝提起此事。哪怕皇帝有缓缓提升刘氏的想法,但当周围都是一片劝他立刘氏为贵妃的话时,也会失去正确的判断的。

这样的传言,哪怕皇帝不动心,刘氏也会动心,两人之中,必会有一个动心的。

继雍王妃李阮之后,自己又将娘家嫂嫂召进宫中,为的就是让她们看到一个忧心忡忡、无计可施的皇后。加之自己让燕儿在宫内宫外散布的刘氏封贵妃之流言,她们就会自发自觉地将这些事串联起来,继而替自己把这种坐困愁城、贤德无助的国母模样传扬出去。而那些直臣,那些谏臣,那些一心想打造一个圣君的重臣,不会坐视皇帝沉迷女色、宠妾忘妻。

今夜,自己稍一怂恿,果然就令赵恒冲动了。而李沆,也彻底熄灭了赵恒的这份冲动。李沆是忠直之人,又是赵恒在东宫时的师友。赵恒纵然信重吕端,也不过是因为吕端在皇位更易上立过大功,但在内心,赵恒更亲近的人是李沆。

黑夜中,郭熙闭着眼睛,嘴角有一丝笑容,可锦被中的手却不甘地攥紧。她一生自负,论对人心的谋算,无人能及。可为什么,她会输给那个不管哪一点都让她瞧不上的微贱女子!

这是她一生最大的羞辱,她要那个女人,为这份羞辱付出代价。

次日赵恒去上朝时,依旧不放心地叮嘱刘娥:"我上朝去了,有什么事你要告诉我,千万别忍着。"

刘娥含笑推他:"知道了,啰唆,快去吧。"

及至赵恒走了,她才沉下脸来,只觉得心头一股怒气上升,无法抑制。如芝才端了杯茶过来,她只碰了一下,就喝道:"太烫了,怎么这般不用心!"

如芝知道她心里不舒服,忙唯唯应了,过了半晌才劝道:"奴婢知道娘子心里不舒服,您尽可与官家讲,官家定会为您做主的。"

刘娥问她:"怎么做主?越过宰相直接下旨,封我为贵妃,然后让他自己受人非议?"

见如芝怔住,她才长长地叹息了一声,摇头:"不,我岂是为自己,我是为那个傻子生气!"

如芝知道她说的是皇帝,不解道:"娘子之言何意?"

刘娥长叹一声:"那个人,枉负了他的信任与倚重,却在利用他的真心,作践他的信任与倚重。"她这一夜没睡,已经把事情想明白了,却是越想越气,不由得冷笑,"官家虽然没有细说,但他昨夜原在寿成殿中安歇,为什么大半夜忽然要下手书到内阁去,难道不是她说了些什么,那傻子才这么兴兴头头地去了?结果,一脚踩进了人家早就设好的坑中!"

如芝骇然道:"娘子,您说的是,这是圣……有人布的局?"

刘娥冷冷地说:"你可记得,前些日子雍王妃与皇后的嫂嫂先后进宫与皇后单独密谈?宫中还有流言,说官家要立我为贵妃……"

如芝听出了些什么来:"您的意思是……这些,都是她布的局?"

刘娥点头:"正是。"她看似在与如芝解释,却也是自己在将事情经过慢慢地抽丝剥茧地清理出来,"她先在宫中传扬说我要当贵妃,然后让其他妃嫔误会,利用她们想讨好官家的心,让她们自发向官家建言。那么,官家自然是要与她商议的,然后她就煽动官家不经商议就下手书给宰相……而事先,她早借雍王妃以及她嫂嫂之口,将官家好色不顾礼法,而她身为中宫却无可奈何之事宣扬于外。所以当昨夜官家依她之言下手书给宰相时,自然碰壁。"

如芝倒吸一口凉气:"这、这心思也太深了!"

刘娥恼道:"我并不在乎封不封这个贵妃,我恼的是她竟这样利用官家对她的信任,这样去玩弄权术!"三郎也是她的丈夫啊,她竟没有一点顾忌,就这么肆无忌惮地玩弄权术,甚至为了对付自己,就算以败坏三郎名声和帝王威信为代价也无所谓。

如芝忽然明白:"这不就与您上次说的,她当年将杨娘子安置在玉锦轩的手段一样吗?"

刘娥内心冷笑。当年皇后把单纯无知的杨媛放在玉锦轩,为的就是让三郎将对潘氏的厌恶转嫁于杨媛,从此断了杨媛一生幸福。如今又故意利用三郎爱她之心,让她成了妄图迷惑君王、图谋贵妃之位、被忠臣坚拒的反面典型,让她成为宫内宫外一个不自量力的笑话。

昨日有多少后宫娘子奉承她,今日就会有多少人讥笑她,羞辱她。郭氏这一举,毁却的不仅是她现在的名声,也是她将来的晋升之路。

如芝听了刘娥的分析,急了:"那您为什么不告诉官家,揭开皇后的真面目呢?"

刘娥摇头:"不,如果告诉官家,只会让事情变得更不堪。这就像……"

这就像当年，杨媛哪怕明知那是郭氏的阴谋，也无法走到襄王面前控诉，说王妃将她安置于玉锦轩是心存恶意。因为郭氏在做之前，早就把退路想好了。是的，郭氏只是好意，只是无心……谁也无法抓到郭氏的把柄。

刘娥轻叹："这就是她的高明之处，她没有在明面上杀人，却在暗中诛心。而诛心，是没有痕迹的。"

如芝气得跺脚："这也不行，那也不行。她手段这么厉害，娘子，那您怎么办？"

刘娥忽然笑了："不怎么办。"

皇后看错她了。她不像皇后，会把这些妇人之间的小名声当成天那样大。

"如芝，我是从死人堆里爬出来的，我与豺狼虎豹争食过，我跟市井混混亮过刀子，我能被打倒一百次再爬起来。她要是以为几句流言就能打倒我，就算错了！"

说到这里，忽然外边有人喝彩道："说得好！"

刘娥抬头一看，却是杨媛进来了："媛妹来了。"

杨媛一大早就听到宫中传言，说得绘声绘色，什么皇帝在中宫硬要封刘娥为贵妃，皇后力谏不听，仍要下手书给宰相，被李沆举烛焚却。虽然大家交口称赞李沆的耿直，可反衬的是什么？无人敢说官家的不是，那么自然就是某人狐媚惑主，不自量力，欺凌皇后，连累官家圣名。

杨媛在府中宫中这么多年，哪能不知道，这样的名声，足以毁掉一个后宫女人的生路。众口皆谤之下，就怕男人再爱你，也会因顾忌自己名声而远了你，甚至迁怒于你。而只要皇帝稍有轻慢，宫中之人，就能将你踩死。

要说杨媛对刘娥没有过嫉妒，这是假话。可是与刘娥相交之后，看着她与皇帝之间的相处情景，杨媛不得不承认，宫中谁也比不上刘娥。她和皇帝之间，插不进任何女人。

所以一听到这个消息，杨媛首先感到的是一股恨意——皇后的手法，依旧是如此狠毒而犀利，不出手则已，一旦出手，便不留生路。

转而升起的却是担心：她怕刘娥会无法招架这样的手段，继而惊慌失措或者愤怒出错。她和刘娥在某种情况下已经联结在一起，所以她赶了过来，刚好听到那番话，心里顿时一松，忙进来道："我一早听到这件事，原本还想着过来安慰安慰姐姐，谁知姐姐气量如此之大，并没放在心上。"

刘娥微笑："前因后果细细一想就明白了。愤慨恼怒我也都曾有过，但想明白了,也不过就这么回事。何况,就算现在没被封妃,我的日子还是照样过。若我继续沉湎于那种愤怒之中,不过是中了他人的计策。"

杨媛叹息道:"姐姐不但心胸大度,也颇有主见。小妹佩服。"忽又抿嘴一笑,"姐姐,太后住在嘉庆殿,官家令我经常去照顾,只是我一向笨拙,也不知道如何照顾才好。要不然,姐姐与我同去,也一起在太后跟前多尽孝。"

刘娥看着她,心中明白她的意思,只点头微笑。

流言自然是很快在宫中传开,难以禁止。郭熙还因此召集妃嫔们当面将此事提了,说:"宫中最近有些流言,我不想听到这样的事,请诸位娘子管好身边的人。"

当下就有人嘻嘻笑道:"我却没有听说过这样的事,不知道圣人说的是什么流言,说与我们听听,也好回去管束。否则不明不白说这样的话,我们也听得个没头没脑,若是管错了,岂不适得其反?"

郭熙皱眉看了看,却是杜才人,也不好责怪她无礼,只好脾气地道:"不管什么流言,都不应该传,你们只需管束好身边人就是了。"

杜才人却倚直卖直,道:"莫不是刘美人之事?"

郭熙陡然变色,道:"杜娘子不要妄言!"

曹美人打圆场:"满场就你话多,你看戴娘子多安静。"

杜才人看去,却见戴贵人一脸木然,只顾着数手中的串珠,便冷笑道:"戴娘子,怎么除了来给皇后请安以外,别的时候都不见你呢?"

戴贵人垂首道:"我最近在抄《太上感应篇》,杜娘子若喜欢,我也替你抄一份。"

杜才人觉得没趣,就越发高声起来,更加将前后之事当着众人的面张扬了出去。郭熙连连阻止不住,被气得说不出话来,一怒之下就站起身回后殿去了。

众人起身往外走,杜才人犹自说个不停,一直沉默着的陈大车忍不住道:"聒噪!"

杜才人大怒,就想扑过去打陈大车,被曹美人挡住了:"都是宫中姐妹,何必如此?"

杜才人冷笑:"谁与她是宫中姐妹,她与刘氏结为一党,谁与她是姐妹!"又迁怒曹美人,"都到这时候了,你还替她们说话,你是不是脑子有病啊?"

曹美人白她一眼："言人病者，多因己病。"

曹美人何尝不知道，杜才人想借这件事，把刘氏、杨氏、陈氏都踩下去。可就算她得逞了，也不过是言语之中占些便宜，能有什么实质性的影响？难道就凭着她今日在寿成殿大声羞辱刘氏，官家就会多宠爱她、圣人就会多抬举她？

来此之前，杜才人兴冲冲找曹美人说，皇后叫她们去寿成殿，就是为了流言之事。她正好可以借此当堂羞辱刘氏，她相信皇后再厚道，再自己不肯口出恶言，但她们代皇后出这口恶气，难道不也是皇后想要的吗？

当时曹美人也劝过杜才人何必做这种吃力不讨好的事情，但杜才人的话又何尝不是曹美人心底隐秘的念头？杜才人说："自然只有把刘氏踩下去了，官家也避嫌了，咱们才能有机会。也就是要让刘氏怕了咱们，才不敢再用手段占着官家。便是都不成，好歹我也出了心中这口恶气。"

所以曹美人才会状若劝阻，实则火上浇油地明劝暗推。但到此时，她眼睁睁看着杜才人止不住话，又有些不忍了：杜才人替大家出了气，会不会被报复呢？看着一个人往悬崖边走，总得拉她一把，而不是推她一把吧！

自己将话说了，力尽了，也问心无愧了。

曹美人想到这里，暗叹一声，转身就走。

寿成殿里闹这一场，刘娥不在，杨媛也不在。

刘娥知道郭熙必有后手，又何必去成全她的变本加厉，索性就称病不去。杨媛见刘娥不去，就说自己怕过了病气，也不去了。

郭熙没想到刘娥这般无理，气了半晌，叫人回禀赵恒说刘美人告病，为皇帝龙体着想，暂不安排刘美人侍寝，避免过了病气。然而赵恒不肯听，郭熙却也无可奈何。

陈大车出了寿成殿就去了梧桐院，杨媛见她来了，忙笑道："你快与我们说说今日寿成殿有些什么热闹。"

陈大车闲闲地道："能有什么热闹，无非就是杜才人闹着，曹美人劝着，皇后阻拦不住气着了——"说得众人都笑了起来。

刘娥就道："倒是劳动大车妹妹替我去受这气，只是我也不敢让媛妹去，以她那个炮仗脾气，去了就撕扯不清了。"

陈大车摇头道："也没什么，我就当是看一出好戏罢了。"她在闺中时爱读书，母亲忧心她读成个书呆子，也常拉她去参加那些后宅聚会，她索性就一心二用，袖中带一本书，看似坐在那听着，实则已神游天外，抽空看一眼书，就揣摩着没看到的前后意思，回去再作对照，竟也是一种方式。

正说着，赵恒也进来了，后头跟着个面生的内侍。

赵恒介绍道："这是崇仪使刘承珪，他还任勾当内藏库兼皇城司之职。承珪，刘美人代朕在太后跟前行孝，以后要东西要人要办事，可都问你了。"

刘承珪上前见礼，刘娥知道他如今是内宦中的第一人，也不敢端坐受礼，站起来道："要劳烦阿翁了。"

昨日雷允恭就同她介绍过："这位刘爷爷原是太宗皇帝时得用的，开始是管北作坊，后来平定过山民之乱，带兵屯驻定州，治过黄河，修过行宫。他管书库的时候，制定了目录之法，后来开始管内藏库，又修订了秤法。如今天下用的秤，便是刘爷爷定的。刘爷爷如今兼了十几个职位，最重要的就是勾当内藏库与皇城司。"

刘娥知道左藏库归三司，内藏库则不受外廷干预，是天子私库，太祖灭天下诸国而得的财物都封在内藏库。此外，朝廷从坑冶课利所得的金银、商民入纳榷货务的金银、地方上供的金银，都要存入内藏库。各个铸钱监每岁新铸造的铜钱也都要先存入内藏库，再由内藏库拨给三司使用。朝廷缺钱了，还得上奏官家，从内藏库暂借一些钱出来周转。

皇城司从前叫武德司，就是由天子掌管的亲兵暗卫，自五代后唐以来，密察隐事、诛杀权臣、节制宿将、刺探监察、掌宫城管钥、审验皇城守卫，举凡皇城内外，大事小事，无有不知，甚至连边城军营之事，都在其掌控之中。

当年的王继恩，刘娥是见过的，只细看这人，却与王继恩大不相同。王继恩举止颇为骄横，如今这刘承珪却斯文儒雅，又十分低调的样子。

赵恒知道刘承珪事多，只叫他来当面交代一声。虽然打着"为太后尽孝"的名义，实则是叫刘娥日后有事，只管叫刘承珪去办。

杨媛眼珠子一转，就知其意。皇帝办砸了封妃的事情，就怕宫中会有人借此踩践刘娥，因此拉了刘承珪来，其实就是为刘娥撑腰的。刘承珪管的可不止内宫事，还掌财权和监察之权，连皇后都轻易使唤不动。如今叫他来听刘娥吩咐，其实这给予的权柄虽非贵妃，却要高于贵妃。

赵恒又道："翠华殿修好了，过几日就可以搬过去。杨才人，你也一起搬进去吧。"

杨媛听了,知道这是给刘娥独立一宫,以她为辅翼。皇帝这样明着为刘娥撑腰,就是为封妃不成的事加倍补过,心里一松,知道自己判断得不差,忙应下来,又笑着推刘娥,给她道喜。

宫中诸人的消息亦是传得飞快,不到晚上,各宫都知道了这两件事。曹美人就罢了,杜才人气得连晚饭也不肯吃了。

郭熙心口堵了一夜,次日就叫太医开了疏散的药来。但这样的事,她却也无可奈何。朝臣只管皇帝明面上的事,私底下谁会去管。

第五十二章
太后赐封

一月之后,新修建的万安宫落成。

皇太后李氏由西宫嘉庆殿迁居万安宫,皇帝率众嫔妃、皇子、亲王们亦偕同家眷,于万安宫为皇太后设宴相庆。席间母子其乐融融,似乎从未有过芥蒂,好一幅皇家的天伦之乐图景。

百戏过后,李太后多吃了几杯酒,被众人奉承着也十分欢喜,又夸皇帝有孝心,又夸皇后辛苦,这边又笑眯眯地向刘娥招了招手道:"好孩子,你过来,坐到老身的身边来。"

刘娥一怔,坐在李太后身边的楚王世子赵允升倒是早已十分机灵地让出了位置。刘娥见赵恒点头,忙站起来走到前头去,其间,她看到郭熙的身体僵硬了一下才恢复原样。

刘娥走到李太后的身边坐下,李太后拉着她的手,笑得十分慈祥,向着众人道:"这孩子十分难得,又孝顺又懂事,这些日子常来陪老身散心,老身前些日子生了一场病,也亏得她照顾。官家朝上事多,皇后宫务繁忙,也亏得她替你们尽孝心。这么有德行的孩子,若是有人背后胡说八道诽谤于她,老身是不依的。"

郭熙的脸色变得十分难看,杜才人差点就要跳起来,被坐在她身边的曹美人及时拧了一把手臂,这才没有失态。

赵恒立刻笑道:"娘娘说得是,刘美人素来待上恭谨,待下宽厚,还多次向朕举荐其他人,朕几次要升她位分,她都谦辞了。朕有时候脾气冲动,也亏得她相劝才没做错事。"

李太后点头:"这是个好孩子。"

众妃嫔眼神乱转:之前宫中刚传了刘美人狐媚惑主封妃被拒的流言,太后这就当众给她立孝名,这是打皇后的脸,还是打宰相的脸?

李太后如今可不管打的是宰相的脸还是皇后的脸,谁的脸一律都没有皇帝的心意重要,她听杨媛说了事情经过以后,就有了打算。

果然赵恒十分欢喜,应道:"娘娘既然夸她好,那赏她些什么呢?"

李太后笑得意味深长:"你的人,要赏也是你赏。"

赵恒就站起来恭敬一礼,道:"既然娘娘说要赏,臣自当遵旨,不如就为她晋升一级位分如何?"

李太后笑了:"既然官家要赏,索性厚道些,这般蝎蝎螫螫地做什么,难道老身的脸面就只值一级?索性升为九嫔吧。"

赵恒就看郭熙:"既是娘娘高兴,皇后,你说呢?"

郭熙站起身,强笑道:"娘娘高兴,自当遵旨……"

赵恒已经兴高采烈地接口:"既然是皇后建议,那就封刘氏为修仪吧!"

刘娥盈盈下拜,郭熙只觉得心头梗塞,却也不得不强颜欢笑。众嫔妃不管心里愿不愿意,也都上前道贺。

等酒宴过后,帝后等人送李太后回去,李太后就道:"官家请留下,咱们母子说几句话。"

赵恒一怔,就令后妃们先回去,问李太后:"娘娘有何吩咐?"

李太后由侍女采玉扶着坐正,目光炯炯,再无醉意:"老身没有什么可吩咐的,只想问你是怎么想的。"

赵恒一怔:"娘娘此言何意?"

李太后叹息:"老身这一生虽没福气生个儿子,但幸而也养了官家,如今官家孝顺,老身也得享晚年。可孙太妃如今膝下无子,连个孙子都没有,这日子就难过了。那个人,你要当真喜欢她,就得为她的将来考虑。"

赵恒有些不安,并不想就这个话题再继续说下去:"娘娘,我自有分寸。"

李太后却道:"今日喜庆,老身就仗着酒意多说几句。老身做过错事,幸而官家不计较。老身也念你的好,所以哪怕得罪人的话,老身也是凭良心说了。就算不提刘氏,只说你。官家,老身服侍先皇这么多年,先皇有八个儿子活到成年,老身自问这个母亲做得不算失职。可你如今膝下只有一子,老身替你日夜忧心啊!"

听她说得情真意切,再细想往昔之事,赵恒也不由得有些感动。

李太后待他,除了在继位之事上私心偏了楚王之外,其余事情,皆是极尽母职了。他曾经为此耿耿于怀过,可心里若撇了这份执念,非亲生的母子,处到这份上,也算难得了。因此心里最终还是迈过了这个坎,待李太后依旧孝敬。

他能够这般对李太后,李太后自然也念他的好,有些话一半是出于私心,一半却也是真心诚意:"官家青春正好,正要趁这时候多生几个孩子。一则,你自己将来有个选择的余地,不必被皇后拿捏在手里。二来挑个喜欢的,抱给刘氏,或可抱子得子,或她自己养熟了,将来也能当个倚仗,我瞧你那个皇后将来未必肯包容刘氏。官家,老身也没几年活头,不怕犯忌讳。有说错的,你也别见怪。"

赵恒长揖为礼:"娘娘句句皆是金玉良言,如今也只有娘娘肯对我说这样的话了,我感激不尽。"

李太后看着皇帝走出去,长叹一声。

采玉低声道:"您这是替杨娘子找出路呢!"

李太后叹息:"为了她,也是为了刘氏。真孝顺的孩子,我哪能不为她们着想呢?"

采玉忧心道:"圣人要知道了,怕是会……"

会什么?会记恨上她这个太后吗?李太后冷笑一声。那若是个得宠得势的皇后也就罢了,可惜,她并不是。

自己待她再好又怎样?若没有自己当日选她为襄王妃,哪来她今日的皇后之位?枉自己当年这般照顾她、关爱她、提携她,结果她竟是个冷血之人,一朝得志,先拿自己这个太后作践。那么就要让她知道,自己这个太后既能执掌中宫许多年,便必不是个无声无息的存在。

李太后迁出嘉庆殿后,赵恒下旨,将正四品美人刘氏晋封为正二品修仪,迁居翠华殿。

这边刘娥被封为修仪,另一边则是另一桩喜事:八月中旬,她的兄长刘美正式迎娶钱惟演的妹妹钱惟玉。

这门婚姻一边是皇家外戚,一边是吴越王孙,又是御赐的婚礼,自然办得隆重无比。婚礼那日,甚至连赵恒都携着刘修仪亲自到府,赐下大量珍宝以示道贺。一时间,刘氏家族颇有鲜花着锦、烈火烹油之势。

说话间又将近岁末，皇后长嫂进宫谒见。

郭熙为人一向简朴，郭氏家族的眷属进宫谒见时，若是有人服饰过于奢华，她必然不悦。因此谁也不敢着华服见皇后，便是宫中嫔妃见郭熙时，也不敢打扮得太过华丽。

郭熙长兄郭崇德承了官职，这次长嫂进宫，郭熙也是很高兴，忙问了家中事务。郭夫人便说起长子郭承寿今年已经十七岁了，也正打算要在来年新春成亲。郭熙听闻十分高兴，忙细细地问了女方家的情况，又叫人备了礼物准备赐下。

郭夫人忙起身谢过，小心奉承着郭熙，说了半日，见郭熙脸色甚好，这才吞吞吐吐地道出来意——却原来郭崇德夫妻见了前几月刘美成亲时的盛况，便想托郭熙向赵恒请旨，比照着这样儿，也同样办一个御赐的盛大婚礼。

郭夫人笑道："圣人是知道的，爹爹生前立下家规，子弟为官者除俸禄外不取分文。外头瞧着咱们是皇亲国戚，个个伸手，殊不知家里如今也艰难。这门婚事若办得俭省了，文武百官面上不好看，也给圣人丢脸。先头太宗皇帝在时，也曾经给过恭孝太子的岳家恩典，赐予钱财办过婚事，有过旧例。再说，咱们哪怕是拿三五万的银子来办，到底比不得官家恩典的体面。且如今圣人是中宫皇后，咱们自然也不能教个银匠给比下去了。"

郭熙不听这话犹可，一听之下正刺着痛处，顿时冷笑道："你在这里说了一大串子的话，我倒听出来了，无非是看着刘美的婚礼眼馋了，也想依样画葫芦罢了！"

郭夫人正想说一声"圣人英明"，还未出声，郭熙已经沉下脸来，骂道："我的祖父在后汉高祖时就是护圣军使，我的父亲更是大将军，随太祖、太宗皇帝平过后蜀，定过南唐，征过北汉，打过契丹，唐河之战打得辽人闻风丧胆，太宗皇帝赐谥号忠武，追封谯王。我们郭家世代将门，我母亲出身的梁氏亦是书礼世家，我是中宫皇后，天下谁不敬仰！不承想到了你们手中，好的不学，竟要去学那银匠的暴发户作风。你是从那南山的北屯里出来的？见着人家多摆几桌酒，多置几件金器，就哭着喊着要学人家的样儿？没得丢尽我们郭家的脸面！"

一席话骂得郭夫人扑通一声跪在地上，吓得磕头道："圣人息怒，原是臣妇无知，臣妇再也不敢了。"

郭熙一番话骂下来，自己亦是气得满脸通红，侍女燕儿忙捧上茶来，郭熙就着她的手喝了一口,这才慢慢地缓下气来,叹道:"你也是世家之妇,怎么这般眼浅!我这骂的也不只是你,我也知道,这断乎不是你一个人的主意。我这几个兄弟,竟是没一个争气的。我在宫里拼死拼活地挨着,你们倒在外头学人家这般小眉小眼的。你们给我争点气罢,纵不能给我长脸,也别给我添堵,以后的日子长着呢!"

燕儿看着郭熙的脸色,这才上前扶起郭夫人,道:"圣人的话,您可听明白了?"

郭夫人连连点头:"是是是,我明白了。"

燕儿含笑道:"您还是没明白呢!圣人一心教养二皇子,哪里有空去同后宫的那些个无知妃嫔计较!"

郭夫人恍然大悟:"是,臣妇全明白了,臣妇这就回去转达圣人的意思。咱们郭家家风原是简朴重德,倒不在乎外头这些虚的。"

郭熙长长地吁了一口气:"罢了,婚事——终究还是要办的。燕儿,吩咐皇城司拨银五万两给承寿办婚事。不必惊动别人,就从我的脂粉钱里头扣。"

燕儿忙应了一声,郭夫人不承想还有这份恩典,含泪跪下磕头道:"臣妇代子多谢圣人的恩典。臣妇等一定牢记圣人的教诲,绝不敢再让圣人生气了。"

郭熙看着郭夫人离开,眼泪忽然就落了下来。

燕儿见状惊道:"圣人何以如此?"

郭熙哽咽:"是不是连宫外都觉得我教刘氏占了上风了?官家为了哄她开心就可以陪她到府观礼,而我家,哥哥嫂嫂们再羡慕,我也办不到。我开不了这个口,我在官家眼里也没这个面子。"

燕儿忙道:"圣人不去请才是对的,凭什么那银匠来这样一手,咱们就要跟着,岂不是自降身份?圣人这话放出去,人只会说圣人这样才是中宫皇后的做派呢。"

郭熙苦笑一声,她如今也只能这样自己给自己台阶下了:"不明白的人,说几句闲话,于我有何益?真正的明白人,还不是一眼看透了。"

燕儿急道:"管他们明不明白,圣人都是当今皇后。圣人有嫡皇子,有圣人在一天,她就算再有心思,官家再宠她,她也就是个无子之嫔。"

郭熙冷笑一声。若是素日,她听了这话,也会心里得意,可此时听来,却是万分难受:难道除了这个皇后名分和一个嫡子外,她就再也没有什么可称

道的了吗？她本以为自己已经毁了那个人的晋升之路和名声前途，那么将来，就还可以慢慢剥夺皇帝对那个人的宠爱，甚至一切。

可是没有想到，太后居然会与皇帝联手，打碎她的谋划。她才是中宫皇后，她才是皇子之母，为什么他们要这样待她？皇帝偏心也就罢了，她自问待太后一向恭敬，便是那次移宫之事，她也是奉命而行，太后不敢去怪皇帝，却记恨于她，不给她脸面，实在好不讲理。

这一次，那个被她踩下去的人又被太后拉了起来，拉得比原来更高，高到让她感觉到了威胁，甚至在某些地方有越过她的可能。

她绝不允许。

刘府郭府，两边的喜事只相差了几个月，却是截然不同的两种风光。郭氏族人这边婚事固然低调，却是不断地宣扬郭熙自出脂粉钱为娘家人办喜事，不费国库的贤德。恰是对比前几个月刘美婚事的张扬，令得京中官员不由得将两处比较了起来。

"比较？"翠华殿中，刘娥淡淡地道，"比什么？"

雷允恭低下了头，不敢回答。

刘娥笑道："我知道，必是那一等一的好话儿——什么圣人贤良淑德、不事奢华、抑制外家请求、公私分明，不愧是我大宋皇朝一国之母，郭氏家族不愧为名门望族。相比之下，我刘氏出身低微却恃宠生骄、行事暴发、上不得台面，活脱脱是那南山的北屯里出来的小眉小眼——是也不是？"

雷允恭吓得忙跪倒在地："娘子这话从何说起？吓煞小的了。什么人吃了熊心豹子胆，敢如此毁谤娘子您呢？"他偷眼看着刘娥，小心翼翼地道，"其实京中人人都说，天底下有几个世家能够比得上吴越王府呢？天底下又有几人能够得到官家御赐成婚的殊荣，甚至是官家亲临这种天大的恩典呢？人人都说娘子是集三千宠爱于一身，连圣人的外家也求不来这等荣耀。满京城的人谁不羡慕娘子您呢，又有谁不羡慕刘将军福泽深厚，能够得到吴越王府郡主的垂青呢？"

刘娥苦笑一声："羡慕……下层小吏自然是羡慕的，可是那些名门望族还不知道怎么笑话我们、轻视我们呢！"

她只觉得胸口似有东西梗住了，煞是难受。若无刘美婚事的张扬，郭熙也不会故意让郭家人将婚事办得低调。然而刘娥却是不得不张扬，她与刘美前半生颠沛流离,无亲无故,无投无靠,受人轻贱。她是一道诏书被扔到郊外,一乘小轿悄然重回宫门,纵然皇帝待她百般好,她此生仍愿看到有一场正式的盛大的婚礼。便不是她自己,是她的亲人也好。

谁能够想到,当日蜀道上逃难的两个异姓兄妹,到今日一个嫁与当今天子,一个得娶吴越王孙呢? 正当她沉浸在刘美婚礼那日的喜悦和欣慰之中时,郭熙却以这种行为嘲笑了她。从上次的封妃之事,到这次的婚礼比对,郭熙从来就没有放过她,一次又一次用自己最擅长的名分大义羞辱她。

雷允恭忽道:"小的明白娘子想的是什么,不过恕小的大胆地说一句,娘子何必在意他们的想法呢?"

刘娥冷笑一声:"你懂什么? 哼,我不必在意什么,又必须在意什么?"

雷允恭忙磕头道:"小的不敢,小的只是一个内侍,眼界看法也只是一个内侍的眼界看法罢了。小的只是觉得,刘将军娶了钱家娘子是一桩美事,一桩天大的喜事。能够得到御旨赐婚,婚礼上天子亲临,更是难得的殊荣。官家肯为娘子做这么多事,是因为官家喜爱娘子,为了满足娘子的心愿,让娘子高兴。这事儿娘子面子里子都有了,人人都知道您会高兴,只有一个人会不高兴,那就是……"说到这里,他不由得向门口看了一下,确定不会有人进来才继续,"那就是希望您不高兴的人。这世上除了您,还有谁能得这份殊荣? 就算勉强求了来,也是落您后头。这人要是什么都比不上您,那也只有变着法儿弄些事儿出来让您闹心。您说您要为这事儿心里不舒坦,那官家待您的这份好这份心不就白费了?"

刘娥不由得点头:"你这话倒也有几分道理。"

雷允恭道:"娘子是何等明白的人,前儿封贵妃的事,您自己还劝杨娘子呢,怎么在这件事上就想不开了?"

刘娥一怔:"是啊。"不由得自嘲一笑,心想:可见之前的事,我也不过是说给自己开解罢了,终究是放不开的。一而再,再而三,其实都是堵着这口气呢。

雷允恭又道:"您想,谁都见着您盖过人家了,该生气的是那边。那边不过空口白话地发个牢骚给自己搬个梯子下罢了,您又何必把这种事放在心上呢! 这种牢骚越多,说明您的分量越重啊!"

刘娥听了这话,心里竟是一松,郁气稍减。正在此时,如芝来报,说刘夫人来了。

宫外这样的言语自然也传到了刘美府中，当时刘美就要让钱惟玉入宫请罪，早早递了请见的呈文，刘娥允了。

这时候钱惟玉匆匆到来，见了礼以后，刘娥见她神情，就令左右退下，只余如芝，这才问："嫂嫂有何事？"

钱惟玉就道："前儿夫君听了郭家的传言，深恐娘子受连累，就让我入宫请罪。"

刘娥就道："嫂嫂不必忧心，我无事。"

钱惟玉松了口气，道："我也料娘子无事，夫君还忧心娘子会因此着恼。年前圣人的嫂嫂到宫里来求恩典，教圣人骂了出去，如今编出这种话来，要我说，也只不过是给自己脸上贴金罢了。我都明白的事，娘子这样的聪明人，哪里会自己钻了牛角尖？"

刘娥一怔："嫂嫂也这么想？"

钱惟玉笑道："不这么想，还有别的想吗？世人都知道，有体面谁不爱，郭家若请得动官家，哪里还用得着编出这种酸话来！"

刘娥长长地吁了一口气，笑了："你说得对，是我着相了。"

钱惟玉又道："我入宫前，兄长也来叫我同娘子说，请娘子放心，这并不是咱们和皇后两边的事，包括当日封贵妃的事，也不是后宫之事。皇后固然有援，娘子也并非无援。"

刘娥一怔："这是何意？"

钱惟玉就细细将钱惟演的话复述了："我兄长言道，这是朝中北方官员和南方官员借此闹不和……"

大宋是建立在后周基础上的，立国之功臣多出自北方大族。后一统天下，收南朝降臣入朝，南官一开始就比北官低一头。可是马上得天下，总不能马上治天下，若论经济事务，终是南官更胜一筹。尤其是太宗皇帝在时，大开科举，引天下才子入京为朝廷所用。而这科举，南方才子又胜过北方才子，这就埋下了朝堂上南北之争的隐患。

太宗皇帝临终之时，曾贬寇准入地方，直至官家继位，才召他回来以重用。可是寇准如今就公然排斥南方官员，已招致诸多非议。

钱惟玉说的，刘娥早已有所察觉。先时杨媛不理解她为何在后宫之中一味退让，却未曾想过，皇后、曹美人、杜才人等均出身关洛世家，如今朝堂上南北之争又起，后宫一点茶杯里的风波，闹到宫外去，就成了滔天大浪。

就听得钱惟玉又道:"兄长言,恐怕长此以往,南方才子会对科举失去信心,对朝廷失去信心,若有割据势力再起,岂不为人所用!如今南方赋税已经占了国库大半,南方的户籍人口也占了国之大半,可内阁决事的宰相之中有几个南方人?若内阁长期只有北官而无南官,施政焉能不对国策的走向产生不利的影响?"

刘娥顿时想到,当年王钦若也曾经差点被点为状元,旨意虽然还没下,但大家都知道了,同窗来向他贺喜,他一高兴喝多了,本也是人之常情。然而本来就有人不希望他一个南方人当状元,就上了一封弹章,说他祖腹失礼。太宗皇帝原本旨意都写好了,却因此临时改了人,王钦若只得进士甲科及第,如今也并未入阁。

想到此处,刘娥就对钱惟玉道:"你们放心,我明白的。"

她并非孤独一人,她的身后是南官,也是南人,更是将来大势的走向和皇帝需要的方向。

这一战,从来就不是她和皇后之战,而是朝堂之争的延续。而最终,南北官员之争,也将决定大宋江山的走向。

晚上,赵恒如常在看着奏疏,刘娥坐在一旁相伴,但她却不再如往日一般,只是相伴而已。

虽然当日在赵恒争储之时,她不免牵涉其中,也有所建议劝谏,但她也知道后宫不可干政,所以在赵恒继位之后,尽量避免干涉。毕竟争储之时,她不过是在赵恒低落时给些鼓励,也会针对诸王以及先帝的性子给些建议。但赵恒当了皇帝,却又不同。他每日在朝堂之上要听无数朝臣的建议,要处理万千国计民生,她一个后宫妇人,什么情况也不明了,只能是在赵恒与她细说以后,谨慎地说上几句罢了。

但如今她心境又有不同,再看赵恒伏案办公,心中也不免怜惜起来:"官家,你也歇歇罢,磨刀不误砍柴工,别累着了自己,反而误了事情。"

赵恒疲惫地打个哈欠:"如此多的奏疏,怎能歇歇?"

这边接了她递过来的灵芝汤喝了,叹道:"不当家不知柴米贵啊。各地的奏疏如雪片一样飞来。南涝北旱,夏州又蠢蠢欲动,还有辽人也在生事。当初父皇让我不要只看国内,还要看看周围,此刻才知父皇的深意啊。"

刘娥安慰赵恒:"饭一口一口吃,事一步一步来,若事事急躁,一登基便要天下太平，就欲速则不达了。"

赵恒失笑："小娥越来越会劝人了。"

又道："实是事情太多，我放不下啊。"

刘娥就道："却是什么事情？"

赵恒见她有兴趣，也想着放松一下，就道："你可知最近朝堂对寇準的非议？"

刘娥心中明了，便道："南边士子若是知道了，怕是要寒心！"

赵恒道："说得很是。大宋立国数十年，朝堂官员还公然持地域偏见，难道南人竟不是大宋子民不成？"

刘娥见他恼了，忙岔开只说两边话："臣子们有私心，这固然是人之常情，为君者当掌控两边的平衡，不让一方失控才是。"

赵恒不由得点头："你说得很是。只是我也难啊，顺得哥情失嫂意。哪怕不偏不倚，也被人认为我偏着南人。"

刘娥笑道："我就想起三郎说的，田元均为三司使，常被各种请托包围，不敢应允，又不敢得罪人，跟你诉苦说自己日日赔笑，笑得面似靴皮。想来这苦楚，君臣应是同理。"

赵恒笑得拍案，倒将郁气一扫而光，道："三司主管财政，既是他不能应允的，何以还要赔笑？可见是请托之人把国库当成私库般随意了。"说到这里，又恼怒起来，"官职、库银、科场，都成了他们北官可任意指派的所在，眼中哪有天子！"

刘娥又劝："可见三郎任人得当。我听你说过，去年的开支就极大，到处都是用钱的时候，若三司的钱管不好，万一北边有什么兵事，可就难了。"

赵恒点头："所以三司得用之人，不只是要管好国库，更要用活财源。"

他说到这，想起一事，道："三司盐铁副使丁谓是个很有想法的人。当年他曾采用以盐换粮的办法，解决夔、万诸州军饷之弊，同时也减轻了边民长途解送皇粮的劳苦。又奏请准许黔南边民之马在市场自由交易，解决边民纠纷。还曾规划经营建筑夔州城寨，以增强边防。这个人是西汉桑弘羊一类的人，于经济上很有办法。"

刘娥笑道："官家如此说，想来此人有极强的才能。"

赵恒点头："正是。难得他人缘极好，连寇準这样难弄的人都与他是好友。"

刘娥一怔："这倒难得。"心中暗忖，桑弘羊虽有才华，却是名声不好。此人既有桑弘羊的才干，还人缘极好，可见不是个普通人。

咸平二年（999）秋，边关忽传急报——辽国萧太后亲自率兵，以北院枢密使耶律斜轸为帅，南下侵宋。

赵恒未继位时便已经十分关心与辽国的边事，只是登基之初，他当以掌握朝中政务为要。此时他登基已经两年，内外政务诸事皆已渐渐熟悉，本也就打算重新整顿军务，听说辽人犯边，便打算亲自巡幸边关诸重镇。

他向刘娥提起此事时，刘娥一惊："你何以有此念？"

赵恒道："太祖皇帝是马上得的天下，父皇、大皇兄都上过战场，唯独我从来没去过北疆，没上过战场。这一次边关告急，我与群臣商议，这才发现，不管是边关的将领还是边关的情况，我都一无所知。今儿军情来报，诸位大臣都在那激烈讨论，我坐在那里，却发现什么话都插不上，无法做出正确的决断。这……不是一个天子应该有的状态。"

刘娥听他说得认真，道："官家，你还有文武大臣，各司其职，并不一定需要你亲自上战场啊！"

赵恒摇头道："我不是上战场，我只是想去实地了解情况。为君者，不能只会垂拱而治，朝臣说什么都无法判断。军国大事，事关江山社稷，我心里没底，怎敢妄下断言？我要做真正的天子，就要有自己的判断。"

刘娥渐渐有些明白了，她握住赵恒的手："好，这才不愧是我的三郎。"既知他并非亲临战场，虽有艰难，想来并无危险。他自幼长于宫中，虽然有怜惜黎民疾苦之心，但毕竟大宋立国未久，北有强敌，又怎能不知军事。

赵恒又道："其实我也是想趁着自己年轻，还有这份热血和胆气，出去看看。我若只在京城之中，怎能知天下事？这一次，我要北巡。我是天子，要去看看我的国土到底是个什么样子，我要在大臣们争论天下事的时候，知道他们讲的到底是什么。"

刘娥盈盈而拜："那臣妾就静候陛下佳音了。"

第五十三章
遂城之战

太宗雍熙三年(986)时,先帝倾全国之兵,分三路大军北伐辽国,欲一举收回燕云十六州,永却中原隐患。大军本已收复不少失地,并直逼幽州城下,不料太宗用人失当,东路军中了辽国耶律休哥埋伏,以致功败垂成,遗恨千秋。而这一战中,还折损了名将杨业等人。

此战一败,对国家损耗极大,河北一带数年无人耕种,宋军暂时再无北伐之力。太宗接受赵普之议,罢战退兵,休养生息。

宋军不再北伐,但是辽国自那一战得胜之后,国势为之一振。萧太后中兴辽邦,结束了自辽穆宗以来的颓败之局,虽然一时不敢大举南犯,但是却频频骚扰边关。又扶植李继迁部,让其趁乱扰乱边关。

却说赵恒登基的消息传到辽国,萧太后本畏太宗军人出身,性情强势,数次北伐之举虽然未能得胜,却是不敢轻视。及至听到太宗已经去世,继位的皇帝未曾经历沙场,且大宋自开国以来,对军人擅权向来十分警惕,因此重文抑武,便觉得南侵的机会已到,因此储备兵马,积极备战。

及至两年之后,诸事已经齐备,此时耶律休哥已经去世,便任命耶律斜轸为帅,萧太后御驾亲征,直逼遂城。

遂城守将,正是当年兵败陈家谷、被辽军所俘而绝食殉国的名将杨业之子——杨延朗。

杨业及其子杨延玉因陈家谷一役殉国,朝廷恩荫其诸子,长子杨延朗原为从七品供奉官,升为正七品崇仪副使,其余诸子延浦、延训、延瑰、延贵、延彬也各升一级。

其后,杨延朗再迁为景州知州,却因为一桩小事,险些获罪。

杨延朗本是武人出身,作战勇猛,治边有方,对于吏治公文却是不甚通晓,来往公文全交给一个叫周正的小校,自己并不过问。不料周正名为周正,为人却不周不正,借机在军中干权弄事,自作福威,只将杨延朗蒙在鼓里,结果颇弄出了几桩案子来,被御史知道,便连同杨延朗一同弹劾了。

杨延郎原是北汉降将,本非嫡系,虽然倚着军功升上来,但是却更招同僚嫉妒,一时间弹劾他的奏疏不断。过了些日子圣旨下来,令他进京。

杨延朗本以为此番必受责罚,赵恒却只训斥了他一顿,言辞虽然严厉,却并未有实质上的处分,只将他改授保州缘边都巡检使,直接派到了他日思夜想的对辽防御前线任职。杨延朗自杨业死后,数次请求欲为边关守将,均不得如愿。不料因祸得福,遇天子如此加恩,心中又是感激又是惶恐,真觉得杀身难报。自此之后,更加小心谨慎,不敢有怠。

遂城只是一座小城,守卫既少,且城墙又不够牢固,此番萧太后亲自率军,兵多将广,都是虎狼之师,她只道小小遂城,举手可下,但是没想到,这一次她遇上了杨延朗。

若是换了其他的将领,面对这样悬殊的兵力,面对这样的条件,不是事先撤退,就是事后大败。只可惜,这一次的守将是杨延朗。

是身负杀父之仇的杨业之子杨延朗。

而杨延朗等这一天,已足足等了十三年。

从雍熙三年到如今的咸平二年,从陈家谷到遂城,杨延朗可以说每一刻都是在为了今天而期盼着,而准备着。

他当然不会退,他也不能退。上天把萧太后这样一个对手送到了他的面前,今天他如果退了,也许他的人生中就再也没有这样的机会了。

遂城只是一个小城而已,四周只有土砖垒成的土墙,守城的只有三千兵马,而且大部分是没多少作战能力的厢军。杨延朗将城中壮丁都组织了起来,授予武器,守住四方城墙。

攻势已经持续了三天两夜,这一天,又将近黄昏。

杨延朗站在城头,只见天边最后一丝残阳如血,越发映得城头上下的一具具尸体如沐在血光之中。

他恍惚地想:大好江山如画,不知明日是否还能够看到这一缕阳光?一眼望去,将士们的脸被血迹与黄土所掩盖,瞧不清容貌,只见着眼中无尽的疲惫和血红。

这三天,将士们的尸骨垒成了山,逼得辽兵丢下加倍的尸骨,却仍未能攻进城中一寸。然而，他心中明白，战争已经接近尾声了。

遂城的兵力已经透支，这最后一次，城中的老弱妇孺将自家房子拆了，石头运上墙头，临时组织的壮丁们是拿着菜刀、锄头和这些乱石打退的辽兵。

天黑了，为杨延朗最后留了一夜的时间思考：明天——他将拿什么打退辽兵？

副将走到他的身边："杨巡使，您已经守在城头三天两夜了，请先下城头休息一下吧！"

杨延朗摇了摇头："我先去城中巡视一圈。"他下了城楼，泼一把冷水刺激一下疲累已极的精神，然后骑上马，率副将绕着城墙巡视过去。

杨延朗一言不发，良久，忽然停下马道："雷兄弟，明日我守城头，你在城下准备。我已经派人向行营都部署傅潜请求援兵，但若是援兵未到，辽兵攻进城来，你便领大家撤入街巷之中，与辽兵展开巷战。哪怕城破也要拖住，等到援兵到来收复遂城。"

雷副将听得心头巨震，惊呼道："那巡使您……"

杨延朗道："我若活着，自然与你并肩作战；我若殉国，只能一切拜托于雷兄弟你了！"

雷副将急道："杨巡使，您千万不能——"他话语未完，想起素来杨延朗的为人，只怕难以阻止他，只得急忙另出主意，"嗯，杨巡使，末将有个建议。明日若是城破，末将率领将士们展开巷战等待援兵。只是——那傅潜向来不肯轻易发援兵的，为了援兵能够及时派来，只怕明日您得亲率一队兵马杀出重围去向傅潜请援。为了能够保住遂城，只能请巡使您亲自去，如若不然，只怕请不来傅潜的援兵。"

杨延朗看着雷副将强作笑颜的脸，只觉得心头热血涌上。他伸手拍了拍雷副将的肩膀："好兄弟！难为你用心良苦，只是我杨家没有临阵脱逃的儿郎。杨家的人只要有一口气在，必然寸土不能让与敌人。明日一战，只怕是你我兄弟联手的最后一战了！"

雷副将扭过脸去，强抑热泪，好一会儿才若无其事地回头道："北城门的墙面今天被辽人的火炮轰塌了一个口子，我已经调南城门的弟兄们过去增援，怕是明天那里会成为辽人的突破口，巡使千万小心。东城门的石头不够用了，末将已经叫人去城中搜罗民家防盗用的铁蒺和铁钉，估计也能够顶一阵。"都是沙场将士,既然知道对方决心已下,也无须多说其他言语,倒不如商讨些实际事务。虽然拿民用的铁棘铁钉去对付萧太后的二十万兵马实在是杯水车薪济不得事,却也是能做得多少是多少罢了。

马蹄继续前行,忽然一阵寒风袭来,杨延朗不禁打了个寒战,叹道:"连老天都来凑热闹,今夜气温忽降,这样的天气能让人片刻手冻出疮。辽人不畏寒冷,明天这一战可就更难打了。"

雷副将正要说话,忽然整个马身一滑,若不是及时勒住缰绳,怕就要摔落马下,他不由得轻呼一声。杨延朗忙问:"雷兄弟,你怎么了?"

此时月华初上,映得地面一片光亮,雷副将跳下马来仔细一看,道:"原来是个水坑被冻结成冰面,因此马蹄打滑。"他用力踩了踩冰面,"这天气真够呛,才一会儿,这冰面便硬得踩都踩不动!"

杨延郎嗯了一声,见雷副将已经上了马,便继续往前走,心里头忽然朦朦胧胧闪过刚才雷副将的只言片语——"打滑""硬得踩都踩不动"!他心神不定地任由战马走了好一会儿,忽然勒住缰绳,掉转马头,疾向刚才雷副将马蹄打滑的地方去。

杨延朗跳下马,提起银枪,朝着冰面上直戳下去。但听得轻微的唰唰几声,头几下却只是戳得表面上的冰屑飞溅,直戳到第五下,才听得哗啦一声,冰面破裂开来。

雷副将忽见杨延朗掉转马头而去,急忙也掉转马头追了过去,却只见月光下杨延朗狂喜万分,提着银枪一个劲地戳着地面。

雷副将跳下马来,惊问道:"杨巡使,发生什么事了?"

杨延朗一把抓住他的肩膀,纵声长笑:"哈哈哈,当真是天佑我军,天佑我遂城,天佑我大宋啊!"

辽营这边,萧太后五更就起身了,由宫女服侍着梳洗完毕,正打算用膳后便传令升帐,集合众将下令对遂城发动最后的攻击,却听到帐外有压抑不住的窃窃私语之声。

萧太后眉头一皱。她素来治下甚严,臣属轻易不敢越轨,这番窃窃私语,必有原因。她唤了一声:"贤释!"

侍女贤释忙自帐外掀帘进来,见萧太后脸色不悦,吓得跪倒在地。

萧太后的脸仍对着梳妆台,道:"外头发生什么事了?"

贤释忙奏道："禀太后，探子来报，不知何故，遂城一夜之间大变样子，一眼看上去满目寒光闪闪，教人睁不开眼去。此时军中上下，都在为此事议论纷纷！"

萧太后一惊："哦？来人，取朕盔甲，待朕亲自去看！"

萧太后带领侍卫亲自登上哨楼，向遂城方向看去。只见一夜之间，遂城仿似披了一层寒光铁甲。此时正旭日初升，阳光直将遂城照得一片金光闪闪，这种金光刹那间刺痛了萧太后的眼睛！

萧太后一个失神，不禁退后一步，哨楼窄小，立时整个人撞在哨楼的栅栏上，险些摔倒。众侍卫齐声惊呼，忙抢上去，早有贴身侍女将她扶住。

萧太后耳中听得一个熟悉的声音传来："哨楼危险，太后不应该凤驾亲自上去，有何事情为何不吩咐微臣？"

她转头一看，见元帅耶律斜轸早已闻讯赶了过来，正站在哨楼的木梯上向她躬身行礼请罪，几句话刚刚说完，便咳嗽了几声。

萧太后摆了摆手："罢了，朕沙场百战，这点小事算得了什么？倒是你自己要小心身子，此次南征还得靠你。"她并不理会耶律斜轸满眼不赞同的目光，伸手遮住阳光，微眯起眼睛继续察看遂城。

但见一夜之间，遂城城墙包裹上了一层厚厚的坚冰，将整个遂城保护得如铜墙铁壁一般。

萧太后一动不动地站着，看了很久。清晨的冷风彻骨，滴水成冰，众将士侍立在哨楼边只一会儿便已觉得遍身生寒。良久，只听得萧太后的声音在风中传下来，似比寒冰更冷："这遂城的守将是谁？"

萧太后兵临遂城时，自然就有人回报过遂城守将的名字。但是耶律斜轸却知道，此时萧太后再次发问，要的自然不仅仅只是一个名字而已。

耶律斜轸走上一步台阶："禀太后，遂城守将是保州缘边都巡检使杨延朗，也就是当年陈家谷一战，被我军所俘的杨业之子。"

萧太后失声道："原来是杨无敌之子，不愧是将门虎子！"她回过头来，凤眼扫过耶律斜轸，"朕记得，杨业就是败在了你的手中吧！"

耶律斜轸自然知道此话的含义，却并不表态，只微微一笑道："是！"

萧太后转过身来，耶律斜轸退下台阶，萧太后推开搀扶的侍女，自己挺直身子走下哨楼向营帐走去，走过耶律斜轸的身边时，才问了一句："有把握吗？"

耶律斜轸躬身行礼道："微臣先派人试试。"

傍晚,结果已经传到:遂城城墙结冰之后光滑难登,云梯架上去又滑下来,连着攻击数次都未能爬上城楼。抛石机抛出的石头、火炮打出来的铁弹,前几日打在土墙上尚能打塌一些墙面,动摇一些墙石,打在冰面上却只是打掉一点冰碴,城头一盆水浇下,立时恢复原样了。

军营中灯火初上,但听得营帐中耶律斜轸声声的咳嗽声,咳得令人心悸。待得咳嗽声停止,才听得耶律斜轸道："太后,如果我们真的一定要拿下遂城,自然是拿得下的,只是旷日持久,而且代价太大。从军事上来说,遂城的重要性还不到那个地步,没必要付出这样的代价。"

萧太后脸色阴沉,良久才道："攻打了这些日子,难道就这样放弃？"

耶律斜轸也是脸色沉重,道："以十虎博一牛,不值得。让杨延朗利用了这骤降的气温,是天时之过,非战之罪。以微臣之见,咱们南下不仅仅只为一座遂城,此时攻下遂城要付出的代价,足以攻克几个大州了。遂城任何时候都可攻破,不必计较于一时一刻,不如先行转攻其他城池,待回头再拿下遂城,那便是易如反掌了。"

萧太后久久不语,摆了摆手,令耶律斜轸退下。耶律斜轸退出御帐之时,但见萧太后头上丝丝银发在灯光下格外醒目,心中暗暗叹了一口气。

这一夜,萧太后帐中,灯火彻夜未熄。

次日凌晨,军中传令——大军撤离遂城,转攻瀛洲。

杨延朗站在城头,看着辽军大营。自前天夜里泼水筑城起,他就一直守在这城头。这是最关键的时分,他要随时根据辽军的情况做出应对。

昨日,辽军攻了一日的城,都只是小范围攻击,似带着试验的性质。当晚,辽军大营灯火一夜未灭,宋军主帅府中灯火亦是一夜未灭。

凌晨,探子急忙来报："杨巡使,大好消息,辽人撤军了！"

雷副将大喜："太好了,辽人果然撤军了,遂城之围可以解了！杨巡使这冰冻遂城计策之妙,将来足以载入史册！"

众将士也纷纷喜形于色。辽人终于撤军了,大家也可以松一口气了,连着几天几夜不敢懈怠的神经似乎也终于可以松一下了。

杨延朗却没有笑,他忽然下令道："召集所有的人,整顿好兵甲战马,做好出战的准备！"

众将士几乎不敢相信自己的耳朵:"什么?杨巡使,我们要出战?"

雷副将上前一步道:"杨巡使,辽人好不容易撤军,我们为何还要出战?"

杨延朗哈哈一笑道:"咱们被辽军困了这么久,将士们这口气憋了好几天,此时不趁势而出,更待何时?!"

众将士恍然大悟,立刻摩拳擦掌就要出动。

杨延朗点兵派将,将一切事务都吩咐完毕之后,道:"大家听我号令!虽然说辽军撤退,但实力仍在,咱们犯不上撞他们刀口上,只消打他们的后军就成。待辽军的主力都撤走之后才能够出城追击,务必要予他们后军以重击,截下他们的军资器械,狠狠地教训一下这些辽人!"

众将士领命离去,待辽军主力撤退后,忽然开城而出,将殿后的军队打了个落花流水。辽军本已经后撤,忽然之间被宋军这一追击,队阵还未列开便被打了个措手不及。这一战宋军大胜,截获了云梯、火炮、抛石车等攻城军械,更杀了上千名辽军,获铠甲兵仗无数。

萧太后大军方退出遂城范围,欲转攻瀛州,却得到军报说杨延朗乘势袭击后军,数万人的军队竟被人数远逊于他们的宋军所击溃,还折了许多辎重,气得亲手斩了一名溃将。只是数十万大军攻守进退不可轻易变更,她只得将此账记在心头罢了。

杨延朗自此名扬天下,竟一举列于当世名将之列。杨延朗时年四十一岁,官仅为保州缘边都巡检使,从六品。此一仗,杨延朗和"铁遂城"皆成为辽军所畏惧的两个名词。

虽然已经是十二月隆冬时节,年关将至,滴水成冰,但赵恒巡边心切,决意不在京中过春节,任命丞相李沆为东京留守,以王超为先锋,御驾亲征。他甲寅日出京,先至陈桥,此后驻跸澶州,接见镇边诸将,并亲赐甲胄弓箭等,又接见澶州父老,亲赐锦袍、茶帛等物。

在澶州数日之后,赵恒下令,再继续北行,至大名府——此处已经是与辽国交界的边境了。赵恒亲披铠甲,弃行宫而进入中军帐中,与诸将阅兵演习。众将士中有许多都曾经亲随太宗北征,今日但见青年天子顶盔披甲,于万军中骑马驰骋,英姿飒爽大有太宗当年之风范,不由得皆山呼万岁。

此时正是耶律斜轸与萧太后分兵,听说宋皇亲临大名府,便领兵来攻。

天子亲巡,诸将士热血激昂,赵恒令从御驾的禁军也加入战争。

这一战直杀得辽军大败，斩首上万。宋军各州纷纷响应，辽军诸州皆不能克，主帅耶律斜轸在军中旧伤发作，萧太后下令全线撤军，退入辽境，结束了这场战争。

咸平三年(1000)正月，赵恒驻在大名府，下令召集此役中诸将，细论功罪。

此时杨延朗也奉诏来到大名府，在中军帐外等候接见。

站在他身边的是奖州团练使杨嗣。杨嗣的资格比杨延朗老，他早年跟从太祖太宗南征北战，数十年来经历大小战役一百多仗，屡立战功，也是一员难得的猛将。杨延朗的父亲杨业为北汉守将时曾与他交过手，杨业归宋之后，二将惺惺相惜，竟成好友。此时杨嗣镇守边关，与杨延朗并称"二杨"，也素来为辽人所畏惧。

过得片刻，里头传下旨来，令二人觐见。

杨延朗与杨嗣走进帐来，跪行大礼。

这是自赵恒继位以来，二人第一次拜见当今天子，心中不免忐忑，却听得皇帝的声音传下来："谁是杨六郎啊？"

两人伏在地上，却不免相视一笑：不想皇帝竟然连这外号都听说了。

杨延郎只得奏道："回官家，是臣杨延朗。"

赵恒一时好奇，问完之后，见二人仍跪着，方悟过来，笑道："二卿先平身再回话吧！"

"二杨"谢恩起身之后，赵恒问道："朕此番北巡，听说辽人军中皆呼杨六郎，朕知道你是杨业长子，却不知此六郎之称又从何而来？"

杨延朗却犹豫了一下。这名号解释起来，倒颇有自吹自擂之嫌，只是天子亲问，却不得不答。

杨嗣看出他的犹豫来，笑了一笑上前道："臣请代杨巡使来解释。辽人颇为迷信，畏于天象。据说天上北斗七星中，第六颗星是专克辽国的。杨巡使遂城一战大败辽兵，令辽人闻风丧胆，说他乃北斗七星中的第六颗星下凡，因此专克辽邦，遂称其为杨六郎。"

赵恒大笑："原来六郎之称竟是由此而来。好好好，这称呼来得好！好一个杨六郎，果然是天上的星宿下凡啊！"

杨延朗红着脸跪下："臣不敢，臣何德何能，敢匹配星宿下凡之称，此不过是辽人胡说八道而已，不值在官家面前一提。"

赵恒笑道："谁说不值一提？应该大大地提起才对。你是杨六郎，"他一指杨嗣，"他也是杨六郎。还有高六郎、田六郎……我大宋的将士们个个都是六郎，个个都是天上的星宿下凡，个个都是专克辽国的六郎！"

杨延朗与杨嗣同时跪下，山呼万岁。

军帐中，赵恒站在地图前，将关边诸事一一细问。

杨延朗与杨嗣多年来镇守边关，早积累了一肚子的对辽作战之策，此时得天子亲询，只恨不得倾囊而出。

赵恒这趟北巡，早已询问过无数将领，此时一听"二杨"的应答，便能听出二人的确是真正镇守边关的得力之人，杨嗣经验丰富，杨延朗思路广而行事大胆，均是可用之人。

待"二杨"奏毕，赵恒笑问杨延朗："你治兵护塞大有乃父之风，深为可嘉也。此番遂城一战，朕当论功行赏，不知延朗要何赏赐？"

杨延朗跪下道："臣为国守边，乃分内之事，不敢讨赏。唯有一个心愿，望官家成全。"

赵恒道："哦？你有何心愿？"

杨延朗昂首道："臣父死在辽军手中，臣此番和萧太后还未曾正面交锋，臣只求守在宋境的最前线，将来能有机会与萧太后正面交锋——请官家成全！"

杨嗣也跪下道："臣杨嗣，也同请此恩。"

赵恒点头道："你二人既有此等志向，朕怎能不成全？杨延朗，朕升你为莫州团练使，你可要好好给朕把这大宋的大门守住了。"

杨延朗大喜，叩道："臣粉身碎骨，难报天恩！"

莫州与瀛州，乃是昔年石敬瑭送与辽国的燕云十六州中的两个重要州城。后周柴世宗在世之时，曾亲自北伐，兵不血刃连收三关三州，其中就包括此二州。此二州乃是宋辽边境的最前线，萧太后数番南侵，其首要目标就是夺回此二州。而莫州更是重中之重，萧太后若再次南侵，必先攻莫州。杨延朗镇守莫州，将来有的是机会与萧太后交手。杨延朗此时为从六品保州缘边都巡检使，升为正五品莫州团练使，那更是破格得了数级提升。

赵恒继续道："杨嗣，你调为保州团练使。"

保州比奖州更接近边境，杨嗣也是大喜谢恩。

诸将俱得封赏，皆大喜。待诸将退出之后，帐内只余几名重臣。

赵恒收了刚才振奋的笑容，脸上升起怒意："傅潜那边，还没有回消息？"

杨延朗的上司傅潜身为镇、定、高阳关三路行营都部署，坐拥八万余步骑兵，总揽北方军务。这次辽军南下，各节使、州城都向傅潜求救，可傅潜却是不阻不挡不求，闭门自守。辽军派遣精锐部队攻击威虏军，破狼山砦，略宁边军镇及祁州、赵州，游骑出邢州、洺州，镇、定路不通者逾月。杨延朗等诸城守将被辽军围困，傅潜均未派出援兵。

及至赵恒都到大名府了，数次下旨令傅潜率兵与他会合。当时通往定州的道路已经落在辽人手中，密使是化装绕道潜入的定州。如此冒着生命危险送进去的旨意，傅潜却是毫无回应。赵恒大怒，就要下旨重处。枢密使王显为傅潜求情，说辽人擅长围点打援，傅潜只是过于谨慎，判断失误。何况傅潜当年随太宗北伐时也是员沙场悍将，奋勇杀敌，悍不畏死，一战能生擒五百人。太宗路过傅潜驻防地，看到尸横遍野，傅潜中流矢而不退，深叹此人为良将，一路提拔。太宗驾崩之时，王继恩勾结李继隆欲发动兵变，也是傅潜带兵站在赵恒一边，扶保赵恒顺利登基。

因此，这样的人，原是赵恒信得过的，如今竟变成这样，也是想不到的。

赵恒先时也是不愿意相信傅潜竟如此胆大，只当是往来信息不通。只是到了如今，连辽兵都退了，傅潜仍然未来会合，由不得他不动怒。

辽兵既退，曹利用说话便没了顾忌，道："官家委傅潜以重任，傅潜至使汴京告急，官家栉风沐雨亲临前线，数下旨意，可傅潜仍然没有任何行为。官家，臣以为，傅潜所为，当不只是畏敌怯懦。"

高琼也道："正是。傅潜坐视辽军一路南下，不顾其他州城的求救，甚至连他自己的部下请求出战都被他羞辱侮骂。官家多番旨意他一概不听，他的下属范廷召、桑赞、秦翰也多次催促出兵，均置之不理。最后，范廷召直接指着他的鼻子骂他是无胆老妪，他才派一万兵马于高阳关迎击辽军，还承诺会有援兵。谁知援兵未至，导致大将康保裔如约前来与范廷召会合时被辽军围困，全军覆没。"

寇準亦道："官家亲临大名府，命石保吉、上官正从大名府率领前军赴镇、定路与傅潜会合。结果等了数日，傅潜还是按兵不动，致使辽军进犯德州、棣州，又渡过黄河直奔淄州、齐州，害得百姓流离失所。官家，傅潜畏战，深负皇恩，当令其到御前论罪。"

更有人作诛心之论:"五代殷鉴未远,焉知是不是又有人想做石敬瑭、杜重威——"

赵恒就问他们:"如今傅潜不来,当作何处置?"

又一人答道:"傅潜此时只是拥兵观望,未有明显叛意。更何况,就算他有此心,但他畏敌害将,不得人心,范廷召、桑赞、秦翰等人虽然归他节制,但他若要叛乱,这些人也不会听他的。依臣之见,不如紧急派一宿将直入军营,召集将领,以圣旨接掌他的职务。只要出其不意,让他猝不及防,当着三军的面就可以卸了他的兵权。"

赵恒点头,当下就令高琼前去定州,接掌傅潜之职。

此时又有消息传来,范廷召在萧太后回程的路上设伏,于莫州城东三十里处击破辽军,捷报中称此役斩首上万,夺回被掳去的老幼数万人,获得众多鞍马、兵仗。

赵恒大喜,加以奖励,升其为检校太傅。

第五十四章
咸平新政

赵恒登上宫城的城墙,负手遥看远方,已经很久了。

刘娥站在他的身后,看着他的身影一动不动,似在遥望远方的田野,又似在看天边那一抹云彩,却一直一言不发。

她轻轻地叹了一口气。

赵恒御驾回京已经一个多月了。这一次北巡边关,似乎给他带来了一些变化。这些变化,不论在朝堂还是在后宫,都不曾表现出来,他只是增添了一个习惯——每日退朝之后就走上城楼,遥望远方许久。

而每当这个时候,任何人任何事都不能去打扰他。唯有刘娥,可以默默地站在他的身后,却也从不开口打扰。

刚开始,刘娥只觉得心中不安,却又不敢说什么,唯一能做的,也只有在他转身的那一刻让他看到自己站在那里。那时候,赵恒的眼中就会掠过一丝温暖的笑意,却什么话也不会说。

后来渐渐习惯了每天这个时候站在这里,刘娥有时候也会好奇地上前一步,顺着赵恒的眼睛看向远方。看着那远山、那云彩、那遥不可知的天际深处;或者低下头来,看着城墙之下的汴京城,看着城墙之下的田野,看着皇城之下的众生;或者转头之间,再看着大内深宫,看着重重宫阙,看着平时已经看惯了的一草一木,竟似换了一种见识。

第一次沉浸于这种思绪奔逸的状态中,她忽然明白了赵恒为什么每天要站在这里看着远方——站在这里,能让心平静,能让烦恼远去,更能让头脑摆脱固定的思绪,打开另一扇门。

到后来,她甚至不再把每日登上城楼当成是陪伴,而是也开始享受这片刻的安宁。

她甚至没有感觉到，赵恒已经转过身来看着她。

刘娥回过神来，看着赵恒嫣然一笑："官家在看什么？"

赵恒微笑："在看你。"

刘娥脸微微一红："我看得出神，竟忘形了！"

赵恒伸出手来，刘娥上前一步，两人并肩站在一起。赵恒轻叹一声："却也不是每一个人，都能够领略到这忘形的感觉。"

刘娥遥望远方，轻叹一声："官家还在为傅潜之事耿耿于怀？"

皇帝此番北上，颇提升了几名作战勇猛的将领，又用高琼替换了退缩不前的傅潜，军务整顿的动作很大。众臣以为皇帝回京之后必会有一系列动作，可是一个多月过去，对傅潜的处置却还没有下来。

赵恒叹息一声："是因为傅潜，也不仅仅是因为傅潜。自大宋开国以来，太祖、太宗都有北伐之举。但先帝晚年不喜兵事，不愿与辽国发生争势，因此众将也就顺势罢兵，不愿承担戍边的责任，导致边关屡报辽国犯境。我身为皇帝，这军务终究是要重新整顿的。因此，我就想趁着咱们打了几个胜仗的气势北上巡边，亲临前线去看一看，了解边关大将的才具能力，也看一看咱们同辽国之间的兵力差距。没想到却看到我付以重兵的大将竟会，竟会……"说到这里，赵恒只觉得胸口的气梗在那里下不来。

刘娥忙劝他："官家，傅潜负恩，并不是官家的错。"

赵恒摇头："不，并不是。傅潜当日何尝不是忠勇之士？能够得到先帝的信任并不容易，我不相信他能伪装这么多年。可这样的忠勇之士，手握重兵，就会起异心。这不是傅潜一个人心性不行，而是全军的五代之风都太浓厚了。那天有人说了一句话，我当时虽然打断了他，可是……可是这句话，却一直在我的心底。"

刘娥问："那人说了什么？"

赵恒："五代殷鉴未远，焉知是不是又有人想做石敬瑭、杜重威——"

刘娥倒吸一口凉气。石敬瑭献燕云十六州给辽国，得辽国之助，灭后唐而建立后晋。石敬瑭死后，其手下大将杜重威挟十万兵马，在后晋与辽国开战时投辽，使得后晋灭亡。虽然石敬瑭、杜重威皆无好下场，可是两军交战，大将挟兵自重，卖主篡立，却是五代以来的传统。兵骄逐将，将骄逐君，大宋立国虽已数十载，军中旧习仍然难改。指出傅潜有做石敬瑭、杜重威之心，就是摆明了说傅潜要谋反。回想这一战中傅潜的种种作为，的确是让人不得不疑心。

赵恒却摇摇头，对刘娥解释道："可我纵然明白，却不敢说。不能声张，不能议罪，不能让诸将群臣往这边想。这世间的事，想多了，就会生出无限猜忌和针对。所以我不能让任何一个人说傅潜曾怀不轨之心。"

傅潜，只能是腐朽畏战，只能是怯懦迟钝。

他又道："这次若不是诸将立下大功，令辽兵败退，我甚至还不能拿傅潜怎么样。这几日朝堂之上给傅潜议罪，都说即便不是株连亲族，至少傅潜也必须是死罪。"

刘娥已经听懂了他的意思："官家的意思是——傅潜不能死？"

赵恒点头："是，五代之风不可遗留。君王疑臣，便要杀臣；臣子拥兵，便要叛君。人人都有杀心，唯有我，是不可以有杀心的。我下旨，只令傅潜父子流放，甚至过几年有大赦的机会，我还要赦他回来。"

刘娥也懂了。天下不宁，君臣相疑；天下太平，君臣相和。她道："官家是明知傅潜有异心，也要当他没有异心处置。如此，边将因感念官家仁慈而打消异心，也因官家仁慈而不至于生出怨念。"

这正是赵恒继位之初在诏书上说的"召天地之和气"，因此，赵恒宁可以自己之忍辱、忍怒、忍叛，而感化公卿将相。

赵恒握着刘娥的手，道："我很感激能遇上你。想当年你同我说起那蜀中逃亡之苦，才令我的眼睛看到了另一边。我生于帝王家，纵平时也看到了书报奏批，却只当是文字上的东西，一直以为天下处于太平盛世，不曾知蜀中流民千里逃亡；只看到这繁华汴京，不曾知百里外民生已然凋敝。为君者若不知民，只凭着意气风发，只想着建功立业，这功业纵是七层琉璃宝塔，也是建在沙上的。"

刘娥一惊："官家这话重了。"

赵恒摇摇头，长叹一声："你不知道，我只道大宋立国这么多年，处处国泰民安，却不曾想到，京城之地固然是繁华无极，可是自出澶州一路北上，我自车驾中向外看去，只见良田俱成荒野，一连走了好几日都杳无人烟，我这一路上，走得是心中也一片荒凉啊！"

刘娥也不禁惊骇："官家，怎会如此？澶州离京城不过百里，怎么百里之外就如此荒凉了呢？"

赵恒看向远方，伸手指给刘娥："千里荒原，无人耕种。这是我的天下，这是大宋的天下啊！我看当年雍熙北伐时的战报，有许多举止失措的地方，本来是不理解的。比如为何要毁太原城而尽迁北地之民，并且多次错失战机，甚至让潘美、曹彬这样的大将陷于危境？如今我去了，才得以明白，原来是这样。"

刘娥有些明白："官家的意思是，先帝当年毁太原城，就是知道守不住太原城，而雍熙北伐，其实追求的并不是燕云十六州的城池，而是百姓？"

赵恒道："是。我现在明白为何当日赵普要提先南后北的建议了。因为如果不打下南方，那大宋就与后梁、后周等朝没有什么区别，朝廷手中的力量还不及世家大族。"

刘娥道："所以朝廷对南方的依赖比表面上看到的更强。"

赵恒依然望向远处，似乎是在看着那澶州以北的千里荒原："我长于京城，若不是走出去看了看，竟不知一场百年之战，令中原人丁凋敝到了何等地步。我这才知道，当年的雍熙北伐，先帝付出了多大的代价。若是那一战胜了，那付出再大的代价也是值得的。可是那一战却输了，输到先帝再也无力北伐，含恨而终；输到在我的手中，还要继续偿付这代价。"他长长地呼出一口气来，"我原先竟是把这一切想得太简单了。"

刘娥走上前来，轻轻握住赵恒的手，合拢在一起。

入手一片冰凉，她欲要劝解，可是这沉重的话题，如何用一句轻飘飘的话来劝解？过了片刻，她只缓缓地说了一句："所以，老天爷才将这万里江山放到陛下的手中。"她此刻不再称他为三郎，也不称官家，而称呼他陛下。

赵恒深吸一口气，把那投向万里之外的眼神收回，看着身边的人，抽出一只手来，轻轻拍了拍刘娥合拢的双手，露出了一丝微笑。

刘娥仰首看着赵恒："原来这些日子以来，三郎每日北望，就是一直在想着这件事情？"

赵恒叹了一口气："我此番北巡，遇上的何止这一件事，桩桩件件，俱是不叫人轻松的，若非亲眼所见亲耳所闻，我真是成了井底之蛙了。怨不得古人说读万卷书不如行万里路，我这次北巡，胜过在宫中看万本奏疏啊！"

刘娥点头道："所以三郎这段时日，亦是为此所扰。"

赵恒亦点头道："文臣们见天下一统，天天叫着收复燕云十六州。可如今我做了皇帝，才明白这何其难也。就连先帝当年雄心勃勃的壮举，如今想来，其更深的目的，还是夺取人口啊。打仗打的是钱粮，如今蜀中之乱方平，江南亦不轻松,国库空虚;且北地千里荒凉,沿线粮草供给不上,便是大忌。因此首要之任,便是要令军民在北地开荒。且此番北巡,似傅潜这等为保全实力临阵不战者尚不止一个,所以我只得重处傅潜以儆效尤;那日我派禁军一起参战,虽说是打退了辽人,可是我亲眼所见,咱们只是恃了人马多,实际上却不及辽人兵强马壮……"

刘娥不解地问:"我记得本朝在册兵卒之数远胜辽人,可是为何却敌不过辽人?依我愚见,朝廷每年招兵太多,可是练兵却太少了。如今国库空虚,倒不如减少兵员,加强训练,岂不一举两得……"

赵恒截断了她:"此事不可行。"

刘娥忙低下头来:"是我失言了,军国大事,原不该由我一后宫妇人擅议。"

赵恒摇头道:"你有所不知,军国大事,并非只算钱粮之账。本朝招募兵马远超前朝,并非完全只考虑行军征战之用。历朝历代,都因天灾人祸,以致田地无收。百姓饥寒交迫,铤而走险,不是落草为寇,便是割据一方,直至亡国灭朝。因此自太祖起,每遇水旱荒灾,便要去灾区招募灾民入伍,朝廷多一兵,则少一暴民。"

刘娥想到当年蜀道逃亡时所见:是啊,那时候一个村子贼过如梳,兵过如篦,若是当时朝廷就能够在蜀中将那些乱民招入军中,或许她和婆婆就不用去逃亡了吧……便道:"怨不得我只见着兵员越来越多用钱粮,原来还有这一层用意。"

赵恒点头:"是啊,所以……对于南官的任用,虽然宰相们大力反对,但我却不能任由北官永远把持中枢。我,需要南官。"

刘娥道:"我明白了。当年唐太宗开科考,说天下才子皆入吾彀中矣,本朝广开科考,恩荫官员,也是这个意思吧。天下,是何人之天下?不能再像五代时期,文臣们迎来送往、武将们坐拥重兵而常起叛心。要约束好武将,也要提拔只效忠官家的文臣。"

这一日,赵恒与刘娥说了许多许多。他要整顿吏治,他要开科举,他要鼓励生产,他要恢复农耕,他要练兵,他要备战,他要在一切都安宁以后重修律法……刘娥听着他的话,想象着未来的样子,也不禁心向往之。

恰是从离乱中走过才能明白,一个想让天下太平的帝王,比一个开疆拓土的帝王更难得。

咸平三年,赵恒亲自巡边归来不久,便雷厉风行,连着下了一系列的诏令,一反登基三年以来基本上依老臣所奏垂拱而治的局面。

二月初,下诏令百官尽言国事无讳,未能直接奏对者亦可封奏疏以闻。亲自下了一系列对边关诸将的升调之令,并令朝中五品以上官员各举荐一名堪任边关守将的武官,同时应杨延朗、杨嗣诸将之请,特诏几名边关大将拥有部分练兵之权;

二月下旬,借赏花之名,召诸将在御苑比赛骑射;

三月,亲御崇政殿面试科举进士;

四月,亲至河北城防阅武举人骑射比试;

五月,大赦天下,死罪减罪一等,流配等均开释,免百姓历年来所欠赋税,促进农桑耕种;同月,亲临城郊玉津园观看刈麦等农事,临金明池检阅水战,临琼林苑举行宴射;

六月,以向敏中为河北、河东宣抚使,促使河北一带恢复农垦;

……

就这样,咸平三年整整一年之内,赵恒不但下了多番旨意推行农桑、加强边境力量、整顿武备、派中枢诸大臣巡察安抚天下,更数次亲自举行射猎、观田、亲试文武举人、接见耆老等。

到了年底,这些举措已经大见成效,朝廷上下面目焕然一新。此间,首相吕端因病重去世,赵恒任命李沆为首相,李沆年老,政事多由赵恒新提升的给事中王旦、枢密直学士冯拯等辅佐。

赵恒在考虑了这一年文武百官尽言国事无讳的奏疏之后,接受王钦若等大臣的奏议,又下了两道特旨:

一、免天下百姓自五代以来历年内所欠朝廷所有租赋。

二、减天下冗官冗吏。

自五代以来,天下战乱纷纷,许多农民逃亡他乡。虽然战事结束,但是多年来田地抛荒,欠下官府租税无力偿交,因此不敢回家。且官府账面上看似有许多租赋可收,可是人已逃亡,实质上也无法再回收,反而令各级官员为了向上级交代,而将许多已不能回收的欠赋转嫁在当地农民头上,逼得更多的农民因交不起田租而逃亡,使得更多田地被抛荒。免去欠租,自可令逃民们安心回归田园,朝廷才能够真正有赋税收入。且逃民归家,不但能令社会稳定,还可以在战事发生时,使军队有供给线。

此项赦免人数多达数十万,赦免钱物也有一千余万,如此减赋,必然要想办法节流,才不至于收不抵支。本朝开国初,太祖为了稳定朝纲,过多任用朝廷官员及边关将士,导致冗官冗兵的存在。既然不能减兵,那便只有减官了。那些冗官数量之大,可以追溯到五代时,不但有后周的旧官吏,也有吴越、南唐、后蜀等各国归降的官员,以及大量开国武官并朝中各官员荫及子孙、家人、部属的荫官等。有司清查数月,最后查出来可减的冗官冗吏达十九万五千余人。

旨意一下,天下震惊。

这减官之举,牵涉极大极广,几乎涵盖天下所有官员。一时间,奔走相告者、倚门哀哭者、牵裳对泣者等等,几乎是搅得天下大乱。

赵恒一边裁官,一边将数千名在这几年的文武科举中脱颖而出的举子——安置,填补空缺。

皇后郭熙秉承家教及太后李氏的作风素不干政,这不干政的好处自然由她这十几年的顺风顺水验证了。然而此时,她却深深地感觉到了不干政对自己的不利。

她或许并不能完全明白赵恒这一系列改制的前因后果,但是却敏锐地捕捉到了其中的微妙之处,这微妙之处或许是赵恒所没有察觉到的,却瞒不过她。

后宫之中只有翠华殿的修仪刘娥,才是这番政治改革中的最大得益者吧。郭熙一步步地分析过来,越发觉得可怕起来:刘娥之兄刘美接替傅潜之职为监军,已经插手军界;刘美的妻舅钱惟演本为降王之后,照理说难进中枢,却借着才子之名,与朝中杨亿、刘筠诸名臣同在修史书之列,不但可以借修史博得名望,更可借此与杨亿等人将来同入中枢;刘娥当年曾暂避张旻府上,如今张旻亦得以出任昭州刺史,为一方大员……

皇帝在提升南方的官员,而刘娥,出身蜀中,结姻江南。

郭熙心中如有蛇在噬咬,皇帝为什么要为刘娥做这么多事,难道他忘记她郭熙才是皇后了吗?

郭熙看到的是宫中事,但她没有看到的是,皇帝这么做,并不是为了一个后宫的女子。清查冗官是实,但是皇帝要操控实权也是实。

但她看得也没错,这样的调整里,固然南方有一些降臣被裁,但更多北方官员的旧部、亲族也因此失位。

虽然内阁之中没有南方的官员为宰相的，但南方的官员精于政务、勇于任事，肯吃苦做事，在这次调整中得到大量迁升，已经成势。刘娥的姻亲不过是钱惟演，但是南方诸官员的提升甚至入阁，都是不可避免的事。

前朝后宫，俱有需求，因此一拍即合。皇后的几个兄长在外头走动了几回，新年一过，便有大臣上表，请求为国家计，宜早定皇储，请立太子。

赵恒至今有过四子，皇后郭氏生了三子，都是在王府出生的，长子与第四子因先天不足，都是襁褓之中便已夭亡，尚来不及赐名。另有宫人戴氏生了皇三子，那孩子长得甚是聪明可爱，不料于皇帝登基那年出了意外，也夭折了。此时后宫之中，便只有皇次子玄祐，那便是无可争议的储君了。

如今赵恒膝下独此一子，自然十分钟爱，且这番上表的是副相赵安仁及御史田锡，此二人俱是以秉直敢言而著称。但此番推举储君，分明就是北方系大臣面对南方系大臣近来的提拔之事而出招了。

太子之立，这是要影响朝政几十年后的走向的，因此这番上书，赵恒看出来了，南官们也看出来了。

赵恒想了想，就让周怀政在水阁布了茶席，叫张怀德去内阁请诸臣来品茶。

张怀德先去了东阁，北派大臣们多聚于此。

此时众人正在说话，说的正是最近皇帝这一系列举动。

皇帝继位三年无改于父之道，三年过了，正是新皇显示力量的时候。

首相李沆此时正说道："国事、军事、科举、武举、大赦、免赋、促农桑、观水战、抚北方，官家这一系列的举动恰是这三年的深思熟虑，大宋江山，得圣明天子啊！"

王旦就道："只是允大将有练兵之权，这个头一开，会不会……"

李沆道："只是练兵之权而已，如今边境不宁，若边将毫无机动权力，只怕事发仓促之时无应对之法。"

寇準亦道："自雍熙北伐之后，这十几年来，河北、河东之地大片荒野，若能够恢复农垦，我们在赋税上就不必对南方依赖太重了。"

李沆听了这话一皱眉，劝道："你对南人的态度，过了。"

寇準不以为意："当争则争，当夺则夺，都当好好先生，让那些南人占据朝堂，只怕他们把南唐、后蜀旧习气都带进来，不养浩然之气，只钻营细碎机巧，败坏朝纲。这朝堂的立足之地，每一分每一寸都不可轻让，否则就会误国误民。"

李沆却是知道情况，只叹息："大宋先天不足，失了这燕云十六州，想要国用充足，边境安宁，这田地丈量、税法细分、官营博买，都要这些细碎机巧的功夫啊。"所以只能眼睁睁看着这些南边的降官及余荫占据了一个个重要位置。

寇準却道："我承认国家需要这些细碎机巧的功夫，但这些是小吏做的事，不是朝堂大臣该做的。就如那个王钦若，冒人之功，官家不知，居然还说他体恤民情，想让他入内阁做参知政事，这样的小人，再有细碎机巧的功夫，又怎堪任大臣呢？"

寇準说的是王钦若任太常丞时问三司清理欠款凭据的事。度支判官毋滨古跟王钦若说，有些欠债是旧年百姓因兵灾逃亡而欠下的钱粮，自五代起的债目一直录到现在，其实是无法征收的，不如上奏官家，请让此债务减免。王钦若听了，一边阻止毋滨古上奏，一边自己暗中让人连夜核算好数目和减免成数上奏皇帝，皇帝因此褒奖了王钦若。

北官们知此事，皆为毋滨古不平，道："正是，此非君子所为也，这样的人，岂能做国之重臣！"

但同样一件事，从另一个角度看来，却是不一样的。

王钦若的说法是这样的："毋滨古自己无能糊涂，既知三司清欠多年积弊，这么多年却不思改进，待质问起来，就总用这个理由搪塞。且总数不清，能追回多少不清，减免多少没个成算。官家岂是个糊涂的，如何能由着他说一句赦免就赦免？若不是我算清了报上去请官家赦免，这笔糊涂账从五代积到如今，还想再积多少年？"

钱惟演劝他："好在官家知道你辛苦做事，不必勉强。"

王钦若叹息："国朝一统大江南北，可是有形的一统易，心中的一统难。我们这些南方出身的官员在朝中尤难立足，在那些人的眼中，我们这些做实事的人只配小吏一流，岂容与他们同列。我等一事未做就先受攻击，不得不察言观色、战战兢兢，这却又成了一重罪名，开口闭口小人行径。哼！"

冯拯就道："幸而官家明察秋毫，知道谁是努力做事的人。"

钱惟演又说了一句："我听说他们欲阻止允大将练兵之权。"

王钦若哼了一声，阴阳怪气地道："大将不准练兵，南人不准当官，横竖这朝堂只余几个书生大言,空谈误国就好。"

南官们皆不说了,都叹了口气,脸上也有愤然之色。

本朝是从后周得的江山,北派的重臣,溯其渊源,多半自其父祖荫亲,或提携有恩的上级,都有在后周乃至后汉、后晋、后唐时代为官的经历,而构连成一股看似分散,实则理念认同、互相支援的力量。也恰恰是这股力量的存在,使得官宦世族俱能够抱成一团,虽经五代之乱,军阀们如走马灯似的更替,但这些书香大族却没有像唐末一样,经历一次权力更替就"天街踏尽公卿骨",反而是越来越强大。

其中历经五代十帝均为宰相的冯道更是其中的佼佼者。冯道以其不屈的意志和娴熟的政务能力在身边聚集了一批顶极人才,他们以冯道马首是瞻。那些军阀经历了唐末的血腥屠杀及一代代朝起暮落,是历经洗礼而生存下来的胜利者,远比刚起事的草莽更精明。他们目睹无数的政权倒塌,加之那些文士长久游说,以血的代价认清,若想要寻找更长久稳固的统治,就必须尊重士大夫们的行政能力。

而冯道,正是士大夫们推出去与军阀周旋的首脑,所以郭威想称帝的时候,见冯道不施礼,就自知时机未到而暂退。士大夫们对冯道广为称赞,将他推上"当世之士无贤愚,皆仰道为元老,而喜为之称誉"的声望顶峰。

这股力量在进入新王朝的时候,也产生了新的变化。

世家大族对于军队擅权的恐惧是一贯而持之,所以才有开国之后游说太祖皇帝"杯酒释兵权"的举措。他们对于太宗皇帝擅自北伐,也多有不认可。同时,太宗皇帝时代监军制度对军队的控制,及设立枢密使将军队指挥权力收归等措施导致的一系列军事失当,究其原因,太宗皇帝自己的性情与才能固然是一方面,重臣们施力影响亦是极重要的另一方面。

与之相符的,就是对南方官员的排斥。北官是立国有功之臣,擅长兵事,而南方多年无战,南官们更擅长抚民安政经济之学。但因南方官员最初都是亡国降臣,先天低人一等。随着大宋立国日久,南方官员于实务上多出成绩而逐步升迁,渐渐影响到朝堂上人数比例。且太宗皇帝时又大兴科举,南方人入朝更多,不能不让北官们为之警惕。

虽然这也并不是一概而论,南官中有才华者也能被北官所赏识,而北官中心胸广阔者也会与南官交好,但这里却有一条不可逾越的鸿沟,那就是入阁。

本朝开国至今,尚无南方人入阁为相。

而王钦若,却想当这个第一人,所以他首当其冲遭到了极大的攻击,寇準就公然骂他"小人",说他"钻营",由此,王钦若对寇準可谓相当厌憎。

王钦若就说:"我颇想修史,好点评点评冯道。"

丁谓阻止他:"千万不可,若是你敢这么做,他们岂能放过你。"

王钦若也点头,叹气道:"我看,起码还得等上五十年。我想着,必是我们南人,会对冯道有一番重新评定。"

他倒是不曾想到,果然再过五十年,由江西人欧阳修编撰的《新五代史》就把对冯道的评定由"厚德稽古,宏才伟量,朝代迁贸,屹若巨山"变成了"矫行以取称于世"。自此以后,冯道风评一落千丈,被后世视为无耻之人,则又不为此时的士大夫们所知了。

两人这时候又说起皇帝召众臣商议重定律法的事情来。

五代十国时期,乱世为政,律令不一。大宋建立之后,便急需一个统一的律令。在这样的背景下,淳化三年(992),太宗皇帝以唐《开元二十五年令》的内容为蓝本,只在字句上略一修改,便将《淳化令》颁行天下。

只是此时距宋开国已有四十一年,若仍以唐令为标准,已显得不合时宜。赵恒早在为开封府尹时,就遇过许多案子没有合适的律令来判决的情况。再加上后蜀、南唐、吴越等南方诸国与北方又不一样,因此,制定出一部适合本朝的律令已经是当务之急。

然而在这一桩上,又存在极大的争议:本朝不抑兼并,经济上依赖官营榷务极大,因此关于土地田亩、经营度支等方面的律法制定就不得不依赖南官,可北官却不容许南官插手。他们却不曾想到,本朝有大半国土都在南方,这岂是他们能阻止得了的。诸如此类的矛盾层出不穷,这新律法的研究就在磕磕碰碰中进展甚慢。

众人正说着话,内侍张怀德来了,请了诸人去水阁。

结果南官走到外头,正遇上东阁的北官们,双方相遇,北官们自然斜眼等南官让步,冯拯让了一步,王钦若却不肯让。

李沆就笑道:"官家也召了你们去啊。"

冯拯拉了拉王钦若,示意他后退一步。若是不论派系,李沆毕竟是宰

相,王钦若让的是宰相之尊,倒也无伤尊严。

王钦若只得退后一步,拱手道:"是。相公辛苦。"

李沆就笑呵呵地道:"都辛苦,都辛苦。"

寇準却冷笑道:"同他们有什么好说的,一堆鸟人鸟语,话都说不利索。"

这时候的朝堂,派别真的很容易分辨,北人都是关洛口音,南边的蜀中口音一派,江南口音又一派,只要一张口,就知道是站哪派的。若下了朝,几个地方成堆的臣子们一说话,所谓南腔北调,若说得快了,真是除了本地人,旁人是听不懂的。北官们就很讨厌南官们扎堆说着自己听不懂的话,而南官们说起中原话来,总带点南方腔调,就被北官们斥之以"鸟人鸟语"。

寇準这话顿时惹恼南官,他们齐声道:"你怎可以言语辱人——"

眼见就要吵起来,就见后头又来了一行人,当先一个挂杖老者笑道:"这都是怎么了,好好的吵什么,难道是天气太热,要争冰饮不成?"

众人见了,一齐行礼,却是上月刚刚被皇帝起召复相的老宰相吕蒙正,这是他第三度复相了。本朝三度为相的,前头只有一个赵普,后头有没有人,恐怕也难说了。

去年吕端去世,赵恒提拔了李沆上来,但还是觉得有些不足。这次裁减冗官过多,恐百官生事,因此才先请了吕蒙正出来复相,再下旨推行。吕蒙正资历深年纪大,不太管具体的事,但有他在阁中,镇得住群臣。吕蒙正气量大,能识人,因此北官中固然有许多是他一手提拔上来的,南官中也有许多是他打破成见一力推荐来的。

众人见他来了,俱不敢辩,连寇準都恭敬地上来扶他。

吕蒙正拍了拍寇準的手,意味深长地道:"天下一统,何分南北?俱是大臣,你要多些气量才是。"

寇準不好违他,只得称是。

见众人都应是,吕蒙正便一团和乐地带着众人去了后头水阁中。

第五十五章
赋诗劝学

赵恒已经在水阁中,正看着周怀政烹茶,见众人来了,就招呼他们坐下。

吕蒙正看着手中的茶盏,只见茶汤上一层碧色烟树山水,渐渐蕴入茶中,不由得赞道:"怀政这烹茶的手艺越发好了,这茶,水好、景也好。"

周怀政欠身行礼:"多谢老相公夸奖。"

赵恒笑道:"既品了朕的茶,便替朕想想。昨日皇后带着玄祐来见朕,说玄祐该发蒙了。朕想着这是大事,因此想请教老相公。"

吕蒙正笑呵呵地道:"这是好事,大家都商议一下?"

众人俱是人精,听着皇帝只字不提太子之事,但却又郑重其事地为皇子请太傅,显是看重之意。等诸人走了,皇帝又留下吕蒙正,叹道:"想当年先皇也曾对朕说,他先是有意于楚王,后来又定了许王,此后几年才择定了朕,又冷眼观察了好几年,甚至有时故意冷落朕、考验朕,最终,才把这皇储之位交付于朕。这固然是为社稷选定可托付天下之人,也是爱护朕,使朕免遭楚王、许王之厄。如今,朕膝下只有玄祐一个儿子,既嫡且长,立不立太子,结果都是一样。但若早定储君,其身边会多一群利害相关的人,倘有小人觊觎,引他上邪道,反而不好。便如当年唐太宗的太子承乾,早在幼年就被立为太子,之后便有无数投机之人围在他的身边,用种种歪门邪道,投其所好,终于将他引上邪路,以至于误了一生。"

吕蒙正听了,明白皇帝的意思,就道:"官家说的是正理,老臣自当为官家平息物议。"

但皇帝没说出来,以及大家心照不宣的心思,还是皇帝如今还年轻,皇子还小,将来的变数太大。正如皇帝说的,如果将来没有变数,这是皇帝唯一的儿子,既嫡且长,于玄祐来说,并没有什么值得一定要去争取的。但如若将来有了变化,有这一个太子名分在,反而麻烦。

次日便下旨,封皇次子玄祐为信国公,择良师为信国公启蒙教学。

皇后郭熙接旨谢恩后,站了起来,长长地叹了一口气。

侍女燕儿恨恨地道:"圣人,此事必是翠华殿作祟!"

郭熙知道她说的是刘娥,又叹了一口气:"此事是我思虑不周了,没能把那些老臣说动。官家的性子我知道,像吕蒙正、寇準这样有分量的人,若是肯为我儿说话,说不定当朝便把事情定下来了。若是犹豫片刻,回了后宫被枕头风一吹,事情便难办了。"

燕儿顿足道:"偏是这些人老奸巨猾,断不肯给人个准信儿。"

郭熙冷笑:"这些人若是一问便准,也坐不到今日的位置来。"

她面上不显,心里已经是气得颤抖,却只能一次又一次地对自己说:以后的日子长着呢!玄祐如今是嫡长子,只要我细心教养,将来必是众望所归。刘娥便是作祟得一时,哪能次次得逞。

过了足足半个时辰,郭熙平复下心情来,才有心筹划后续之事。

王钦若谋求参知政事一职的努力遭受了挫折,虽然他在三司任上成绩显著,但要让他入内阁的事,还是被其他阁臣集体反对了。

刘娥听到消息的时候,已经是王钦若决定接下来集中精力去修书了,不只是修一些镜鉴,实要做成一本前无古人的大书。

陈大车说:"我听说他们雄心勃勃得很,要修一千卷呢。"

杨媛摇头:"听说这王钦若颇有才干,不想大好年华不去做事,倒去修书,这要修到哪年哪月,可不是糊涂了。"

陈大车反驳道:"修史制书,是流芳千古的事,最有意义不过了,怎么是糊涂了?"

刘娥迁宫之后,也曾请陈大车搬来,但陈大车却拒绝了,说虽然新宫殿更气派,但旧宫院离膳房与书阁更近。

刘娥曾经为此疑惑过:"离书阁更近也罢了,离膳房更近,却是为何?"各宫妃都有小厨房,有什么爱吃的只管在自己宫里做便罢了。

陈大车却道:"小厨房有小厨房的好,但膳房种类更多,食材更多,可探究的更多。"

刘娥便想起赵恒说过的一件令他耿耿于怀的事:刘娥进宫的时候,皇帝原以为已经给梧桐院安排了最好的,但没想到,陈大车进宫不到半个月,就挖出了膳房做蜀菜最好的厨子,更有一应吃的玩的,梧桐院硬是让陈大车给比下去了,害得赵恒不得不去陈大车处,用了若干条件,才将她那厨子与摆件给换走。

想到这里,刘娥不由得笑了,道:"媛妹说得对,大车说得也对。王钦若有才干,是该去做事的。官家曾经提出,想让他入内阁任参知政事,可惜宰相们不肯。他心里清楚,若是只做事,做得再好,恐怕也仅止于此了。"

陈大车摇头:"可惜啊。大宋一统,地无分南北,均是我大宋臣民。可朝堂上的衮衮诸公,为天下望,却画地为牢,执着成见,排斥南方人,真是枉负我当年对他们的敬仰。"

刘娥道:"知见为障,成见如山。人之所以有成见,是因为成见让他们觉得安全,可以明白地区分敌友,可以迅速地决定进退。世上许多的规则都是人定的,而愿意去制定或者遵守的人,只不过是觉得这样更方便而已。所以,有能力的人是可以改变规则的。便如这王钦若,北边的大臣们占据了名分大义,他想改变仕途命运,只能以修史来扬名。"

陈大车听了这话,顿时明白,道:"正是,等书修好之日,自然就是他入阁拜相之时。"

杨媛没听懂,只急道:"朝堂上的事与咱们何干,姐姐净说些不相干的事做什么。"

刘娥笑道:"那媛妹要我说什么?"

杨媛就道:"姐姐什么时候封妃啊?我就不信,姐姐会永远居于这九嫔的位分。"

刘娥与陈大车相视一笑。

陈大车道:"有唐一代近三百年,科举取士不过六千多人,可先帝在位二十一年,科举取士就逾万人,这何尝不是侵占朝堂大臣们荫封故旧的利益?可此事于天下有重大贡献,自然得到士子们的拥戴。"

赵恒走了进来,正好听到最后一句话,哈哈大笑:"哦,我一进来,就听到你们在奉承我,可是知道我要过来,故意说给我听的?"

陈大车白了他一眼:"我正与刘姐姐闲聊,谁知道你来了。我要说官家好话也当面说,何必背后说。"

赵恒就道:"那你说说看,士子们为何拥戴?"

陈大车家里出了太多读书人,她也不说虚的,很直白地道:"那自然是有好处啊。一登龙门身价百倍,车马任坐,华堂任住,良田任得,高门争着嫁女,这世间有什么能比读书做官更划算的呢!"

赵恒听了这话,忽然怔住了。众人不解,就看他呆立了好一会儿,而后击掌叫好:"你这话说得好,我要写下来。"

他说着就疾步到了书案边,奋笔疾书。

"富家不用买良田,书中自有千钟粟。安居不用架高堂,书中自有黄金屋。出门莫恨无人随,书中车马多如簇。娶妻莫恨无良媒,书中自有颜如玉。男儿欲遂平生志,六经勤向窗前读。"

雪白的澄心堂纸,飞墨走笔,浓浓地落在"读"字的最后一点上。赵恒提起笔,端详了一下,笑问身边的刘娥:"我这首《励学篇》如何?"

刘娥念了一遍,笑吟吟地道:"大白话大俗话,却是非天子不能言此的大老实话。"

赵恒大笑掷笔道:"不错,我这是写给不读书的人看的,正是要这样的大白话大俗话。要让不读书的人听了这样的大白话大俗话,觉得读书是件好事,大大的好事。人人都要争着去读书,这样,天下才会有更多的读书人来为我所用。"

刘娥微笑。她可以预见,郭熙看到这样的诗篇时,会说什么样的话:这样的大白话大俗话,恐怕会令皇后娘娘在瞠目结舌之余,言不由衷地说上一番自承愚昧不能解圣意高远的雅话。

官话套话雅话,且让朝堂上夫子们说去罢,独有天子才敢说这样的大白话大俗话,也是大实在话。昔年汉高祖刘邦下求贤诏:"今吾以天之灵、贤士大夫定有天下,以为一家,欲其长久,世世奉宗庙亡绝也。贤人已与我共平之矣,而不与吾共安利之,可乎?贤士大夫有肯从我游者,吾能尊显之。"唐太宗说:"天下英雄入吾彀中矣!"这其中种种,皆是一理。当今天子这首《励学篇》,便是将天下人心中所欲一网打尽地端上来,教天下人都入了这彀中,除此也无处可去了。

推行的新政大见成效,赵恒心中满意,便有心将科举再行扩大。中原百年战乱,因此重武轻文,国家百废待兴,自然是诱使更多的人来投入科举之中,也只有实实在在的好处摆在眼前,天下人才会入此彀中。

转眼间,赵恒登基已经有五个年头了。这五年来,蜀中的动乱早已经平定,辽国数次小规模的侵扰边境也都被打退,四海升平之余,赵恒下旨令各地开渠治河,免赋税开荒田,收集各地农桑秘方由户部颁行天下。此时秋收已过,各地均传来佳音,今年稻粟、桑麻、茶豆等都获得了远胜以往的大丰收。更喜今年开科取士,取中之人的文章才华又远胜前几年的举子。因此赵恒甚是高兴,接受了百官建议,下旨今年的重阳节与文武众臣、皇室宗亲在琼林苑举行盛宴,普天同庆,与民同乐。

　　整个大宴,内宫之中便是由皇后主持。郭熙自一个月前起,便早早地开始准备了,安排歌舞酒宴、杂耍百戏、所有服制、庆贺礼仪等等,忙得晕头转向。可是在她的心里,这一个重阳节,还有更深一层的含义。

　　虽然赵恒通过水阁品茗,通过吕蒙正对群臣暗示不急着立太子的心思,但是郭熙却不是这么想的,尤其是在听到杨媛已经怀孕的消息时,她更是产生了强烈的危机意识,甚至胜过了她对刘娥的嫉妒之意。

　　如今对于她来说,杨媛是一种更危险的存在,毕竟她自信至今为止,与刘娥并没有发生矛盾,哪怕在封妃这件事上,她也是持积极赞成的态度。封妃不成,要怪只能怪朝臣反对,只能怪刘娥自己出身太低,底气不足。

　　但是杨媛却不一样。这时候郭熙不得不后悔自己当时毕竟还年轻,做事不够妥帖,将杨媛安置到玉锦轩这样的地方。只要对方有心打听,就能推测出自己背后的目的,就足以让她视自己为敌。且杨媛背后还有李太后助力,如今且还得宠,行事比刘娥嚣张得多。这些年来,总是杨媛在屡屡挑战皇后的权威,很明显,杨媛想透了当年的事,而且记恨着。

　　的确,在宫中人看来,刘娥每有封赏升迁,杨媛就会跟着封赏升迁,刘娥成了修仪,杨媛就成了婕妤。刘娥年纪偏大,虽然得宠,但毕竟不如杨媛年轻。如今杨媛更怀了身孕,她若生下皇子,盖过刘娥只是时间问题。

　　不过郭熙又想,或许这不是件坏事:杨媛有了孩子,自然会有更大的野心。刘娥没有孩子,要是官家因为杨媛的孩子而不常去她那里了,她能不着急?两人相争,自己这个皇后,才是坐山观虎斗。

　　自去年玄祐开蒙读书以来,郭熙每天都要过问功课,这一年下来,却是遗憾地发现,玄祐天资平庸。任凭名师辅佐,任凭郭熙严厉督导,玄祐不但没有多少进步,反而犯下个胆小的毛病来。现在年岁尚小倒也罢了,再过得几年,若是杨氏、刘氏这等宠妃生下几个聪明伶俐的皇子来,到时候赵恒疼爱幼子,未必不起争储之事。倒不如趁现在以玄祐无可争议的皇帝独子身份,名正言顺地先立他为太子,大位早定,方可放心。

因此这一次的重阳盛宴,不但是君臣同庆的日子,对于郭熙来说,更是重要的时刻。她早已令人拟了几个宴会上必用到的应景之题,做了几首文笔浅近又含意清新深远的诗赋,叫玄祐这几天日夜背熟,到时候在宴会上赋诗,必将赢得举座的赞叹拥戴。朝中众臣再推波助澜,若在重阳宴上能得赵恒一句金口,立玄祐为皇太子,则大事定矣!

对于赵恒来说,杨媛怀孕,他固然欣喜,但是于感情上,他其实已经没有什么精力了。

那些小姑娘的确可人,但也仅仅是可人罢了。他已经不是十五岁的轻狂少年,用毕生所有的热情去追逐一段感情。刘娥遇上他的时候,是他一生最风花雪月的时光,而这种爱又被阻挡,让他感觉到了痛苦与渴望。他在这场感情中经历的酸甜苦辣太多,以至于他的心完全没有空地再去与其他女人纠缠。当他成为皇帝的时候,也没有可能和任何女人产生与刘娥同等烈度的感情了。

年过三十,他把更多的时间精力放在朝政上。他要面对内政外交、武备边战、粮食税收、派系之争……偶尔从朝政中逃出,他也只想在熟悉的怀抱中松口气,聊聊天,根本没有时间与精力再去了解另一个女人。

若说一刹那的动心,自然是有过的。就像看到花盛开、闻到酒芬芳、听到琴瑟声,那一刻的心是愉悦的。但这种感觉是经常会被打断的,次日一上朝议政,散朝后就想到刘娥身边休息,至于昨天那个人是谁,他已经想不起来了,他能给的就是一些赏赐和夸奖。

或者说,他本能地在切断更深一层的联系。自从他对潘妃的付出和忍让没有得到应该有的回馈以后,他对感情的付出都很谨慎和吝啬,他的感情经不起再一次被辜负。

只有在刘娥的身边,他才是全然放心和安全的。他爱她,她也爱他,这样就够了。

李太后的"抱子得子"以及"以子抗子"说法,赵恒听到了,刘娥也听到了。从本心来说,刘娥并不想这么功利,有赵恒在,她有完全的自信,他不会变心,他会替她遮风挡雨,所以不管是抱子得子,还是以子抗子,她并不是那么急切。

同时刘娥也是希望赵恒有更多的孩子的。午夜梦回,他曾经为那些早逝的孩子而偷偷哭泣,他也为刘娥失去的孩子心伤,他也为皇后对玄祐的控制过强而着急,但他却无可奈何。孩子是皇后所出,做母亲的以她自己的方式管教孩子,他不能过于强势伤了皇后,也没办法真的不让皇后去管教。

他是个温和柔软的好丈夫、好父亲,他不应该只余遗憾。

杨媛怀孕,刘娥有心酸,但更多的是欣慰。杨媛当年受过许多的苦,但却没有变坏,依旧愿意努力。

刘娥自然是知道,杨媛与她往来,是有攀附之心,但她却不会因此而拒绝杨媛的到来。杨媛愿意付出善意,她自然也愿意还之以善意。如果赵恒要变心,她挡不住。但她不会"未雨绸缪"地去把所有人都当成敌人。

杨媛却不能不想方设法地去向刘娥有所表示。或许刘娥并没有猜忌于她,但她却不能不多想。刚进王府时郭熙对她的做法,着实让她在此后的宫廷生涯中更加小心戒备,这让她活得更谨慎,但也活得更长久。

"姐姐,我有些害怕。"杨媛说。

刘娥一怔:"你怕什么?"

杨媛沉默良久,才说:"姐姐可还记得咱们有一日在御苑看到戴贵人私自烧纸?我只道姐姐会对此事感兴趣,但姐姐只叫人将这件事掩过了,不肯打听。想来姐姐也是猜到了什么吧?"

刘娥一怔,看着杨媛。事实上那日她们看到之后,她的确有好奇之心,但看杨媛神情却是急欲向她说什么,她就猜到了些,因此不但不追问,事后也不去打听,看来今日杨媛终于忍不住要说出来了。

她却没有回答,只道:"我听说戴贵人曾生过三皇子,不幸夭折。那日当是她思念孩儿,想来是人家的伤心事。"

杨媛忍不住冷笑一声,见室中只有如芝、如兰随侍,当下就道:"姐姐有所不知,当日皇后怀大郎时,官家房内并无姬妾,太后恐人说她好嫉,因此才指我入府。谁知道她……"说到这里,杨媛又把到嘴的话咽下了,改口道,"谁知道我也无福,竟住进了庄怀皇后昔年住过的玉锦轩,因此数年不得见官家……"

庄怀皇后便是指前头的王妃潘氏。杨媛说到这里，虽转了话风，但其中内情，两人自然是彼此明白。刘娥闻言，只点了点头，并不说话。

杨媛顿了顿，又道："因着大郎自出生就体弱多病，后来又夭折了，太医都说是皇后胎里养得不好，用心太过……"她说到"用心太过"四字，又顿了顿，才道，"及至怀了二郎，皇后抬举戴氏服侍，所以三郎出生，只比二郎小了数月。后来皇后又有孕，只是她体寒，常年用药，因此四郎生下来就体弱。及至官家入了东宫，四郎也夭折了，没过几天，东宫就有流言，说三郎与大郎、二郎、四郎相克，三郎过于健壮，就是夺了大郎与四郎的气运——"

刘娥眉头一挑："是何人说出这样的话来？"

杨媛冷笑一声："王府、东宫，俱是一人独大，换了旁人，怎么能让这些流言飞扬而不被追究？"

刘娥看着杨媛，心中起了惊涛骇浪。之前她虽知此事，但毕竟不欲生事，因此也不去打听。如今听到其中竟有内情，她本能地不愿相信：杨媛所指，实是太过可怕。

刘娥定下心神，暗想此事关系重大，岂可轻易听信人言，杨媛对皇后有怨，万事往坏处想，也是有的，却不知后来如何。当下就缓缓问道："后来怎么样了？"

杨媛轻叹一声："后来有一日，东宫被困，彼时皇后还是太子妃，就把我们都聚在一起，只有二郎和三郎及服侍他们的人不在，太子妃说是不要惊动孩子。不过当时太子妃的乳母涂嬷嬷也不在，说是去照顾二郎了。结果没过多久，三郎的乳母就跑来说三郎不见了，于是太子妃赶紧派人去找孩子，并叫涂嬷嬷把二郎抱到她的房间去。没承想，她们找到三郎的时候，他却已经掉进水里了！"

刘娥只知那三个孩子夭折，具体经过却是不知。头一个孩子夭折的时候，赵恒也曾经跟她哭过，但后来赵恒入了东宫，她轻易见不着他，便不知其他两个孩子的情况，当下不禁问："可是已经……"

杨媛摇头："找到的时候，三郎还是有气的。戴氏整个人都蒙了，站在那里跟傻子似的回不了神，旁人瞧着，反而是太子妃显得比她更着急，不停地叫太医来。直至太医诊断三郎断气，太子妃甚至表现得比得知四郎没救时更伤心，近乎疯狂，不断地责骂太医，责骂三郎的乳娘，责骂涂嬷嬷，甚至还责怪自己。官家看到她这样，便反过来安慰她开解她，因此忽视了真正伤心到无法面对的戴氏……"

刘娥听到这里,反问:"你觉得这件事有蹊跷?"

杨媛冷笑:"子曰:'幼吾幼,以及人之幼。'人总是先爱自己的孩子,又有谁会在别人的孩子没了后,哭得比自己孩子没了更伤心的?虽然她这番做作,让所有人都觉得责任不在她,是她对自己太苛责,可他们却忘记了一件事——"她缓缓地道,"情滥,则近伪!"

这五个字,简直是在刘娥耳边炸响,顿时,所有的怀疑都涌上心头。她看得出郭熙是个极度克制的人,这样的人,又有什么理由,会在别人的孩子死时,哭得比自己孩子死了还崩溃?

"你既知有伪,为何到今日才说?"刘娥抑制不住愤怒,问杨媛。

杨媛忽然泪下:"姐姐,我拿什么去说?一切不过是我的猜想而已,无凭无据。那一夜之后,她就是皇后了,戴氏又是她的陪房,便是我为戴氏出头,戴氏是站在我这边,还是她那边?况且满宫都是她的人,我唯有两个贴身侍女,其余人,哪里敢用?"

刘娥一时无语,又问:"你为何不告诉官家?"

杨媛反问:"姐姐认为那时候的官家是信我,还是信她?"

刘娥气噎,不能说话。

杨媛长叹一声:"无凭无据,我哪里敢开口,因此只能缓缓去查。我是心有不甘,那流言本是底层的愚妇无知传出,郭熙为何放任其传扬?可见她是心有猜忌。大郎、四郎接连出事,她岂不迁怒于人?况且居上位者,这种事何必自己亲自吩咐,只需微露其意,自有人代她下手。我猜那人,便是她的乳母涂嬷嬷。"

刘娥问杨媛:"何以见得?"

杨媛道:"那日调派仆役,俱是涂嬷嬷做主,且也只有涂嬷嬷有时间下手。况且,她入主中宫以后,为何忽然遣涂嬷嬷出宫?必是防人查验。姐姐,我当日是想追查此事,可第二日东宫开禁,官家登基,她入主中宫,我便有再多想法,也不敢有所行动了。姐姐,大势已去,那时候就算知道其中有什么内情,也没有人会冒着得罪当朝皇后的风险去说出真相。我更怕我查出了什么以后,没命活下去。"她停了一下,缓缓道,"我相信戴氏也是有所怀疑的,可是,她只怕更不敢……"

刘娥忽然想起,她们撞见戴氏偷偷在御苑烧纸后,每次见着戴氏,她都

如同死灰槁木般的模样,心中一凛:莫非戴氏当真猜到了些什么,却不敢说出口?也唯有心如死灰,才会让自己活成那样吧……

刘娥看着杨媛,问她:"媛妹甘冒风险向我说出此事,却是为何?"

杨媛长叹一声,轻轻抚着自己的肚子:"姐姐,我怕。当年我还没见到官家,她就为了防我而如此算计我,再加上三郎之事……"她忽然握住刘娥的手,"姐姐,我和你姐妹情深,这个孩子,是咱们两个人的孩子。"

刘娥一惊,心中已经明白:"媛妹,你别说这样的话,你才是孩子的母亲,我岂能……"

杨媛却道:"姐姐,孩子多一个娘来疼,难道不好吗?"

刘娥看着杨媛,见杨媛眼中全是恳求,想到她说的那些惊心动魄的事情,想到戴贵人如今的状况,亦知她此刻已如惊弓之鸟,生恐孩子不保,她提出这个建议,也是为了孩子,当下心中生起怜惜,握着她的手道:"媛妹,你放心,这个孩子,会是我们的孩子,我会让你平安生下这个孩子的。"

杨媛哽咽跪下:"既然如此,一切都拜托姐姐了。"

刘娥急忙扶起杨媛:"媛妹,别这样,你还怀着孩子呢——"

当夜,赵恒走进翠华殿时,已经知道了这件事,只笑道:"这是好事。"

他早知刘娥已不能有子,杨媛愿意与刘娥共同拥有这孩子,是他最希望看到的。

刘娥见他出神,道:"官家在想什么?"

赵恒道:"我在想,这一胎是个公主还是个皇子。"

刘娥笑问:"官家心里想要公主还是皇子?"

赵恒就说:"我心里想要的自然是皇子,若是个公主也好,我还从来没有过女儿。上一回五弟家的女儿进宫,才刚刚两岁,粉团一般,说话就已百伶百俐,莫怪太后爱极了她。我若有一个女儿,想来也是冰雪聪明,姿容美丽,长大之后不知京城里有多少名门公子要为她神魂颠倒。"

刘娥掩嘴笑:"官家这是尚未有女儿,就想着将来女儿长大出嫁后的模样了?"

赵恒就叹息道:"我就是儿女太少了些。"

顿了一顿,又道:"偏生玄祐的身子骨也弱。"

刘娥闻言,也不好说什么,只道:"有圣人照顾着呢,官家尽可放心。"

赵恒摇摇头:"我就是觉得皇后拘得他太紧了,小小的孩子,不必这般辛苦。只是皇后坚持,我说了她几次,也是无可奈何。"

刘娥就笑道:"官家这可说好了,媛妹这一胎,不管是男是女,都不要他将来辛苦,只管开开心心就是了。"

赵恒点头:"是啊,许多道理,等大了再学也不迟。我还不是到了十五六岁,只知道傻吃傻玩的。"

刘娥扑哧一笑,两人四目交缠,顿时又想起当年初见之时的场景来。

赵恒就握着她的手轻轻摇晃,道:"小娥,你与我唱一段吧?"

刘娥脸一红,道:"唱什么?"

赵恒就在她的耳边低声道:"花明月暗笼轻雾,今宵好向郎边去……"

刘娥脸更红了,啐了他一口,手也轻轻拍打了他一下,道:"好不正经的,我那时候什么也不知道,如今想来,真是太愚钝了……"

赵恒嘻嘻笑着,扭着她一定要唱,缠了半晌,刘娥推开他,坐到一边,红着脸只肯唱:"风乍起,吹皱一池春水。闲引鸳鸯香径里,手挼红杏蕊。斗鸭阑干独倚,碧玉搔头斜坠。终日望君君不至,举头闻鹊喜。"

赵恒知她害羞,却不肯罢手,拉着她低声道:"等夜间你在我耳边,唱给我一个人听可好?"

刘娥与他扭了半晌只是不肯,谁知到了夜间,他缠绵到一半又要她唱,她只得在枕边与他低低地唱了,方才罢了。

第五十六章 重阳封妃

自与杨媛相约之后,刘娥便十分关怀,一应饮食起居都一一亲自安排妥当,自己又常常过来看望关照。这一个孕育中的新生命,将两人的关系拉得更为亲密。

这日刘娥来,就见杨媛吃不下东西,向她抱怨道:"这小冤家,生生折磨人呢。这大半个月,吃又吃不好,睡又睡不好,吃了姐姐送来的药以后,这几日才略觉得好些。"

刘娥握着杨媛的手,柔声道:"媛妹,我知道这些日子你辛苦了。不过细想想,这可是别人盼都盼不来的福气呢,你就不会觉得辛苦了。"

杨媛将自己的手轻轻反握住刘娥,笑道:"姐姐,福气是咱们两个人的。咱们不是说好了吗?不管咱们中间谁有了孩子,都是咱们两个人的孩子。"

刘娥笑道:"媛妹,我可不敢当,那不过是玩笑话,孩子终究是妹妹的。"

杨媛笑道:"姐姐,若说先怀上孩子的是姐姐,我此刻说出姐姐这话来,姐姐肯依吗?所以,姐姐就不必推让了,除非姐姐认为我是个失信之人。再说,这孩子有两个娘来疼,可不知道多有福气呢!"说罢便顺势将刘娥的手拉入被子里,放在自己腹上,"姐姐摸摸看,这几日,倒好像觉得小家伙在里面动呢!"

刘娥骇笑:"不会吧,才三个多月呢,就有感觉了?"这边却俯下身子去听,两人又说又笑,话题都围绕着杨媛腹中的胎儿。

杨媛是初孕,反应特别大,吐得一塌糊涂,什么东西都吃不下,却又不得不吃着各种补品,只觉简直比药还难吃,性子也变得急躁不安。

两人说笑了一会儿,杨媛见四下无人,悄悄地道:"姐姐,皇后这段日子,也不知道怎么样了。"

想到那一天，在李太后的宫中，杨媛被太医告知已经怀孕的消息，郭熙的脸色真是要多难看就多难看。想到戴贵人的儿子忽然夭折，刘娥更加不敢掉以轻心，便将自己身边的侍女梨茵派过来服侍。这梨茵乃是吴越王府送来的侍女，可靠得很，断不可能被郭熙所收买。

刘娥轻抚着杨媛微微隆起的小腹，心中暗忖：皇后必然不会按兵不动，下一步，应该怎么走呢？

一转头，看到雷允恭在门外探头探脑，刘娥会意，站起来对杨媛道："媛妹，我出去看看安胎药煎得怎么样了。"

杨媛是何等机警之人，眼角早瞥见雷允恭的身影，当下含笑道："一切都有劳姐姐了。"

眼看着刘娥走出门口，雷允恭迎了上去，刘娥掩上了门，杨媛忽然整个人松懈下来，软软地躺下。

真累，在宫里生活，有时候不得不这么累。杨媛轻轻地抚着自己微微隆起的小腹，感觉着那个渐渐成形的胎儿的存在，轻轻地吁了一口气。

不过还好，至少有希望。十几年了，这是她第一次觉得，一切的累，都有了目标。

刘娥走出房门，并不停步，只一径向前，等走过抄手游廊，走到西边的院子里，才停住脚步，沉声道："怎么样？"

雷允恭上前一步，呈上一张字条道："外边传来消息说，名单上的这些人已经答应郭家的游说，在重阳宴上一齐劝官家立储。"

刘娥点了点头："嗯，皇后这一招釜底抽薪，的确是上上策啊！"

雷允恭忙道："娘子，那咱们该怎么办？"

刘娥沉吟片刻，走到院子里，看着远方想了想，淡淡地一笑："不怎么办，到时候大伙儿自然知道结果了！"

忙了数日，终于到了重阳佳节。文武百官着大礼服，自朝元门进来，登朝元殿中朝贺，再随天子车驾出城，一路上经过各坊市街口，那里都用各色菊花装饰成菊门，车驾经过处，落英缤纷，五彩斑斓。

车驾出城之后，赵恒率群臣到西山登高望远，各插了茱萸，再回驾金明池，皇族宗室在此游猎骑射。

到了中午，则在琼林苑中设宴，皇族宗室及三品以上大员均携眷出席。宴会分设内外两殿，宫中妃嫔、诸公主郡主等都一起参加。

正宴开始，则有百戏伎艺表演。

玄祐长到这么大，还是第一次看百戏表演，不禁目不转睛地盯着。

先上来了数十面鼓子，然后，在鼓笛声中，一个身披红巾的大汉挥着大旗一路舞过。紧接着，又有两个红衣人从两边各引着一只狮子和一只豹子进入场中，跳跃翻腾一圈之后下场。过了一会儿，又有数名艺人上来表演爬竿、翻筋斗，而后整个乐队都站了起来，并数十名戴着面具执着雉尾、藤牌、木刀的人列偃月阵，模拟着战场上的动作。

玄祐正看得入迷，忽然听得轰的一声，烟火四起，玄祐吓了一跳，却见场中景色已变，那些执雉尾等的人已经退下，一排排戴着金面獠牙面具、口吐烟火的人拥了上来，表演诸天神鬼之舞。乐声也由《蛮牌令》改为《拜星月慢》。却看这一群人中，有戴虎皮的，有贴假胡子的，各自不同，煞是有趣。

这鬼神烟火退出之后，却是一队粉团儿似的女童，抱着各色菊花上来嬉戏表演，顿时教人眼前一亮，耳目一新。

然后就是各色的马戏、飞禽戏、蚂蚁聚会写字、水族面具舞等，热闹非凡。此时不但诸皇族的年轻人入迷，便是各耆老大臣也不禁一改往日的矜持，开怀大笑。

酒至三巡，玄祐仍沉浸在他从未曾经历过的欢悦之中，拍手大笑，丝毫没有发现坐在帘后的郭熙早已经暗暗用眼色示意他多次。见他仍然未曾回头，郭熙皱了皱眉头，对身边的侍女燕儿递个眼色，燕儿会意，忙捧过一盘重阳糕，送到玄祐的桌上，轻声道："圣人让您吃糕呢。"

玄祐嗯了一声，伸手去抓那重阳糕吃，燕儿忙趁势抱起他来，在他耳边轻声道："圣人命您该准备向官家献诗了！"

玄祐啊了一声，觉得似一盆冷水当头浇下，顿时变得垂头丧气起来。他还是个孩子，爱玩爱热闹，怎奈居于深宫之中，每天都是没完没了地学习规矩和教诲，再活泼的孩子，也变得呆呆笨笨的了。

郭熙含笑道："官家，今日盛会，岂可无诗？玄祐虽然年纪小，方才见此从未有过的盛况，也不禁想赋诗一首，献与官家！"

天底下做父母的，多半是对自己的子女恨不得揠苗助长的。果然赵恒一听玄祐能诗,不禁欢喜,笑道:"他才开蒙一年,就能作诗了?"

此时宫人捧上文房四宝,玄祐提笔写了四句,忽然呆在那里,神情紧张,写了几个字,却又涂掉了,郭熙看在眼里,已经暗暗猜到些了,抑住心中的不悦,笑道:"玄祐,若作不成八句,便是四句也行。"

玄祐松了一口气,忙将手中的纸递给身边的内侍呈上去。

赵恒接过来一看,却是只写了四句:百年沧桑逢盛世,四海欢腾今一统。政清如遇贞观日,粟白稻脂开元同。其下便涂作一团,看不清楚了。

赵恒点了点头道:"虽然只得半律,倒还通顺,有点意思!"回头吩咐宫人拿一柄玉如意赏给玄祐。

他走到帘后,欲把诗稿拿给郭熙看,眼光不由得向后瞄了一下,却发现后宫嫔妃群中竟无刘娥,不禁奇道:"刘修仪何在?"

皇帝与文武百官是自朝元门到西山登高,后转至金明池,再到琼林苑中来的。宫中后妃女眷们却是直接自宫中西华门至琼林苑的。赵恒一进入琼林苑,百戏便开场了,鼓乐盈耳,因此直到此时,他才发现刘娥竟然不在后妃群中。

赵恒问完这话,不禁转向郭熙。

若是平日,郭熙应该早就觉察到了,今天倒真是浑然未注意此事,忙笑道:"臣妾今日忙着这边的事,竟不知道刘修仪未来。"

杨媛忙站起来赔笑道:"官家,刘娘子早上还说,今日节庆,她要准备一件礼物,想是为这个来迟了。"

曹美人冷笑一声:"便是有心准备礼物,也没有临时抱佛脚的。如此盛典怠慢迟来,要是我们,早就犯了宫规了。由此可见,刘修仪之得宠啊!"

郭熙轻咳一声:"好了,这话回去再说,今日别扫了大家的兴!"

赵恒嗯了一声,将手中的诗稿递给郭熙:"这是玄祐第一次提笔,你且留着。"

郭熙接过诗稿,见除了前四句外,后面涂成一团,心知必是玄祐贪看百戏,预先背好的诗都忘了一半。幸好赵恒也只当他是小孩子,能做出四句已经是不错的了。

此时见赵恒夸奖玄祐的诗作,副相赵安仁等臣子忙站起来道:"官家,臣等是否有幸同睹信国公的佳作?"

赵恒笑道:"什么佳作,小孩子涂鸦而已,教你们也看个笑话罢了!"

说着,对郭熙道:"叫玄祐再抄一份清楚的,再送过来。"

郭熙忙叫内侍把诗送出去,玄祐重抄一遍后,递与赵安仁等人。

赵安仁站起来,双手接过诗稿站着看完后,忙赞叹道,"难得信国公小小年纪便能出口成章、提笔成文。此等年纪,有此等见识,实是难得!"

御史田锡趁机道:"官家,今逢盛世,早定储君,更可安四海之心。官家只有一位皇子,此时不立太子,更待何时?"

此言一出,群臣立刻附议,一时间,请立太子之声盈耳。

赵恒颇觉犹豫,只得道:"众卿且安坐。立储是国之大政,纵是要定,也不是今日。"

张怀德见状,忙上前轻声道:"官家,可是要歌舞上来?"

赵恒点了点头。让歌舞上来改变气氛,怀德倒是知机得很。

却是此时,宫外一声报进:"刘修仪到——"

在这气氛最紧张的时候,她来了。不但是文武百官怔在那里,连赵恒也怔住了,好一会儿才道:"宣——"

此时百戏歌舞俱已停住,就在这万人瞩目中,刘娥带着四名侍女,自琼林苑外缓缓走入。

走过长长的甬道,走在万朵五彩斑斓的菊花丛中,刘娥一身盛装,面含微笑,宛如九天仙女下凡似的,丝毫没有觉察到,自己在这百官劝立储的时候忽然闯进,造成了多么令人震惊的影响。

刘娥走到赵恒面前,盈盈跪下,含笑道:"臣妾参见吾皇,万岁万万岁!今日重阳佳节,臣妾为吾皇献上今年第二次成熟的占城稻,以示恭贺!"

赵恒见她姗姗来迟,心里早就自动为她找了解释:小娥素来贤德知礼,必是有特殊的原因才会来迟。因此见她拜倒,早含笑道:"刘娘子免礼,快快入席!"

说完以后,忽然呆住了,过了好一会儿才慢慢地消化掉刘娥方才所说的内容,啊的一声跳了起来,疾步冲到刘娥面前,一把拉住她,颤声道:"你说什么?今年第二次成熟的占城稻?占城稻种成了?真的种成了?"

刘娥含笑道:"正是!"她将手一挥,身后捧着礼盘的四名侍女掀去手中的红色锦缎,呈上了四样礼品。

第一个礼盘上,是一捧刚刚收割下来的稻穗,阳光下散发出黄金一般的色泽;第二个礼盘上,是一个黄金制的小圆桶,里面装着比黄金更美的稻谷,满满地堆成了一个小尖;第三个礼盘上,摆着一只方形的绿玉大斗,其内装满了犹如珍珠般晶莹的白米;第四个礼盘上,则是一只极为精巧的白玉大甑,刘娥上前掀开盖子,立刻一股香气在琼林苑中散发开来……

刘娥亲手用小小玉碗盛了米饭,送到赵恒面前:"这是臣妾今早起来,到御田中亲手打稻脱粒,刚刚才蒸好的第一锅占城稻米饭,请官家品尝!"

赵恒不敢置信地抚摸过稻穗,捧起了稻谷、大米,再接过刘娥递来的玉碗,高高举起,向文武百官兴奋地大声道:"众卿家,你们听到了吗?占城稻种成了,天下百姓可以无饥馁矣——"他顿住了,用力地喘了一大口气,转身走上御座,放下玉碗,激动地道,"我大宋万世基业,就在这一碗稻米中啊!"

方才在一片劝进声中静默不动的老丞相李沆率先出列,跪下贺道:"天赐占城稻种成,天佑吾皇,天佑我大宋!吾皇万岁万岁万万岁!"

户部尚书早已经随李沆跪下,此时王旦、寇準等众臣也忙出列跪下,文武百官齐贺:"恭贺吾皇万岁!"

一时间,琼林苑中所有的人都一齐跪下,齐齐恭贺!

赵恒大喜,下旨道:"将这占城稻米分赐予今日琼林苑中文武百官,同享天庆!"

王钦若跪前一步,高声道:"刘修仪种成占城稻,实有大功于社稷……"

话音未了,赵恒已经大声道:"说得正是,不仅是天赐朕占城稻,更是天赐朕如此贤德的爱妃!"他伸手向下,一把拉起随众人跪于地上的刘娥,将她拉到自己的身边并肩而立,"以德为号,朕于此刻晋封刘氏为德妃!"

众臣欢呼:"吾皇万岁万岁万万岁,德妃千岁千岁千千岁!"

刘娥站在琼林苑中,站在赵恒的身边,看着眼前向自己跪倒的文武百官,听着耳中山呼千岁之声,只觉得一股热气冲上眼帘,整个人像是踩在云上,阵阵晕眩,好似在梦中。

真的有这么一天吗?真的有这么一天,再也没有死亡的阴影、分离的忧虑,再也没有恐惧、羞辱……她能够与三郎两人肩并肩站在阳光下,接受天下的朝贺、百官的欢呼!

她,终于等到了这一天!

重阳节过后一个月,正式旨意才下来,金册玉符,行封妃之礼。礼部恭办打造德妃金印一颗,印有龟纽,共三寸六分见方,厚一寸,五成色金,重二百五十二两二钱。工部加紧打造出封妃金册一份，计十页，七成色金，各长七寸一分，宽三寸二分，每页重十四两五钱二分，共重一百四十五两二钱。装金册的大小箱各一个，重二百二十六两一钱。又另有装金印大小箱各一个，钥匙箱一个，箱架几座两个，镀金银锁一把，箱架几座上又有银镀金什配件、象牙钥匙牌等物。本朝开国以来，如此以全副金册玉符封妃的，只有太祖册封花蕊夫人时才有。

刘娥正式封妃，在后宫地位仅次于皇后，因此礼部依常例需追溯荫封至其父母，已故的虎捷都指挥使刘通，亦加封为定国军节度使兼侍中。

因着刘娥封妃，皇帝又令她从翠华殿迁至嘉庆殿。这嘉庆殿原是太后迁居万安宫前所居，规制不是翠华殿所能比的，也就比皇后所居的寿成殿略逊一些。嘉庆殿自太后迁出后又重新翻修过，如今刘娥住进来，更是气派。而杨媛因怀了孕，便占了玉宸殿主殿。

自重阳节赵恒宣布册妃到正式册妃的这一个月里，刘娥宫中人人忙得脚不沾地。宫内里里外外清洗干净，所有的器皿用具，皆换上相应等级的金银制品。同时三宫六院贺客盈门，简直是来不及招呼。

虽然刘娥专宠已经是明摆着的事实，平日里也是人人奉承，但是这一次封妃，仿佛一切又有了许多区别，就连昔年倨傲的曹美人和杜才人，往日间见刘娥得宠，虽然也表现得客气热情，可是却不及今日眉宇间露出的恭敬之色。刘娥心中暗暗好笑：往日这几人自恃出身名门，虽然自己位分略在她们之上，却是从未真的恭敬过。或许自今日起，她们才肯真正承认，与自己已经是高低有别了。

送走了各路怀着各样心思的妃嫔，就听雷允恭来报道："娘子，杨娘子来了。"刘娥抬头一看，见是倩儿扶着杨媛，摇摇摆摆地来了。

杨媛含笑欲行礼："给姐姐道喜了。"

刘娥不等她行下礼来，早已经扶住了她，嗔怪道："媛妹，你来做什么，有什么事，我待会儿自会去看你。"

杨媛笑道："姐姐大喜的日子，我怎么能不来给姐姐道喜呢！我又没这么娇贵，姐姐也太小心了。"

刘娥笑骂道："呸，我可不是小心你，你有什么可娇贵的，娇贵的是我的儿子。"说着亲自扶了杨媛坐下。

杨媛笑道："好啊，原来我是托了孩子的福。好，我有他一日且受用一日,刘娘子快快亲手倒茶来侍候着。"

刘娥啐道："美得你。"这边叫人倒了茶来,自己才坐下来问杨媛睡觉睡得怎样、醒了几次、吃得可好、可吃了补药等等。

这段时间下来,这孩子似乎已经变成两人共有,杨媛若不舒服,刘娥也会坐立不安,立逼着她吃补品,注意这些那些的;两人之间的言谈,也从原来的亲热客气,更进一步直升到肆无忌惮地胡乱取笑斗闹了。

两人说笑一会儿,见刘娥屏退左右,杨媛看了看自己初初显形的肚子,悄悄地道："姐姐,这几日寿成殿怎么样了?"心中想了想,哧哧地掩嘴笑,"可叹她重阳节那一番准备,倒是成全了姐姐,我只要想一想,就够好笑的了。"

刘娥嗔道："你还笑,那边可不是个吃亏的主儿,还不知道有什么厉害手段在后头呢。你要小心些,轻易不要乱走动,要走动至少要有四个人跟着,饮食更要小心。"

杨媛扑哧一笑道："姐姐,你都嘱咐过好几回了!"

刘娥长叹一声："这段时间我总是隐隐有些不安,却又不知道从哪里防起,你还是小心为上。至少这几个月你好生将养着,生个大胖小子。我如今封了妃,你有了孩子,将来只会越来越好。以后的事,以后再说罢!"

杨媛轻抚着自己的腹部,笑道："放心吧!唉,说起寿成殿那边,只可怜了玄祐,小小年纪,被逼得可怜。我看他总是没个笑脸,在他母亲面前站得端端正正的,不敢出任何岔子。"

刘娥叹道："咱们不是当事人,说说罢了,也不必当真。皇后望子成龙,这心也太切了些。玄祐那个孩子,小小年纪,就木头人似的耷拉着脸,都没多少笑容。"

两个女人在一起,谈论起这类事来,自然是越说越多。

杨媛也叹道："是啊,打从开蒙起,七八个博学鸿儒教着。那孩子早上学经学,下午学诗赋,到晚上皇后还要亲自考问他功课,就连过节都没有停过一天读书写字的,别说玩耍,哪天笑得开心些,都会被指责失仪。"

刘娥也道："我前些日子听说,皇后宫里逐出了几个内侍宫女,就是因为他们勾着玄祐偷偷地去玩。皇后素来不肯责罚人的,那一次也动了真怒。"

杨媛摇头道："何止呢,去年就已经把乳母给送出去了,说是孩子大了,不需要了。其实是怕玄祐太过依恋乳母,婆婆妈妈的,会没出息。"

刘娥哦了一声,道："原来是这样,我原听说是怪乳母没有照顾好他。那次中秋宴，我看他吃了好几个月饼，倒像是饿着了。"

杨媛哧哧地笑道："可不是饿着了。他们郭家豪门里头的怪规矩，说是小孩子得管着，不许吃太饱了，若遇上身子不舒服了，叫太医前，倒是要先清清净净地饿一顿。"

刘娥贫寒出身，自幼便只愁吃不饱，倒是第一次听说别人家的孩子是怕吃饱的这种事，骇笑道："我以前倒是见过穷人家的孩子吃不饱，没想到将相门第的孩子也会饿得慌！"

杨媛向左右看了看，确信无人旁听，这才悄悄地说："我听人说，皇后前头那四郎出事，仿佛也是这饿出来的毛病。平时不许吃太饱，结果旁边跟着的人一闪神儿，那桌上的点心就进了肚子，一下子撑着吃坏了。"

刘娥也吓了一跳，悄悄地摇手道："这话不过是以讹传讹罢了，皇后的孩子，皇后自有她的管教办法，轮不到咱们管，也轮不到咱们多嘴。"

杨媛道："听说玄祐前些时候身体不太好，我本想过去探望，不想皇后却说孩子没什么病，把我打发回来了。"

刘娥沉吟道："奇怪，她如此讳疾忌医，却是为何？"

杨媛冷笑一声："这有什么好奇怪的，她还是不死心，想着要短期内让官家立她儿子为太子啊，所以不叫告诉官家，也不许外扬！"

刘娥叹息："这又何必，只苦了孩子。"

皇后郭熙这些日子心情很坏，经常为了一些小事而斥责宫人，这时候雍王妃李阮求见，郭熙只得叫她进来，道："阿阮来了，要不要喝茶？"

李阮顿足："哎呀我的圣人，都到这节骨眼上了，你还喝什么茶啊。我听说杨氏怀孕了……"

郭熙方知她的来意，哪里肯应和她，只笑道："这正是官家之福，我也一直担心，如今有了好消息，将来正可给二郎做伴呢。"

李阮是个实心的，顿足道："你当真心宽，她要生下个儿子，岂不是二郎的威胁？"

郭熙脸色一变："阿阮说的什么话！二郎居嫡居长，不是谁都能威胁得了的。"

李阮冷笑："那可不一定。圣人博古通今，岂不知帝王多有为了宠妃而废嫡立庶的？远不说汉武帝与太子刘据的事，就说唐朝，还有武惠妃一日杀三王的呢。"

郭熙正色道："如今是明君圣主在上，哪会有这种事？"

李阮只觉得她有些迂腐，啐道："你是傻还是呆啊，汉武唐皇，难道不是明君圣主不成？"

郭熙心中一动，顺着她的话忽然垂下泪："纵如此，可我又能怎么办呢？"

李阮顿时觉得有了主意，声气也高了起来："哎，你就是太老实了，让这些姬妾都爬到你头上来。"左右看了看，忙凑近了她，压低声音，"要照我说，妇人怀孕，哪有不出事的。"

郭熙吃惊地看着李阮，忙摇头："不行，我不能……"

李阮有心讨好，按下郭熙的手，道："还只是个肉团呢，说句那个神神道道的话，就算有投胎的，也还没投下去呢。亏你还是个做母亲的，你不为自己想想，也得为咱们的二郎想想啊！难道你要他将来长大了，天天让父皇比着弟弟说人家聪明伶俐又可爱？你要不会做，我来帮你，我府上有老嬷嬷专会做这事的。"

郭熙却吓得直摇头，连说不成，及至急了，又郑重道："阿阮万不可说这样的事。你我姐妹交好，我今日只当没听见，否则若教人听到，岂不连累四弟？"

李阮讨了没趣，方讪讪住了口，郭熙转又安抚她，送了她好些难得的东西，方将她哄得转为欢喜。

及至李阮走了，郭熙就出神半晌。

次日，郭熙以胸口烦闷为由，叫原来送回娘家养病的乳母涂氏进来。等涂嬷嬷来了，郭熙也不由得一怔：原来在宫中体体面面的一个老嬷嬷，如今出宫没多久，就见着头发白了许多，脸上的皱纹也忽然多了，看着竟是憔悴得很。

涂嬷嬷见了郭熙，就扑在地上老泪纵横地道："圣人，老奴终于又见着圣人了。"

郭熙虽然曾经恼过她，如今见她这样，不禁心酸起来，一手去扶她，道："嬷嬷，才多久没见，怎么竟这般憔悴了？"

涂嬷嬷哽咽道："老奴在宫外，日日夜夜想着圣人，念着圣人……"

说到这里，郭熙也不禁哽咽："早知道你出去过得不好，我当日、当日真不应该让你出去。"

涂嬷嬷自知当日擅专了，只道："圣人一向心善，当日是老奴擅专，是老奴的不是，反教圣人为老奴担忧，更是老奴的不是。"

郭熙拉住涂嬷嬷的手，让她起来，看着她长叹一声："嬷嬷，也老了。"

涂嬷嬷忙道："老奴不老，老奴还能侍候圣人。"

郭熙看着她："你不怨我赶你走？"

涂嬷嬷眼泪都出来了："圣人，您是老奴奶大的孩子，从小到大，纵比旁的孩子乖巧，但也总有使性子的时候啊。您要老奴，老奴就在这儿；您不想看到老奴，老奴就等着您召唤。您肯想起老奴，就是心里有老奴了，老奴高兴还来不及，怎么会有怨呢？"

郭熙眼中复杂难言。当日她让涂嬷嬷出宫，原是怕自己乱了德行。只是自己当时却是太天真，把一切想得太好了，过去当她是无端生事的，如今想来，竟是处处有道理起来。

郭熙却不知，这一念之间，就迈过了一道大坎。

《太上感应篇》上说："夫心起于善，善虽未为，而吉神已随之；或心起于恶，恶虽未为，而凶神已随之。"

第五十七章

陈氏大车

涂嬷嬷回宫没几天,信国公玄祐又得了风寒。

秋冬之交,本就容易受寒,郭熙初时也不以为意,只叫了太医赶紧看好,免得误了承天节。

谁知道这病却一直不见好,太医用药好几日,玄祐不仅病势未退,反而陷入高烧状态,昏迷不醒,说起胡话来,令郭熙忧心异常。

"燕儿,"郭熙道,"看玄祐的病势,怎么会越发重了呢?看来莫说承天节前难以痊愈,只怕这个时候,要不得不禀告官家了。只是一拖过了承天节,咱们就没机会在玉宸殿那个孩子出世前,将玄祐册立为太子了。"

燕儿劝道:"圣人请宽心,不管立嫡立长,咱们二郎都已经是立于不败之地了。更何况,那边生下个什么还不知道呢!"

郭熙轻叹一声:"玄祐的事一天未定,我心里头就不安。前朝多少宫中争乱皆因储位未定而起,将来皇子多了,后患无穷啊!"

其实她并不知道,玄祐之所以病势不减,皆是在重阳节上没背好书,被她迁怒催促,小小人儿压力太大所致。

玄祐的乳母见皇子学得苦,在皇后问起情由的时候,不由得为玄祐求情,道:"圣人,二郎毕竟还小,也是读书太苦之故。"

郭熙顿时恼了:"还小?他都七岁了,连一首诗都背不下来!这般懒怠,你还敢说他读书太苦?我看,皆是你们素日纵容着他了。"

她本欲发作,却顾忌着皇后体统,只得将恼怒之意压下,道:"想你照顾玄祐这么多年,辛苦了,也该回家去和家人团聚了。你去收拾一下,我赐你百金,过几日就出宫吧。"

那乳母大惊,跪下苦求:"圣人,二郎还小,求圣人让奴婢再照顾他……"

郭熙却淡淡地道："你放心，你服侍我儿一场，我自不会亏待了你，不但赐你金帛，还会给你丈夫升官，给你儿子进学！"

那乳母泪流满面地磕头："奴婢舍不得二郎。圣人，奴婢抱了他七年啊，奴婢都不记得自己的儿子长什么样了，可奴婢每一夜都是抱着二郎的，他晚上会蹬被子，会口渴……"

郭熙微微俯下身，看着这胆大忘形之人："我才是玄祐的母亲，你不过是个奴婢罢了，不要忘记你的本分。"

那乳母见了她的神情，竟骇到不敢再作声，只僵硬着磕了头，跌跌撞撞地下去了。

见郭熙按着头叹息，涂嬷嬷走到她身边替她按摩，劝道："圣人别急，孩子要慢慢教的。"

郭熙叹道："我如何能不急，眼看杨氏那边的孩子都要……"说到这里，又将话咽了下去。

涂嬷嬷见郭熙忧愁，心中不免暗暗有了算计。她看着眼前的人，心中充满了骄傲。她将郭熙从一个婴儿，养成懂事可爱的小姑娘，直至如今母仪天下。郭熙是她一生的骄傲与荣光，她就算拼上性命，也要将所有挡着郭熙路的人都除去。她之前擅自做主，被郭熙逐出宫过，但她并不认为自己错了，而只认为是她的主子太过纯良。如今郭熙又将她召了回来，就是意识到，她的做法是对的。而她回来，自然就是要继续自己的做法，将所有令主子烦恼的人和事，都除了去。

忽然门外有人进来，道："阿翁来了。"

郭熙知道是刘承珪来了，心中暗恼。她入主中宫以来，知道刘承珪得势，也明里暗里拉拢过，没想到这人竟然一直油盐不进，可一回头，却替刘娥那边照应周到。她自然知道，刘承珪也不见得看得上刘娥，他肯替那边照应，自然还是因为皇帝的吩咐。可是她责怪不了皇帝，却能迁怒于一个内宦。

郭熙心中其实还是有些倨傲的，对于内宦一流，她也是不假以辞色的。

刘承珪此次来，是请示裁撤宫人的事。郭熙就道："你既这么忙，有些不必要的事也别太过了。我几回找你都说有事，想是哪里忙去了？"

刘承珪知道她是因自己最近为杨媛怀孕与刘娥封妃的事忙碌而迁怒，哪里敢应，只道："回圣人，老奴最近一直在为秘阁藏书编书目的事忙碌。"

郭熙一怔："什么书目？"

刘承珪就道:"国朝以来,收了前朝各国的秘藏书库汇集到秘阁去,只是来源各不同,虽然都按原来的顺序摆放,但若要用到,回回还得逐一寻找。因前些时候,王学士要修书,常来查阅,甚不方便,老奴想着,就把以前管理内藏库时的方法也用到秘阁整理上,将东西分门别类记录在册,把秘阁的书都一一登记下来,这样将来要找什么书,先往这书目册子上找,就方便得多,有些古本秘本,也能减少翻找带来的破损。只是这项工作细碎繁杂,又不好叫别人做,因此老奴不免有些分心于此。"

郭熙听了这话,不但没有消气,反而更不悦了:"这原不是你的事,你揽这样的事来做什么?修书修史,这是朝堂大臣们的事,你只不过是个内宦,把宫里的事做好才是你的本分。"说到这里,不由得冷笑,"我的话,你大约也是左耳进右耳出。本朝有一个王继恩就够了,不需要高力士,也不需要李辅国。"

刘承珪听得这话,哪里敢受,忙跪下道:"老奴绝对没有这样的非分之想,圣人这样的话,老奴担不起。"

郭熙心里也悔了,只强笑道:"我不过说说罢了,阿翁何必如此认真。涂嬷嬷,快扶阿翁起来。"

涂嬷嬷笑着扶了刘承珪起来,亲自送了出去,又忙着塞上礼物。刘承珪知道,若是不收反而不好,只得收了,心中却是郁气难消。

他知道皇后对他的看法。皇后背后曾经把他比成李辅国,说他比王继恩还有野心。王继恩不过想着拜将封侯的富贵,可他刘承珪却妄想着制订衡器,插手修史立书,这是君子立德立言的领域,他一个阉人如何能配。

皇后这话自然是私底下说的,可是他既然知道皇后对他不喜,又如何没有点防备的手段。

作为主管皇城司的人,他知道的,其实比所有人想象中都要多。可他也明白,如此多的秘密,只有一辈子封死在自己的肚子里才最安全。越是掌控非分的权力,越不能越雷池一步。

他虽然极力说服自己,皇后是君,是主,他这个刑余之奴,受几句歧视又算得了什么,但终究这心里的意气不平,难解难消。他只能走到秘阁去整理书籍,也只有在书中,他才能够忘记自己的隐痛。

不想他走到秘阁时,就见着一女子也在,不由得一怔,忙上前行礼:"见过陈娘子。"

陈大车素来爱看书，进宫之后就得了赵恒许可，可以常来秘阁借书看，对刘承珪整理的书目是赞不绝口。

陈大车又知道刘承珪前些年主持新订了衡器。自唐末以来，五代十国征伐不止，钱粮衡器都各自混乱，如今天下太平，这衡器重订，也是一大功劳。前些年皇帝北巡，要重修天雄军城垒，刘承珪也奉命前往，回来后就建议增加环州木波镇之戍兵，以便应援诸路。

此人虽是内宦，但一派清雅气度，胸有筹略，故陈大车不以寻常内宦视之，忙道："先生有礼。"

宫中诸人，亲热的叫阿翁，客气的称官职，讨好的叫祖宗，却唯有这陈贵人叫他作先生。

刘承珪心中郁闷之气竟忽然就消了，笑道："不敢当，陈娘子勿这般称呼了，老奴担当不起。"

陈大车道："学有先后，达者为师。先生在学问上教会我很多，我称一声先生并不为过。"

刘承珪苦笑一声："陈娘子言重了，老奴……终究只是宫中的一个内侍而已。"

陈大车敏感地问："先生何以忽然灰心丧气？"

刘承珪却摇摇头，不肯多说。

陈大车见他不说，也没有追问，只点点头走过去。

刘承珪忽然道："官家叫老奴助王学士修书，老奴原是不敢领受。"

陈大车诧异："先生说的哪里话，可是听了什么闲言碎语？但以先生今日的地位，恐怕普通人说什么，也不会影响到你。"刘承珪掌皇城司、内藏库，虽为内宦，权柄却大，何以有此退缩之举？

刘承珪却叹道："修史历来是至清至贵之事，非出身名门、举世同钦的博学大儒不能为。老奴毕竟是个宦者，敢肖想制订衡器、修史立书之伟业，乃是失了本分，恐清议非常，连累官家与王学士。"

陈大车却皱眉道："我以为先生应该是个不俗的人，何以用世俗的眼光看事情？先生不过是生逢乱世，年幼不能自主的时候，为了谋生而受此惨事，又何曾是你的过错？如今你能够努力奋进，修文习武，建功不下于士大夫，其之难，更甚于士大夫。你执掌皇城司、内藏库时井井有条，更有曾经平定民乱、治理黄河、修订秤法等功劳……"

刘承珪听到她历数自己的功劳,心中又愧又激动,道:"陈娘子,老奴不过低贱之人,哪里敢当!"

陈大车素来思维异于常人,她自己这辈子就从来不顾人言而活,哪里又见得了他这样,只道:"所谓布衣傲王侯,学问从来都是超越身份的,否则的话,人还要努力做什么?人努力了,做到了超越身份的成就,就能得人之敬。若再有人拿身份说事,不是你低贱,是他自己低贱。"

刘承珪一惊,忙道:"娘子慎言,仔细传入他人耳中,倒连累娘子。"

陈大车顿了顿足,道:"我言尽于此,你自己思量吧。"说着转身离开。

她本与杨媛约好了到御苑赏花,两人相见,杨媛见她神情有异,问了她,她就把方才的事说了,又道:"唐末至本朝开国,这其中百多年争乱不休,那些君子做好自己的本分了吗?他既然有这样的才能,有这样的贡献,他人却因为他的苦痛而贬低他轻视他,那就有失公道。"

杨媛不由得叹道:"大车姐姐当真是个纯粹的人,这般从心而活,这样的话,也就你才会说。"

陈大车却道:"人生一遭,匆匆数十载光阴,转眼而逝。纵这世上有许多不如意,可我只想从心而活。"

正说着,一个小内侍走上来,道:"娘子,该喝药了。"

杨媛皱眉:"讨嫌得很,闷在宫里天天喝药,好不容易能够出来走动走动,又过来催。"

陈大车劝她:"为了孩子,药还是得继续喝的。"又说起这几天时气不好,太后都病了,她娘家妹子郭大娘子进宫来探望,如今正住在宫里。

说着就拉了杨媛的手,走进亭子里。

这时候又有一个叫阎文应的小内侍提着食盒上来,放到石桌上,打开盖子,从里面拿出药壶,倒了一碗药出来。那药壶外头还用布包着,保着温,此时倒出来还冒着热气。

陈大车见杨媛不爱喝药,接过了药碗笑着哄道:"这药终究是要喝的,闭上眼睛一气儿灌下去就成了,再漱个口,吃点蜜饯。"

她将药碗递过去时,忽然觉得气味有些不对,见杨媛已经将药送到嘴边,电光石火间不及多想,忽然抓住了药碗,道:"且慢。"

杨媛吓了一跳,只呛进一小口,哪里敢再喝,由着陈大车夺过药碗。

陈大车低头闻了闻,问杨媛:"太医今天改药方了吗?"

杨媛一怔,看向阎文应,问:"太医可改过方子?"

阎文应也吓了一跳,忙摇头:"不曾听说过。"

陈大车就放下药碗,道:"去叫太医,查查这药里有什么。"

众人都吓了一跳,拿药碗的拿药碗,扶杨媛的扶杨媛,一直将她扶回玉宸殿,又请了太医来诊脉。

幸而杨媛只是呛了一口,太医诊了脉,只道有些受惊,倒是无碍的,随后便开始验药。

刘娥匆匆赶来,听了这事,问陈大车:"妹妹觉得这药里有古怪?"

陈大车却是无书不读,兼又喜欢研究食谱、药膳,尤其鼻子天生灵敏,许多药方过目不忘,许多药物的气味对她来说极为明显。她道:"我只是闻到这药的气味不对,似乎与昨日的不一样,所以当时也只是疑惑。结果拿过来一看,发现颜色也比昨日的浅些。嗯……对了,昨日药中有砂仁的气味。"

旁边的张太医就道:"陈娘子果然是极通的,砂仁有安胎之用,这几日杨娘子用的药中就有砂仁,今日这药中却有鳖甲,是滑胎之药。"

陈大车恍然:"怪不得这气味有些腥……"鳖甲乃活杀鳖而取甲制成,自然隐隐有些腥气,也亏得是陈大车嗅觉灵敏,这才有了防备。

杨媛惊魂初定,听着他们讨论,诧异地问:"我看着都是黑乎乎的颜色,气味也是怪异难闻,你是怎么分出来的?"

陈大车很自然地道:"懂药的人自然分得出来。"

刘娥却也有些不懂,道:"我往日听人说书,说给人下胎用的是什么红花麝香,没想到妹妹博学,居然还能辨得出鳖甲来。"

陈大车掩口笑:"那不过都是不懂医的人编出来的市井流言罢了。红花就是大染料,若用了,连锅碗汤勺都是红色的,哪会看不出来!那麝香更是气味冲天,量少了没用,量多一些,隔着墙都能闻到。况红花来自西域,麝香须得有鹿苑,源头便是难得,使用上更是有百种弊端。"就又指了杨媛那药,说其中不但有鳖甲,更有碎骨子,即是淡竹叶的根,药典上列为堕胎催生第一,故名"碎骨子"。淡竹叶是随处可见的东西,河边墙下都有,民间常用来治咳嗽,此物来源方便,色味俱淡,效用最厉害。

张太医赞道:"陈娘子果然是博闻强记,无所不通。"

刘娥问张太医:"你可能查到御药房有谁取用这些药吗?"

张太医忙拱手:"正如陈娘子所说,这几种药是民间易得之物,便是不从御药房取，从外头私自带进来也是方便的，只怕无从查起。"

杨媛就道："宫中内外不许私自交通，宫门盘查甚严，有谁能够带药进宫不被查到的？"说到这里，心中就有所疑，与刘娥对视一眼。

刘娥就问："今日送药的人，可问出什么来了？"

杨媛的侍女倩儿就道，那小内侍原是每日送药的，今日送药过来时，路上正遇着两个小宫女嬉闹，一个从宫殿里忽然跑出来，差点撞着他。他只一闪，结果那人就摔倒在他面前了。那后来的小宫女唤他去扶，他便放下手中的食盒去扶，想来就是那时被人换了食盒，如今已经叫人押着他去那处宫殿找那两个宫人了。

刘娥与杨媛对望，均是摇了摇头，心知此时再去，哪里还找得着人。只是此事，却不能这样作罢。

刘娥就道："今日官家下朝，我必会向他禀明此事。"

陈大车却道："便是查出此事又能如何，难道官家还会……"

难道官家还会处置了背后那人不成？三人眼神对视，心照不宣。

刘娥却站起，肃然道："后宫此风不可开，否则人人自危。不管是谁伸出的手，这手都要斩了。"

她与皇后彼此互不侵犯，便是皇后此前用心计阻止她封妃，那也是用阳谋，她也还之以阳谋。可是若宫中开始有这种阴私手段，那就是破了这道底线了，她相信皇帝容不得，她，更容不得。

而此时郭熙正在寿成殿中，看着玄祐背书，不想玄祐背得磕磕巴巴，教她心头火起，正要叱喝，就见涂嬷嬷慌乱地进来，朝她连使眼色。

郭熙见状，就让人将玄祐带出去，屏退左右，只留下涂嬷嬷。

涂嬷嬷见人去了，忽然跪在郭熙面前，道："圣人，老奴给圣人惹祸了，请圣人治罪。"也不待郭熙问话，就将事情说了出来。

郭熙看着涂嬷嬷，一言不发。此时室内只有她二人，这份寂静令人格外不安。

涂嬷嬷心中害怕，却道："是老奴该死，这种罪孽原是该老奴一人担当。圣人是贤德之人，这种事最好从头到尾都没听过。只是老奴无能，恐如今要连累圣人。此事老奴自会了断，只与圣人说一声，将来有人问到圣人，圣人心里也好有个准备。"

郭熙却冷冷一笑,声音寒冷:"什么叫自会了断?你以为宫里是什么地方,你以为你一死,就能够一了百了吗?你是我的人,此事终究还是要落到我的头上来的。"

涂嬷嬷心中无限恐惧。她真的怕极了,她没想到,在王府、东宫可以无往而不利的手段,在宫中居然就失去了效用。她牙齿都在打战:"可圣人是真不知情,待老奴一死,他们就算指证,也没有证据。圣人是皇后,有嫡子,就算有人想陷害您,终究朝堂上还是有大臣不会坐视不管的。"

郭熙知她心存死志,蹲下去抓住她,冷冷地道:"你不能死,你要死了,我更说不清了。"

涂嬷嬷俯首,不敢说话,心里却是越来越怕,忽然抬头,想说什么,却看见郭熙的眼神看似沉静如水,实则似藏着万丈波澜,透出一种极危险的感觉来。她对皇后是极了解的,可此时的皇后,却让她根本不敢张口说话。

郭熙看着涂嬷嬷,觉得自己应该愤怒的。这个老奴擅自做主,做事满是破绽,自己应该处置她、斥责她才对。可郭熙的心里却明白,正因为涂嬷嬷会擅自做主,自己才会召她回宫。她的擅自出手,她的思虑不周,自己在让她回宫时,就已经将其考虑在内了。

那日雍王妃李阮的话其实是正击中郭熙的心。那一刻,她陡然在脑海中转过了千万个出手的计划,可是想得越多,她反而越没有着落点。说实话,她这一生思虑周全,但其实并没有自己动过手。天底下任何事,都是有破绽的,天底下大多数人都可能在人生的某一刹那闪过恨不得毁灭对方的恶念,但基本上都会在思虑再三以后放弃掉。因为普通人会去想为这一刻恶念得偿需要付出的代价,以及是否有能够全身而退的机会。而通常二者都是无解的,最终不得不选择放弃、遗忘和谅解。

而位置越高,可能行恶的代价越低,因为她只要有一个念头,就会有无数人愿意为博她一笑而付出代价,所以她一开始是恐惧这种权力的,她害怕因经不起诱惑而失去对自我的克制。

那时候她是自信的,也是骄傲的。可是随着刘娥越来越得宠,她越来越明白皇帝的心原来不在她的身上,而她最后恃以克制的底线,她的儿子,也表现得不如她的预期,直至杨媛怀孕、刘娥封妃,她那个最后克制自己的底线也绷断了。

她想了很久,每夜都睡不着。她环顾四周,竟觉得自涂嬷嬷一去,身边就无可用来替她做这件事的人了。或许也能找出,但这种事,知道的人越少越好,她天性谨慎,不敢冒险。

所以她以身体欠安、相信乳母的名义,将涂嬷嬷重新召入宫中。她不知道涂嬷嬷会怎么做,她也不敢去具体想。她只是将自己的烦恼倾吐给涂嬷嬷听,她相信涂嬷嬷会明白,会懂得替她出手的。

这段时间,她没再让戴氏来请安,只说是体谅戴氏身体不好,而她身边的侍女们也很知机地不敢在她面前提起戴氏。她什么也没说,但她把涂嬷嬷重新叫回宫里时,她知道,她是愧对戴氏的。

这个叫茜草的丫鬟从小跟着她一起长大,忠心耿耿地侍候着她,完全没有二心,虽然呆了些,却用着放心。涂嬷嬷害了三郎,她知道的时候是盛怒的,是羞愧的,是努力抢救过的,是为此大病过一场的。

她一直以为,那个罪魁祸首是涂嬷嬷,她没有处置涂嬷嬷,只不过是念在她是自己的乳母。可如今几年过去了,当她决定再召涂嬷嬷进宫的时候,她才不得不面对那个被自己内心强行压下去的真相——真正要杀死三郎的,是她郭熙。涂嬷嬷不是杀人凶手,只是她的一把刀。

她身为皇后,不必亲手做一件害人的事,甚至不需要亲口吩咐别人去杀人,身为上位者,起心动念,就是在杀人。

当她认清这一事实的时候,忽然间,她感觉到了一阵轻松。人还没有堕落的时候,想起此事来格外恐惧,觉得这是比死还可怕的事。可是一旦承认自己已经堕落,反而有一种挣脱禁锢的快感。突破伦理的约束,是快乐的。

涂嬷嬷擅自出手却遭遇失败,这于她来说是最可怕的。她这个皇后,处在了最危险的时候。可她此时明明知道自己很危险,不知怎的,却像是有一种格外的兴奋感。这让她想起十余岁时,父亲带着他们兄妹几个去爬山,经过一座吊桥的时候,桥晃得格外厉害,已经走到另一头的大哥还在嬉笑摇晃,几个弟弟妹妹吓得失声尖叫。她也怕得厉害,一边想着若是掉下去怎么办,另一边却因为这种危险的处境又有一种极度兴奋的感觉。那种感觉可真美妙,让她在弟弟妹妹们都过桥以后几番还想回去重走一次,甚至是叫大哥再继续摇晃。

她缓缓地道:"既然事已至此,我只有把事情做绝,我们才能绝处逢生。"

第五十八章
险象环生

这边刘娥叫张太医存了药碗,谁知道过了晚膳时间,赵恒居然还未回来。这些年她独得恩宠,每日都与赵恒共进晚膳,赵恒若因特殊情况去了别处,也会派人与她说一声。

刘娥当下就叫雷允恭去打听,雷允恭也知道今日事大,忙派了人去,谁知道那人一去,却不见回来。雷允恭急了,又派人去打听,这才知道,原来皇后派人提前到殿外,将皇帝给截走了。

刘娥站了起来:"糟了!"心中暗愧:今日也是为杨媛的事乱了心神,所以注意力一直在查找那两个宫女上,看来皇后也必是知道了下手失败,因此把皇帝截去,无非就是巧言推诿,借子求情罢了。但只要那汤药还在,就是明晃晃的证据,皇后敢对皇嗣下手,那就哪只手伸出,斩了哪只手。

想到这里,她就道:"咱们先吃吧。"

结果刚用到一半,就听得外头有声音传来。侍女莲蕊问:"是什么事?可是官家来了?"

但听得雷允恭恭声道:"小的该死,惊扰娘子用膳。是官家派人送御赐之物来给娘子。"

刘娥这边本就吃得不安心,忽然听说赵恒派人送东西过来,心中泛起一阵莫名的不安,忙出门去,就见周怀政在外头恭敬道:"小的给刘娘子磕头,打扰娘子用膳了。官家吩咐,要小的立刻将东西送来,却不准惊扰了娘子。官家吩咐,娘子也不必起身了,只叫姐姐们把东西收进去就行了。"

刘娥沉吟片刻,道:"好,把东西送进来吧!"

莲蕊等人也觉得今晚这道旨意来得莫名其妙。赵恒日日在嘉庆殿中,有什么东西明天送过来不行吗,何必这么大晚上地送过来?

及至听周怀政报了一串物件儿,雷允恭带着几名小内侍将这些东西一一送进来,搬了好一会儿才搬完。刘娥令雷允恭送周怀政,待他二人离去,莲蕊扶着刘娥入内,看着皇帝御赐的物件儿。

灯光映照下,但见一片金碧辉煌,如芝都看得呆住了,好一会儿才咂舌道:"娘子,官家赏了这么多好东西啊!您看这么多珠宝,居然还有夜明珠啊!这些是百年的灵芝、北地来的貂裘,还有这一匣子的古书珍本……我的天爷,官家是要把库房都搬来吗?娘子真是得官家宠爱啊,我看这些东西,八成连皇后都没得到过吧!"

刘娥伸手慢慢翻看着桌子上的东西,脸色在烛光下闪烁不定:"嗯,有些东西,分明是官家前几日才得的,都是国之贡物。奇怪,怎么无端地赐下这般贵重的东西来?而且为何连等几个时辰到天亮都来不及,立刻要在半夜送来——"

她忽然停手,吩咐道:"如芝,你叫允恭进来!"

雷允恭已经送了周怀政回来,此时听得一声唤,连忙进来侍候着。

刘娥看着桌上的珠宝,缓缓地道:"可曾从周怀政口中探听到什么?"

雷允恭跪下道:"小的不中用,他什么也没有说。不过小的从跟着他的小子口中打听到,官家今晚在寿成殿,好像是召了司天监丞过去,后来就打发人送东西来了。具体情况如何,小的明天再找人细问。"

刘娥思索着:"明天、司天监、寿成殿、礼物、玄祐……"恍惚之间,似乎应该有条线能将这一系列事情串起来,可这到底是什么呢,却是眼前一片迷雾,看不清方向。

刘娥的手指无意识地敲着桌面,忽然道:"允恭,你迟些派人去找张怀德,向他打听一下,这一切是怎么一回事。"

刘娥用完膳,叫雷允恭去找张怀德探问,雷允恭刚刚走到嘉庆殿外,却见周怀政又带着一行人向嘉庆殿走来,正撞着雷允恭,立刻就道:"你有事要出去吗?"

雷允恭自然不会说实话,只得笑道:"我奉德妃之命,前去玉宸殿探望杨婕妤。"

此时离刚才赏物不过半个时辰,周怀政像是换了个人似的,沉着脸道:"正好,我奉了官家之命,要到嘉庆殿传旨。你还是先听完旨意再说吧!"

雷允恭暗觉不妙,忙笑道:"是,您请。"

刘娥料想赵恒必在寿成殿歇息，因此早早就卸了妆准备休息，听说周怀政又来传旨，心中不知怎的一跳，连忙由如芝服侍着，到镜前略整了整头发，到院中跪下接旨。

周怀政面无表情，展了圣旨读道："……着即日起，德妃刘氏及嘉庆殿中之人，无旨不得擅出，钦此！"

饶是刘娥想了一夜，也万万想不到会来这么一道圣旨。到底出了什么事，赵恒竟然会下旨将她禁足，而事先竟然没有一点风声？

周怀政宣完旨，见刘娥神情似怔住了，只得咳嗽一声道："请德妃接旨。"

刘娥回过神来，忙道："臣妾接旨。"

她接过圣旨，行礼罢起身交于雷允恭。

周怀政行了一礼，道："小的奉命宣旨，这旨意如何执行，还请娘子示下。"

刘娥淡淡地说："你既是奉命宣旨，自然照旨意办便是了。"

周怀政犹豫一下："那娘子您……"

刘娥道："自接旨起，关闭嘉庆殿，我宫中诸人，候圣旨而行。"

周怀政松了一口气，忙道："是，嘉庆殿外一应事务，小的带人侍候着。"

刘娥颔首："从此刻起，一切有劳你照应了。"

周怀政看着刘娥面无表情，心中忽然不安起来，他看了看左右，只得道："小的奉命行事，若有得罪娘子之处，实属不得已，还请娘子恕罪！"

刘娥淡淡地道："你既是奉命行事，何罪之有？我只是不知道自己犯了什么罪过，阖殿之人要被看守起来？"

周怀政不安地看了看左右，道："娘子恕罪，小的之前接旨，如今传旨，一切只是奉命行事，的确是什么都不知道，请娘子恕罪。"

刘娥脑中灵光一闪："之前接旨，如今传旨"，皇帝莫名赐物，难道就是因为这件事不成？想到皇后，不由得又看了周怀政一眼，挥了挥手道："你下去吧！"

周怀政带人退了下去，雷允恭忙上前，紧张地问："娘子，我们现在应该怎么办呢？"

刘娥面沉似水，一字一字地道："立刻设法派人去找张怀德，我要知道究竟发生了什么事！"

周怀政宣完旨，他带来的四名内侍便分头把守住了嘉庆殿的前后门。但雷允恭在宫中已久，他原就是赵恒身边的人，自然有门路。

过得一会儿，雷允恭跑来道，皇帝身边的人都得了旨意，今夜不得与嘉庆殿中人有任何接触。

刘娥看着跪在地上的雷允恭，一字字恍若浸在冰水里似的："不得与嘉庆殿中人有任何接触……什么原因？"

雷允恭伏在冰冷的地上，只觉地底的冷气一点点升上来："回娘子的话，据底下人打探到的消息，方才司天监丞进宫，说是夜观星象，见月犯前星……"

刘娥眉毛微微一扬："月犯前星，是什么意思？"

雷允恭嗫嚅着道："小的不敢说……"

刘娥冷笑道："只管说来。"

雷允恭磕头道："古来前星都指太子，这里自然指的是信国公了。至于这'月'……"

没有人看到，刘娥藏在袖子里的指甲已经紧紧地掐进了掌心之中："这'月'是指谁？"

雷允恭犹豫片刻，只得硬着头皮道："娘子是先天有福之人，有梦月而孕的祥兆。因此宫里人都说，娘子是月中嫦娥下凡。所以，皇后宫中之人说，这'月'自然指的是娘子了。"他已经不敢抬头看刘娥脸色，索性一口气说了下去，"今日官家刚下朝就被圣人请了去，却是信国公忽然生病，太医竟查不出缘由来，于是官家叫了司天监丞去，便说是月犯前星。小的猜想，当是官家为了信国公，所以让娘子暂时不要离宫……"

刘娥截口道："而且还下旨，让六宫中人都不得与我接近。哼，她儿子一病，我竟成了瘟神不成？"

如芝冷笑道："皇后又玩这一套，那年娘子刚进宫，她也是借着儿子生病，把官家从娘子这里调走。如今还是玩这一套，真是可笑。官家也真是的，怎么可以这样耳根子软，委屈我们娘子呢！"

刘娥喝道："如芝大胆！"终是轻叹一声，"难道这种时候，官家会拿玄祐的性命去试吗？"

雷允恭忙道："娘子请宽心，依小的看来，官家的心还是向着娘子的多，否则就不会连夜派人送来诸多御赐之物，预先抚慰娘子了。"

刘娥却摇了摇头："皇后到底有什么用意呢？"杨媛差点喝了堕胎之药，皇后随后截走了官家，然后自己这边就被封殿。皇后到底对官家说了什么，官家为什么要这样对我？

亏的是这些年来刘娥与皇帝鹣鲽情深，极具信任，换作其他人忽然遭遇这样的事,只怕要疑神疑鬼起来。

如芝劝她:"娘子别着急,官家对娘子的心意,谁能比得上?官家刚才不是还打发人送了许多礼物过来嘛。"

刘娥眼睛一亮:"封宫在后,送礼在前,官家是什么意思?"

如芝思忖着:"也许是官家的……补偿?依奴婢看,官家是想说,封宫之事委屈了娘子,非他所愿,所以给娘子送礼物赔不是。"

刘娥点了点头:"嗯,看起来,这次玄祐当真病得不轻,否则官家不会被逼得当场下旨。只是不知道皇后这一举动,到底藏着什么目的?"

如芝啐道:"依奴婢看,必是为了昨日给杨娘子下药之事,先借此困住官家,让官家见不着娘子,然后她就好下手毁灭证据。"

雷允恭奇道:"可是只要有娘子在,她再怎么毁灭证据也没用啊。"

刘娥摇头:"太医检验药碗,此事许多人都看见了,她若是借故将我困住,又毁证据,反而是坐实她的罪名。"

如芝突发奇想:"她也可以一不做二不休,把您困住,再借此不许人在宫中乱走,然后就可以对杨娘子下手了。"

刘娥大惊,不敢置信地摇头:"不会吧,皇后不是这种人吧?"

如芝却是越想越觉得有理:"怎么不是?她要不是,三皇子是怎么没的?她下药不成功,已经背上罪名,那她一定干脆做到底。杨婕妤若是没了孩子,她又有信国公,只要事后毁灭证据,官家投鼠忌器,也不敢追究。何况官家一向认为她是贤德之人,更不会怀疑她的。"

刘娥一拍桌子:"是了,我不能赌,也赌不起。就算只有万一的可能,我们也要防着。允恭,你赶快去,想办法派人通知杨婕妤,小心皇后要对她肚子里的孩子下手。"

雷允恭吓得额头上汗珠都流下来了:"娘子您是说……"

刘娥急促地走动着:"我道她为什么会出此一招,她应该知道以官家对我的信任,用这招对付我是没有用的。她不怕我受宠,我再受宠,也敌不过她这拥有皇子的皇后。可若我也有了皇子,就有与她相争的能力了。她算计的不是现在,而是将来,所以她才会对媛妹下手。"

雷允恭急了:"娘子,那我们应该怎么办?"

刘娥道:"她困住我,不是为了防我向官家告状,除非她能杀了我,否则这事终究瞒不住。媛妹平常有我护着,她必是不得下手,所以她借所谓的星象犯克之事,将我们所有人困在嘉庆殿中。此时太后卧病在床,而媛妹身边只有几个宫人,她要下手就方便多了。"

如芝急切地抓住刘娥的胳膊:"娘子,那我们怎么办呢,要不要通知官家?"

刘娥叹气:"傻丫头,皇后素有贤名,无凭无据的,谁会信你?再说我们被封宫,只怕没有办法传递消息。"她走了几步,长叹,"我这才看出皇后的深沉来,越发教人发寒!我每一步想的,都落在她的算计中了。我到现在才想明白她的用意,今日宫中,还有谁能够在皇后的罗网之下,令媛妹逃过此劫呢?"

雷允恭和如芝彼此看了一眼,目露忧色。

刘娥想了想,对雷允恭道:"我方才实不应该过于拘谨,早知道官家被皇后邀去,就应该直接去寿成殿寻人,更不应该在官家送礼之时还未察觉!及至旨意下来,就不能公然抗旨了。如今被困在这里,却是明知皇后要用手段也不能作为……对了,如今能够救媛妹的也只有大车妹妹了。允恭,你去想想办法,看能不能设法传消息去陈贵人那里。"若是皇后令人对杨媛下手,能阻止的人怕就只有陈大车了,做这件事的人既要有足够的身份,更要有足够的智谋和胆略,甚至还要有足够的义气。

刘娥的消息还没传出去,陈大车却已经得知刘娥封宫的消息,顿觉不妙,急忙赶去杨媛宫中。

不想她还没到玉宸殿,就看到有一行人在她之前,影影绰绰地提着灯笼进去了。她忙上前几步,就听得一墙之隔,院内有人惊叫:"杨娘子已经歇下了……"

又听得一个老妇的声音道:"圣人听说杨娘子受惊了,特叫人送了安胎药过来。"

陈大车一惊,再细看去,却见殿外把守着人,那提着的灯笼上就有"寿成"字样,由不得人不往那方面去想。

白日杨媛受惊之后就说过,皇后这个人,要么不做,要么做绝。如今想来,她向杨媛下药的事情败露,若是刘娥把这件事告诉官家,她枉担了罪名,却没有成事,岂能甘心!而她虽然今日截走官家,但也没有办法令刘娥永远见不到官家……难不成她借事干脆蛊惑官家,封了刘娥的宫殿,然后对杨媛下手?

陈大车避在暗处,听得里面的人惊呼,又似乎被人掩住了口,越想越是

害怕。只是如今刘娥封宫,皇帝又在皇后宫中,又有谁能够于此时来救杨媛?想到这里,她急中生智,转身带着侍女玉阶疾向万安宫方向跑去。

万安宫中,李太后早早就睡下了。不过西北角门还有守夜之人,听着外面有人叩门,不由得面面相觑:宫中谁人这么大胆,入夜了还敢来打扰太后?听得那叩门声甚急,守夜的宫女生怕惊动李太后,想着赶紧报与应值的尚宫纪氏。

纪嬷嬷已经闻声出来,问道:"怎么回事,外头怎么会有人叩门?"

守夜的宫女忙道:"不知道是谁,已经叩了好一会儿了,正要请示嬷嬷。"

纪嬷嬷就道:"惊动了太后是死罪,谁这么大胆?你带几个人出去,把人抓起来,把嘴堵上,等天亮了再审问。"

见那守夜的宫女正要去叫执役的宫奴起来去抓人,忽然心念一动,道:"半夜叩门,惊动太后,原是死罪。有人冒这样的死罪前来,必是有要事。我与你一同去,先问问到底是什么原因,再作处置。"

谁知道打开门,发现门外站的居然是陈贵人,纪嬷嬷也大吃一惊。这陈贵人其实以前与万安宫的人接触不多,无非就是逢着大年节下的,随着后妃们一起来请安过。虽然与刘德妃、杨婕妤走得近,但那两人平日来万安宫与太后闲话的时候也是没有带她的。听说她素日常去秘阁看书和御苑赏花,除了去嘉庆殿说话外,并不与人往来。如今都入夜了,她跑得鬓乱钗横、气喘吁吁,夜叩太后之门,却是为何?

陈大车见了纪嬷嬷,顿时腿一软,跌坐在地,吓得纪嬷嬷忙去扶她:"陈娘子,您这是怎么了,老奴可经不起……"

陈大车也顾不得了,一把揪住纪嬷嬷,喘着气道:"快、快去回禀太后,救、救杨娘子,救皇嗣!"

纪嬷嬷大惊,连忙与跟在陈大车身后的侍女玉阶将半扶半搀着陈大车起来,走进门去。这边听玉阶说了几句经过,不由得乱了方寸。她不过是个下人,哪里敢做主。然而近来太后生病,今日好不容易服了药安睡片刻,她又哪里敢去叫醒太后!

幸而如今李太后生病,心情烦闷,于是叫了娘家妹子进宫来。这位夫人的丈夫是洛苑副使郭守璘,因此宫中俱称她为郭大娘子。纪嬷嬷不敢叫醒李太后,但郭大娘子却还没睡下,于是就去回了她。

郭大娘子听说此事,也是大吃一惊。她素知李太后与皇后如今的矛盾,且杨婕妤本就是李太后的人，如今怀了龙胎，若是她出事，对李太后来说，也是不能容忍。当下就道："太后刚服了药睡下，她若醒着，知道这样的事，也是要管的。事关皇嗣，我就担起这个责任，代太后下令。你随陈娘子去，若赶得上，就赶紧救人。若她们不服，只管将所有的人都看管起来，等天亮以后，由太后定夺。"

纪嬷嬷得了她的令，胆气一壮，当下点了几十个宫人，与陈大车一起往玉宸殿而去。

果然到了玉宸殿外，就见着里头人声混乱，还夹杂着杨媛的尖叫之声。那守在外殿的宫人见了这一行提着"万安"灯笼来的人，正要进去报信，让纪嬷嬷都拿下了。

再冲进去时，就见着杨婕妤散发跣足，被两个嬷嬷按着灌药。她拼命挣扎，不住晃着头，一时竟灌不进去。地上打碎了一只药碗，旁边却是一个小药炉，上面还煨着一整壶的药。

纪嬷嬷大怒，喝道："你们好大的胆子，胆敢公然谋害皇嗣！"

那边为首的正是寿成殿的涂嬷嬷，见状撇了撇嘴，道："纪嬷嬷好，后宫是圣人主事，我也是奉命行事。您不在万安宫侍候太后，到这里来做什么？"

纪嬷嬷不想她如此大胆，怒道："我正是奉太后懿旨而来，要抓那谋害皇嗣的人问罪！"

涂嬷嬷翻个白眼，毫不畏惧，只笑道："这是哪里的话，我只是奉圣人之命，来给杨婕妤送安胎药。不想杨婕妤不知道听了谁的挑拨，忽然大发脾气，不肯喝药。为了皇嗣安全，我才劝她喝药的。"

纪嬷嬷道："我不管你说什么，太后有旨，把所有人都看起来，等天亮了，都带到万安宫去问话。"

涂嬷嬷就道："我是奉圣人旨意来的，要回寿成殿复命。纪嬷嬷要扣下我，须得先禀报圣人，得她许可才是。"

两人争执间，陈大车已经上前，扶起杨媛回到榻上安置。

杨媛惊魂未定，握住陈大车的手，叫了一声："姐姐，今日幸亏你来，要不然我就，我就……"

第五十九章
连环之计

好不容易等到天亮,郭大娘子见李太后起来,方去禀报。李太后听说此事,大吃一惊,忙派人去请帝后并所有妃嫔过来。

今日不是常朝之日,赵恒听闻此事,亦是大吃一惊,当下就赶到万安宫。此时诸妃嫔也来了,连刘娥也一并被请来,都聚在此间。

李太后让陈大车说一说事情经过,陈大车就将昨日在杨媛药碗中发现堕胎药物之事说了。

杨媛坐在李太后身边,闻言也不禁掩面痛哭:"若不是陈娘子报信,若不是太后派人相救,我如今已经性命不保了。"

李太后看了皇后一眼,震惊道:"居然有这种事,你们为何不早说?"

刘娥也道:"臣听闻此事,原是打算禀明官家,谁知道昨夜就又出事了。臣因为被封宫,所以外头的事竟是无法知道,一切皆请陈娘子述说。"

陈大车就道:"因昨天白日里出了那样的事情,臣不放心,昨夜又去探望杨娘子。谁知道皇后宫中的涂嬷嬷带了一队人就要给杨娘子强行灌药,臣见事态紧急,刘娘子又被封宫,因此只得不顾夜深,前来向太后求助,请太后恕罪。"说着,磕了个头。

赵恒听到这里,神情大变,扭头看向郭熙。

李太后点了点头,也扭头看向郭熙:"皇后,你怎么说?"

郭熙却是神情自若,只对陈大车道:"陈娘子,昨天的药汤是怎么回事,你可查清了?"

陈大车道:"送药来的小内侍说是路上跟一个小宫女撞了一下,兴许那药汤就是那时候被调换的。后来再去找那个小宫女,就找不到了。"

郭熙就道:"既有此事,我身为皇后,主理后宫,你们为何不立刻来回我,而是到这时候才说？"

陈大车直视郭熙："臣妾不敢。"

郭熙冷笑："你有什么不敢的？杨娘子怀有皇嗣，遇险你当立刻追查。可你隐瞒不报，就是心底另有思量。你都敢怀疑我谋害皇嗣谋害杨娘子，你都敢在我给杨娘子送安胎药的时候妄自揣测是堕胎药，半夜来砸太后宫门，让太后为你派人半夜赶到玉宸殿中演出一场闹剧来。陈娘子，你位分不高，能力很强啊。凭着一些臆想的事，就能够支使着太后、官家和我这个皇后，不顾太后生病，不顾皇子生病，先在这里照你的意思行事。"

陈大车听这话说得诛心，心中只觉得愤怒：为什么皇后做了这样的事，反而可以倚仗权势，把话说得这般居高临下！但她却只能俯首道："臣妾不敢。臣妾只是关心杨娘子身怀皇嗣，一时情急，原是出于公心，还请太后、官家明鉴。"

郭熙冷笑一声："公心？"

她转向赵恒，却露出了无可奈何的苦笑："官家，臣妾也不知道这场闹剧是怎么起来的，只怕是有人故意挑拨是非、兴风作浪，致使后宫不宁。臣妾为后宫之主，如今有人无视臣妾的存在，制造事端，还请太后、官家做主。"

杨媛急扑到李太后面前跪下："昨日若无陈娘子，我如今已遭不幸。请太后明鉴！"

李太后忙亲手去扶她："好孩子，快起来，你如今肚子这么大了，可千万急躁不得。"

刘娥看着郭熙有恃无恐的表情，心中已经隐隐感觉不对，当下忙劝道："媛妹不要这样，一切自有官家做主。"

赵恒心中也感觉不对，却又不知道关键何在。他昨日下朝，才离了大殿，就被寿成殿派来的内侍截住，说是玄祐忽然生病。他如今就这么一个儿子，如何能不急，顾不得什么，忙去了寿成殿，就见皇后哭着上前，说玄祐昏迷不醒，浑身发热，竟不知如何是好。他也急了，忙叫了太医来看。这时就有宫人说，会不会是有什么冲克了。他也只道是后宫妇人缺少见识，为了安皇后之心，便传了司天监丞来。

司天监丞来了，就说近日果然天象有异，乃月犯前星。刘娥的名字，就是从月中嫦娥而来，又说她的属相生辰的确有所冲克。皇后就说不要惊动，还是算了。他自然知道皇后不想他为难，只是事关玄祐，他也怕若过于坚持,将来玄祐若是症候不好,反而教别人指责刘娥。司天监丞也只说三到五日互不移动便可避灾,因此他就允了此事,下旨意令刘娥闭宫。但又怕刘娥不知情,添了惊吓,因此避着皇后,叫周怀政先缓发旨意,到府库中寻些珍玩赏赐,一则安刘娥之心,二则也避免别人误会刘娥失势。

他与皇后照看玄祐大半夜,到后来皇后苦劝他先去歇息,他也允了。谁知道天刚亮,万安宫中李太后就派人来请他,才知这一夜之间竟然发生了这么多事情。他看着刘娥,心中愧疚:是自己太过自信,觉得能够护定刘娥,也觉得宫中无人敢如此胆大,因此在遇上事情的时候,居然没能够反应过来。昨日封宫的旨意,下得草率了!

他一时未能瞧清形势,因此并不贸然出言,只转向李太后。

李太后知其意,就转向郭熙:"皇后,我有事想问问你,你为何忽然要半夜送汤药给杨娘子?"

郭熙镇定地道:"娘娘是怀疑我无事献殷勤了?那日也是在娘娘跟前,说好了杨娘子由德妃照顾,臣自然就乐得撒手。只是昨日玄祐忽然生了急症,官家叫了司天监丞来问,说是月犯前星,不知为何就说到了德妃身上。官家为了玄祐着想,只能暂时委屈德妃,下旨封宫。"

说着看向赵恒:"官家,臣妾说得可对?"

赵恒点头:"是,此事是我做主。"

郭熙接着道:"当时臣也因玄祐病情着急,无暇管其他的事。及至玄祐睡着以后,才想起如今德妃封宫,恐杨娘子无人照顾,因此派了涂嬷嬷去照顾她。"说到这里,她声转低沉,"想当日也是因为四郎生病,我无暇他顾,以致疏忽了三郎……至今想来,仍是耿耿于怀……"

下面坐着的戴贵人听郭熙说到三皇子,忍不住以帕掩面轻泣。

杨媛听得气往上冲:没想到她居然还有脸拿被她害死的三郎立自己慈母的标杆!

赵恒却不知道这里头的曲折,想到当日三郎出事,郭熙伤痛到失去素日雍容之态,甚至因此大病一场,也不禁动容,拉着郭熙的手,叹道:"难为你想得周到。"

刘娥心中将前后经过暗中推演一遍,虽然她不知道昨夜赵恒在郭熙宫中遇上何事,但从零星消息来看,应是郭熙截走赵恒,以玄祐生病、月犯前星为由,将她困在宫中不得出,然后再令人去给杨媛灌药。

可是一旦事发,郭熙何以脱身呢?如果杨媛当真落胎,郭熙虽可以玄祐为倚仗逃过一劫,可这样自己也注定会成为戴罪之身……

刘娥想到,自入宫以来,郭熙事事谋定而动,不轻易出手,若是出手,必是教人明知她为恶也无法追究。那么就算昨日杨媛遭遇药汤被换之事,郭熙嫌疑最大,但只要没有证据,她顶多是作为主理六宫之人有失职之过。且负责照顾杨媛的是刘娥,就算刘娥向赵恒告状,郭熙也顶多挨顿训斥。可郭熙派涂嬷嬷去给杨媛灌药,纵是得逞,却是明晃晃地将证据送到别人手上。赵恒又不是没了这个儿子将来就不会有儿子了,她这般明显谋害皇嗣,得逞一次两次,难道还能永远得逞不成?

那么,她做出这番画蛇添足、不顾后果的行为来,到底是为了什么?

刘娥心一沉,虽然她还没能够摸清郭熙的目的,却已经隐隐感觉不妙了。

她正想出言息事宁人,谁知道杨媛听郭熙这么一说,再看到赵恒似是信了,心中一急,叫道:"你既是好意,为何涂嬷嬷要强迫我喝药?"

郭熙脸上表情也是一怔:"强迫你喝药,有这等事?涂嬷嬷,你倒说说看,这是怎么一回事?"

涂嬷嬷一开始一言不发,此时才磕了个头:"回太后、官家、圣人、各位娘子,老奴昨夜奉圣人之命,熬了安胎药送给杨娘子,当时怕药送过去凉了,坏了药性,耽误了杨娘子,特地带上了火炉。老奴到的时候,杨娘子还没歇息,只是见了药,就说这时候没胃口,要等等,所以老奴就等着了。后来杨娘子口渴,老奴念着圣人宫里信国公还病着,便催促了一声,这是老奴的不是。谁知刚巧陈娘子带了太后宫中的人来,便说老奴谋害皇嗣,老奴实是冤枉,请太后明鉴。"

陈大车气笑了:"说得比唱得还好听,明明是那时候你想给杨娘子强行灌药!"

涂嬷嬷强辩:"老奴只是奉命送药,何来灌药之说?"

陈大车气恼:"证据如此,你还敢抵赖?"

杜才人坐在下头听她们一来一往的,她本就与陈氏不合,顿时冷笑一声:"陈娘子,一是一,二是二,是送药还是灌药,这事可得说明白了。"

陈大车见她出头,也恼了:"又有你什么事,难不成你也是同谋?"

杜才人尖厉地道:"好啊,你当真是指谁都是罪人了,好大的口气!我却

问你,涂嬷嬷要真想灌药,凭你去万安宫这一个来回,十碗药也灌下去了。"

她倒是纯为抬杠,却说出了一个无可辩驳的事情,陈大车一时怔住,转向杨媛:"这……"

刘娥顿时有些明白过来,脸色煞白,站了起来:"好了……"

杨媛自怀了孕,日夜忧心,往日的机敏竟都用在了这点防范上,且昨天一日一夜的惊魂,更是让她愤懑难平,成了执念,也顾不得刘娥阻止,本能地反驳:"可昨天就是有人给我下堕胎药,那药汤还在,张太医亲手鉴定过的。而涂嬷嬷带来的药壶里必然还有残渣,一验便知。"

杜才人一怔,无法反驳。

郭熙却长叹一声:"既如此说,来人,将两份药都验一验,我待杨娘子如何,自然就一清二楚了。"

刘娥脸色一变,隐隐已经猜到了,却苦于此时无法拒绝这样的提议。

赵恒被一言提醒,立刻就道:"叫太医去验两份药汤。"

刘娥看向郭熙,郭熙却不看她,扭过头去。

李太后脸色阴晴不定,看看郭熙,又看看刘娥。

过得片刻,周怀政进来回报:"禀官家,两份药汤已经验明。"

李太后抢先问:"怎么样?"

周怀政微一犹豫,道:"第一份汤药是安胎药,第二份汤药是打胎药。"

李太后脸色一变,旁边坐着的郭大娘子就问:"安胎药是哪份,打胎药又是哪份?"

周怀政就道:"昨夜玉宸殿的那份是安胎药,昨日御苑中的那份是堕胎药。"

刘娥心一沉,心中隐隐猜想的事终于得到证实。

赵恒吃惊地站起来:"当真有堕胎药!谁敢在这皇宫之内行此丧心病狂之事?"

陈大车也一惊,失声道:"怎会如此?"

杜才人立刻就盯住陈大车,恶狠狠地道:"有人诬陷国母,其罪当诛。"

杨媛见状不妙,急道:"如今不是应该追究这堕胎药从何而来,是谁所为吗?"

曹美人一直冷眼旁观,看着情势逆转,方慢悠悠地开口:"我倒是有些奇怪,怎么这么巧,就这么下一次堕胎药,就送到了陈娘子跟前,偏陈娘子就有这样特异的能力,一闻就知道是安胎药还是堕胎药。我看就是太医院的太医也未必有这本事吧,除非,这堕胎药本就是准备了不可能让杨娘子你喝下去的。"

杨媛听着这话指向明显,急问:"你什么意思?"

曹美人却只是一笑,道:"我什么意思也没有,你想什么意思,就是什么意思吧。"

杨媛不想她如此狡猾,句句工于心计,却句句不落实证。

曹美人这一铺垫,杜才人立刻抓住这个缺口,尖叫道:"可见有人居心叵测,工于心计,步步为营,早就设好了圈套要对付皇后与杨娘子,好一个一石二鸟之计!"

刘娥心一沉,这时候才明白皇后手段之厉害。想是昨日她派人下药失败,当即就截了赵恒而去,借玄祐之病,借司天监丞之言,让赵恒将自己禁足。赵恒只此一子,不管真假,只是短暂地让自己禁足,并非什么重大的事情,因此赵恒肯定会答应。她这是把稳了赵恒的脉,掐着他能答应的底线设计的。

而在此后,更是故意让涂嬷嬷送安胎药给杨媛,而杨媛经过白天一事,必成惊弓之鸟,只要涂嬷嬷态度粗暴,言行间略作暗示,必会让她惊恐万端,不肯甘心服下。涂嬷嬷只要故意延缓时间,便是陈贵人不去太后宫中报信,也会让杨媛宫中之人逃出去报信。而等到次日皇帝审问之时,必会先入为主地认为"皇后谋害杨婕妤",而最终查清皇后送的是安胎药时,则会认为皇后受人陷害,心怀愧疚。如此,皇后不但能够一举洗清白天的下药嫌疑,更可将一盆脏水泼给杨婕妤与陈贵人,而曹美人之言更是暗示两人勾结,假装被下堕胎药,栽赃陷害皇后。而指使两人做这一切的背后主谋,更是可以指向她——为了谋夺后位而行下此计的刘德妃。

这可不是一石二鸟,而是一石三鸟。

这第一只鸟就是陈大车。皇后两次下药,一真一假,反而借此反咬一口说陈大车设局陷害于她。既然陈大车连夜惊动李太后去救杨媛被证明是虚惊一场,那么白天的下药之事也必是无中生有。

而第二只鸟是杨媛。白天下药不遂,晚上再借送药令她连番受惊,更在今天早上翻转局势。若能够令杨媛积郁伤怒,导致胎象不稳,令其成为惊弓之鸟,则更容易下手。

第三只鸟则是自己。杜才人甚至不必与皇后勾结,而只凭只言片语引导就会冲口而出昨日杨媛差点吃了堕胎药的事也是故意设局,简直就是指明她刘娥与陈大车、杨媛结党,图谋皇后之位。

刘娥想到这里,赵恒也顺着这个思路想到了这里,顿时色变,喝道:"不必说了!"

刘娥知道自己败局已定,心中恨极,看着郭熙,忽然笑了,问她:"圣人,您认为,谁才是那个居心叵测、工于心计、步步为营、预设圈套的人呢?"

郭熙被刘娥看得内心有一刹那的慌乱,但旋即镇定下来,微微一笑:"都是自家姐妹,我也不相信我这个中宫之位是有人用什么阴谋手段就撼动得了的。"

说着,她转向赵恒,柔声道:"官家,既然事情已经查清,臣妾也不想追究这前因后果了。今日之事……"她故意看了刘娥一眼,实则观察赵恒的神情,见赵恒露出慌乱之色,心中一酸,险些要改变心意,最终还是强制忍耐下来,缓缓道,"不如就大事化小,小事化了吧。"

赵恒松了口气,立刻道:"皇后贤惠宽厚,实是后宫之幸,那就依皇后之言。"

杨媛闻言吃惊地看向赵恒。她完全没想到,皇帝竟不问是非至此,正欲站起,却被李太后一手按住。虽然她只是虚按一下,但杨媛顿时不敢动了。

郭熙也看到了李太后的举动,却只笑笑,反而站起来向着李太后行了一礼:"我们小辈的事也就罢了,只是半夜惊动娘娘,实是不孝。"

李太后笑了:"说得好,家和万事兴,皇后大度,方是后宫之福。"

杜才人见状急了:"诬陷中宫,半夜惊动太后,这样的大罪,岂可轻恕!"

曹美人却闲闲地说了句:"圣人都恕了,你又多说什么?只是……纵不治罪,总也得长点记性才是。"

她二人虽不明白前因后果,但此时能够乘胜追击,将陈贵人斩于马下,也算是斩杀刘德妃这边的一员大将。

李太后也已经想明白了前后关键,但皇后把这个局做得如此周密,一时难破,若再纠缠,反显得自己徇私,失了公道与脸面。见曹、杜二人趁机落井下石,唯恐皇帝当真治罪,忙开口道:"陈娘子也是好心,杨娘子怀了孩子心神烦乱,皇后肯大度,我又如何不能体谅?这样吧,就罚陈娘子于西阁抄经一年,以示惩罚,如何?"

郭熙咬了咬唇,笑了:"娘娘这般爱护她们,臣还能说什么呢?"

赵恒也道:"那就依娘娘。陈贵人——"

他顿了顿,道:"你再在这里跪上一个时辰,自己想想错在何处。"

陈大车咬了咬唇,慢慢拜伏:"臣妾多谢官家开恩,多谢太后,多谢皇后。"

赵恒站起来往外走去,刘娥看了陈大车一眼,欲言又止,只得匆匆跟上。

郭熙向李太后行了一礼也出去了,曹氏、杜氏、戴氏一起跟着出去,戴氏在出去前还看了陈大车一眼,眼中尽是同情和无奈。

李太后扶着采玉的手,看了陈大车一眼,叹了一口气。杨媛欲扑向陈大车,李太后一个眼神,旁边的宫人忙紧紧扶住杨媛,不让她乱动。

李太后看她一眼:"阿媛,你怀有皇嗣,不可乱动,赶紧回去吧。"

杨媛无奈,双眼流泪,看着陈大车,只能低声道:"姐姐,对不起,是我对不起你。"

陈大车咬着唇,反而劝她:"不必说了,你如今怀了孕,也不必留在这里,免得冲撞了你。我救了你,就是希望你平平安安,不要辜负我受的辛苦。"

杨媛泪流满面,哭着被扶走。

最后殿中只余陈大车倔强地独自跪在那里,身子挺得笔直,宛若祭坛上的柱子一般。

刘承珪站在殿外,看着她跪在那儿,轻轻叹息一声。

刘娥追着赵恒步履匆匆地到了福宁殿,就见赵恒大步走进去,脸色阴沉,一言不发地坐下。

刘娥跟入:"三郎——"

她欲言又止,看着殿中侍从,道:"你们都退下。"

周怀政却没有动,只看向赵恒。

赵恒忽然暴怒,喝道:"都退下!"

周怀政等吓得迅速退下。

刘娥听了这话,心反而定了下来,知道赵恒并不若之前那样被皇后完全蒙蔽,当下上前柔声道:"三郎,你真的相信一切都是大车妹妹的错?"她之所以没有当场为陈大车说话,就是为了此时向赵恒说明真相。在当时的情况下,与其当着后宫所有人的面争辩,不如在私底下劝说更有把握。

赵恒恼怒地道:"事实如此,你要我怎么想?你知不知道刚才有多凶险,

幸亏皇后主动忍让,大事化小,小事化了。若再追究下去,难道就不会有人质问陈氏小小一个贵人凭什么敢指罪皇后,她到底是为了谁这么做?"

刘娥不敢置信地指指自己:"你是怀疑我?"

赵恒长叹一声:"在这件事上,我要感激皇后,若不是她及时按下此事,万一把你的名字说出来,我就算杀了她,也挽回不了对你的影响。"

刘娥看着赵恒,心中激荡,想要说什么,不由得哽咽了:他不是被皇后之局所蒙蔽,他只是关心则乱。纵然皇后之局有破绽,但皇帝最大的破绽却是她刘娥。只要牵连到她,皇帝就算明知这局中有问题,也会首先选择保护她,从而不得不让步。他怕再细究下去,最后牵扯到她。一旦让她卷入这种阴谋之中,那就不只是皇嗣的问题,而会变成她谋夺中宫之位的阴谋了。

昨天虽然事起仓促,皇后无法做到毫无破绽,但她的计划环环相扣,只要将自己卷入其中,那皇帝就势必无法追究。

刘娥的眼泪缓缓流下,为了陈大车无处可诉的冤屈,也为了赵恒的投鼠忌器。

赵恒见刘娥流泪,声音也放缓了下来,叹道:"我相信小娥不是这样的人,可是我不得不防止有人为了攀附,自以为可以讨好你,擅自胡为。到时候你纵然无辜,也洗不清了。小娥,我刚才真是害怕会出现这样的事,幸好皇后开口制止。否则,若是我开口制止,皇后不依不饶,那整个事态都会失控。你明白吗?"

刘娥听着赵恒虽然处处为她开脱,但却对陈大车充满了嫌恶之心,心中一酸,两行泪流下:"大车妹妹是什么样的人,难道官家就不明白吗?她怎么会是那种人?"

赵恒心中也是犹疑不定,反而正色道:"人心难测。小娥,你总是把别人想得太好,谁知道别人的另一面是什么样的呢?陈氏博古通今,这样的人入宫,你说,她能是完全冲着宫中美食和藏书而来?历代史书上有太多争权夺势的手段,她眼高于顶,不甘嫁于凡人,你说她图谋的是什么?"

刘娥震惊地看着赵恒:"三郎,我竟不知道你是这样看她的。我一直以为……"一直以来,赵恒对陈大车都是夸奖有加,欣赏有加,说难得后宫有这种不争宠的女子,他用来打掩护也轻松自在。况且陈大车见识广博,为人通达,实是令人愉悦。刘娥当真没有想到,一旦出事,赵恒会首先对陈大车起了怀疑厌弃之心。

赵恒本是生性温厚之人，对女子也颇有怜惜之心，只是多年争储耗费的心计，及至登上至尊之位时的四顾无亲，令他也不得不有了帝王之心。见刘娥竟还在为陈大车说话，心中不由得叹息起她的天真来，暗道：小娥还是单纯如故，竟无一丝防人之心。当下也不由得劝道："在今日之前，我也是一度为她所惑，真以为她是一个坦诚天真的人。小娥，你在后宫也不要太与人交心。唉，我真是矛盾，既希望你单纯如故，又希望你聪明知世故。算了，今后你也不要对人太过坦诚，不管是陈氏，还是杨氏，都要有三分提防。"

刘娥深吸了口气："三郎，你放心，以后我遇事会考虑更周详，也会学着看人的。"

赵恒就道："我还是不放心。我跟你说，有些人和事你不曾见过。这世间有一种人，无事生非，只为了显示他们的存在有多重要。比如一个库房着了火，你见着有人奋勇扑火，以为他忠义无比，却不知道这把火有可能就是他放的，只是为了获取别人的信任，立功受赏。"

刘娥心中暗叹，赵恒反反复复地说是陈大车设计，其实他说得越多，越显出他心里不能确信。只是这么多年来，皇后的确演得太好，而这么多年的夫妻生涯，他纵然不爱皇后，但毕竟与皇后生了三个儿子，他对皇后一直以来贤惠隐忍的抱愧之心，对失去两个皇子的怀念投射，都让他不愿意去相信去承认去面对，那个恶人就是皇后，宁可迁怒那个进宫时日尚短，他更加不了解的陈大车。毕竟怀疑陈大车居心叵测，比怀疑皇后心藏奸邪更加容易让他接受。

刘娥却是心中不安：大车妹妹心比皎月，反而受此不白之冤，成了她与皇后相争的牺牲品，何其无辜！大车妹妹内心骄傲，不知道此时该如何难受，可叹自己竟无法在人前帮她。

但这也提醒了刘娥，虽然皇帝对她情有独钟，可皇后却恃着对皇帝的了解，借用心术，将皇帝玩弄于股掌之间。不管是在阻止她封妃之事上，还是在这次的堕胎药事件上，皇帝一再落入皇后的圈套。这并不是因为皇帝愚钝，而是因为皇帝爱她的心太盛，对她的偏爱和保护超过了帝王之心，所以才落入皇后的算计。是的，她能够借助李太后、杨媛、陈大车破一个个局，但每次都属于被动防守。

想到当年从蜀道逃难入京，那种危机感与恐惧曾让她如同小兽般充满攻击性和战斗欲，不肯放过一点点可能的机会去进击。而如今，她得了皇帝十几年的宠爱,这种安全感让她渐渐消融了原来在危境中培养出来的警惕性与攻击性。如今陈大车的事忽然点醒了她,生于忧患,死于安乐。她的懒怠是出于对皇帝的信任和依赖,而皇后的攻击欲则是出于因此产生的不安和恐惧。而皇帝两次中计,恰恰也是因为对皇后不怀警惕。

刘娥心中充满了愤怒:皇后利用皇帝对她的不怀警惕而算计皇帝,自己竟只能托庇于皇帝的偏爱而无所作为。自己若不能振作,只会连累身边的人。若是孤立无援,只怕再多的信任和爱都会被一件件有心设计的事消磨掉。

刘娥暗暗握拳:这些年,自己因为皇帝的宠爱而失去了攻击力,而这次,就是皇后给她的提醒。

她不会再给皇后机会了。

第六十章
侠女蒙冤

却说众人一哄而散,只余陈大车跪着。

台阶下有宫女窃窃私语,在讥笑着、奚落着,甚至是在咒骂着……

陈大车听得似是清楚,又似不清楚。她虽然性情温和豁达,但却也是从小在家人娇养中长大,甚至被纵容着年长不嫁,纵容着随心行事。及至进了宫,因为她心思灵敏、行事磊落,皇帝对她也颇为纵容,刘娥与杨媛更是敬她爱她。

她以为她行得直、坐得正,行事无私,并没有什么可畏惧的。皇帝把她们三个蜀中出来的人安排在一起,就是为了让她们三人互相襄助,却也是给她们天然划分了阵营。她最早看出皇帝钟情于刘娥,但她并不像杨媛那样,一边对皇帝有所期待,一边却用力奉迎刘娥。

她看得出杨媛的心思也不过是希望皇帝看在她努力的分上能够对她多几分怜惜。但她既对皇帝没那么深的期待,又恪守着自己的尊严,对刘娥也只保持着一种君子之交淡如水的情谊。一开始皇帝常拉着她挡箭,后来她知道皇帝常去刘娥处,因此除了刘娥相邀,以及杨媛拉着她结伴而去之外,她并没有主动找过刘娥,就是不想在那里遇到皇帝,免得彼此尴尬。

但她偶尔会下帖子邀请刘娥一起赏花、品茗、尝菜、谈书,她想,这样的日子,过一辈子也就罢了。

可是她万万没有想到,自己会陷入如此不堪的境地,落入皇后的圈套,成了一个挑拨离间、暗算皇后、谋算太后的小人,甚至连素日说过欣赏她人品的皇帝,也完全相信了那些诋毁之言,看着她像看一条毒蛇。

她看着皇帝迫不及待地要把刘娥拉离她身边,看着李太后迫不及待地要把杨媛拉离她身边,看着那些妃嫔甚至宫娥对她避如蛇蝎,她只觉得胸腔中的热血似要喷出。

她跪在这里,心中如万马奔腾,如热油浇顶,如堕入冰窟,如万蛇噬咬。她什么错也没有,却不但被一国之母诬陷,也被一国之君冤枉羞辱,而她自认为的姐妹则一个个避开,哪怕她曾经为了她们连夜奔走,不顾安危,冒着得罪皇后的危险,冒着冒犯太后的风险……

她所信奉的那些道德文章,在这后宫的阴谋中,一文不值。

她一动不动地跪着,一直到身边的侍女上来扶她,她想站起来时,竟是已经站不起来了。

玉阶见扶不动陈大车,扭头叫旁边的内侍:"可否帮我……"

陈大车却阻止道:"不必了。"

她指了指旁边的案几,让玉阶半搀着她到案几边,这才撑着案几勉强站了起来,却也是一个踉跄。她站在那儿活动了几下腿脚,让血脉略通畅些,这才被玉阶扶着,慢慢走出万安宫。

只是外头还有多层台阶,却是难行。这时候就见一个小内侍走上前来,行了一礼道:"陈娘子,刘娘子备了小轿,让小的送陈娘子。"

陈大车却摇了摇头:"不必了,我自己走走更好。"

万安宫离妃嫔们住的地方并不近,她如今跪得腿都麻了,刚才走这几步,只觉得双腿像被针扎一样。这一步步台阶走下来,自然是要经历许多痛楚的。可如今,她想更痛一点,好让自己记住这一天。

玉阶吓了一跳:"娘子——"

那小内侍也为难起来:"这……"

这时候就听一人道:"既如此,就由老奴来扶着陈娘子慢慢走回去吧。"

那小内侍扭头一看,吓了一跳:"刘爷爷,是您——"

陈大车看着对方,却是刘承珪。

此时刘承珪已经坦然走上前,扶着陈大车的手,道:"跪得久了,血脉不通,是要慢慢走动,方能疏通的。"

宫中诸宫娥内侍只道陈贵人见弃于太后、皇帝,得罪皇后、德妃,因此人人都不免有踩上一脚的心思,哪里晓得这内宦之首的刘承珪此时居然上来搀扶陈贵人。

陈大车一时没反应过来,被刘承珪扶着走了几步,忽然推开刘承珪的手,道:"你不必如此。你是宫中的老祖宗,如今我身负罪名,你不怕别人落井下石……"

她说到这里有些气喘,停了一停,正欲找理由说下去,谁知道刘承珪又扶了上去,从容笑道:"陈娘子多虑了。"

陈大车盯着他:"你这么一扶,就没有下人们敢欺负我。可你知不知道,你这一伸手,就等于变成皇后的眼中钉?你在内宫之中权力已经到达顶峰,后宫之争,你不必涉入的。"

刘承珪微笑:"陈娘子高看老奴了,老奴在这宫里已经几十年了,不过是诚心做事罢了。底下的孩子们还小,虽不懂事,却也不敢生事。再说,上有官家、太后,那都是圣明的人!"

此时三人已经走出了万安宫,走在了宫巷上。陈大车抬头,看着天高云阔,好一会儿才直视前方冷笑:"我是个坏女人,设局陷害皇后、惊扰太后,还差点牵连德妃。我如今把这宫中能得罪的人都得罪光了,可以说是人人喊打,你伸手打捞一个已经沉到底的人,岂是智者所为!"

刘承珪的声音平平淡淡:"老奴在宫中几十年,是非曲直,还是看得清的。峣峣者易折,皎皎者易污,老奴只问陈娘子,若再来一次,陈娘子还会这么做吗?"

陈大车一怔,忽然间,刚才的冤忿羞惭涌上心头,不由得也问自己一声,若再来一次,她还会不会为救杨媛去夜叩万安宫门。她想了想,心中说,若是再来一次,她也是不会放弃的,要她见死不救,要她屈己从人,要她变成那种算计之徒,她做不到。只不过她下次会更有防范,会更注意分析其中的圈套可能。

想明白这一切,那股子不忿之气也消去了,她点点头:"我懂了。"

刘承珪又道:"老奴想问陈娘子,若你与刘娘子、杨娘子易地而处,遇上刚才之事,当如何做才是对你最有利的?"

陈大车想了想,若是她,她必然是不会让好友受此委屈,她必定会据理力争,但是据理力争,又会有什么后果?只会让皇帝更恼怒自己吧,只会让太后觉得她们三个真是顽固结党了吧。想到这里,心里的怨念竟也慢慢平息了下去。

她看着刘承珪,笑了笑,道:"谢谢先生了!"

此时宫巷中,见陈贵人出来,虽然有刘承珪扶着,但也是人人避开,一时无人,只余他们三人慢慢走着。

刘承珪却又道:"今日之事,陈娘子若与官家易地而处,当如何做?"

陈大车想,当如何做？皇后谋算皇嗣,昨日的堕胎药还在呢,宫中除了皇后,谁有能耐这么做？夜里送药,摆明了是阴谋,说什么好意送药,谁会半夜三更送安胎药,而且是那种若不肯依就要强灌的姿势。若是杨媛受此惊吓落胎,或许正合皇后之意。可是再细想,她那些指证皇后的证据,可以轻易被否决,但是她半夜闯万安宫惊动太后却是实情。

她虽然心底不服,但被刘承珪这一问,倒不由得清醒过来:她的不服不忿,只是站在她的角度来看。站在皇帝的角度,眼看着皇后要将主使之人牵扯到德妃身上,他才立刻将罪责推到她的身上来。德妃是皇帝所爱,而皇后为皇帝生下三子,思来想去,只有她无足轻重,自然是个牺牲品。

陈大车与皇帝也相处过一段时间,往此节一想,心底忽然就明白了。她是被刚入宫时皇帝的温和与宽容蒙蔽了,当日他把她当成一个邻家小妹妹般纵容,而她也就真的如往日在家对待兄长般对待他,寄望于他真如兄长一般懂得自己,了解自己,会站在自己这边。

她错了。他不是兄长,而是帝王。

刘承珪看她神情,知道她懂了,就意味深长地看着陈大车。

陈大车向着刘承珪敬施一礼:"多谢先生提点。"

刘承珪忙扶住她:"老奴不敢当。"

陈大车问他:"先生如此世事通明,为何还要对我这个愚钝之人出手相助?"

刘承珪轻叹一声:"娘子虽为巾帼,却是英雄。老奴虽然微贱,但还是想为英雄牵马坠镫一回。"

陈大车心中激荡,看着刘承珪,不由得泪下,可哭着哭着,又笑了起来:"你说得对,我不悔。我不信浮云能永远蔽日,我看明白了,更不会放弃……"

她痛痛快快地哭着、笑着,也不顾脸上妆容尽毁,她只知道,她虽然受了许多委屈,但是,这世上毕竟还是有人懂她的。

玉阶连忙递过手帕,陈大车接过擦拭时有些立足不稳,差点摔倒,刘承珪忙扶着她,道:"陈娘子小心。"

陈大车看着刘承珪,忽然道:"先生以后在我面前不必自称老奴了,下次也可以叫我的名字,我叫陈大车……"

刘承珪微笑:"老奴知道。'大车槛槛,毳衣如菼。岂不尔思？畏子不敢。'"

寿成殿中,郭熙倚在榻上,久久不语。

她一从万安宫回来就是这样了,众人知道今日之事凶险万分,皇后心情不好是必然的,皆不敢上前。连涂嬷嬷也明白,是自己做事不小心,才惹下大祸,也吓得静如鹌鹑。

只是她们却不知道,此时郭熙的心情并不是恼怒沮丧,而是隐隐地有着兴奋与快感。

这种情绪,令她自己也害怕起来,她不敢张口,甚至不敢与侍女们说话,她怕一说话,就会兴奋地停不下来。

她双拳在袖中紧握着,指甲都掐到肉里去了。她需要这种痛楚的刺激,好让自己不至于失态。

她赢了,她终于赢了!

这一仗,她从一个满是破绽的开局,变输为赢,最终赢了皇帝,赢了太后,赢了刘氏,也赢了所有的人。

她比他们所有人都更聪明,她能够把他们所有人都玩弄于股掌之间。

巨大的兴奋感冲得她的头脑有些晕眩。曾经让她敬畏惧怕的皇帝,曾经让她感觉深不可测的太后,终究也是有他们的弱点的,而只要抓住这些弱点,她就可以再不必像从前那样忧谗畏讥,也不必像从前那样压抑着自己。她要夺回属于六宫之主的真正的权威,她要将那些胆敢与她相争的妃嫔都踩在脚下。

她终于失声笑了出来。

涂嬷嬷原本不敢惊动她,因此早屏退了左右侍人,只留几个心腹在,此时见她笑了,也放下心来,忙上前为她揉着肩膀,奉承道:"圣人真是雄才大略,略施手段,就让嘉庆殿无法翻身了。"

郭熙这才缓缓起来,由涂嬷嬷服侍着摘首饰,白了她一眼,道:"昨日之事太过凶险,嬷嬷以后可要长点心才是,不要再让我善后了。"

涂嬷嬷忙应了,却心有不甘:"是,是,圣人圣明。只是老奴有一事不明,既然咱们已占上风,为何不将德妃拉下水,却要大事化小,小事化了?"

郭熙冷笑一声:"正因为牵涉德妃,所以我只有不追究,官家才会投鼠忌器,不得不相信我,不得不感激我。若是当真追究下去,那就不是德妃设局对付我,而是我设局对付德妃了。所谓穷寇莫追,适可而止,才是胜局。"

涂嬷嬷听不懂,却依旧道:"老奴虽不明白,却也知道,圣人是对的。"

郭熙又问她："对了，玄祐怎么样了？"

涂嬷嬷忙道："圣人放心，姜太医说了，只要一帖药下去，二郎就能够恢复。"

郭熙长叹一声："只是我这个当母亲的先前没能替他争得太子之位，如今出了事还拿他当幌子，实在是对不起他。他这小小年纪，无端吃这些苦药，受这些折腾……"

涂嬷嬷急道："圣人这么做也都是为了二郎的将来着想，姜太医这药于人无碍，只是多睡些时候，发些热罢了，圣人尽管放心。"

见郭熙犹自不乐，忙又道："对了，圣人，方才外头来报，说是玉宸殿的杨婕妤一回去就动了胎气，听太医说，她连番受惊，胎象不稳，很容易出事呢。"

郭熙看了眼涂嬷嬷，嘴角扯出一丝冷笑："如今刘氏已经解禁，她如何也与我无关了。既然她不要我来照顾，她出了什么事也是她的命数，与我无关。"

涂嬷嬷眼珠一转，笑道："圣人说得是呢。咱们也不提这些了，老奴前些时候离宫住在家中，那附近住着一个道婆，最爱在各种后宅走动，听了许多有趣的故事……"

涂嬷嬷讲着听来的后宅故事，郭熙闭上眼睛，似睡非睡，似听非听。

之后又过了数月，眼看着杨媛的肚子越来越大，刘娥一直提防着，但皇后那边好像没有了动作，显得很是风平浪静。

早在九月，皇帝召见了终南山的道士种放，这让王得一有些不安。他倒是有自知之明，作为一个假道士，腹中的能耐无论如何也不能与一个已经成为传奇人物的真神仙相比。

种放此人颇有些来历，原也是名门，七岁能文，父亲死后随母隐居在终南山豹林谷的东明峰，耕种教徒，酿酒操琴，吟风弄月。因他的才华，有许多人前来拜师，名声渐渐传扬。有人将本朝的神仙人物排名，陈抟列第一，种放列第二。

太宗淳化三年，陕西转运使宋惟干向皇帝推荐种放，太宗下诏令召见，种放以母命而推辞，并且奉母隐居到深山中去了。太宗不忍相强，下诏令京兆府赐给他钱财以供养母亲，并令官吏每年前去慰问。

赵恒继位之后，听说种放的母亲去世，翰林学士宋湜、集贤院学士钱若水、知制诰王禹偁将情况上报，赵恒于是下诏令赐种放三万贯钱、三十匹布、三十斛米以帮助办理丧事。去年种放母孝期满,兵部尚书张齐贤上表,说种放隐居三十年,不入城市十五年,孝行纯正,简朴隐静,节操不逊于古人,足以激励世俗。赵恒于是下旨以五万贯行装钱请种放入京,被种放拒绝。张齐贤不死心,今年出任京兆尹时再度推荐。赵恒就令供奉官周旺带着诏书及赏赐给种放的百匹布和十万钱,召种放入朝。这次种放终于入朝,赵恒召见数次,赐给他绯衣、象简、犀带、银鱼,并赐位于昭庆坊的私宅一座,白银五百两,银三十万缗,还亲笔写诗相赠。

刘娥知道此事,就问赵恒:"种放有何才能令官家如此盛情款待?"

赵恒十分兴奋地说:"我原以为他是个山中隐士,数召不就,必是恃才傲物,原打算着只与他谈些清风明月之事。谁知道其人却是通今博古,不论道德礼教、民事军政、农桑经济、治国方略,竟是无有不知。"说着就将种放的文章给刘娥看,却是名为《时议》,计为《议道》《议德》《议刑》《议器》《议文武》《议制度》《议教化》《议赏罚》《议官司》《议军政》《议狱讼》《议征赋》《议邪正》十三篇。

赵恒又道:"我也向他问计,前些年李继迁骚扰西北,仗着族群地利之便,朝廷剿时,他便躲了,朝廷去时,他又作乱,甚是烦人,当如何处之?他给我献了一计,说三年必有成。我如今且拿此事一试。"

刘娥一惊:"却是何计?"

赵恒就说:"驱虎吞狼之计。先帝之时,常以大军相剿,种放之计,却是教我赐爵西北诸部,令他们自相残杀。李继迁便如猛虎,也难敌群狼。"

赵恒遂依计而行。先是十月,泾原部署抓获归顺之后又多次叛乱的蕃族九十一人,请皇帝诛之,皇帝却诏释其罪。再一月,西凉州六谷部首领潘罗支等向皇帝进贡马匹,皇帝大喜,于次年二月,封潘罗支为朔方军节度使、灵州西面都巡检使。而恰恰就在潘罗支受封仅仅一年之后,捷报传来,潘罗支集六谷部合击李继迁,李继迁大败,中流矢而死。西北心腹之患,果然不待三年就得到解决。

但这是后话,皇帝此时却顾不上了。年底的时候,万安宫的李太后突然病了,整个太医院忙得人仰马翻。这一晚,一班太医刚刚自万安宫回来,一口气还没缓过来,忽然听说寿成殿又有召唤,全体人马又直奔寿成殿。

却说这班太医中偏有一个叫曾道枚的,素来行动慢,众人都已经走了,他才提着药箱急急地赶出门去,不防在门口被一个小内侍拦住:"太好了,还有一位太医在呢！快，快去！"

曾太医吓了一跳，忙道："是是是，我这就赶去寿成殿。"

小内侍急道："不是去寿成殿，是去玉宸殿啊！玉宸殿急传太医，请您随小的立刻去吧！"

曾道枚一听是玉宸殿，松了一口气道："原来是玉宸殿。那么就请你先去寿成殿请旨吧，我奉皇后懿旨，要立刻赶到寿成殿去。告辞了！"

那小内侍正是阎文应，一听急了："杨婕妤怀了龙胎，今日忽然被狸猫袭击跌倒，如今出血不止。皇嗣要紧，你若是耽误了，这罪名你可担不起！再说寿成殿有无数太医，不缺你一个，你要再不赶过去救，杨婕妤可不行了！"

曾太医听了这话，更不敢去了。他只不过是个普通医官，这太医院中若论妇产之术，比他高明的大有人在。听这杨婕妤情况，恐怕要不好。他若不去，不过是个怠慢之罪，顶多去了乌纱；他若去了，不论妃嫔还是皇嗣有何闪失，那就是妥妥的大罪。当下只管道："宫中内外男女有别，不曾奉旨，我哪敢自作主张擅入后宫。若是有什么差池，我可担待不起。告辞了！"说着推开阎文应转身就走。

阎文应大急，一时之间无法可想，索性不要命地扑上去，大叫道："求您发发善心吧！若是皇后怪罪，让小的拿命去承担好了！杨婕妤这龙胎万一出事，您就不怕害了龙种，罪名更重吗？"

寒夜禁宫，他的声音在夜空中显得格外凄厉。

忽然听得一声断喝："大胆，宫中是何等地方，岂由你这般放肆！"

曾太医转头一看，却是皇后宫中的大总管，叫郑志诚的，便喜道："郑管事来得正好，我正要去寿成殿，无奈被这小内侍拉住……"

郑志诚一看是阎文应，咯咯一笑道："原来是玉宸殿的。怎么了，杨婕妤要召太医吗？宫中的规矩你应该知道啊。这样吧，你先回去，我领着曾太医去见圣人，等圣人允许，自然会派一位太医去玉宸殿。如何？"

阎文应急道："那什么时候太医会来呢？"

郑志诚皮笑肉不笑地说："这个可不一定了，得看圣人什么时候吩咐了。我们做下人的，能替圣人做主吗？"

阎文应一跺脚，转头就跑，跑了很远，犹能听到郑志诚与曾道枚二人的冷笑之声。他跑在阴森森的宫道上，想着刚才出来时，杨婕妤几番昏死过去的情景，越想越是害怕，不由得边跑边哭起来。

等到玉宸殿门口,被早已焦急地守候在门口的宫女倩儿抓住:"怎么样,请到太医没有?"

阎文应哭道:"皇后宫里把所有的太医都召去了,郑总管把最后一个太医也叫走了,我怎么都留不住……"

倩儿气得用力将阎文应一推,道:"没用的东西!"

她恨极了皇后,怒道:"居然把所有太医都叫走了,看来这次她是非置我们娘子于死地不可了。"

阎文应被推倒在地,听到倩儿这么说,不禁大惊,顾不上喊疼,忙道:"姐姐小心隔墙有耳!"

倩儿恨声道:"小心你个头,娘子若是出事,咱们谁也逃不了,还怕什么隔墙有耳!"

忽然听得里头杨媛极凄厉的一声惨叫:"啊——"

倩儿惊叫一声:"娘子——"急忙转身跑进去,匆忙间不及注意脚下的门槛,一下子摔倒在地,只觉得膝盖上一阵剧痛,手一摸全是湿的,知道已经流血了,却是来不及去管,连忙一瘸一拐地跑进去。

却见杨媛痛得死去活来,一声声叫得极为凄厉,两三个宫女都按不住她。宫女海棠迎向倩儿,急道:"不好了,娘子下身一直在流血,根本没办法止啊,怎么办呢?"

倩儿急得浑身冒冷汗,一把抓住海棠道:"德妃,你快去找德妃!"

海棠急得直哭:"德妃与官家在万安宫侍疾。上次,上次就是因为娘子的事向万安宫求救,已经惹了官家不悦,如今太后还病重,谁能管这事?"

倩儿人到绝望处,倒生了几分蛮劲,道:"如今人命关天,已经顾不得许多了。纵得罪太后、官家,也是人活着的事。若是娘子与皇嗣有个闪失,你我都活不了。"一边推着海棠出门,"快去!快去!"

太后如今情况十分不好,一堆太医诊了多日,只给出"老人病"这样含糊的论断,其实不过是将"人寿无多"换一个好听点的说法而已。

因着玄祐身体不好,所以皇后在寿成殿中照顾他,而万安宫中,则由刘娥率着其他妃嫔轮班照顾,皇帝则两边奔走。

此时皇帝正在与刘娥照顾太后,内殿挤满了人,海棠虽然来了,却哪里挤得进去。六神无主之际,忽然见到刘娥身边的如芝经过,海棠忙把她拉到一边,将事情说了。只是自上次那事之后,皇帝说了,宫中无事,不得惊动太后。如今太后有病,更不敢擅惊。因此,等太后喝了药,闭目躺下休息,室内不宜留太多人而散去之际,如芝才趁机到了刘娥身边,低声道:"娘子,玉宸殿出事了!"

刘娥一惊,见皇帝坐在上首,诸妃嫔侍候一边,只得抽空出去,随如芝急急来到万安宫耳房,见海棠等在那里,方问道:"出什么事了?"

寒风料峭的夜里,海棠竟然满头是汗,急得说话都发着抖:"回、回刘娘子,杨娘子方才回宫,正下辇时,忽然道边蹿出一只野猫来,将杨娘子扑倒在地,杨娘子血流不止,怕是要不行了!"

刘娥大惊,只觉得浑身发冷:"怎么会这样呢?不是叫你们小心车轿饮食了吗,如何还会发生这样的事!叫太医了没有?太医怎么说?"

海棠流泪道:"阎文应去了太医院,但太医不是在万安宫就是在寿成殿,最后剩下一个也让寿成殿的郑志诚叫走了,说是圣人的吩咐。刘娘子,您快救救我们娘子,她要不行了。"

刘娥顿时站起:"皇嗣要紧,我立刻去见官家。"

如芝急了,忙挡住她,低声道:"太后才睡下,官家正在太后床前,娘子小心些,莫要惊了太后。"

刘娥点点头,令海棠先赶紧回去。

夜深了,海棠领命去了,刘娥看着她远去的宫廊,那里一片漆黑,甚至看不到海棠的背影,就连刚开始一点细碎小跑的脚步声也极轻,只有几声便没有了,只余死一般的寂静。

原来皇宫的夜,竟真的如此令人绝望,黑暗和寒冷,从她入宫的第一夜开始,就已经有了。她曾经努力去忽略它,只看着自己房中那一片灯火辉煌和所爱的那个男人带来的温暖,可是这一夜,忽然之间,这种感觉又来了。

她在害怕,害怕她又会保不住那个孩子。杨媛腹中的孩子奇迹般地让原本利害相关的二人结成同盟,变成了一种血肉相依的关系。她甚至比杨媛更加期盼那个孩子的降生,因为那个孩子也属于她。也许在隐约中,她已经把杨媛的孩子看作是当年失去的那个孩子的补偿。所以她现在心里才会如此恐慌,隐隐有一种极可怕的预感。当年失去的那个孩子已经是她心中永远的痛,而现在,她绝对不能再失去这个孩子。

但是她的害怕不敢让别人看出来,甚至包括她的心腹。她要是挺不住,这一切更没有人支撑了。

她急急向前走着,四下俱黑,只有万安宫寝殿中的烛火全部点了起来,照得一片通明。刘娥急切地要用这一片灯火,去驱散那一片黑暗和寒冷。

第六十一章 杨媛难产

刘娥迈进宫去，但见赵恒坐在灯前，昏昏欲睡。

刘娥疾步走到他身边，低声道："官家，媛妹那边发动了，恐不顺利。"

赵恒一惊，失声道："什么？"

他这一声就将李太后惊醒，但见帐幔一动，李太后声音喑哑地道："官家，出什么事了？"

赵恒强作镇定，哑声道："无事，有些朝政之事，宰相报到这里来了，真是糊涂。"

李太后令人掀起帘子，道："朝堂之事乃是大事，官家当去，不要为我一个老婆子耽误。"

赵恒匆匆一揖，道："臣去去就来。"

刘娥被赵恒拉着往前走，只觉得他的手冰冷潮湿，满是抑制不住的颤抖。她抬起头来，看到赵恒灰败的脸色和近乎崩溃的眼神，知道他必是受到了极大的打击。

忽然间不知道哪里来的力量，她一把翻转掌心，用力反握住了赵恒的手。她的手灼热而干燥，拉起赵恒不顾礼仪就往外跑去："快，官家！"

刚才在殿中不敢惊动李太后，刘娥只得往轻里说。赵恒见她如此焦急，虽然不明内情，但素来信任刘娥，也不及细问，便道："好，一起去。"

到了宫门外，皇帝车辇已备妥。

刘娥微怔，赵恒就又反拉住她的手，道："一起上来吧。"

刘娥此时也顾不得妃嫔乘坐御辇有违礼制了，坐好后急忙催促："快，去玉宸殿。"一边自作主张发号施令："周怀政，立刻把寿成殿中的太医拨几名到玉宸殿去急救杨婕妤。"

赵恒急问道:"出什么事了?"

刘娥未语泪已流下:"官家,媛妹刚才回宫下辇之时忽然被一只野猫扑倒,血流不止,竟召不来一名太医,怕是,怕是要难产了……"

赵恒大惊,握着刘娥的手不禁用力,紧到刘娥觉得痛。可是刘娥渴望这种发痛的感觉,渴望这双手仍然拥有握痛她的力量,也同样有拯救她的力量。她扛着的极大压力,忽然已经被紧握着她手的这个人移去。她软软地倚在赵恒的肩上,泪如雨下。

御辇很快到了玉宸殿外,还未停稳,刘娥就急切地跳了下来,匆忙间不及站稳,只觉得脚下一软,险些摔倒在地,幸好她与赵恒这一路上始终两手相握,便被赵恒及时拉起了。

刘娥抬眼看去,却见殿中之人听到赵恒驾到,也是急忙跑出来接驾。刘娥一把拉起倩儿,急问道:"媛妹怎么样了?"

倩儿还未回答,就听得里头杨媛一声惨叫,吓得刘娥差点站立不稳,幸而被赵恒扶住。赵恒怒道:"太医怎么还没到?"

这时候周怀政才带着个太医,跑得上气不接下气地进来。

那太医见了赵恒就要行礼:"臣太医院副院判朱……"

赵恒已经不耐烦地喝道:"这时候讲什么虚礼,赶紧去救杨娘子!"

朱太医连忙背起医箱,跟着小宫女跑进去了。

周怀政这才跪下回道:"朱太医是副院判,最擅产科。还有杨太医和牛太医马上赶来。"

赵恒握住刘娥的手紧了紧:"小娥你放心,有太医在,阿媛必然可以度过这一关的。"

刘娥两行泪流下,扑入赵恒怀中,哽咽:"三郎,若没有你,我真不知道该怎么办才好……"

赵恒面露忧色,但仍轻拍着刘娥:"放心,放心。"

过得片刻,两名女医也赶来,朱太医就坐在屏风外,指挥着杨太医照着情况为杨媛扎针。

宫女们里外进出忙乱着,刘娥呆呆地坐在外间听着杨媛一声声惨叫,赵恒看着心疼,宽慰道:"小娥,没事的,阿媛会没事的。"

刘娥点头:"是,太医已经来了,会没事的。"

赵恒看她虽然这样说,整个人却是神情涣散茫然失措的样子,不由得又

紧了紧握着她的手,还是重复方才的话:"你放心,阿媛必然可以度过这一关。"

玉宸殿中,众人皆在焦急苦等,一室皆静,更显得铜漏滴水的声音,一滴滴都似滴在人的心上,令人惶恐不已。

时间仿佛在一寸寸令人心悸地移动,御膳房早送上早膳,侍女们悄无声息地替换着热茶,却无人动上一动,又尽数撤了下去。

仿佛是过了一辈子那么长,仿佛是地老天荒人化成石,忽然间,天地中"哇——"的一声微弱的婴儿啼哭之声划破了寂静。

刘娥猛地站起,颤声问道:"怎么样了?"

但见海棠浑身湿漉漉地奔出,扑倒在地嘶声喊道:"恭喜官家,恭喜刘娘子,杨娘子产下了五皇子!"

刘娥心头一松,只觉得全身的力气忽然间抽尽了,包在赵恒掌中的手不住颤抖着,两人四目对望,都有着不敢置信的狂喜。

刘娥欲要说话,只觉得喉头紧涩,用尽力气只说得一句:"官家,我终于保住这个孩子了。"便整个人软软地倒了下去。

五皇子先天体弱,脉象虚弱,太医也是束手无策。杨媛自难产以后,身体又一直不好,刘娥只能自己日日守护着,皇帝就报与太后,免了她去万安宫服侍,只照顾杨媛即可。

饶是这样,刘娥也是日日忙乱,这日才回到嘉庆殿,如芝就来报说雷允恭查出了些事情来,刘娥忙叫他进来。

雷允恭正是被派去查杨媛被野猫所惊之事的。此事却是难查,宫中有养猫防鼠的习惯,后宫妇人长日无聊,也养猫解闷。只是养着养着,有时候人事变迁,那猫无人养,也就满宫乱跑,变成无主野猫,甚至自行繁衍。因着能捕鼠,也能抓些小动物,甚至还有一些宫人会在无人处放些食物喂养,所以宫中出现野猫并不是件稀罕事,也无从追查。

只是这些野猫通常避人,哪里胆敢主动去袭击人。更何况杨媛当时怀有龙胎,前呼后拥者甚多,这野猫却偏偏只冲着被人群围在中间的杨媛袭击,岂不令人生疑?

当下雷允恭见了刘娥,就道:"当时天色昏暗,虽然都见着是一只狸猫,有眼尖的也只瞄了一眼说是黄黑相间,但论详细却说不上来。且宫中这样的猫有很多,奴才想着,若从这里查不出来,就去查猫为什么会扑杨娘子。"

刘娥到底是混过勾栏的，当下就道："这猫必是有人驯过的。"

雷允恭一怔，忙道："娘子圣明，小的也是这么想的。要驯猫，自然要有食物，最好是小鱼干之类的东西，小的就到御膳房去查，果然查到……"他顿了一顿，"说是戴贵人身边的宫女桂枝前些时候天天要吃鱼干。"

刘娥想了想，摇头："戴氏胆小怯弱，又是皇后的侍女出身，她身边的人未必是听从她指示的。想来这桂枝已经不在了。"

雷允恭露出佩服之情来："正是，小的去查的时候，戴贵人身边的桂枝与桂香都已经不在宫中了，说是圣人为太后及信国公祈福，放了一批宫女出宫。小的追查之下，发现这几个都是从王府带进来的，本无亲人，但出宫之后，竟是查不到了。小的查了几日，忽然沟里就出现了一只死猫……"

刘娥冷笑一声："果然又是一出查无实证，死无对证。"她心底暗恨不已，却是无凭无据，只能缓缓图之。

谁知道过得几日，刘娥却听说玄祐又病了，且这病还在杨媛难产之前，只是郭熙见太后病重，后又见杨媛难产，事事忙乱，因此也没提起。只是近日孩子病情转沉，因此无暇分身去万安宫服侍，这才报与赵恒知晓。

赵恒三处奔走，更闹得心力交瘁。

这次玄祐病得不轻，一班太医进进出出，但病势反而日渐沉重了。郭熙大怒，严责玄祐身边的侍从照管不用心，将所有侍从皆杖责逐出，又将玄祐搬进自己的房中亲自照管。

两个皇子的病情反复不定，太后又一病不起，折腾了一个多月，不但承天节取消，连过年也几乎是没什么庆祝了。

自生病后，玄祐也醒来过数次，只是迷迷糊糊的，过得一会儿又昏昏沉沉睡过去了。这一夜，边关报来紧急奏疏，本待在寿成殿的赵恒只得去处理了。他这一走，寿成殿似乎忽然安静了下来。

侍女燕儿送上药汤，郭熙将玄祐抱在怀中，一口一口将药汤缓缓喂入。玄祐在母亲的怀中很是平静，虽然药汤喂到嘴边洒了大半，却也是饮下不少。他今日好似精神不错，只是自生病后每次醒来都是在郭熙的怀中，不禁有些疑惑，却也不敢说什么，此时夜深人静，四顾无人，便再也忍不住了，怯生生地问道："怎么不见孙嬷嬷呢，一向不都是她侍候我的吗？"

郭熙心疼地抚着玄祐的脸庞，想着这孩子病了一场，小脸儿瘦得都脱形了。她答道:"孙嬷嬷侍候你不尽心,害得你生了这一场大病,我将她逐出宫去了。"

玄祐闻言浑身一颤,不敢再说。过了一会儿,又怯生生地问:"那珍珠、琥珀呢,小福、小禄呢?"

郭熙没好气地道:"这些下人不忠不义,我都已经处置了,你不必再问。"

玄祐眼泪哗地就下来了,哭道:"我要孙嬷嬷,我要珍珠、琥珀,我要小福、小禄,我要他们回来……"

郭熙气道:"他们把你害病了,你还要他们做什么?下人哪里没有了,待你好了,我另给你挑好的。"

玄祐哭道:"我不要好的,我就要他们。我生病不怪他们,要怪就怪我不懂事……"

郭熙沉下了脸,道:"乖,你还病着呢,别闹了。国有国法,宫有宫规,你如今病着,我没心思理会他们,别闹得我现在就处置他们。"

玄祐闻言,吓得止声不敢再哭,却又唯恐郭熙真的重责那些侍从,怯生生地道:"他们没有不好,不好的是祐儿啊,您不要责罚他们啊。"

郭熙皱眉道:"祐儿,你说什么呢?"

玄祐怯怯地看了郭熙一眼,轻轻地道:"如果祐儿说了实话,您不要怪祐儿好吗?"

郭熙看了看左右,见此时夜深人静,身边只有侍女燕儿一人在旁,点了点头,柔声道:"祐儿,这到底是怎么回事?"

玄祐乌溜溜的眼睛转了一圈,打量了母亲一眼,又吓得忙垂下眼帘,道:"上次我不知道怎么就生病了,那时候爹爹每天都来看我,您也不催我做功课了,我真高兴。可后来病好了,就、就都没了。"

郭熙心酸,扭头拭泪,才回头勉强笑着,却有些哽咽了:"你这孩子,怎么这么傻啊。"

玄祐低头啜嚅着说:"您当时要我在承天节上表现得好点,不要像在重阳节上一样。可是……"他呜呜咽咽,"可是我没用,每天早上我都好想多睡一会儿,我就怕起床去上学,我看书又记不住,我一直背一直背,可是怎么都记不住,太傅教的我都记不住,功课也做不出来,我怕您生气,呜呜呜……"

郭熙怔了一怔,下意识想要斥责,看了小小的玄祐一眼,却又软下心来,只得柔声道:"祐儿乖,玉不琢不成器,我这都是为了你好啊!"

玄祐低着头，道："祐儿不乖，祐儿想装病逃学，要是祐儿病了，就不用上学了，就不用做功课了，就不用背书了，也不会在承天节上给您丢脸了。孙嬷嬷他们一直将祐儿照顾得很好，祐儿没机会装病。那天夜里，孙嬷嬷他们睡着了以后，祐儿就悄悄地跑到窗边，把窗子打开了，冻、冻了一夜……"他越说越快，说到最后，简直是哆嗦着在说，一边说一边哭着往郭熙怀里钻，"祐儿下次再也不敢装病了，再也不敢了……"

郭熙抱住儿子，强忍责怪的冲动，温柔地道："好了，我不怪你，只要你好好的，我都不怪你。"

玄祐点点头："我下次再也不敢了，我会乖的……您让他们回来吧。"

郭熙哄道："好，只要你听话，好好养病，等你病好了，我就让他们回来。"见儿子安稳下来了，便抱着他，轻哼着歌哄他入睡。

玄祐的眼睛渐渐闭上，郭熙将他放到床上，轻拍着他，眼见着玄祐就要睡着了，郭熙正准备起身，不想玄祐忽然失声惊叫，睁开了眼睛。

郭熙一惊："祐儿，你怎么了？"

玄祐睁开眼睛看着郭熙，满脸迷惘，道："我做了一个很可怕的梦，我看到涂嬷嬷养的猫扑倒了杨娘子，地上都是血……"

郭熙一震，声音都不自觉地尖厉起来："你怎么知道那猫是涂嬷嬷养的？"

说到这里，她情知不对，忙又道："谁同你说这样的话的？"

杨媛出事的时候，玄祐明明已经因为风寒得病，半步未出宫门，他怎么可能看到涂嬷嬷的猫扑倒了杨娘子，当下就细问起来。

玄祐年幼，也守不住话，被郭熙哄了几句，就说了出来。

原是一个多月前，有一日太傅有事提前放学了，由于郭熙素日管得严，他很少有玩乐的机会，因此，他看此时正有个空当，就借机与小内侍一起玩乐。几个孩子跑着跑着就跑散了，他正寻着，就看到涂嬷嬷往一处走去，他出于好奇就跟了过去。谁知道涂嬷嬷转眼就不见了，他左右寻找，依稀听得有人声，就从一处矮树丛中钻了过去，却见涂嬷嬷与两个宫女正指挥着一只花猫去扑一个穿宫装的草人。

其实那处偏僻的宫院本是有人看守的，原只防成年人，不曾防过小孩，竟教他看了个仔细。他年纪虽小，但也看出这是有等级的妃嫔服饰，却想不明白其中之意，又怕小内侍寻来，当下就原路返回与他们会合，就此回去。

这事他本也不放在心上，谁知道他前些日子装病逃学，烧了几日，恰好

杨媛出事,他睡意蒙眬之际,就听得宫人传闲话,说是杨婕妤被一只花猫扑倒难产,流了一地的血。

也不知怎的,刚才睡得迷迷糊糊,梦里这两件事就忽然串在了一起,这才惊呼出声。

郭熙听了这话,心惊胆战,忙呵斥道:"你病糊涂了,哪里有这样的事,涂嬷嬷一直在我身边,怎么会去别处。想是别处的嬷嬷,衣服都差不多,教你看错了。"

玄祐自然是信她的,当下点了点头,道:"嗯,我知道了。"又问,"杨娘子怎么样了? 他们说,她肚子里有小弟弟了,小弟弟没事吧?"

郭熙双手冰冷,强笑道:"没有的事,你都说这是做梦了。杨娘子好好的,小弟弟也生了,等你好了,我带你去看你的五弟。什么花猫什么扑倒,也不知道她们是看了什么话本子呢,让你给听串了。你最近病中做梦,明日叫太医给你开些安神药,吃了药就好了。这事你不要再同任何人说了,免得人笑话你做梦都当真事讲。"

哄了好一会儿才将玄祐又哄得睡着了,郭熙站起来,只觉得浑身冰冷。想了又想,还是抑不下恼怒之情。玄祐身边有几班宫女轮班,也不知道是哪个说的,却也不敢去追查,免得招人怀疑,当下只以服侍不周为由,将这批宫女统统轮换,又换上新人,只每一班都留个心腹监督着。

涂嬷嬷见她操心,就来劝她。郭熙心中暗恼她办事不力,当下屏退左右,低声将刚才玄祐的话与她说了。

涂嬷嬷倒吸一口凉气,忙跪地请罪:"是老奴该死,老奴竟没发现……"

郭熙阻止道:"好了,也再别提这事了。我刚才跟他说,并没有什么杨婕妤出血的事,他只是做梦罢了。我也警告过他了,不许跟任何人说。"

涂嬷嬷却道:"圣人还是要小心些。二郎毕竟是个孩子,童言无忌。孩子容易被人套话,完了还会加上一句'我答应了不说出去',若教外人听了去,就更糟了。"

郭熙叹道:"这也是没奈何。好在宫里都是我的人,这几个月,我不让他出门,等风头过了,想来他也忘记了。"

涂嬷嬷忽然飞来一句:"可要是官家过来看他呢?"

郭熙闻言立马看过来,那双眼竟如利剑一般,吓得涂嬷嬷自己掌嘴道:"老奴该死,这种事情,自然是断不会发生的。"

她这话只是无心之说，谁知郭熙睡到半夜，竟做起梦来。

那梦却是极逼真的，就记得梦中，李太后也西去了，杨媛那新生的小皇子也没了，皇帝封了玄祐为太子，他们一家三口，说不出的其乐融融。

玄祐穿了太子的冕服，祭庙告天回来，皇帝就道："我只你一子，将来的社稷江山都要交在你的手里呢。"

郭熙正欢喜时，忽见眼前一只花猫闪过，皇帝就变了脸色，厉声叫人打猫，谁知道玄祐忽然就道："别打，别打。"

皇帝问玄祐为什么，玄祐一脸天真地道："我不说，我答应过娘娘，不能说出那只猫是涂孀孀养的！"

郭熙只觉得一瞬间天都塌了下来，四下皆暗，唯有皇帝看着她的眼神充满了恨意与杀机。

皇帝说："我早知道都是你这个毒妇做的——"

余下的话她就没听清了，她半夜吓醒，留在印象中的，只有皇帝那句话，和皇帝充满杀意的眼神。

她捂着心口，只觉得里头跳得厉害。

这些日子，因着玄祐生病，她便将儿子的小床挪到自己房中，以便就近照顾。她方才梦魇惊叫，就把玄祐也吓醒了，见郭熙神情狂乱，似仍沉浸在噩梦中，他连忙跑下自己的小床，爬上郭熙的大床试图安慰。

他这举动出自纯孝，自然也没有人拦他。谁知道他一接近郭熙，郭熙忽然睁大眼睛，满脸杀气地盯住玄祐，把玄祐吓得不敢动也不敢作声。

郭熙看着玄祐，眼神中天人交战，好一会儿才猛然回神，双手捂住脸，不断颤抖。

燕儿战战兢兢地上前低声唤她："圣人——"

郭熙捂着脸，只道："你把祐儿抱开，别让他被我吓到了。"

燕儿忙将玄祐抱起来，玄祐却不肯，挣扎着伸手呼叫："娘娘，娘娘——"

郭熙仍捂着脸，语气哽咽："祐儿别怕，听燕儿的话，先去别处休息。我只是魇着了。"

玄祐怯生生地问她："您没事吧？"

郭熙叹道："没事，只是你身体还没好，怕你受惊。燕儿，你把祐儿先抱回他原来的房间吧，我明天早上再去看他。"

燕儿只得低头哄玄祐："二郎乖，圣人魇着了，你不要再打扰她，乖乖跟我回你原来的屋子好不好？等一觉醒来，就都好了，圣人会来看你的。"

玄祐一脸担心地看着郭熙，却很乖巧地不再挣扎，被燕儿抱走了。另一个侍女也抱起玄祐的被褥跟着出去。

郭熙放下手，脸上表情近乎崩溃，紧紧咬着手帕，无声哭泣。

涂嬷嬷也被惊醒，赶过来后，见状吓了一跳，忙抱住郭熙："圣人，您这是怎么了？"

郭熙见左右无人，扑在涂嬷嬷的怀中颤声道："嬷嬷，我刚才做了个梦，梦到官家来看祐儿，还说要立他为太子。"

涂嬷嬷喜道："那是好事啊，梦是预兆，圣人必会心想事成。"

郭熙浑身一抖："可祐儿转眼就说出他答应过我，不能说出那只猫是你养的这样的话来。"

涂嬷嬷吓得也不禁倒吸一口凉气，强自定了定神，道："圣人休在意，梦都是反的，都是反的。"

郭熙听着她的安慰，虽然语无伦次，但在这个从小习惯了的怀抱中，也渐渐安下心来。她却不知道，在她看不到的地方，涂嬷嬷的脸上已经尽是恐惧。

自那日起，郭熙就经常梦魇，日夜不安。玄祐的病更是好好坏坏，赵恒四处焦心，偏近来辽国又犯边境，只觉得内外交困，五内俱焚，日常看奏疏都差点要睡着。

周怀政见他如此，就劝他道："天下人都仰望官家，官家也要多保重。"

赵恒含泪叹息："朕真不知道犯了什么错。五郎早产，二郎又忽然生了病，而且比上次还重，朕真是心力交瘁。为人父母的，真是宁可自己遭受此苦，也不忍小儿受这些痛。"他说着，双手不由得合十默祈。

周怀政赶走雷允恭，压着张怀德，正是上进之时，忙进言道："宫中多事，想来有什么邪祟作怪，官家何不举办一次法会，为二位皇子祈福？"

赵恒听得心中一动，点点头，问："可召何人？"

张怀德刚才插不上话，此时忙道："先帝最信王得一道长，不如就请他。"

赵恒怔了一下，点点头道："那就叫王得一与程德玄、张守真一同设坛祈福吧。"

刘娥得知以后，也叹了口气。她素来是不信这些的，王得一的底细如何,她是最知的。但不知为何,这些年来王得一的道法越加精进,皇帝几次召他,言谈间居然也俨然是个得道高人,连皇帝竟也不免疑惑起来:莫非他当真有道行不成?但真有点事,皇帝也不敢单独用王得一,毕竟太知道他是个什么人物了,于是又另外加两个人保险。程德玄和张守真是先帝在登基前就信任的道士,至于其道法根底如何,恐怕也只有先帝知道。刘娥当日也真信他们是神仙中人,及至用过王得一以后,就多少怀疑他们也是王得一之流了。先帝后来更信重王得一,想来也是出于此理。

刘娥虽不信,但宫中却是有人信的。郭熙要去祈福,连还躺着起不来的杨媛也挣扎着要去。

刘娥苦劝,杨媛却是不听,旁边的陈大车就道:"不如我替杨妹妹去吧。"

杨媛顿了一下,伏在枕上向陈大车道:"多谢陈姐姐。"

她也是瞧出刘娥不信神道,因此虽然刘娥说要替她去,她却唯恐不够虔诚,执意要自己去。如今见陈大车说了,这才同意。

谁知陈大车去的时候,正撞见皇后出来。

郭熙此时心情也不好,她去为儿子祈福,原也是为自己安心。不想那个道士王得一开始只说什么信国公自有福佑这种话也罢了,她只问如何才能好得快些,王得一就道:"道门有经忏之说,只要至亲之人诚心忏过,写于黄卷,焚于天地之间,则神灵自佑。"

她听了这话,很是刺心,就问:"什么叫至亲之人诚心忏过,若是无过,如何忏法?"

王得一却道:"一念风起,一念水息。于人不见,于心有动,于天地则无不知。"

郭熙听了这话,正中心底阴私事,连恼怒都忘记了,再见这祭坛各种神怪,心里害怕,再也站不住了,转身就出来。

她正走着,迎头却撞见陈大车。

郭熙一腔恼怒正无处去,见她撞上来,就拿她撒气,见她避在一边,反问她:"陈娘子还在抄经吧?"

陈大车这段日子在西阁抄经,人人都知她受了皇帝厌弃,又得罪了皇后,德妃也冷落了她,虽不敢有什么大动作,小处却时有添堵,一会儿炭火不足,一会儿墨砚差了,一会儿纸也没了,一会儿饭食冷了。但是陈大车经了这番磋磨,反而更沉下心来,不见怍色,此时见皇后发难,只应了一声:"是。"

郭熙只道她会沉不住气,见状反而更恼了,冷笑道:"抄了这么久的经,想来也有些心得了,经文中的道理,可曾领会?"

陈大车淡淡道:"是,圣人若要听,我可以背些段落来。"

郭熙眉毛一挑:"好啊,我倒想听听。"

陈大车就道:"太上曰:祸福无门,唯人自召;善恶之报,如影随形。是以天地有司过之神,依人所犯轻重,以夺人算。算减则贫耗,多逢忧患,人皆恶之,刑祸随之,吉庆避之,恶星灾之……"

她这话未说完,郭熙听出意思来,大怒:"大胆!你这是在诅咒我吗?"

陈大车直视郭熙:"圣人为信国公祈福,一片慈母之心。可圣人心里有没有想过玉宸殿的五皇子?稚子何辜,他应该平安降生,而不是为人所算,挣扎于生死线上。今日信国公之病痛,何尝不是冥冥中受了他人牵连?"

郭熙暴怒,一掌打在陈大车脸上,将她打倒在地:"你敢诅咒我儿?我要你的命——"

陈大车见她双目赤红,如癫似狂,竟无半点素日的智珠在握,本有满腔怨愤之心,此时也平静了下来,只叹了一声,道:"皇后为天下母,自己有这般怜子之心,如何不能想想杨婕妤、戴贵人和她们的孩子?"

说着,深深一礼,也不理会,径直离开。

郭熙额头青筋暴起,抓住旁边涂嬷嬷的手,厉声问道:"她这是什么意思,她为何提戴氏,她又知道些什么了?"

涂嬷嬷也不禁惊恐万状,眼中顿时有了杀机。

第六十二章 西阁大火

祈福之后,太后的病势似乎略好了些,但这多半还是因为只知道五皇子平安出生,而不知道五皇子命悬一线。

这夜五皇子又出状况,差点就不行了。刘娥一早接到消息,赶了过去,几个太医施针,好不容易才救了回来。

刘娥心中痛楚不已。五皇子早产体弱,刚出生时她抱在手中便觉得轻若无物,呼吸时有时无,连哭声都微弱得几乎听不到。如今是两个乳母轮番抱着,太医院开的药,也是两个乳母一碗碗地喝下去,化为乳汁给五皇子服用。饶是如此,五皇子仍然时不时地呼吸微弱,状况频出。

而此时,郭熙却是坐在窗前,看着雨。

五皇子昨夜险些不治,她也得到了消息。但是此刻,她并没有感到想象中的得意,反而充满了惶惑。

是不是一开始她就错了?早知道赵恒要当皇帝,注定要三宫六院,她何必嫉妒杨氏?她若不是满心防着杨氏,以至于心神不宁累及胎象,她的大郎就不会先天不足。她若不是嫉妒戴氏所出的三郎,她的四郎就不会赔进去。她若不是存心对五郎下手,她仅存的二郎,已经健健康康避过所有灾难平安长大到现在的二郎,是不是仍然无事?

正在此时,涂嬷嬷匆匆赶来,道:"圣人,二郎忽然病势转沉。"

郭熙连忙赶到玄祐的房中,但见玄祐呼吸微弱,一惊,急忙唤道:"祐儿,祐儿,你睁开眼睛看看我。只要你好好的,我什么都答应你。"

玄祐吃力地睁开眼睛,看着母亲,眼中充满希冀:"娘娘——"

郭熙惊喜地握住他的手:"祐儿,我在这里。"

玄祐低低地道:"娘娘,我乖,我听话,您不要不理我,好不好?"

郭熙强笑:"我怎么会不理你,我最看重的就是你。"

玄祐声音微弱:"您是不是嫌我不乖,故意生病,所以要赶我走?"

郭熙心中大痛:"我如何会赶你走?是我最近身体不好,怕惊着了你,所以才不敢让你与我同睡的。"

玄祐吃力地笑了笑,道:"那您让我搬回去好不好?我不放心您。我病了,您来照顾我。您病了,我来照顾您。"

郭熙喉头哽咽,心痛得几乎说不出话来,只连连点头:"好,我这就让他们收拾。咱们娘俩在一起,再也不分离了。"

玄祐低声道:"其实我最开心的就是能和您一起睡,就算我病着难受,心里也是开心的。"他想说,他为了搬回去,夜里又偷偷踢了被子。可是他说不出来了,他只觉得身体越来越冷。他张了张嘴,想说,他很冷。但他也只是张了张嘴,却没有发出声音来。

郭熙从他的口形上看出了他想说的,她握着玄祐的手,发现他的手越来越冷。她不禁抱起玄祐,只想用自己的体温去温暖他。

郭熙紧紧贴着玄祐,抱得越来越紧。

燕儿见情况不对,忙去试了试鼻息,不禁失声道:"信国公殁了!"

她想去把孩子接过来,但郭熙将孩子抱得死死的,竟是拉不下来。

一时间诸人都回过神来,一起跪下,齐声道:"圣人节哀。"

郭熙发出一声尖叫,直直地倒了下去。

赵恒接信赶过来时,就看到郭熙紧紧抱着孩子,满脸青紫,牙根紧咬,宫中这么多人,竟是无法将她与孩子分开。

赵恒疾步上前,扶住郭熙和她怀中的玄祐,试了试鼻息,忽然一张口,喷了一口鲜血。

等赵恒醒来的时候,已经是在嘉庆殿了,他睁开眼睛,见到的是刘娥。

他抱住她,失声痛哭。

刘娥轻轻劝他:"三郎,你身系天下,不要哀伤过甚。"

赵恒哽咽道:"小娥,我也想节哀,可是,我办不到啊。"

刘娥抱住赵恒:"三郎伤心,就在小娥这里哭,就像从前一样。"

赵恒沉默良久,才道:"我不知道是哪里出了问题,为什么如此福薄。五郎命悬一线,二郎竟……如今皇后伤心得病倒了,我也不能苛责她。朝堂上也是一堆的事情……小娥,我不知道该怎么面对这一切。"

刘娥轻叹:"三郎,这不是你的错,老天爷总是这样折磨人。可你是天子,是我们头顶上的天,你要撑不住了,我们怎么办?"

赵恒道:"可我真的心力交瘁了。小娥,你要帮我。"

刘娥柔声道:"三郎,我会帮你,你放心。"

赵恒问她:"我,究竟做错了什么?"

刘娥把赵恒紧紧抱在怀中:"三郎没有做错,错的,也许是天意,也许是不可测的人心。"

此时的郭熙,午夜梦回,独坐在冰冷的床榻上,仍然不能接受儿子已经去世的事实。

她对涂嬷嬷道:"你去看看祐儿,他一向胆子小,我这几天把他挪出来,他刚才跟我说总睡不好,还说要装病回来。"

涂嬷嬷心如万针扎过,失声痛哭道:"圣人,二郎已经去了,您要节哀啊!"

郭熙脸色变了,忽然才意识到,她的儿子,死了——

郭熙张了张嘴,一口鲜血吐了出来。

涂嬷嬷惊惶不已,看着郭熙整个人都萎靡下来,竟似失了生机一样。

郭熙说:"嬷嬷,是不是我做错了?若是上天要怪,把我的命拿去便是,为什么要夺走我的儿……"

涂嬷嬷心碎了,她不能让她奶大的孩子就这么了无生机。她急切地想着,必须要用什么事、什么人,激起郭熙的生机来。

涂嬷嬷语无伦次地说:"圣人,您要想想官家,您还年轻,还能再生……"

却见郭熙毫无表示,依旧死气沉沉。她急了,又道:"难道您能看着刘氏、杨氏得意不成!"

见郭熙依旧没有反应,涂嬷嬷忽然想到一事,此时也顾不得扯不扯得上,只道:"圣人,您要保重,您不能让那些想害您的人得意了。比如,比如那个陈贵人,是她在您为二郎祈福的时候出言诅咒,她才是害死二郎的凶手,您要振作起来才是……"

不想郭熙听了这话,忽然间似找到了极大的力量,竟直直地坐了起来,抓住了涂嬷嬷的手,声音喑哑:"是了,那日她敢当着我的面诅咒我儿,我诚心祈福，都是因为她怨恨诅咒，才害得我祈福无果，害得我儿早夭……"

涂嬷嬷看着郭熙虽然因这番话略振作些，但却变得狂乱疯魔，诅咒不停，面孔在烛火摇曳中显得扭曲可怖，不禁打了个寒战。

人间四月天，满园芳菲，春色传遍宫苑，唯有皇后所居的寿成殿却似乎仍笼罩于一片寒冬肃杀之中。

但见宫内宫外一片素白，雪白的纸钱，灰白的纸灰，还有无尽的悲哭和眼泪。七日前，被封为信国公的二皇子玄祐因病重不治，就此夭折，皇后郭熙精神险些崩溃，就此重病。她不顾宫规母服子丧，在寿成殿为玄祐设置灵堂守哀，又令全班僧道大做七七四十九天的法事。

灵堂已经摆了七天七夜，今日是玄祐头七之日，郭熙强撑着病体，由侍女燕儿扶着，到灵前上了三炷香，坐在一边。她低低咳嗽一阵，问道："有没有问过崇政殿那边，官家可会过来？"

郑志诚禀道："回圣人的话，方才周怀政来说，官家本要亲来，只是国事繁忙，不得分身，已下旨令德妃代为上祭。官家知道圣人忧伤成疾，也令德妃代为操办信国公的一切后事，方才嘉庆殿已派人来请圣人示下允准。"

郭熙只觉得一股寒气从脚底一直钻到心里去，冷笑道："既然官家有旨，自然一切由她自己做主了，何必还请我示下允准？"

郑志诚不敢答话，垂头退下。郭熙站起来，冷冷地道："我身子有病，不想见任何人。德妃来时，她爱做什么就做什么，你们只管应付便是。只有一条，不许她碰我儿灵堂上的任何东西。"

燕儿连忙上前扶着她，道："依奴婢看，她也未必有空来，她忙着跑玉宸殿还来不及呢！"又放低了声音恨恨地道，"宫中人人都说，就是玉宸殿里的那个小孽种抢了咱们二郎的命去。那边一怀孕，这边咱们二郎就生病；那边一降生，这边咱们二郎就生生被克去了！"

郭熙脸色本已憔悴不堪，听了此言，煞白的脸更加白到发青，平添几分凄厉来，转向郑志诚低声问道："宫中是这样说的吗？"

郑志诚垂头道："是，宫中都在流传，说'一子生，一子亡'。"见郭熙神色越发可怕起来，忙劝，"这些宫中流言从前就很多，圣人不必放在心上。"

郭熙仿佛中了一箭，整个人差点摔倒，喃喃："从前、从前就很多？"

燕儿见她眼神狂乱，连忙扶紧了她，吓得道："圣人，您没事吧？您可要保重身体啊!"

郭熙的声音似哭似笑:"从前?如今?一子生,一子亡?为什么?为什么?老天爷啊,如果你要惩罚,那就惩罚我啊,为什么要报应在我儿的身上,为什么要降祸在我儿的身上!老天爷,你为什么要这么对我,我做错了什么,我做错了什么?谁让我是皇后啊,谁让我是六宫都觊觎嫉恨的皇后啊!我能不这么做吗,我不这么做行吗……"

她疯狂的哭笑声在寿成殿的上空不住回荡,声音远远的,更是传到了院外回廊里。

刘娥带着如芝已经迈进了寿成殿的大门,听到郭熙那疯狂的哭笑声,她的脚步停住了。

如芝不安地问:"娘子,我们要进去吗?"

刘娥紧紧捏着手中的圣旨,这是一道追封信国公玄祐为皇太子的圣旨,这也曾是郭熙最想要的东西。她站在那里好一会儿,才长叹一声:"咱们还是等一会儿再来吧!"

刘娥出了寿成殿,转身去了玉宸殿。

此时的玉宸殿,犹如七日前的寿成殿一般,热闹非凡。整个太医院的太医轮班侍候,六宫妃嫔轮流问安,皇帝一散朝就立刻赶到这里来不说,就连万安宫中的李太后也日日遣人来看望。

刘娥走入殿中,倩儿忙迎上来侍候着。刘娥问道:"怎么样了?"

倩儿道:"杨娘子刚刚睡着,五皇子的情况还是不好,太医们轮班看着呢!"

刘娥点了点头:"嗯,你叫张太医来回话。"

张太医原是吴越王府出身,自潜邸时便为刘娥侍疾,此时进来也无需太多繁文缛节,刘娥并未放下帘子。

但听得刘娥道:"杨娘子与五皇子的情况如何?"

张太医犹豫了一下:"杨婕妤早产,虽是母子均安,但她体弱,提前生产,有违自然。所以……"

刘娥惊道:"所以怎么样?是杨娘子,还是五皇子?"

张太医道:"德妃放心,杨婕妤年轻体健,此次虽然受了一番磨难,但是只要调养得宜,却是无大碍的……"

刘娥早知五皇子情况不好,状况频出,心中隐隐不安,这几天下来,这种不安日益加重了,此时听得张太医这番话更是心惊:"张太医,你只管大胆说,是不是五皇子会有危险?"

张太医扑通一声跪下:"臣无能,五皇子未足月而降,先天失调。臣、臣等只能是尽全力而为。五皇子乃是龙脉,自有神灵庇佑,非臣等敢断言了。"

刘娥听得心中一片冰凉。她费尽心力想要保住的这个孩子,到头来竟是镜花水月一场空吗?老天爷何以这样残忍,夺去了她的孩子后,竟连她想要拥有的孩子也不给她吗?可是她明明见着他降生了,他会哭了,他会笑了。

可是到头来,她竟然保不住他!

她竟然,保不住这个孩子!

刘娥无声流泪。

谁知道到了黄昏,灯烛刚上,忽然有人来报,说是秘阁失火。赵恒吓了一跳,忙让人去扑火。

火烛不慎这种事属于意外之灾,汴京城中人口日益增加,再加上木制房屋层叠,各式小吃盛行,赵恒为开封府尹时就知道,每年京城中发生的大小火灾总也有几十起。仅太祖建隆三年(962)正月一场火灾,就烧去屋舍三百四十多间,五月大相国寺起火,又烧房舍数百间。因此各坊市常有各巡检司人员扑火防灾。

便是在皇宫中,因为宫殿狭窄,人员渐多,也常有火灾,因此太宗当日也曾起过扩建皇宫之意,但由于周边居民反对,因此搁置。

此时宫中发生火灾,赵恒便令人去察看,及早将火灾扑灭。若是火势大了,也好让贵人们及时移宫。

过了大半个时辰,刘承珪来报,说是秘阁无事,只是西阁火烛不慎,幸得扑灭及时,只烧着了十来间房,有几个宫人受伤。

赵恒方松了口气,就见刘承珪犹豫片刻,又道:"只有一件事,当时陈贵人正在阁中抄经,如今……伤得极重。"

刘娥吃了一惊,站起来道:"大车妹妹如何了?"

刘承珪声音喑哑,涩然道:"老奴已经请太医看过了,只恐……"

刘娥听了这话,站起来,冲了出去。

她也不及等赵恒,只坐上步辇,不断催促内侍快些前进,及赶到陈大车住的清凉殿,也顾不得众人,只管冲了进去。

杨媛住处离陈大车更近,她也得了消息,不顾产后体虚,匆匆赶来,只比刘娥早了一步。见刘娥进来,就急忙上前道:"姐姐,陈姐姐她……"只说了这几句,便泪如雨下。

刘娥拉着杨媛匆匆入内,边走边问:"大车妹妹她怎么了?"

杨媛咬牙,在刘娥耳边低声道:"我方才已经看过了,陈姐姐不行了,她、她是遭人暗算的。"

刘娥一惊:"你看出什么了?"

此时两人正在走廊上,身后跟着的也都是心腹,杨媛就低声道:"玉阶也受了伤,她同我说,火是从陈姐姐身上起的!当时她站在外头侍候着,听到陈姐姐惨叫,她要推门进去,偏门又被锁了,好不容易撞了门进去,就见着陈姐姐身上起火,惨叫翻滚,这才引得帷幔纸张着火……"

刘娥一惊,不禁站住:"此话当真?"

杨媛恨恨地道:"岂有不真的!必是皇……"

刘娥忙掩住她的口:"媛妹噤声。"

杨媛的口虽被掩上,但眼睛里似有熊熊烈火。刘娥看着她的眼睛,郑重地说:"媛妹放心,我必不会就此罢休。"

见杨媛眼神缓了下来,刘娥这才放下手来,与杨媛一道进去。

太医与宫娥们原是围着床榻的,见刘娥等进来才散开,刘娥看去,只见陈大车的伤势触目惊心。

刘娥万万想不到情况已经如此严重!太医们甚至不敢去为陈大车清洗用药,只因稍一触碰就会让她痛不欲生,因此只令煎了麻沸散,让她稍减痛楚。

其他太医还不敢言,张太医是刘娥心腹,就直接道:"二位娘子有什么话就赶紧说吧,也好……教陈娘子早些、早些上路……"

刘娥强忍泪珠,上前道:"妹妹,你、你怎么样了?"

陈大车声音破碎嘶哑:"很痛……很痛!我是不是要死了?"

刘娥哽咽道:"别说傻话,你只是受伤了,太医会治好你的。"

陈大车忽然笑了:"你别骗我了,我自己的情况,我自己知道……"她说得很是吃力,断断续续的,"原是我以前想得太天真,这世间,哪里又是能任性逃避得了的。有人的地方,就有是非。我把自己想得太高,又把他人想得太好了……"

刘娥跪在她的床边,泣不成声:"妹妹,皆是我害了你……你放心,我不

会放过害你的人。"

陈大车只觉得意识渐渐被痛楚盖过。她从痛楚中醒来时,原充满了愤怒与不甘,但这痛楚渐渐变得麻木,她便自知大限将至,反而释怀了,只道:"罢了……我以前还想过呢,将来若是老了,看不清书本,听不见乐声,吃不了东西,然后才死,那才难过呢……没想到是这样的死法,也好……我一生爱书,如今为了书,与书和书阁同葬,未必不是一件雅事……"

此时赵恒也匆匆赶来,见了陈大车惨状,竟是掩目不敢多看。

刘娥心痛如绞,只道:"妹妹别说这样的话,你会好的。"

陈大车此刻意识清楚,她也明白这是回光返照,只强撑着道:"告诉我爹娘,就说我是得了急症走的,别教他们伤心。"

刘娥哽咽:"是。你放心。"

陈大车又交代几句,声音渐渐低了下去。

刘娥再也忍不住,掩面而出,在廊下痛哭不已。

见赵恒出来,刘娥便向赵恒请求:"请官家封大车妹妹为贵妃。"

赵恒不明其意,刘娥就道:"大车妹妹如今受伤,生命垂危。我知道她是替我挡了灾,我无以为报,只能为她尽些心力。封她为贵妃,有此名分,也能令宫中太医更尽心,也能诏令天下名医为她治病。"

赵恒心头骇然,忙道:"你不必如此,休说什么挡灾的话!你是你,她是她。你也不可能会遇上这种事。大车入宫,是我没有照顾好她,让她受此灾难。封妃的事,求医的事,我都可以答应你,只是你不能再说这样的话了,听到没有?你与她,与曹氏、杜氏一样,都只是宫中姐妹而已。"

只是一道封贵妃的旨意,不过是徒令亲属欢喜,于陈大车而言,并没有什么作用。太医院最好的太医也无法对一个重度烧伤的人采取什么补救措施,无非是用越来越浓的麻沸散让她稍减痛楚而已。

到了半夜,陈大车走了。

皇帝下旨,以贵妃礼下葬,并抚恤其父母亲属。

同时,皇后的乳母涂嬷嬷走在廊下,便教人掩住口鼻,晕了过去。待得她醒来,却是在一间漆黑的暗室中。她惊骇莫名,爬起来摸着四壁,发现这间狭窄的小室三面皆墙,唯有一面是栅栏。她也是宫中老人了,立刻意识到这可能是一间地牢,当下就叫道:"这里是什么地方,你们是谁?你们好大的胆子,胆敢抓圣人身边的人!"

她叫了几声，却见栅栏的一方亮起一点烛火，烛火后似有一团黑影，却瞧不出模样来。就听得一个声音道："既抓你，自然是知道你是谁。你不必枉费心力，只管回答我的问题，若答不出，你这一世就待在这里，休想出去。"

涂嬷嬷更加惊骇："你、你们好大的胆子，竟不怕圣人降罪不成？"

那人阴阴地一笑："圣人降罪？你指的是圣人支使你用黄磷谋害陈贵妃的事？"

涂嬷嬷肝胆俱裂，失声叫道："你胡说什么？根本没有的事情，什么陈贵妃，我什么也不知道。你休想诬陷圣人！"

那人忽然道："前些年皇后逐你出宫后，你就住在瓮市子口。离你家两百步住着个王道婆，你在宫外与她交好。昨日你忽然要出宫回家探亲，可你并没有回家，而是去那王道婆家里拿了些黄磷，只因她曾经告诉过你黄磷能无火自燃。之后你再没有在别的地方停留，直接回宫了。"

涂嬷嬷听了这话，仿佛头顶一个霹雳响过，只觉得神魂已经离体，本能地辩道："不管你说什么，我不承认，便是打死我，我也是什么都不会承认的！"

就听得那人道："你按她所教，把放了黄磷的纸包划破，放在陈贵妃素日抄经的垫子上。等时间一到，黄磷自燃。西阁内全是纸张和木头，起火极快，你又悄悄在门后做了手脚，把陈贵妃锁在门里……"

涂嬷嬷厉声尖叫道："西阁早就烧了，一切都没有证据！你胡说八道，这是你编出来的，什么王道婆，分明是你逼她说的！"

那人也不理她，只阴阴地道："那你猜猜，她还跟我说了些什么？她说，有大户人家妾室争宠，失宠的小妾养了狸猫，拿着鱼干日日训练它扑抓穿着怀孕小妾衣服的草人。宫女桃枝、桂枝招认，曾奉你之命，偷杨婕妤旧衣驯养狸猫，致使五皇子早产体弱，你不会也说不知道吧？"

涂嬷嬷坐在地上，只如见鬼一般，骇然往后缩，直缩到墙角，方崩溃地叫道："你、你到底是谁，做这些事有什么目的？"

那人又道："桃枝、桂枝且招认，在信国公因为月犯前星生病的前一天，她们奉你之命，将杨婕妤的安胎药换成了堕胎药送到了御苑去……"

涂嬷嬷更加崩溃，如疯似癫地大叫起来："你别说了，没有的事！我不认，我绝对不认。你们这是屈打成招……"

那人长叹一声："要想人不知，除非己莫为。涂嬷嬷，你们这些后宅无知妇人的手段实在是太粗糙了。我再问你一件事，先帝驾崩的前一天，还在东

宫的三殿下是怎么死的？是你调开他的乳母方氏,把他骗到水池边,将他推下去的吧!"

涂嬷嬷惊恐地看着声音传来的方向:"你这个魔鬼!你怎么知道这件事的?不可能有人知道的……"

忽然就听得一人厉声道:"陈贵妃又做了什么招惹到你们,让你非要杀了她不可?"

涂嬷嬷精神已经崩溃,口不择言地说:"她该死,若不是她多事,后头的事就都不会发生了。二郎不会生病,圣人也不会生不如死!是她在祈福时对圣人口出诅咒之言,否则二郎就不会有事。她该死,她该死……"

后头那人怒道:"该死的是你!让她画押认罪!"

涂嬷嬷听着这人的声音甚是熟悉,顿时明白,当下神志略一清楚,立刻做出决断来,咬牙呲呲地笑道:"我不会画押的,你们要害圣人,我宁死也不会让你害到圣人的……"

只听得砰的一声重响,刘承珪站了起来,喝道:"快去看看——"

这是皇城司在宫中的秘密审讯之处,皇城司侦知京城内外之事,这种训练狸猫害人的行为,在京城也有过案例,因此早在杨媛无端受到野猫袭击时,刘承珪就派了人追查。刘娥能查到的事,他只会知道更多。这种宫外手段,必不是长在宫中之人能知的,因此他就查那些与宫外有来往,又与后宅阴私有关联的人,就此查到涂嬷嬷上次被逐之后在宫外的住所,向邻居打听到了她素日交好之人。

他自知此事牵连甚广,本欲慢慢追查,务必要有实证,谁知道陈大车突然遇害,令他肝胆俱裂,当下再顾不得什么,只查到涂嬷嬷于事发之前出过宫,立刻就抓了王道婆拷问。那王道婆本是三姑六婆之流,流窜于市井与后宅之中,坑蒙拐骗样样来得,还没上刑便全招了。他也顾不得什么,当下动用自己在寿成殿的人手,将涂嬷嬷直接从寿成殿绑了出来,当夜就来审问。

其实他并没有找到桃枝和桂枝,连许多隐情也只是根据自己推测讹涂嬷嬷一下,而这老虔婆的反应果然不出所料,当下更加确定,实是愤怒已极,最后忍不住亲自喝问起来。

谁知道这老虔婆竟是如此忠心,宁死不招。此刻灯光大亮,刘承珪走到栅栏边,就见涂嬷嬷一头撞在栅栏上,额头一个大洞,鲜血瞬时流了满面。看这流血的速度,显见是用了极大的力气撞的。

刚才审问的是刘承珪的养子,见状忙问:"阿爹,如今怎么办?"

刘承珪冷冷地道:"她心存死志,就算救回来也没什么用。给她按手印,将记录存档。"

养子就指着涂嬷嬷道:"那这人……"

刘承珪冷笑道:"她想这么死,却不容易。把她送到西阁,也给倒上黄磷,让她去给陈贵妃请罪吧。"

养子心中惊骇,忙依令行事。

天将亮时,西阁,忽然间一个妇人的惨叫声划破天际。但见一团火光包围着一人,那人不断翻滚,挣扎,却只能徒劳地惨叫。

火越来越大,一些宫女内侍满脸惊骇地看着西阁火起。

小内侍们拿着提桶在外围泼水救火,却没有人敢冲进去,只听得那惨叫声似是甚为熟悉。

待天大亮,宫中便有传言,说那被烧着的人是寿成殿的涂嬷嬷。众人皆道是陈贵妃的鬼魂把她勾到西阁去的,这是冤魂索命来了。

一时间,西阁一带更无人敢去。

连寿成殿的宫女们都不免私下议论,陈贵妃为何谁也不寻,只寻了涂嬷嬷下去,难不成真是冤魂索命?

话说到这里,众人皆是不敢再言了。若冤魂索命,难不成害死陈贵妃的是涂嬷嬷?若涂嬷嬷是凶手,那皇后……

众人细一想,都出了一身白毛汗,吓得噤若寒蝉。

燕儿也听到了这样的流言,更是吓得魂不附体。她也细究过涂嬷嬷如何会去了西阁,怎奈众宫人皆说昨日夜里就没见她了,也不知道她去了哪里,更不知道她是何时出去的。涂嬷嬷在寿成殿中只在一人之下,众宫人皆低于她,何人敢去盘问她的去向?因此一时之间竟成了悬案。

此时皇后又因玄祐之死病得昏昏沉沉,时而清醒,时而糊涂,燕儿哪里敢说,只自己一人兀自惴惴不安。

第六十三章
重重打击

刘娥听了这个消息,虽不知道是何人所为,但却更加证实了害死陈大车的真凶所指。她只觉得一团火在心中熊熊燃烧着,一转眼正看到放在桌上的圣旨,那是追封玄祐为太子的诏书。

她怒从心头起,一把抓起圣旨厉声道:"允恭!"

雷允恭应声而入:"娘子有何吩咐?"

刘娥将圣旨扔给他,咬牙道:"你给我到寿成殿传旨去,就说官家恩典,终于把她这日思夜想的太子之位封给她的儿子了。该说什么话,该怎么说得合我心意,我想你应该是知道的!"

雷允恭一看她的脸色,自是知道她要自己怎么个说法,忙应了一声:"是!"恭敬地退出去,立刻找了几个素来口齿刻薄的小内侍一起上路。

张太医心中不安:雷允恭这个样子一去,转眼又是一场大风波。皇后虽然素来要强,但是此时心力交瘁,若是再被一气一激,只怕要被气得当场吐血,甚至被活活气死,那可真是闯了大祸了。但是他也知此时此景,自己又敢以何等言语相劝呢,只得垂头轻叹一声。

盛怒之下的刘娥听得这一声轻轻的叹息,恍若一盆清水当头浇下,心头怒火立时熄灭。她像个木头人似的怔了好一会儿,才忽然叫道:"来人,来人,立刻让雷允恭回来!"

雷允恭已经走到寿成殿外,却被叫了回去,惴惴不安地来到刘娥面前,不知道发生了什么事。

却见刘娥阴沉着脸一言不发,吓得雷允恭不敢吱声。好一会儿,才听刘娥冷冷地道:"你去寿成殿把圣旨传了,什么也别说,什么也别问。去吧!"

雷允恭只觉得刘娥莫测高深,看一看她的脸色,应了一声连忙退下,连大气也不敢喘一下。

刘娥一动不动地坐着,一室俱静,静得让侍立一边的张太医连气儿也不敢大喘。

静默良久,刘娥忽然轻轻地笑了,眼神望向远处,低低地道:"有时候一关一关地过去,总以为忍过这一关就不必再忍了,却不知道,就算过了这一关,也并非终点,而是更艰难的开始。一开始我什么事都不能忍,到现在,每每以为已经是忍无可忍了,结果最后还是硬生生地咽下,从头再忍。"

她说话的声音很低,像是在自言自语。

张太医轻叹一声:"有人忍,那是因为无能为力无可选择,因此不得不忍。娘子已经手握权柄,您的忍是有能力有选择之下的忍,下官佩服。您已经能够制怒而不为喜怒所制,这才是母仪天下的风范,也是官家倚重您并将权柄交与您的原因所在。"

刘娥缓缓转头,看着张太医。方才她强抑怒火,实则忍无可忍,才会失控地说了那一番早就在心底的话。张太医随她多年,早为她的心腹,此时一番言语道来,方才将她的怒火缓缓化去。她苦笑一声,不得不承认张太医说的是实情。能够施为却克制自己,比无能为力更难克制。也唯此更觉得心有不甘,情绪难抑。

"你错了,"刘娥淡淡地道,"要做到不以物喜,不以己悲,谈何容易,我只是努力而已。你说,一个刀未出鞘但却让人猜不到她何时会出鞘的人,和一个时时刀锋在手中挥舞的人,哪一个对人更有威慑力?"

张太医沉默片刻:"能之而示之不能,用之而示之不用,娘子早已经赢定。有人出尽招数,已经如困兽撕咬。娘子何必如她所愿,也与她一般滚地撕咬。有些事情早已注定,所有的事,阻止得了一时,阻止不了一世。"

刘娥闭目沉默片刻,道:"来人,去请刘翁。"

刘承珪到的时候,刘娥正在廊下凝视悬着的风铃。

刘承珪见了礼,刘娥幽幽道:"这种风铃的造型是大车妹妹自己设计的,看着别致不俗,声音也特别清脆。"

刘承珪没有说话,只是跟在刘娥身后走着。

刘娥慢慢地走着:"她是那么有才华的人,无书不读,无事不精,活得那么洒脱,她不应该这么早死,更不应该死得这么惨。她比任何人都更应该活

着,她能活得比任何人都恣意随心。"刘娥深吸一口气,忍住泪意。

刘承珪闭了一下眼,又睁开,声音有些哑:"她太好了,所以连上天都嫉妒。或许她真是下凡渡劫的仙人,时间到了,就回天上去了。"

刘娥道:"她们都说,西阁的火,是她冤魂索命。我却不信。她若真的死后有灵,当开开心心地驭风于云彩之上,怎么会再理宫闱之事。她这样的人,活着都不屑报复,怎么会死后做厉鬼去索命。不甘心的,只是我们这些离不得尘世的俗人罢了。"

刘承珪轻叹一声:"正是。陈贵妃已归仙班,有些事,她不屑做,但世间的公道,总是要有人去寻的。"

刘娥道:"大车妹妹临死前,说人到世间一遭,什么也带不走。只是有些俗物,也曾心爱过,就此抛下,恐被人糟蹋了。她把她的厨子送给我,她的香和琴就送给媛妹。但她最心爱的,那些做了许多批注的书,却要留给大方先生。她说从你这里,学到了许多。"

大方是刘承珪的字,他想不到陈大车居然还有东西留与他,闻言跪下,痛哭失声。

刘娥道:"那些书,我叫人整理好了,送你那里去。"

刘承珪恭恭敬敬地朝着陈大车寝殿的方向磕了三个头,这才站起来,脸上已经是一片泪痕。

刘娥问他:"阿翁,你说,我该怎么办?"

刘承珪沉默片刻,道:"娘子不应该问老奴。"

刘娥却道:"若无大车,我也不会问你。就因为大车,所以我才问你。若有虎狼噬妇人怀中幼子,却自受报应而跌伤。妇人见之,当无视而去,还是以报还报?"

刘承珪却仍垂首道:"娘子但凭本心而行,不该问老奴。"

刘娥忽然道:"你对王继恩怎么看?"

刘承珪沉默片刻,才缓缓道:"他自以为是,逾了本分。"

刘娥问:"什么是本分?他是当日助太祖失了本分,还是之后助太宗失了本分?一个握着皇城司、内藏库,握着天下财富,握着京城守护之权的人,懂得什么是本分,什么叫逾了本分吗?"

刘承珪肃然道:"是,老奴知道本分。上下尊卑,君臣主仆,这就是本分。"涂孋孋是仆,他会处置,皇后是主,他就算痛极恨极,也不会对皇后伸一根指头。他知道今日德妃叫他来是为了什么,提起陈贵妃又是为了什么。可是逾越本分的事,他不但不会做,也不会说,更是连想也不会让自己去想。因为想了就会忍不住,就会起了逾越之心。而他早在目睹王继恩的下场时就已经给自己画下了一条底线。很多事情,他会查,但他不会出手。当皇帝要他拿出来的时候,他不会拒绝;但若皇帝没有下令,他不会主动当别人的刀。不管是出于什么目的,也不管是什么理由。

刘娥目光锐利地看着刘承珪:"那么,你守住本分了吗?你知道什么是底线吗?"

刘承珪却道:"娘子不是已经在守住底线了吗?"

刘娥喃喃地道:"是啊,守住底线……可这有多难啊!"她忽然捂脸,又放下,"可我不知道,这样对不对。"

刘承珪轻叹一声:"老奴敬重娘子,正因为如此。"

刘娥喃喃道:"要做到不以物喜,不以己悲,谈何容易。我希望她有报应,可我不想自己去推这一把,这就是底线。她是皇后,我不能让官家看到我与她相互厮杀,这是底线。纵然她为一己之私做了这么多坏事,我也不能同等报复回去,我不能成为和她一样的人,这是底线。"

刘承珪看着刘娥,终于动容,深深一鞠。

刘娥轻叹一声。一个忍字,何其难也!可是失去孩子的不只是她,还有赵恒。郭熙心志已衰,名列幽冥,若是揭穿了,不过是她早死几天晚死几天的事。但对赵恒来说,那才是真正致命的打击。

为了赵恒,她不得不投鼠忌器,刘承珪也不得不投鼠忌器。

两人四目相交,已经有了默契。

刘娥说:"我不想看到宫里再有任何事。"这是底线,他得保证。

刘承珪恭敬道:"是。"这是他的承诺。

然而,就算后宫之中不再有人生事,两个月后,五皇子还是因先天不足,未及取名便夭折了,杨媛自此一病不起。

先后夭折两个皇子,李太后大惊之下病逝更加沉重。

就在五皇子夭折后不过一个月,消息传来,赵恒的五弟衮王元杰忽然暴病而亡,年仅三十二岁。

而早在四月时,边关就已传报,辽将萧挞凛率军侵宋,与副都部署王继忠战于望都,王继忠被俘。同时,西北的夏州也乘机兴兵作乱,兵发洪德砦。

短短几个月,赵恒经历了种种内忧外患,重重打击。白日上朝,面对着大兵压境,他顶着巨大压力一一处理国事,已经根本无暇也无余力去体会自己的失子之痛。到夜晚回到后宫,高度紧张心力交瘁的他只有在刘娥身边才能够卸下精神上的层层盔甲,得到放松和慰藉。

但刘娥也并不轻松。太后病倒、皇后病倒、杨婕妤病倒,后宫大乱。朝廷的内忧外患她也已经知道,因此她只有一肩挑起所有的事,不敢让这些事务有半点打扰到赵恒,所以亦是忙得脚不沾地。

每当赵恒上朝时,她就要处理两位皇子的后事,还要代拟太后、皇帝对衮王元杰葬礼的旨意,包括追封其为安王,谥号文惠等。太后、皇后、杨婕妤三人的病情她也需亲自照应。到赵恒下朝时,她又要时刻服侍在他身边,掩起所有的疲惫和烦郁,让赵恒得以平静和安心。当赵恒压力大到险些不能自持时,她只能一遍遍地以言语来激励劝慰。

这竟是患难之中见真情,此时两人不再是皇家的帝与妃,似乎如茫茫大海中的一叶孤舟,只两人相扶相携,互相支撑互相取暖,除了彼此之外,天地之间再无如此血肉相连的感觉。

就这样撑到了年底,仿佛真如种放所预言的,奇迹真的出现了,一切的情况都出现了好转:李继迁攻打西凉州时,六谷部首领潘罗支诈降,李继迁中了潘罗支的埋伏,身中流矢逃到灵州,重伤不治而亡。西面边境之危也随之解除。李继迁一死,辽国失去西边呼应,又遇内乱,遂草草撤军。

赵恒闻讯松了一口气,刘娥看着他的神情,像是经过了长途跋涉终于走到终点般放松下来,心中不禁升起怜惜之情,轻轻地握住他的手。

赵恒凝视着她道:"这大半年走下来,我如今与你对望,心里头格外平静,就觉得咱们像是过了一辈子的老夫老妻似的。"

刘娥嫣然一笑,故意道:"好啊,三郎是嫌我老了吗?"

赵恒叹了一声道:"要说老,我只会比你老得更快。你看我的头上,这半年多都长出不少白发来了。"

刘娥松开赵恒的手,抚上了他的头发,笑道:"什么不少白发,不过几根而已,我的三郎春秋正富,我帮你揪掉就没有了!"

赵恒按住了她的手笑道:"算了,白头发是越揪越多的,由它去罢!你且坐下来,我有件事要与你商议!"

刘娥收回手，此时两人都坐在床边，她下滑一点，懒洋洋地伏在赵恒的膝上，听赵恒缓缓地道："昨日皇后对我说，她想在皇族之中收养一个嗣子……"

刘娥一怔，内心长叹一声。她没有对郭熙出手，是因为郭熙自玄祐死后，整个人病得不轻，已经很久没出过寿成殿，也很久没见过宫中妃嫔了。她若出手，不管揭露郭熙何种罪恶行径，以赵恒的心性，难道还能把这个刚死了儿子的可怜母亲拖出寿成殿公开处治吗？

重要的利器，不是用在枯骨上，浪费掉的。

可她真是想不到，郭熙虽然是尸居余气，但居然还会回光返照。人到此境，居然还再生此心，真不知是可恨居多，还是可叹居多。

当下只轻轻一笑，道："这是好事啊，也可消皇后失子之痛！"

赵恒轻叹一声："这倒不完全为着皇后的失子之痛。如今国内外局势动荡，皇室无储，人心不宁啊！"

刘娥怔了一下："官家的意思是，这个孩子要做皇储？官家春秋正富，来年必会有喜讯的！何必在此时作此决定？"

赵恒长叹一声："边境不宁，我如今未有后嗣，怕动摇天下之心。"

又道："皇后连着夭折了三子，又大病了一场，怕也再难怀上皇子。可惜咱们的孩子也……"

刘娥一阵心酸："是我无能。"

赵恒握住了她的手："不，是我没有保护好你。要不然，咱们的孩子，现在也应该有我这么高了！"

刘娥勉强一笑，转过了话头："既然已经决定，那么，官家拟接谁入宫来抚养呢？"

赵恒沉吟了一下，道："皇后说，她看中了四弟家的允让，那孩子是嫡子，长得聪明伶俐。"

刘娥心里一怔，顿时明白为何前几日李阮带着孩子往寿成殿走动得厉害。郭熙果然不简单啊，亲儿子夭折，她顿失倚仗，地位本已经是摇摇欲坠，不料反手又得了一个嗣子，又可以在宫中手握皇子这张牌横行了。郭熙无非就是想拿李阮当枪使，而且这个孩子也是她更好拿捏的。只是就算郭熙抱得一个嗣子，终究算不得赵恒的亲生骨肉。

但是，刘娥看着赵恒，看到了他鬓边的白发。这段时间，他熬得太苦了。皇帝无嗣，终究是国之大事。立了嗣子，他才好放心。因此，刘娥想了想，也点头道:"官家做主就是。"

赵恒倒有些诧异:"你不反对?"他知道刘娥很不喜欢雍王妃,如今皇后想择雍王妃的儿子为嗣,她居然也没有反对。

刘娥笑道:"江山为重。"

赵恒反而犹豫了。皇后是这么提的,可是他却不甘心,便道:"可是……四弟身体一直不好,且性情不够刚强……"他一时之间竟不知道想说什么,半日才叹了一口气,"我还是不死心,还想再问问大哥的意思。"

刘娥知道他属意楚王之子允升,但想到楚王性情,只能提醒道:"楚王这些年闭门自守,只研习道经,他……会愿意吗?"

赵恒似在思索该怎么说,抬头看到桌上的玉如意,便指着玉如意对周怀政道:"把这个给楚王,哪个孩子接了玉如意,就把他的生辰八字带回来,交给司天监合一下。"

周怀政领命而去,到了晚上,他从楚王府回来,居然将玉如意也带回了,同时还带回了一封楚王谢罪的奏疏。

赵恒看完奏疏,叹了一口气:"大哥性子也太狷介了。"

刘娥心中明白,问:"楚王拒绝了?"

赵恒点了点头:"楚王在谢罪的奏疏里说,他是被先皇贬为庶人的罪人,虽然蒙我不弃恢复爵位,他的子嗣亦没有资格接这玉如意!"他将奏疏往桌上重重一放,"大哥他竟是寒了心,再不愿涉入这皇位之争了。罢了,人各有志,不可相强。我,就成全了他这份心吧!"

楚王不接玉如意,看起来只能是另选嗣子了。老五元杰刚刚去世,未留子嗣,老六元偓只有一子,老七、老八都只是郡王,且年纪尚轻未曾生子。算来算去,便只能从老四元份家挑了。元份共有三子,允宁是承嗣的长子,允怀是庶出,挑来选去,也只能是允让了。

刘娥知道他心中所思,只拍了拍他的手以示安慰,反而贺喜道:"臣妾恭喜官家,迎立嗣子。"

咸平六年(1003)年底,赵恒因为这一年内忧外患重重,甚是不喜,有臣子上表建议改元,赵恒于是下诏明年改元,年号为景德。

景德元年(1004)正月初,朝廷宣布改元,大赦天下。

正月中旬,以绿车旄节迎立皇侄赵允让入宫为嗣子。赵允让字益之,其父雍王元份为太宗第四子，其母李氏为崇仪使李汉斌之女。

嗣子入宫，皇室有后。宫中大宴三日，以示庆祝。

正当宫中一片喜庆之时，从辽国传来消息，萧太后带着辽帝耶律隆绪，以族兄萧挞凛为元帅，奚六部大王萧观音奴为先锋，再次兴兵南下。

赵恒与枢密院多日商议，制订了一份军事计划，拟将边防军的主力集结于定州，这部分就由王超亲领，再由南面调集人马增授予宁边军与邢州，另由魏能、田敏、杨延朗各率数千至一万骑兵游击，或伺机袭敌，或独入北境侵扰以攻其后方。如此一来，便是辽兵南下，也不敢深入其境，否则就会陷入包围之中，甚至我军还可能集中优势兵力打个胜仗。

为何重用王超？一来上次赵恒亲征，王超在御前表现良好，既有才华，又颇勇武；二来，他是赵恒亲手提拔的，忠诚可保。

王超出京前，赵恒就召他与枢密使重臣一起共阅阵图，商量接下来的战争计划，务必要按计划集结联兵，不能再重蹈傅潜的覆辙。

此番王超共统兵十二万，比上次傅潜的八万兵马还多出一半来，赵恒不可谓不对其寄予厚望。

如此布置已毕，又因辽兵只在边境骚扰试探，大军并未深入，赵恒虽然忧心，但是却未到最急的关头，此时挂心的倒是太医来报，万安宫李太后生命垂危了。

赵恒亦知李太后也就在这些时候了，连忙亲自到万安宫侍疾，并传令不许任何事打扰。便是还处在失子之痛中的杨媛，以及虽然收了嗣子，但仍然精神不济的郭熙，也携了嗣子允让随侍在万安宫。

李太后虽然不是赵恒的生母，但是多年来母子关系一向融洽。只是在赵恒登基时，王继恩作乱，唆使李太后另立楚王为帝。赵恒顺利登基后，虽然并未将此事放在心上，待李太后待楚王均是十分礼遇，但李太后自己的心中却是有几分惭愧与不安的，便不免有些郁积在心。如今因皇帝膝下无子，更加疑心郭后不贤，心中又愧又悔，病势越发沉重起来。

太后之兄李继隆本是威镇西北的一员良将，是夏州李继迁的克星，曾亲手抓过李继迁的生母。就因参与了当年那场宫变，他自请削去兵权，赋闲在京。此次太后病重，赵恒亦是准李继隆入宫问疾。李继隆自己避嫌，不肯进宫，只在宫外向太后磕头请安，兄妹二人竟是不能再见一面。

为着李太后的病，赵恒已经大赦天下两次，并诏求全国良医进京为李太

后治病。

此时的万安宫内,刘娥与杨媛在走廊上亲手为李太后煎药。眼见药已煎好,刘娥亲自倒了药,杨媛打起帘子来,刘娥将药端进去。

见了刘娥端药进来,赵恒接过药碗,郭熙忙将李太后搀起来,赵恒亲手将药汤一口口地喂给李太后喝。

李太后喝了小半碗,轻轻摇了摇头。赵恒放下药碗,又与郭熙扶着李太后躺下。李太后半睁着眼,气若游丝地道:"官家不用费心,我是不中用的人。官家还有朝政,皇后还有孩子要照料,你们就不用在这里了吧!"

赵恒道:"娘娘说哪里话来!您凤体安康比什么事都重要。我为天子,万民表率,岂敢失了孝道?"

郭熙也道:"服侍娘娘,本就是臣最大的责任。"

李太后有气无力地道:"我这老太婆有什么要紧的,你们最大的责任,是给我多生几个皇孙。我有一口气时,能多看到几个皇孙,见了先帝才敢有个交代啊!"

她说这话的时候,又看着下面的妃嫔们:"你们也不必在我这里服侍着,我这里有的是人服侍,论孝不在这上头。你们若能够多为官家生儿育女,便是大孝。凭你是恃宠而骄也罢,是服制奢华也罢,是言行不谨也罢,都不是什么大事。"

她又看着郭熙,道:"皇后,我也把话放在这里,将来若有人为官家生子,便是功臣,我盼你也能够容得下她们,不要拿规矩压制她们。"

她当着满宫妃嫔的面跟皇后说这样的话,简直是赤裸裸地说皇帝如今膝下无子,是因为皇后不贤,不能容人。郭熙又羞又气,脸色更加惨白,含泪跪下道:"娘娘说这样的话,是教臣无地自容了。"

李太后更恼了,拍着床榻道:"我还没死呢,你这是要提前给我哭丧吗?"

刘娥暗叹一声:太后果然是病重了,连素日的自制力也弱了,对皇后不满的心思也遮掩不住了。

赵恒见郭熙脸色惨白,心头怜惜,只道太后年老糊涂,为了他无子的事,害皇后无辜被迁怒。想着皇后丧子之痛未愈,如今拖着病体来服侍太后,又受这样的责怪,实是不忍。但看太后如今的情况,也无法同她辩驳,只能顺着她的心意罢了。当下就道:"皇后,你身体还没痊愈,先回寿成殿吧。"

他这话说得实心实意,皇后身体不好,太后又不喜欢见她,不如让她回去休息，彼此两安。但郭熙本就是个心细之人，身为国母，在太后病榻前先被太后斥责，再被皇帝赶走不许尽孝，岂不是颜面尽失，将来又如何能统率六宫？她抬起头，想说什么，但心知若是在太后榻前再与太后和皇帝发生争执，自己只会更丢脸，当下只觉得心口绞痛，差点透不过气来，只得由宫女扶着，跟跟跄跄地出去了。

她刚出宫门，便一口鲜血吐了出来，眼前一片金光刺眼，再也不省人事。

好不容易服侍了太后喝完药躺下来休息，赵恒与刘娥到了外间，本想坐下喝口茶歇口气，不想才坐下就听得宫人来报说皇后吐血了。赵恒正想站起来去看，忽然听得外面一阵急促的声音传进："官家，官家——"

听到声音，赵恒猛地站立起来，沉声道："太后病着，任何人不许打扰，是谁如此大胆，敢这样大呼小叫的！"

话音未了，周怀政已经是连滚带爬地进来，伏在地下重重地磕头道："小、小的该死！军情紧急，内阁一天之内已经收到好几封边疆告急文书了。宰相们都不敢做主，已经在宫门前跪请了！"

"什么？"赵恒只觉得脑中嗡的一声，顿时气血直往头顶涌，只一脚向周怀政踢了过去，"你是怎么当差的，竟敢此时才来报朕！"

周怀政急急辩称："官家有旨不许打扰，小的是冒死奏报……"

然而赵恒早已经冲出门去。

就在他踏出宫门的刹那，他没有听到后殿妃嫔们的哭喊声："太后——"

刚才周怀政的声音太大，刚睡下的李太后也被惊醒，同时听到消息，一口气没有转过来，竟是就此咽气。

第六十四章
内忧外患

景德元年三月己亥日,万安宫皇太后李氏病亡。四月甲寅日,赵恒奉上李太后谥号为明德。其间,辽国的萧太后挟数十万兵马,已经攻破数个城池,逼近京城。

举国震惊。

数月来,皇帝每天与大臣们商议到很晚,这几日索性就不回后宫,直接宿于万岁殿。刘娥不放心,便直接去万岁殿找他。

但见赵恒白衣素服,呆呆地坐在那儿,他的面前,是摊开的一张军事地图,上面又凌乱地堆放着一封封告急文书。

刘娥走上前,柔声道:"三郎,该歇息了!"

赵恒怔怔地坐着,像是没听到似的,刘娥只得又唤了一声,赵恒仍是没有反应。刘娥走上前去,轻轻地握起赵恒的手:"三郎,不要太伤神了!"

赵恒猛地抬起头,见是刘娥,长长地吁出一口气,神情明显放松了:"唔,是你啊!"

刘娥低声道:"三郎,天快黑了,要不要传膳?"

赵恒摇了摇头:"我吃不下,叫他们撤了吧!"

刘娥柔声道:"三郎,你这段时间都没有吃好睡好,今天我亲自下厨做了,好歹吃点吧!要不然,喝口羊肉羹汤也好啊!"

赵恒微微点了点头,随侍在旁边的雷允恭忙上前,送上一盅精心炖了一天的羊肉羹,里面放了灵芝等各种滋补的药物。

赵恒喝了几口便推开了,刘娥服侍他洗漱之后,让雷允恭等人退下,这才奉上灵芝茶。

赵恒喝了一口,放下道:"难为你操心了,我这段时间,实是无心理会。"

刘娥问他:"可商议出什么结果来了?"

赵恒轻叹一声:"哪里能商议出结果来?"他低低地冷笑一声,不知是在嘲笑别人,还是在嘲笑自己,"强敌压阵,逼近汴京,国家危在旦夕。是战是和是走,文武百官各执一词,逼着我作出决定来。战,怎么战,拿什么去战?和,哪里有和的路?走,又能够往哪里走?我怎么决定怕都是错的。这一个决定,关乎天下百姓、大宋万年基业、社稷安危。一字说错,一步走错,何以对天下、何以对祖宗、何以对后世?"

刘娥心中亦是惶惑不安。相识至今,她从未见赵恒如今日这般将近崩溃的乏力。当日宫中变故,有脉络可寻,有人情可测。可是这军国大事临到面前,一举一动关乎天下安危之时,竟是谁也不知道怎么做才是对的。

不战,辽国兵马步步逼近;战,如果败了,怎么办?

大宋原是自五代十国军阀混战中建立,直到天下一统,至今不过几十年,五代余风犹在,天下人对朝廷的信心还不足。虽然太祖、太宗灭国无数,域内无可战之敌,可后周世宗柴荣的战功亦是不弱,却也不过就一战失利,英年早亡,最终失了江山。

赵恒看着军事地图。当年太宗皇帝经数十年筹备,两次征辽都落得大败而归,含恨而亡。而就在雍熙之战以后,大宋已经失去了北伐的力量。如今天下承平日久,那些当年随着太祖、太宗征伐天下的老将都已经不在了,又有谁能再迎这一战呢?

如今战事节节失利,凭着现有的军心士气,如何与辽军一战啊!一旦战败,辽军就可直抵京城,输掉的何止一场战争,而是整个江山社稷啊!一旦京城失守,则天下立刻又会陷入五代十国的战乱中去。

刘娥再聪明再能干,也只是一个宫闱女子,什么辽人,什么军队,她哪里见过,遑论战争?

赵恒却是亲眼见过的。咸平二年底,他冒着寒风大雪亲自北巡,直抵边关。他亲眼见到了辽军马战之剽悍凶猛,深切地感觉到对辽人的作战并不是自己一开始想象中的单凭血勇之气就可以得到胜利的。

他低低地说:"小娥,我并不是畏战,我也并不惧死!"

刘娥点头:"是,我知道。"

赵恒又道:"我能广纳人言,但我也知道,我容易被别人的言语影响。"

刘娥点点头。她明白他的感觉,他就是因为自知容易被人的言语影响,

所以臣子们可以凭着自己的思路大胆发言,他却不能轻易草率决断。在他自己没有思路之前,他不想受任何人影响。但是文武大臣们不会懂,他们只想要皇帝立刻做决断。

刘娥轻轻抚着赵恒的背,赵恒的声音有些凌乱,他自己也不知道这时候在说什么,他只是想倾诉:"我如今心乱如麻……为什么每次我都要面对这样的事情?想当年,三郎和四郎先后出事,却又遇王继恩逼宫。如今二郎和五郎又……小娥,是我德薄不堪为帝吗,为什么上天要这样对我?"

骨肉分离,子嗣断绝,又要面临江山社稷的危亡。他也是个人啊,他不是神,他只觉得自己要被逼疯了。

这样的抉择,叫他如何做?如今敌人兵临城下,无非就是两个选择,一是战,一是走。他若走了,是弃百姓;可他若要留下,又怕是与社稷偕亡。

他说:"是不是当年明德太后与王继恩的选择才是对的,这江山本应该让大哥来坐?这江山本应该由一个在沙场征战过的宿将来坐,而我,生于王府,长于宫闱,没上过战场。如今大军压境,我竟不知道该如何应对。早知有今日,雍熙北伐时,我就应该跟着上战场。"

他说:"自唐末以来,梁、唐、晋、汉、周,没有一个王朝能过三世,难道说,这大宋江山要亡在我的手中?我不畏死,我畏的是成了江山社稷的罪人!"

刘娥也无法回答。雍熙北伐的时候,赵恒也不过是个十几岁的少年,况且当年一战,大宋折损兵力巨大,他是否能够活着回来,也是未知。谁也不知道大宋能够延续多久,会不会步梁、唐、晋、汉、周的后尘。接下来的仗应该如何打,在这历史的十字路口,只有他才是唯一做抉择的人,任何人都无法代替,她唯一能做的只有安慰:"不会的,三郎,不会的。大宋得天命、应人心,你不要多想。"这时候她真恨自己只是个后宫妇人,若她是个男子,替他沙场征战也好,替他折冲樽俎也罢,总好过只能在这里徒劳地安慰,却什么也做不了。

赵恒说:"有时我宁可一死了之,可我无权让大宋江山亡在我的手中!"

他又道:"我会成为唐明皇李隆基,还是成为晋元帝司马睿,或者就此亡了江山?"

刘娥想到那汴京城的数十万百姓,失口道:"可这汴京怎么办?"

但这话一说出来,她就后悔了。

赵恒长叹一声:"是啊,这汴京怎么办?"

他在汴京城出生、长大,从小走过的街巷,那都是活生生的,百姓世世代代在此居住,每日开门营业,三餐烟火。

他苦笑道:"那索性我与城偕亡,轰轰烈烈,一了百了。死后之事,谁能管得着?"

一时室内俱静。

刘娥提醒他道:"你记不记得先皇临终之时交代后事,曾说过若遇大事可问寇準,此人能言人所不敢言之话,想人所不敢想之事?"

赵恒听了这话,精神为之一振,笑道:"你说得对,我几乎忘记他了。为相者须有四海之量,只因寇準此人目空一切,难以容物,朝中无人提起。"

刘娥记性甚好:"何以说无人提起? 参知政事毕士安就曾经两度上表推举寇準,说他有宰相之才。天子有四海之量,用人当用其长。官家若是不放心寇準一人为相,不如安个老成人与他同时为相,相互平衡?"

赵恒点了点头道:"嗯,说得甚是。毕士安已是副相,又是三朝老臣。如今吕端、李沆去世,吕蒙正又抱病在家,若依着资历,也确是可以起用毕士安为首相。"

刘娥接口道:"可是毕士安年纪太大,其为人虽好,只可做治世之才,不及寇準胆大多智、擅长应变和有魄力,官家可是此意?"

赵恒点头:"说得正是,治世用毕士安,乱世当用寇準!"

为应付辽人入侵,赵恒下旨,封毕士安为平章事。数日后,再升寇準为平章事,位列毕士安之下。

寇準初登相位,即上奏赵恒,诏令河北全境,不管官兵军民,全力抵抗辽人入侵,能杀辽人者皆可领赏。

一旨既下,整个边境军民群情激奋。辽兵有落单者,连路边农夫都敢拿着锄头偷袭。原来辽兵擅长小股游骑,对宋兵以骚扰作战,现在小股游骑派出去往往就回不来了。因此辽人只得调整战略,集中全部军事力量,成锥形向汴京推进。

战报雪片似的飞来,辽军已经攻破遂城、定城,越过唐河,兵临澶州城下,直逼京城。澶州离京城不过二百余里,于军事上可谓是近在咫尺,澶州一破,则辽军就可直抵汴京城下了,这实是大宋立国以来前所未有的危机。

然而更加诡异的是,萧太后一边以倾国之兵直取汴京,另一边却又派人写信,要与赵恒议和。赵恒接信后立刻召见三品以上官员入宫议事,殿中吵成一团。

寇準就说世间岂有一边递和书一边准备战争的诚意:"臣以为,不管是和是战,都不过是萧太后的手段。能讹则讹,能抢则抢。这些年来,辽国虽然多番侵扰,却也没占了多少便宜去。如今所谓的举国之兵,只要我们能够守得住,必须也教她有来无回。"

并提出,若辽军突破贝州防线,则自定州发三万大军,由裨将桑赞南趋镇州,河东副都部署雷有终由土门会定州,再由王超率领七万大军在定州翼城结阵伺机而动,牵制辽军。

但王钦若与知枢密院事陈尧叟却没有信心,因为此番辽军南下势若破竹,王超却并没有响应计划出兵。甚至当场就有人提出,王超是不是要做第二个傅潜。

一时间争执不下,等散朝之后,王钦若就独自去崇政殿请见。

赵恒有些诧异,便叫他进来。

王钦若进来就谏道:"臣斗胆,请官家立刻南迁。"

赵恒大惊,质问他:"你说什么?"

王钦若说:"寇準的计划完全是一厢情愿。说什么让王超牵制辽军,说什么与王超、魏能形成四方合围。可是这所有的计划首先要考虑的一点就是,如今的王超还能听朝廷的调度吗?他手中的十二万大军若不能为朝廷所用,我们拿什么抵制辽军?如若王超的大军反手在背后插官家一刀呢,那官家亲临澶州,就是把自己送到刀子底下去了。"

赵恒心头一寒。王超迟迟不来,他已经觉得不妙了,但当着王钦若的面,却不能就此承认。他反问王钦若:"你凭什么说这样的话,王超是朕一手提拔的,上次亲征,更是朕的先锋,立下功劳无数。朕的大将,朕自己若不能相信,何以调遣军队?"

王钦若急了:"王超若是可信,为什么去年坐视王继忠被辽兵围困而不发兵援救,任由其兵尽粮绝为辽人所俘虏?王继忠是官家心腹,他在定州做副都部署,正是王超的眼中钉啊。本来王超坐拥十二万大军,足以阻止萧太后,为什么却任由萧太后率重兵南下?他就是第二个傅潜。"

赵恒冷静地反问:"你的意思是,朕有眼无珠,错信了人?"

王钦若叹息:"这不是官家用人不当,而是五代遗风太重,任何一个人坐到那样的位置上去,都会起这样的心思。人从坐拥重兵到身披黄袍只有一步之遥,不管官家任用谁,都没有人能够摆脱权力的诱惑。"

赵恒心底发出一声冷笑:是啊,没有人能够摆脱权力的诱惑,哪怕是出自父皇与我潜邸中的人也不例外,对吗?可是他若不能集结兵权,不但无以抵抗辽军,甚至也不过就是如唐末那样大小藩镇各据一方。而若是集结兵权,则就更会培养出一个新的石敬瑭、杜重威来。

王钦若见赵恒不语,也有些着急:"官家,这或许只是臣多疑,但依臣看来,官家不妨做两手准备,此刻一面御敌,一边迁宗庙,倒也不失为一个好法子。况且江南有长江天险,辽人善马战而不善水战,必然不攻自退。当年晋元帝南渡,虽然失了半壁江山,可到底保全了宗庙,为晋延续了百年寿命啊。"

正在此时,就有内侍来报,说是知枢密院事陈尧叟求见。赵恒心里就有数了,当下令王钦若先回去,再令陈尧叟进来。

果然陈尧叟走进来说道:"臣陈尧叟请官家暂避蜀中。臣以为,蜀道之难,难于上青天,若效仿唐玄宗避道蜀中,此暂避锋芒,待得敌军撤退,再返回汴京,亦不失为一个良策!"

赵恒沉默不语,于次日议政时就问寇準:"兵家之道,未虑胜,先虑败,不能不考虑到宗庙的安全。有人建议朕一边在澶州加强守御,一边先迁了宗庙。至于迁去何处,有人说江南有长江天险,辽人善马战而不善水战,必然不攻自退,这也是当年晋元帝南渡之意。亦有人说蜀道之难,难于上青天,若效仿唐玄宗避道蜀中,此暂避锋芒,待得敌军撤退,再返回汴京,亦不失为一个良策!寇相以为如何?"

众臣听了赵恒的话,不禁瞠目结舌。

寇準目如冷电,扫了殿中众臣一眼,目光停在王钦若和陈尧叟的身上,心中暗暗冷笑:王钦若是江南人,迁都江南的建议必是他提的;陈尧叟是蜀中人,迁都蜀中提议非他莫属。

心中计较已定,寇準望了赵恒一眼,很有默契地也故意不说出名字来:"谁敢在官家跟前说这样丧师辱国的话来,其罪当斩!"

赵恒看了王钦若与陈尧叟一眼,并未说话。他性子虽平和,却并非懦弱之君,昨日王钦若与陈尧叟秘密求见,提出这等建议,令他大为不快。但是听二人分析战况,言之凿凿,却是不可不虑至此。因此今日当着寇準的面,不顾陈王二人而故意提出昨日密议之事,亦是隐隐希望群臣之中能够有人以更有力的语气驳倒此论。

王钦若自然听得出寇準的指桑骂槐，冷笑一声上前奏道："寇相好威风。前日毕相有令，凡是与辽国军情有关的公文，叫先送寇相府。可是昨日澶州连发五封告急文书直送寇相府中，寇相却在饮酒作乐，五封告急文书均被寇相扣下，酒宴不息，谈笑不止！"

赵恒吃了一惊，喝道："寇準，可有此事？"

寇準神态自若地说："回官家，确有其事！"

赵恒看他如此神态，倒不怒了，沉声道："却是为何？"

寇準道："澶州一日五报，事情看来虽急，却不严重！"

赵恒越发平静："不严重？这等情况，还不严重吗？"

寇準微微昂头："官家欲了此事，臣有一计，只需五日，便可逼退辽军！"

赵恒惊异过甚，忽然笑了起来："五日？寇準，从昨日扣下告急文书、故意饮宴作乐，直到此刻以五日为期，你到底卖的什么关子，可以揭开了吧！"

寇準也笑了，躬身道："天子圣明。当知两国交战，以士气为先。辽人南侵，向来只作骚扰之战，并不能真正实现大军直取中原的目的。当年辽太宗耶律德光得到石敬瑭所献燕云十六州之后，自以为能直取中原，兴师南侵，谁知却无法立足，最终死在奕城。应天太后因此下旨，不得不撤军回师，从此辽国再无南侵之心。官家只要圣驾亲临澶州，我军士气一定大振，也必能一挫辽人的士气。"

赵恒吃了一惊："你要朕御驾亲征？"

寇準掷地有声地道："正是！"

众臣都吓了一跳，不由得后退一步，表示自己不敢附和此大胆之议。

赵恒沉吟道："容朕三思，尔等且先退下！"

众臣巴不得如此，正要退下，寇準却拦住众臣道："慢，臣还有要事上奏，官家既然不反对此议，何不速做决议？"

赵恒脸一沉："退朝！"站起来就要离座而去。

寇準上前一步，一把拉住了赵恒的衣角："且慢！官家这一去，只怕臣就再难得您宣召，则大势去矣！军情紧急，请今日就议了亲征之事吧！"

赵恒硬是被拽回来坐下，不由得又好气又好笑，沉着脸故意道："你硬要逼朕再议，朕倒想说，你拿什么保证此战必胜？一旦此战失利，则连宗庙都难以保全。若是凡事不虑后果，那只是莽夫罢了。"

寇準就道："官家，此番萧太后率兵南下，虽然气势汹汹，可却也是她先送来议和之书，可见他们内心未必不胆怯的。况且自官家登基以来，虽然辽军屡屡南下，我们屡受侵扰，然而防守严密，他们纵能劫掠财物人口，可终究无法占有大的城池。臣以为，萧太后连年穷兵黩武，并无所获，年老厌战，此时号称以倾国之兵南下，实则是欲毕全功于一役。只要这一下将她的气焰打消，那就能将形势逆转。"

赵恒问他："那又如何打？"

寇準道："此番萧太后率兵南下，也不过是要收回当年被后周世宗皇帝所攻下的关南之地，因此便是辽人也未必有直取汴梁的野心，我们岂可反将大好江山双手奉上！且此番辽军由遂城取定城等地，直逼澶州，深入我境内七百里，可是后方的重镇如北平砦、保州、定州、莫州、瀛州、冀州等地却都没有攻下。我观辽人这一路，虽有先声夺人的姿态，却只是虚张声势，没有真正举国之战的能力。若是圣驾亲临澶州，士气大振，则辽军必退。就算辽军不退，各重镇的守军亦会前来接应增援勤王，到时候辽军将不得不退。"

王钦若却道："寇相，话不要说得太满。若辽军不退呢？难道寇相提头来见吗？"

寇準并不理他，只对赵恒道："澶州若是不保，京城焉能得保？若是临阵脱逃，岂不是将太祖、太宗皇帝血战得来的江山白白拱手让人？圣驾这一退，军心民心丧尽，就算是退到江南、蜀中又如何？南唐李煜曾凭长江天险得保宗庙，最终还不是恰似一江春水向东流？那后蜀孟昶纵然是蜀道之难，难于上青天，敌人大军压境，怕只怕要十四万人齐解甲啊！皮之不存，毛将焉附？天险何能敌重兵，天险从未保懦夫！官家啊官家，南唐后蜀，前车可鉴，迁都之论是亡国之道，只有奸邪佞臣才会说出这样的话来啊！请官家即刻下旨，亲征澶州！"

赵恒听着寇準一番话，一字字说来犹如千钧之重，那"南唐后蜀，前车之鉴""皮之不存，毛将焉附"，更是一字字如同重锤打在他的心头。

砰！赵恒拍案而起："传旨，令三省六部，准备御驾亲征之事！"

寇準只觉得一股血气直冲头顶，激动地重重磕下头去，大声高呼："天子圣明，吾皇万岁万岁万万岁！"

众臣齐声高呼："吾皇万岁万岁万万岁！"

第六十五章
御驾亲征

赵恒下旨,御驾亲征。一言既出,举朝震惊。

赵恒刚刚退回后宫,就见皇后郭熙带着满宫妃嫔跪了一地。

赵恒怔了一怔,忙去扶郭熙:"皇后,你这是做什么?病了这么久,身子还没好呢!"

郭熙却退后一步,重重地磕了一个响头,沙哑着声音道:"官家连自己的身子都不珍重,臣妾还要这个身子做什么?官家,君子不立于危墙之下,更何况您一身系天下之安危,万不可听了妄人挑唆,亲涉险地啊!"

赵恒脸微微一沉,道:"祖有明训,后宫不得干政,皇后你忘记了吗?"

郭熙磕头泣道:"臣妾不敢干政,臣妾、臣妾只是关心官家的安危,臣妾只求官家能够平安无事啊!"

赵恒叹了一口气:"皮之不存,毛将焉附?社稷有难,我焉能置身事外!"

郭熙抬起泪眼,愤然道:"那文武百官呢,他们有什么用?那百万将士呢,做什么去了?平日里枉食国家俸禄,危难时竟然要天子亲临前线吗?官家,祐儿不在了,臣妾也只剩下半条命,没有几天可活了。可是……"她哽咽着再也说不下去了,伸手一指身后一齐跪着呜呜咽咽的后宫妃嫔们,"官家,你好狠心,就这么撇下我们吗?"

可能是明德太后的死让郭熙感觉头顶的大山搬走了,本来衰败的心境竟提升上去,精神好转许多。她本来就是因为失子之痛而生的心病,后嗣子入宫,也多少能够得些安慰。

她却不知道自己的身体已经完全败坏,反而产生一种自己正在慢慢好转的误解来。虽然失子之痛犹在,但看着现下膝下也有嗣子,宫中无人相争,也渐渐再生出希望来。若是她养好身体,或许还能够和皇帝再生一个儿子吧。甚至她也想,如今刘德妃专宠,她又何必嫉妒别的妃子生子?不管谁生的,只管抱养过来。她是中宫皇后,自然就是皇子们的嫡母。

谁知道忽然听得赵恒要亲征的消息,她顿时吓了一跳。赵恒亲征,定会命雍王监国,思及当年太宗皇帝身经百战,仍然在亲征中单骑逃亡,险些身死,而一旦赵恒有事,到时候不管是兄终弟及,还是嗣子继位,那都是教雍王妃李阮得势。李阮虽为奉承她而将允让过继,但以李阮的性子,一旦得势,又怎么会不夺回亲子。到时候她一个无子的皇嫂,下场未必比孝章皇后宋氏强。

想到这里,郭熙也顾不得往日恩怨,就派人去各宫殿请了诸妃嫔,率领她们一同来向皇帝求情,叫他不要亲临战场。

赵恒见这满宫粉黛皆含情哽咽,便是铁石心儿也要摇上一摇。心里一紧,不由得想从中寻找那熟悉的身影,仔细看了一看,却不见刘娥,不知为何,就松了一口气:难为她没有跟着皇后胡闹!

赵恒当下就退了一步,对郭熙道:"皇后有病,大石头地上就少跪着了。来人,扶皇后回宫,叫太医好生看着!"说罢,拂袖而去。

郭熙望着他的背影,膝行两步追呼:"官家,官家——"见赵恒头也不回地去了,顿时觉得浑身无力,软倒在地上。

张怀德随赵恒去了,周怀政留在原地,见状忙上前扶起郭熙,呼道:"圣人,圣人保重!"

这边侍女燕儿也忙上前扶住,郭熙长叹一声,软软地瘫倒在燕儿身上,遥望西边嘉庆殿方向,叹道:"如今,也只有指望她能够劝动官家了,但愿她真的知道应该怎么做。"她叫了满宫妃嫔,唯有刘德妃不肯来,她当时心中恼怒。如今自己这一招不遂,只希望刘德妃真能私下劝动皇帝。

若是……若是刘氏如此无能,真让皇帝出征,若皇帝出了事,她一定不会放过刘氏的。

这边赵恒径直去了嘉庆殿,直进里间,却见刘娥坐在那里一脸严肃地正向雷允恭吩咐着什么,见赵恒到来,忙令雷允恭退下了。

刘娥看到赵恒一脸沉郁,心知为了何事,便一句话也没有多说,只是含笑迎上来,为赵恒更衣、净手、奉茶。

赵恒一肚子闷气。前方军情紧急,皇后一向贤惠,这时候却也不知轻重,带了一群妃嫔与他胡闹,正是发作不得时,却见刘娥温言软语,半句不提不相关的事,只是小心服侍,喝了半盏茶后,这才微微气平,问刘娥道:"我一下朝就被皇后带着满宫妃嫔给拦住哭谏,你如何却独善其身了?"

刘娥叹了一口气,倒有些无奈:"她当真这么做了?"

赵恒反问:"你不知道?"

刘娥叹息一声,无奈一笑:"我还以为她只是说说……"

赵恒叹了一口气:"这皇后,我真不明白她是怎么想的。该她插手的事不插手,不该她插手的事乱插手!"

刘娥问他:"你觉得萧太后到底是想和,还是想侵占大宋?"

赵恒道:"她是想和,可是若能侵占大宋,自然也是乐意的。所以我们只能迎战,只有打痛了她,打伤了她,才能逼得她坐下来与我们和谈。我愿意忍辱而谈,但更要有底线地谈。"说到这里叹了一口气,"而唯有和谈达成,天下百姓才不会流离失所,才不会田园荒芜;将士们想的才会是为国效忠,而不是割据自保;大臣们想的才不会是南北之争,而是铸就盛世。"

刘娥击掌:"三郎说得好!既已经下定了决心,就不必再言。只管放开心怀,准备出征。我今日特备了小菜,我与三郎小酌,歌舞一番,为你壮行。"

赵恒握着她的手,笑道:"好!酒来,歌舞来!"

侍女们备上酒宴,刘娥换了舞衣,手执铃鼓,笑盈盈地立在赵恒面前,敛袖行礼道:"请三郎点曲!"

赵恒道:"把铃鼓给我,今日我与你伴奏。就——一曲《金缕衣》吧!"

劝君莫惜金缕衣,劝君惜取少年时。有花堪折直须折,莫待无花空折枝。

此番出征,能否生还? 赵恒饮着酒,看着歌舞,心中感慨。

刘娥入宫多年,此技久已不示,此时重新歌舞,更令赵恒有旧梦重温的感觉。

余音犹自袅袅,赵恒一杯暖酒下肚,拍案道:"好,好一个'有花堪折直须折,莫待无花空折枝'!小娥,你唱得好,舞得更好!"

刘娥一挥袖,挥退宫娥们,走到赵恒面前跪下低低地道:"三郎,我求你一事。"

赵恒轻抚着她如玉一般的脸庞,柔声道:"你是不是也舍不得我,你是不是也要求我不要走?"

刘娥眼角一滴泪水欲坠未坠,仿佛明珠含露似的,更增娇艳:"小娥舍不得三郎,可是三郎是属于大宋的,我不能劝三郎为我留下来,因此——"她跪退一步,端端正正地磕个头,"臣妾请求官家允许臣妾随官家一起出征!"

赵恒浑身一震,一把拉起刘娥:"你说什么?"

刘娥直视赵恒:"我要与你一同出征!"

赵恒猛地一把抱住了刘娥,颤声道:"小娥——"忽然定下神来,将她推开,"不行,沙场无情,你一个弱质女流……"

刘娥退后一步,毅然道:"三郎到哪里,小娥就到哪里!你要是怕带个宫妃是累赘,我可以扮成服侍你的宫娥内侍,甚至扮成卫士亲兵都成!"她越说越急,拉开梳妆台的抽屉拿起一把剪子,"臣妾愿剪发明誓!"说着,一咬牙抓起一把秀发绞了下去。

赵恒见她拿起剪子就已经扑了过去,此时连忙抢下剪子。饶是如此,刘娥也已经剪落一茎长发,但见丝丝缕缕,随风飞扬开来。

赵恒又痛又气:"你、你好糊涂,兵凶战危,你真的就不怕吗?"

刘娥抬首望着赵恒微微一笑:"三郎不怕兵凶战危,小娥也不怕!"她软软地伏在赵恒怀中,"我要与你同生共死,我更要看你退辽兵、平安回来,看着你铸就你想要的盛世!"

赵恒抱着刘娥,心中又甜又酸:"算我怕了你啦!咱们到哪里都在一起,一辈子都不分开!"

一夜无话,清晨刘娥服侍赵恒上朝之后,正在梳洗,忽然雷允恭来报,皇后宫中的郑志诚求见。

"郑志诚?"刘娥不由得诧异,皇后宫中的大管事,何事一大早临门?

她想了想道:"有请!"

郑志诚走进来,但见刘德妃已经端坐,连忙跪下行礼。

他虽然垂着头,却仍可从余光中偷眼看到,此时德妃虽然只是素服净脸,却别有一股清冷的感觉。他只敢偷望一眼,便不敢再看。却也只这一眼,便已经把心中的那点计较给定下了。

但听得上头刘娥的声音淡淡地道:"正准备过会儿就去皇后宫中请安

呢,不想你倒来了。昨日才奉旨去过寿成殿,不知道皇后有何急事,今日一大早就又请动你来传话?"

郑志诚看了看左右,欲言又止,又跪伏于地一声不响。之后又有窸窣声响,旁边的侍从走了大半,只余雷允恭与如芝两人,才听得德妃道:"你有什么话,就说吧!"

郑志诚定了定心,才道:"圣人为昨日请托娘子的事,今早急着要知道消息。是老奴多事,自请前来。"

"你堂堂大总管,这走动打探的又不是什么要紧事,到我这里来不管讨得什么消息,都未必能讨得好。圣人是个精细的人,近来想是劳神的事儿多了,竟未思及此。我要说这是你运气好呢,还是早有打算?"刘娥悠然的声音,和着茶盏轻轻撞击的声音,像是寒天冰凌一根根掉落,再动听也教人心里打个寒战。

郑志诚深吸一口气,重重地磕了一个头道:"老奴斗胆,请娘子务必留住官家,莫让他御驾亲征。此事事关娘子生死安危,切不可掉以轻心。"

"混账!御驾亲征是朝廷大事,哪是你一个内侍敢妄议的!官家亲临沙场,那是何等危险的事,他为了天下也得去。我等安居禁宫,又焉能有什么生死安危之事,你休要危言耸听!"刘娥似是浑不在意,笑着说道,"只是难为你一片好心——允恭,替我把后头那个盒子里的玉佩拿过来赏他。"

郑志诚见德妃已经有了逐客之意,不由得大急,冷汗直出,不得已磕头道:"老奴该死,老奴还有下情禀告。"

"这就是了。"刘娥缓缓地道,"你不给我个真信儿,我就敢蒙着眼胡乱行事吗?"

郑志诚冷汗滚滚而下,终于道:"此事老奴只敢跟娘子一个人说。"

刘娥眼角一挑:"好。允恭、如芝,到门口侍候着。"

此时室中只有刘娥与郑志诚两人,但见一缕阳光斜斜地照进来,那一道光柱里细细的灰尘翻滚,寂静到郑志诚只听得到自己的心脏不住怦怦乱跳。

"有人要在圣驾离京之时对娘子下手。"突兀的声音忽然迸出打破沉寂,连郑志诚也不禁为自己的语气吓了一跳,咬了咬牙索性一口气说了下去,"到时候会放假消息,说是圣驾阵前出事,然后行事。等圣驾归来时,也只说是娘子误听谣言,殉了官家,到时候风光大葬……"说到此处,郑志诚忽然醒悟过来,连忙磕头,"老奴该死,犯了忌讳。"

"你一片忠心,怕什么犯忌讳。"刘娥咬牙冷笑,"我从来不信这个,也不怕这个。我只是疑惑,她既有这个心,昨日何必要我阻止圣驾亲征。若我阻止得了圣驾,她岂非白费心思?"

郑志诚默然不语,良久才回道:"天底下最重要的事,莫过于官家的安危。其余的,都可以再行商量。"

刘娥轻笑一声:"我便取她这片心,也取她'风光大葬'这四个字,出主意的另有其人,是也不是?"

郑志诚不敢说出名字来,只得伏地不起身。

刘娥缓缓地伸出四根手指:"是她,是也不是?"

郑志诚重重地磕了个头:"娘子英明,老奴该死!"这四根手指,自然指的是雍王妃李阮了。

刘娥脸上一丝讽刺的笑容:"我就知道这些将门虎女,虽没有父辈那般千军万马沙场练出来的本事,在内廷之中杀个人,还是浑不当回事儿的。"

郑志诚见这句话兜得远了,不敢应答,正自惴惴,却听得刘娥缓缓地道:"你既然奉懿旨来打听消息,我便给你个准消息回去好回话。昨夜我已经请旨,随驾北征,与官家一同上前线去。"

郑志诚听了这话,初时还一怔,猛然间回过味来,只吓得浑身手足冰冷,伏地颤声道:"原来娘子早就知道了。"

刘娥缓缓地道:"且不管我事先知不知道,我只取你这份忠心,这份向着我的心。你今日并没有白来,于你是一样,于我也是一样。"

郑志诚原本恃功而来,此时忽然发觉在刘娥跟前,自己根本无所施展,只觉得空落落的,却也更加松了一口气。这一步虽然走得迟了点难看了点,却幸喜是走对了。他在心中轻叹了口气,也应该是死心塌地:"是,谢娘子怜取老奴一番痴愚之心。"

刘娥点了点头:"宫中人多眼杂,我不便赏你什么,你家中还有何人,将名字告诉雷允恭好了。"

雷允恭送了郑志诚出去,回头却见刘娥仍是一动不动地坐在那里,嘴角的笑意却是越来越浓。忽然,她站起来吁了口气,道:"好、好,今日郑志诚倒真的送了一个大好消息给我。"

"娘子,"雷允恭扶着刘娥忍不住道:"郑志诚的情报毫无用处,娘子何必对他如此客气?"

"毫无用处?"刘娥眼波转动,笑容更是神秘,"郑志诚是个极聪明的人,如今何等风光,背主另投,又是何等危险。他送来的,又何止一个皇后要杀我的消息?他今日的行动,就等于告诉我另一个天大的消息。"

雷允恭似乎听出了什么来,心中暗暗吃惊:"娘子的意思是……"

刘娥一步跨出门去,今天的阳光格外灿烂,映得整个院子里的花都镶上了一层金边似的。她微微一笑,遥望东边寿成殿方向:"所有的人都知道她已经时日无多,只有她自己犹在梦中,此时此刻尚在算计他人,真是令人分外叹息啊!"

尸居余气,犹不自知。刘承珪没有出手,但并不表示,他没有选择站队。如今连皇后宫里的人都已经离心离德,皇后还以为一切都在她的掌握之中,岂不可笑?

刘德妃随驾北征,消息传出,后宫皆惊。

杨媛匆匆赶来:"姐姐,听说你要随官家一起出征?"

自从五皇子夭折之后,杨媛大受刺激,病了一场,整个人也瘦了一圈,足有一段时间只会怔怔地坐在空了的摇篮边流泪。她素日在人前总是爱说爱笑,自病后便变得沉默寡言,神情落寞,诸事不理。她近来深居简出,此时听说刘娥居然要随驾出征,不禁大惊失色,匆匆赶来劝阻。

刘娥见是她来了,忙扶着她坐下道:"媛妹身子还未完全康复,要自己小心才是。"

杨媛拉住刘娥的手,神情焦急:"姐姐只告诉我,这事是不是真的?"

刘娥点头:"正是!"

杨媛大惊失色:"姐姐,这太危险了!那可是战场,有生死之危啊!"

刘娥挥退左右,拉着杨媛的手坐下来道:"傻妹妹啊,你怎么不明白呢!天下最安全的地方,莫过于官家的身边。官家出征,我独留宫中,这才是最危险的。就算是出征,若官家无事,我自然无事;若是官家有个差池,我便是留在宫中,也难逃皇后毒手。倒不如与官家在一起,既全了我与他的情义,便是死也得个痛快,免得留在这里被人作践。"说到后来,已是微微冷笑。

杨媛看着她的脸色,只觉得周围阴气阵阵:"这一向由姐姐庇护着我,姐姐一去,我可怎么办呢?"

刘娥道:"媛妹放心,皇后最忌惮的是我,我去后,你倒无妨。你虽然不幸失了孩子，但是却也为此不至于再招皇后忌恨了。"

杨媛黯然不语，忽然伏榻痛哭道："我已经什么都没有了，我还怕什么？她要对我下手也好，好让我可以去陪我那枉死的孩儿。"

刘娥扶起她："别这么说，咱们以后的日子还长着呢！你还年轻，她已经没有机会，你却还有机会，将来还会有孩子的，何必说这样的丧气话？"

杨媛凄然一笑："还有机会？哼哼，姐姐，你不用哄我了——"她冷笑着，声音忽然低了下去，"我是从鬼门关前走过的人了，我自己的身子，自己怎么会不知道？姐姐，我已经不中用了，皇后已经抱养了嗣子，你赶紧另外物色人选，莫要理会我了。"

"媛妹这是说哪里的话？"刘娥拿帕子给杨媛拭泪，"你我声气相投，做姐妹是前世修来的缘分，人海茫茫，这样的缘分可遇不可求。你病中心思多，你且放心，一切有我。我去后，你少说话少出门，冷眼旁观，留心宫中事务，休要和寿成殿那边起冲突，一切等我回来再说。"

杨媛点了点头，却又冷笑道："姐姐倒是放心好了，那个人何等会做人，风波未起都化在她的手里了。要说会惹事的，不是寿成殿里头的人，倒是那个常往寿成殿跑的人。"

刘娥伸出四根手指比了一下："你是说这个？"

杨媛冷笑道："可不是她？赶着把儿子送进来攀上高枝儿，就以为自己成龙成凤了。你看她这几日借着探望皇后病情，频频出入后宫，言行举止，俨然当自己是未来的皇太后了，你说可气不可气！"

刘娥眼中寒光隐隐一闪："听说这雍王妃和皇后一样，也是将门之女，素来行事杀伐决断很有兵戈之气，平常府里头杀个人浑不当回事啊！哼，只不过一样东西张牙舞爪得越早，被烹煮的时机就来得越快。皇后不过拿她当枪使而已，我倒不以为可气，只是可笑罢了！"

她顿了顿，见杨媛正用心听着，笑着转了话题道："媛妹累了，先回去歇着吧，我还要给寿成殿那边一个交代呢！"

送走杨媛，刘娥略整衣着，去了寿成殿，向郭熙辞行："臣妾无能，不能劝说官家，有负圣人之托，实在惭愧！唯有以性命相随，效法当年冯婕妤以身挡熊之举。此去之后，尚不知能否再见，唯请圣人保重凤体！"

这几日，因刘娥要随帝出征，郭熙撑着病体，亦开始重掌后宫事务，神情看上去却有些憔悴。此时听了刘娥之言，眼圈儿也微红，道："难为你了，只恨我病体难支，否则我也亲自去了。不过这一路上官家有你照料，我也放心了。素日里只听人说你好，我疑惑只不过是明面上罢了，如今你有这一番义举，怪不得官家如此爱你，便是我，也自愧不如。"

刘娥微笑道："素日里臣妾若有什么不是的地方，也是圣人宽容臣妾。此番若能顺利归来，必然不敢辜负圣人素日待臣妾之情！"

郭熙轻叹一声："你我相处这么多年，恩恩怨怨，也是一言难尽。掏心窝子说句话，恐怕这世上没有人能比我更了解你，也没有人能比你更了解我了。若是你我换一种身份认识，只怕会成为惺惺相惜的朋友。只可惜……"

只可惜什么？看着猎物从自己张开的罗网下大摇大摆地走出去，郭熙依然能够含笑说出这样掏心窝子的话来，刘娥的心中忽然也有一种感觉，就是郭熙所说的——惺惺相惜：将来有一天，若是失去郭熙这个对手，自己是不是会感到一丝寂寞呢？刘娥抬眼看着郭熙，又想：再能谋算又如何，终究算不过老天爷。

"圣人，"刘娥握住了郭熙的手，"相聚是缘，同侍一夫也是缘。臣妾不知道此去之后，将来还有没有机会再服侍圣人，就容臣妾今日服侍圣人一回，以了臣妾的心愿。"

此言一出，郭熙不敢置信地看着刘娥，一向完美无缺的笑容忽然之间有了一丝裂缝，嘴角颤抖着，好半天才挤出一句话："你、你这又是何必！"

刘娥在寿成殿整整待了一天，直到晚上掌灯时才告辞。郭熙取下自己头上的凤钗给她插上，道："难为你这一份心意，我实在难安。此一去，你就是我，我就是你，将来你我不论尊卑，无分彼此！"

等刘娥消失在视线中，侍女燕儿就冷笑道："假惺惺，到了这个时候还如此做作，哼！"

郭熙叹了一口气道："也难为她了。到这个时候，礼数上依然做足了，教人挑不出任何毛病来。她这待人处事的能力确是无人能比，怨不得官家如此爱她，怨不得人人夸她好，便是我也不得不佩服她！"

燕儿傻了眼："圣人，您还真的让她给哄住了呀？"

郭熙凄然一笑道："只可恨天地间既生我郭熙，又何必再生她刘娥！我自问德容言功，便是在后宫所有妃嫔中亦是挑头的。只可惜有她，才教我落得如今孤影只身不堪之境……"她不禁落下泪来，"多年来，孤枕寒衾之时，我可以对自己说：'没关系，我是皇后，我有皇子！'到如今，祐儿不在了，我一身病体,拿什么继续撑下去啊!"

她望着刘娥离开的方向,冷冷地道:"你放心,我活着你做不成皇后,便是我死了,你也做不成皇后!"

赵恒亲征,准备甚多。

此时寇準忧王钦若通晓史事,能言善道,深恐他在京中会影响赵恒亲征的决定,因此在朝堂上,一力举荐王钦若出任镇守边关的天雄军府兼都部署。王钦若知自己已招寇準所忌,只得愤然赴任。

赵恒下旨,毕士安、寇準、王旦等群臣随驾亲征,封雍王元份为东京留守,镇守京中代行王事。其余诸王,除楚王外,皆随驾亲征。

雍王之子允让已经是宫中嗣子,此时雍王又留守京中代行王事,众人心知肚明,一旦前线战败,赵恒有事,雍王就将成为太上皇了。

此番亲征,李继隆为驾前东面排阵使,石保吉为西面排阵使。李继隆是明德太后之兄,石保吉为晋国长公主的驸马,虽然两人均为皇亲国戚,却也都是身经百战的宿将。

大军出发之日的前一天,夜漏一刻,北方有赤气如城。

第六十六章
澶州城头

天子亲征,御驾刚出汴京,消息便已传到澶州,使得军心大为振奋。

另一边,王钦若刚到天雄军上任便打了一个漂亮的大胜仗,将攻打天雄军的辽军打得大败。

澶州离汴京只有二百余里,天子车驾第三日到了韦城住下,时近隆冬,次日起来继续上路时,已是满天鹅毛大雪。

张怀德早备好了貂帽狐裘,此时见天上下雪,忙捧出来给赵恒换上。

赵恒看了看外面的天色,叹道:"如此天寒地冻,冷的又岂是朕一个人。这貂帽狐裘,能够人人皆有吗?朕既然来到前线,便当与将士们同甘共苦。随驾的文武百官、前线将士都没有寒衣御冬,朕身着重裘,如何出现于千万将士面前?"

张怀德捧着狐裘就要退下,刘娥正随侍在旁,见状道:"官家,貂帽狐裘可以御寒,官家既然不用,何不将其裁成几领护肩,也好赐予守澶州的将帅们御寒,让他们可以分享圣恩?"

赵恒嗯了一声,道:"这倒也使得,只是行程匆忙,并没有带宫坊的匠人。"

刘娥拿起狐裘看了一下,道:"不妨,这女红活儿倒也简单,臣妾试试赶工几日,看能不能做出来。"

赵恒点了点头:"就交给你了。"

正在此时,澶州城北城门上,威武军的军头张环正领着手下,大清早地抬着床子弩出来了。

本朝缺少马匹,因此各军中皆以步兵为主。为了对付辽人的剽悍铁骑,军中近一半以上皆为弓弩手。但就算是弓弩手,也有高下之分,像张环这种,就算是弓弩手中的顶级了。

张环掌的是床子弩，而且是床子弩中最为强劲的三弓八牛弩。整张弩由三张大弓组成，拉动这张弩需要八牛之力，弩弓大如铜床，因此得名。每次动用床子弩，需要百余名兵士分别绞轴张弦，方能将弩箭发出。床子弩本能一射七百步，开宝年间，大匠魏丕对床子弩做了改进，增造至千步。虽说千步，但是素日最多也只射过七八百步，过远则难免失去准头。

张环掌弩二十余年，从最普通一人可掌的单弩开始，直到如今率百名军士掌这军中最强的三弓八牛弩，他也不知道自己手中的弩射杀过多少敌人，有时候他觉得自己的生命都已经和这张弩化为一体了。

清晨的阳光照在床子弩上，反光映得张环微眯了一下双眼。忽然他听得身边兵士叫道："有辽人来探营！"

张环向城下看去，却见远处辽军营门大开，有一队约千人的辽人骑兵向澶州城而来，显见是辽人乘着清晨时分来探营。

"他奶奶的，辽人也学狡猾了，前几日射杀了几个探营的辽将，如今都知道缩在千步之外了。"身边的兵士见有敌兵来了，拿着弓弩上的望山量了半天，却无法瞄准，气得直骂。

张环温和地笑了："别急，掌弩人最忌心浮气躁，一弩要发射千步之外，稍一焦躁，静不下心来，就会差之毫厘，谬以千里了。"他微眯着眼看着远处这一队辽人骑兵，由于长年掌弩瞄准，他的眼睛就算在平时也是微眯着的，看上去似乎整日睁不开眼，然而仔细看了，却是能发现从他眼睛的细缝中透出的一点寒光，看任何事物，都像是在冷冷地观察着一处可以瞄准射击的目标。他长年掌弩练准头，整个人的脾气也变得极为耐心细心，轻易不动喜怒，然而只有他最贴身的小兵才知道，他所有的耐心细心，都只是为了等待猎杀猎物的那一刻。

但见这批辽人，直到站在千步之外一处小山上才止步不前，一人居中指挥，辽军分成一支支小队散开，在城外驰骋交错，查探军情。

这些人骤忽来去，无法瞄准，气得城头的众军士乱骂不已。

张环伏下身子，探出城头观察了一会儿，才站起来拍了拍手道："以三百步手弩，耐下心来瞄准骑兵前方六步射出，先拿这一小队骑兵试试看！"

一队手弩兵上来，排成队依着张环的指示瞄准，但听得唰唰连声弩箭破空而出，那一队骑兵奔驰飞快，却哪里抵得上弩箭破空之快，一轮急驰，竟似是一个个前赴后继地直向箭头飞扑上去。但见箭头射处，黑压压一片伏倒，整队辽兵不是人受伤便是马受伤,纷纷坠地。

忽然见一道电光闪过,一骑飞驰出十余步外。而后,一支断了两半的箭头坠地,黄沙滚滚,那一骑辽兵早去得远了。

张环看得分明,失声道:"三百步弩箭竟然能被此人一刀削断,此人身手绝非普通探马,至少是个百夫长。"

身边众军士聚了过来,听他此言忙问道:"张军头,那又如何?"

张环微眯着眼,努力要穿透强烈的阳光,看清远处小山丘上的辽军人马。他的声音已经因为强抑着激动的心情而显得有些沙哑:"能够让如此好手为他做探马,身边又围着这么多辽将的人,必然是辽军营中地位不低的。兄弟们,这说不定是条大鱼,咱们开弩,想办法试试能不能射到他。"

副军头正学着张环的样子远远地瞄了瞄远处,听到张环的话不由得吓了一跳:"张军头,那个小山丘离咱们这里千步之外,咱们的床子弩已经是军中最好的弩了,它虽然号称千步,但是顶多只射过八百步,想要射到那小山就已经不可能了,更别说是射到那辽将。"

张环猛一回头。那副军头正站在他的后面,忽见他转头,顿时四目相对。张环平时永远眯着的双眼陡然间精光大炽,眼神中竟似有一种赌徒的狂热——也许军人是一种更狂热的赌徒,而他们赌的,是命。

张环的声音低沉喑哑:"我张环掌弩二十余年,从来没有射过千步以外,也从来没有射过辽人大将。如今机会送上门来,岂可放过!若是射中了,那便是射杀了辽人一员大将;若是射不中,顶多我张某冒失罢了,于战事上来说,划算得很。"

众人皆凛然。张环一声令下,百余名弩箭手各司其位,张环登上弩台,六名兵士抬上一支足有六尺长的箭矢,齐力一声吆喝,将这箭矢安放在弩架上。这三弓八牛床子弩的箭矢以硬木为杆,精钢为簇,生铁为翎,状如标枪,三片铁翎则像三把剑一样,世称"一枪三剑箭"。这样力度的弩箭一旦射出,便是城下敌将穿着铁铠甲,手执盾牌阻挡,也难免盾碎甲裂,一命呜呼。

张环大喝一声,众兵士跟着齐声大喝,扳动索盘,床子弩便在众力之下缓缓张开了一大半。张环伏下身去,双眼眯得只剩一条细缝,这细缝中却聚集了所有的寒光杀气。他的眼睛,从一枪三剑箭的尾部,以弩臂末尾一个突出的铁制望山为校准,成一条直线,一直望到远处的小山上。

床子弩上有八道黑线,从两百步到八百步各有刻度,越到中间,刻度越密,数百步的距离,有时候哪怕只是细如发丝的一点偏差,那便是差之毫厘、谬以千里的不同了。事实上在六百步以上,就差不多大半要靠掌弩手个人的眼力、手法和经验,才能决定成败了。

张环以望山为校准,缓缓地调整着角度高低。他似乎在看,但人的眼力,能看得那么远吗?他的整个精气神像是附在了这支弩箭上面,那亮晶晶的箭头仿佛化为他的眼睛,在遥远的旷野上寻找焦点。那一刻,城墙已经不在,身边的所有人马也已经不在,甚至前面的一片旷野也已经不在,唯一清晰的只有那闪闪发光的弩箭头,一直延伸到远方的小山上。渐渐地,那漫天的黄尘在他的眼睛里一寸寸变得清晰,那远处极微小的兵马人群竟似乎大了一些,看得更清晰了一些。他看到那旆旗招展,看到那旗下辽将,也看到挡在辽将前面那整排的盾排兵。

他屏住呼吸,周围所有的声音似乎都消失了,只听得自己的心在胸口跳动,响得像打鼓般又急又快,只差一点就要撞破胸腔。他抿着嘴,将弩弓的角度微微抬高三分,弩箭走的是弧形,千步之外,什么角度才是它的落点?

张环眼中蓦地闪过一道精光,亮得骇人,低低地喝了一声:"射——"

语音未了,但见一道寒光离弦而出,仿佛一条银光闪闪的白龙直冲空中,扑向远方那处小山。

千步之遥,六尺弩箭,这银光在空中只一闪便消失了。只一刹那工夫,那小山上的旆旗忽然一片乱倒,所有人马立时拥成一团。

这边城头上众兵将一片欢呼:"射中了!"

张环忽然间只觉得全身大汗淋漓,四肢仿佛不是自己的,全身脱力,缓缓坐倒。

"好——"忽然听得身后有人沉声喝道。

张环缓缓转头:"张节度!"

张环的上司、寿光节度使张光世已经站在他的身后,按住他的肩头:"张环,好样的!"

回头喝道:"开城,随我出击!"

对方辽将原本身处射程之外,忽见六尺长的弩箭从天而降,直穿破数张盾牌,那余力竟将他直撞下马来,辽军不禁军心大乱。方自惊魂未定时,澶州城开,张光世率军扑击过来,千余辽兵被打了个措手不及。张光世本冲着那为首的辽将而来,不料辽人悍不畏死,直将张光世军队拖住,又有数名将

士抢了那受伤的辽将拼死冲杀出去。

赵恒的车驾也已于第二日正午到达了澶州南面。

澶州城分为南北两城，中间隔着一条护城河，称之为澶渊。

三军将士遥见赵恒车驾，欢声雷动，山呼万岁之声惊天动地。

赵恒前一日已经有旨，除有关人员外，各军将帅必须镇守原位，不得擅离。

此时打前站的李继隆、石保吉等人已经在道旁接驾。赵恒车驾停下，自车驾内送出数袭狐裘护肩，赐予诸将领。众将听说是皇帝将自己的狐裘裁作护肩分与他们，皆感动得山呼万岁。

李继隆接驾后禀道："天子亲征，军心振奋。臣李继隆禀官家，圣驾未到澶州，昨日便已经有了捷报。"

赵恒心中甚喜，打起帘子问道："有何捷报？"

李继隆见车驾边有一青衣护卫骑马侍立，容貌甚熟，连忙低下头去禀道："辽军听说圣驾亲征，欲来个下马之威，前几日重兵攻陷德清城，对澶州形成三面合围。臣等到此后日夜均设伏兵，昨日威武军见有一辽将带领一支轻骑前来探察地形，军头张环以床子弩将其射伤。那人落马之后，辽军似乎大乱。臣以为，当是辽军重要之人。"

赵恒大喜："太好了，三军不可易帅，辽人军队未发先伤了大将，这一战打得漂亮！李继隆，你将有功之人报上，朕重重有赏！"

李继隆趁机说道："官家未到，声威先至，将士们立刻打了大胜战。官家一路辛苦，请入城休息吧！"

寇準上前一步道："请官家入北城。"

李继隆忙道："北城街巷狭小，不能容纳御帐，南城已经准备好了一切。况且此时天色已经不早，也来不及渡河到北城了。"

赵恒点了点头："既如此，便在南城驻跸吧！"

当晚，赵恒驻于潜龙院中。澶州城素来是龙兴之地，这潜龙院原是后唐明宗的旧居，后唐被灭后，改为僧人寺院。后周柴荣为澶州节度使时，此地又为本朝太祖、太宗皇帝所居住过。

因此，赵恒弃知州府衙而居于此地，亦有不忘先人之意。

一路行来，刘娥本与赵恒同车而行。将近澶州城时，考虑到赵恒必卷帘见三军将士，到时不便有妃嫔出现，刘娥便换了侍卫青衣，侍于车前。

此时到了潜龙院，刘娥恢复女装，侍奉赵恒安寝。

天刚蒙蒙亮，赵恒才睁开眼睛，就已报寇準求见。

寇準此来，是为劝赵恒过河进澶州北城的："澶州前线乃是北城，官家已到澶州，如不过河，则等于未到澶州。官家不过河，则人心益危，敌气未慑，非所以取威决胜也。"

此时殿前都指挥使高琼也在一边，寇準便补充："官家若以为臣是文臣不足谈武事，亦可问高太尉！"

高琼立刻上前，奏道："寇相所言甚是。官家奉将天讨，所向必克，若逗留不进，恐敌势益张。臣请官家立刻过河！"

李继隆喝道："官家自有定夺，北城甚危，臣以为——"

他话未说完，赵恒已道："舅舅，朕知道你是怕朕有所闪失，但朕相信你，相信众将士，必能保君抗敌。"

两人四目相对，互相明了对方心意。李继隆心下感动，他因上次的事，处处避嫌，此时也不敢让皇帝去北城，生怕又出意外。但皇帝这样说，却是明显向他表示事情已经过去，再无芥蒂。当下一礼，让了过去。

高琼是武人，性子又急，他已经在吩咐侍卫们准备赵恒起驾渡河北上之事了。

枢密院金事冯拯也正在一边，见高琼如此性急，不由得站出来道："大胆高琼，竟然挟持圣驾！"

高琼不听犹可，一听大怒道："朝廷大事，就是教你们这些只会拍马的文官弄坏了！你不过是会舞文弄墨而已，就坐到两府之位，如今敌人大军压境，你却只会在这里骂我无礼。想来冯金事自有高才，请立即赋诗一首，退敌三百里罢！"

乱世之时，书生遇上兵，那是有口也占不了上风，冯拯气得发抖，却真的生怕高琼将他推到两军阵前去退敌，只得恨恨退下。

这时候高琼本就负责赵恒身边护卫，立刻催命卫士准备好一切，推出辇驾就请赵恒立刻登辇过河进入北城。

辇车出了潜龙院，直接往北出城。

澶渊之上搭设了浮桥，车辇到了浮桥前，辇宽桥窄，赵恒掀开轿帘，自车中看去，但见河上已经结成一些浮冰，心中不免想：再过得些日子，只怕冰层

渐厚，那辽军的铁蹄就能踏过冰面而来了。到了那时，南城也未必安全。自己既到了此处，又如何能不亲临前线，提振声威呢？

见赵恒看着车外，辇夫连忙停了车辇，赵恒不动，他也不敢动。

高琼本在队伍最后殿后，见车辇停住，不由得心急如焚，立刻催马到了辇后。他本是个武夫，着急之时，便直接将手中长戟挥向辇夫后背，喝道："还不快快过桥！"

那辇夫忽然受了高琼一戟，下意识挥鞭，辇驾吱吱地就上了浮桥三尺。

赵恒在辇中忽然受到震动，差点摔倒，惊愕了一下，回过神来看了一眼高琼，心中一凛，亦知此时自己不能犹豫，当下朗声道："过桥！"

过河之后，群臣本请赵恒稍作休息，赵恒却因方才高琼的举动，知众人心中不安，直接道："不必，朕先登城楼，以安军民之心。"

言罢，就下车辇，率文武百官登上了北城城楼。

北城城外，一望数十里，尽是辽军与宋军的营帐，两国数十万官兵阵前对峙已经有一段时间了。

忽然，澶州城的城头上出现了明黄的幄盖，大宋天子率文武百官出现于城头，宋军三军将士立刻欢声雷动，山呼万岁之声竟响彻辽军营帐。

坐在帐中的萧太后也被这一阵欢呼之声惊得站了起来。

辽国三军的阵营因此而阵脚大乱，整个士兵的队列也为之凌乱。

赵恒遥向三军慰问之后，便由李继隆引路，接见了前日射伤辽军大将的军头张环，并观看了放在城楼上的床子弩。

赵恒是第一次看到如此庞大的弓弩，不禁好奇询问，张环躬身在旁恭谨地一一应答。刘娥着侍卫青衣侍立一旁，听着张环介绍，有可以数支连发的连弩，有单手可开的手弩，也有把弦踏在地上拉开的脚弩，甚至还有用牛来开弦的车弩，等等，直看得人眼花缭乱。

张环不敢在驾前出示兵器，只是演示弓弩，均未上箭。倒是刘娥扮成侍卫可以方便行事，她走了几步，拿起放在架子上的一簇箭头仔细打量起来。但见箭头呈现三棱形状，各个剖面光滑异常，切口也非常锋利，显得寒光闪闪。

周怀政将箭头拿给赵恒看："官家，您看这箭头，全成三棱！"

刘娥原以为弩箭皆是那种一人背负的，却从未想过，大宋如今的弩箭制造工艺已经到了如此地步，心中不由得暗暗惊叹。

赵恒把箭头拿在手里看了一会儿，令周怀政将箭头还与张环，张环奏道:"禀官家,这也是前人传下来的,三棱状可在射击时令弩箭破空更加平稳,且在击中敌兵时更加锐利,普通的木板铠甲也可破甲而入!"

赵恒遥望着辽军阵营,只见远方一处营盘旆旗招展甚为集中,问道:"那是何处?"

张环道:"那就是辽军王营,您看王营之下旗帜最多的地方,那一点红袍飞舞,便是萧太后亲自出营在看咱们这边的情形了。"

刘娥一惊:原来那就是萧太后!

千军万马尘土飞扬,那千万亮铮铮兜鍪银甲中一点红袍,哪怕隔得极远显得极小,仍是极鲜亮招展的。

千军万马只簇拥着一个女人,千万头颅只为她一言而落。这个女人,执掌着最骁勇的军队,执掌着大辽帝国。以往辽国在南朝的北征之下只会节节败退,是这个女人令英勇无敌的太宗皇帝一而再地折戟沉沙,是这个女人令衰落多年的契丹王朝反败为胜,在继辽太宗之后,跨越数个皇帝,第二次可以拥兵南下。

这是一个怎么样的女人?她如今岁已老志未衰,她执掌一个大帝国的时候,她两次打败太宗皇帝的时候,却比现在的自己还要年轻。

这是一个怎么样的女人?自己曾经多次听过萧太后的故事,然而,却只有此刻,站在高高的城楼上,遥望对面数十万军中那一点红袍时,自己才真真切切地感受到了这个传说中的女人的威力。两个帝国的兴衰,上百万男儿的生死决战,只在这个女人的一个意念之间。

夜深了,刘娥服侍着赵恒看战报。

自城楼中回来已经足足大半天了,她的思绪似乎仍然停留在城楼上无法自拔。一时间觉得极热,一时间又觉得极寒。

"怎么了?"赵恒看着她的脸色,有些忧虑,"我不应该让你随我上城楼的,你初见战场,必是吓着了。"

"我不是吓着了,"刘娥的声音有些恍惚,"只是从一室宫墙忽然走到了千军万马之中,觉得很兴奋;我也觉得害怕,站在城头,感觉天地万物之间,这样的一个我是多么渺小啊!"她的脸色苍白,双眼却是寒星般发亮。

在城楼看到萧太后的那一刹那,刘娥只想到萧太后和自己一样都是女人,萧太后能做到的,自己为何做不到?忽然间,一股狂热的野心升了上来,直烧灼得刘娥坐立不安,同时,却又被自己忽然冒出来的这股意念吓得浑身冰冷。这一冷一热交替着在她的身心反复来回,刘娥只觉得整个人已经不似自己了。然而,她敢告诉赵恒自己内心最真实的想法吗?她连自己都不敢面对这个想法。

赵恒不疑有他,也叹道:"是啊,我初次巡视边关的时候,也同你有一样的感觉,既兴奋又害怕。脑中只想到两句话:前不见古人,后不见来者。念天地之悠悠,独怆然而涕下!"

刘娥喃喃地道:"念天地之悠悠,独怆然而涕下!"

帐外周怀政的声音忽然响起,刘娥问道:"何事?"

周怀政低声道:"官家方才令人去打探寇相在做什么,已经有回报了。"

刘娥知北城狭小,赵恒便在城下驻营,而寇準则负责军务驻守城头。白天赵恒遥见辽军阵容,不知寇準打算如何应付,晚上便令人去察看寇準在做什么。

赵恒嗯了一声道:"消息如何?"

周怀政道:"探子回报说寇相刚才与杨亿在那里喝酒赌博呢!"

刘娥有些吃惊:"喝酒赌博?"

赵恒倒是会心一笑:"我知道寇準的算计,如今的澶州城,防御攻战,自有将领在。我的御驾亲征,寇準的喝酒赌博,都是为了安定军心。我原还怕他初掌军务会乱了阵脚,如今看来,倒是我多虑了。"

刘娥道:"那官家当可放心了。"

赵恒叹道:"用人不疑,疑人不用。若论打仗,我休说不如萧太后,连大皇兄都比不上。我唯一能做的,就是心志坚定,不犹豫反复,不给办事的人拖后腿。"

刘娥道:"明君不在于自己百事皆能,而在于能用人、用好人,能做好皇帝便是。"

当夜,刘娥看着睡熟了的赵恒,却始终无法入眠。她只要一闭上眼睛,那万军之中的一点红袍,就在她眼前挥之不去。

第六十七章
澶渊之盟

自赵恒亲征澶州,几番交战,颇有小胜,与辽军形成僵持之局。再加上上次辽将探营被床子弩所伤,辽军慑于宋营弓弩的威力,也不敢太过逼近。眼看天气一天比一天寒冷,辽军深入大宋腹地,粮草供给线漫长,寇準又采取坚壁清野的办法,辽军一路所进州县,粮草都已经搬光。原本辽军并非一路过关攻城而来,而是一路纵深到底,因此初期边关各镇都未及分兵,及至赵恒亲征澶州,全国各地驻军重镇都派军勤王,陆续向澶州进发。萧太后进退两难,只得打出手中的一张秘密牌来。

一日,赵恒正在帐中,寇準来报:"辽军派来王继忠求见官家。"

赵恒哦了一声,道:"原来是他!"

赵恒于王继忠自然不陌生,他是赵恒在潜邸时的旧臣,赵恒十五岁开府之时,他就已经侍候赵恒了。赵恒登基,王继忠升为定州知州。去年王继忠与王超、桑赞领兵战辽,结果王超、桑赞临阵退师,王继忠虽然力战,但还是被辽军所俘。赵恒初以为王继忠已经战死,甚为伤感,下旨追封他为大同军节度使及侍中,荫封其四子官位。

谁知道今年,就在赵恒还处于是亲征还是迁都的犹豫之中时,竟然接到了王继忠送来的议和信,才知道他战败未死,竟然已被萧太后招降,封为户部使,又赐宗室之女为妻,更赐辽国国姓耶律,改名显忠。

此时王继忠却是代表着辽国前来和谈。

数千年来,各国对于战争的看法虽然各不相同,有一点却是相同的——所谓战争,也不过是两国之间的利益关系用经济无法解决时,才会发生。

当年太祖赵匡胤在取下江南之后,得获南唐府库,亲自赐封,并说:"待一统天下之后,将以此府库之财赎回燕云十六州。如若不能赎回,则以此府库之财,作为攻打燕云十六州的军费。"

太宗晚年,因为急于收回燕云十六州,不顾宰相赵普的劝说,发动了雍熙北伐之战。这一战不但没能收回燕云十六州,反而令宋军元气大伤,国库空虚。河北一带,因为征兵过多,田地几乎无人耕种。

赵恒于亲征前,便与重臣们有过统一思量:当前国力尚未恢复,实是无力收回燕云十六州。虽然辽国先提出和议,但赵恒不愿先开口言和,认为这是示弱,所以才接受亲征提议,也有向辽证明大宋并非一味软弱之意。辽军深入,宋军以逸待劳,各地勤王之师不日将来,纵然是和谈,也要先打几个胜仗,以战促和,才是良策。

便是一力主战的寇准,当年在太宗皇帝之时,亦曾说过这样的话:"唐朝的宋璟不奖赏边疆战功,最终形成开元年间的太平安宁。臣以为,边境的武臣求取功劳而招来祸患,才是深可鉴戒的事。"

此时赵恒御驾亲征,连获胜仗,亦是已经达到以战促和的目的了。辽军果然按捺不住,先行派出议和使者,这一次,宋军已经先占了上风。

赵恒接见了王继忠。

王继忠一进御帐,便跪伏在地,哽咽道:"罪臣万不料今生今世仍能有幸重见天颜,实是惶恐无地啊!"

赵恒和颜悦色地令其平身,道:"朕现在该是称你为耶律显忠了吧!"

此时大宋开国不过数十年,五代十国时的遗风犹在,臣子们朝秦暮楚,所念及的不过是故主恩情厚薄,倒没有多少国与族的不共戴天。像冯道侍奉五朝十帝,非但不以为耻,反引以为荣。当年杨业曾经是后汉之臣,后投效大宋,却并非忠臣不事二主,陈家谷兵败后绝食,更多的是报效太宗皇帝的知遇之恩而已。

王继忠听了赵恒此言,不禁泪流满面,跪地悲声道:"罪臣有负圣恩,但罪臣今生今世绝不做有负官家之事。苍天可鉴,罪臣虽投辽邦,却仍心怀故主。"

赵恒暗暗点头。王继忠十几岁上就跟了他,十几年下来,也算得君臣情深。此番王继忠前来议和,赵恒并没有一开门就问罪他投敌之事,反而有意挤对他一下,便是试探自己对王继忠能够控制几分。见王继忠对自己依然是对旧主的态度,心里便有些把握了,温言道:"你既有此心,也不枉朕与你君臣一场。起来赐座罢!"

王继忠恭敬地谢恩后坐下,才道:"去年罪臣与萧挞凛作战,孤军奋战至最后，重伤被虏。本想一死殉国，谁知辽人防范甚严，一时便不得死。此后被押送到上京，萧太后与我三番长谈，罪臣与她订下约定，罪臣终此一生，只为宋辽和议出力，决不为与大宋交战出力。"

赵恒眉毛一挑："哦？萧太后到底与你说了些什么，能让你就此弃宋投辽？"

王继忠叹了一口气："萧太后确是女中英杰，她说的话并不能招揽罪臣。可是罪臣却因此悟到，罪臣纵死，也于国无补，罪臣活着，才能够继续为官家、为大宋效力！"

赵恒微微一笑："朕倒想知道，你如何继续为朕效力？"

王继忠抬头看着赵恒："官家可知，那日被宋军射伤的辽将正是萧挞凛？如今他已身死，辽军封锁消息，秘不发丧。"

寇準一步跨了出来，一把抓住了王继忠的手："萧挞凛真的死了吗？"

王继忠肃然道："正是。若非萧挞凛已死，萧太后也不会这么快提出和议。"

寇準喜道："如今正是良机，乘着萧挞凛刚死，咱们士气又盛，便可乘胜追击，将燕云十六州全部取回！"

王继忠欲言又止，只得退后一步。

毕士安看了出来，咳嗽一声道："寇相，咱们是否先听继忠把情况说完，再请官家定夺？"

寇準一向心气极高，连赵恒都不便开口，亏得是毕士安曾有大恩于寇準，才有这天大的面子打断他的话，亦是提醒他，此刻王继忠仍是辽国的使臣，商议下一步的军务走向，不便当着王继忠的面。

王继忠被寇準方才一冲，一下子不知如何答话，沉默片刻才道："官家与宰相商议国政之事，罪臣没有资格与会，罪臣只是把自己这一年在辽国的所知所见说出来，供官家参考。"他停了一下，"辽太宗之后，辽国国力日衰，基本上都是南朝北征，北国只有防守之功，而无还手之力。后周时期夺回了燕云十六州中的瀛、莫两州，辽国称之为关南之地。大宋开国以来，辽国又损失了属国北汉。直至辽景宗登基，萧太后掌权，阴差阳错，得了高梁河大战和雍熙北伐的两次侥胜。辽国建国以来争乱颇多，萧太后以妇人之身能够长掌国政，主要是因为这两战。"

赵恒轻轻喟叹道："先帝两次北伐，不想竟成就了这一妇人。"

虽然王继忠小心地用了"侥胜"二字，但是在座中人都明白，两次大战得胜，又岂是"侥胜"二字所能概括的。

王继忠停了下来，直至赵恒点头，才继续道："萧太后以军功掌权，自然亦以军功固权。国内一有不稳，她便借着南征之名调兵遣将，将重臣重新分派，以达到排除异己的目的。她虽是个女子，但心性坚韧、善于用人，文有室昉、韩德让，武有耶律休哥、耶律斜轸与萧挞凛。自以为先帝沙场百战，尚能胜之，欺官家未历战场，因此数番南侵，却也是滋扰边境数城而已。然——"

王继忠话锋一转，见众人都凝神而听，又道："然人寿终有定，萧太后年事渐高，动极思静。想当年辽太宗极盛之时，兵马进入汴京。后来到了辽穆宗时期，后周世宗皇帝的兵马都打到了上京，若非世宗皇帝中途暴病而亡，险些灭国……"

赵恒的脸色微微一变。当年后周世宗皇帝何等英明，却是因为在攻辽时半途得病而死，留下孤儿寡母不能掌国，以致江山转手他人，这不能不是本朝历代皇帝长久以来的心病。

众人都在凝神细听王继忠分析，一时竟无人观察到赵恒的细微神情变化。

王继忠犹在继续道："……国之运势，有盛衰之分。后世子孙，未必人人能有萧太后之能，因此萧太后不能不虑及此点，打算在自己活着的时候为子孙后世留一份安定基业。自雍熙大战之后，辽国国内一直有不少大臣主张夺回关南之地，萧太后亦不得不对国内有所交代。因此倾全国之兵来犯中原，以夺取黄河以北为最大目的，底线也是要得回关南之地。此次虽未夺回瀛、莫二州，却攻城略地直到澶州，已得十几座城池，自以为用以交换关南之地，已是绰绰有余，却仍想得到更大的利益。幸而官家天威所至，萧挞凛死于弩箭之下，这才令萧太后为之气馁，眼见已经无法再进一步，便生了退意，因此派罪臣来和谈。"

赵恒点了点头："继忠，你的看法呢？"

王继忠犹豫了一下道："萧太后老之将至，希望在自己的手中达成百年和议，安心归去。此时乘着萧挞凛刚死，她心神大受打击之时，若能够在她手中达成和议，实对大宋大大有利。否则错过此时，辽国皇帝年富力强，未必肯轻易妥协，这一拖下去，两国又要交战数十年了。"

毕士安沉吟片刻道："辽国皇帝若不肯轻易妥协，便是我们与萧太后签订了和约，将来未必不生变故。"

王继忠道："萧太后威望极高，她手中签订的和约，没有极大的理由，后人未必敢轻易推翻。且辽国皇帝事母至孝,此约一定,于他这一世,必也不敢推翻。"

赵恒点了点头,道:"这倒也罢了,你且先下去罢!"

王继忠告退后,赵恒转头对帐中的重臣们道:"你们都听见了?"

众臣忙应道:"臣等都听见了。"

赵恒点了点头:"都下去好好想一想,拟个条陈上来,明日再议!"

次日,赵恒令曹利用出使辽营,与辽人作初步议和,这边则由毕士安等人商量议和的细则。

曹利用进入辽营,萧太后问韩德让:"这曹利用是什么人?"

此时的韩德让已经身兼多职,拜为大丞相,兼任南北二院枢密使。

萧太后曾于数年前率身边重臣近侍驾临韩德让的王府举行家宴。她与韩德让虽然未正式诏告天下举行大婚,但那一晚宴上珍肴与民间婚宴上的均一致,众臣赴宴时,心里亦是明白太后与韩德让已行民间之礼结为夫妻了。

那日之后,萧太后便赐韩德让国姓耶律,封为晋王,姓名列入皇族宫籍,位于诸亲王之上,便是当今圣宗皇帝亦尊称他一声"叔王"。韩德让无子,与圣宗关系甚为融洽。

此时听了萧太后的问话,韩德让道:"曹利用是曹彬的侄子,曹彬为宋朝开国第一名将。听说曹彬临死前,宋皇亲往探视,曹彬于众多子侄之中只推荐曹利用一人,对其重视程度由此可见一斑。曹利用此人机辩无伦,慷慨有志操,确是个佳选。"

萧太后点了点头,与韩德让商议了一会儿,便召了曹利用进来。

曹利用进得大帐,一眼看去,但见一个身着契丹服饰的贵妇坐在上头,红袍红帕,剃去前额的头发,归总到后面盘成辫子,显得前额更为广阔。她脸上涂着一层厚厚的黄粉,便是契丹族妇女常饰的"佛妆"。这萧太后虽然已经五十多岁了,但是英姿焕发,不见老态。

与萧太后并肩而坐的是一个着契丹王袍的老者,看似温文,却有不怒而威的气势,显见此人便是辽国实质上的太上皇韩德让了。

坐在两人下首的,则是身着汉服的辽国皇帝耶律隆绪。自辽太宗耶律德光以来,辽国惯例是皇帝着汉服,太后着契丹服临朝听政。

皇帝之下,便是辽国几名重臣。

韩家三代在辽国为臣,早已经契丹化了。曹利用暗忖:此时韩德让着契丹服,辽帝却穿着汉服,不知情的人倒是看不出谁是契丹人谁是汉人来。

曹利用见过萧太后与辽帝,便开始谈判。

此时萧太后已经占据了十几座城池,心中自觉筹码极大,道:"关南之地本是我国所有,其余所占诸城池,如果贵国皇帝真有诚意议和,我大军远来军费甚大,把军费岁币谈下条件来,我们自可酌情退出部分。"

所谓关南之地,就是瓦桥关以南十县,是后周柴荣时期北伐所得。对于辽国来说,自然就是辽国原有土地。

曹利用正色道:"太后此言差矣,关南之地系我国疆土,怎么能说是贵国所有?臣来之前,官家曾有言在先,大宋疆域,寸土不让。"

萧太后冷笑一声,不再言语。她为太后之尊,自然不可能与曹利用这样的臣下你来我往地言语。

此时北府宰相萧继远就道:"关南之地本为我朝所有,被后周柴宗占去,如今还我,理所应当,怎么说不是我国所有?"

曹利用道:"北晋、后周,与我朝无关。太祖、太宗开国之时,便已经有了关南之地。若是让与贵国,让官家将来如何见列祖列宗?万不可能。"

萧继远又道:"保宁十一年(979)、统和四年(986),你们的皇帝两次犯我疆土,皆以燕云十六州为名,又怎么说?"

曹利用口齿利落:"凡举战皆有名,然和谈却以实。"

之前他说后周时占用的土地原属是谁与本朝无关,本朝开国即有的土地,自然不可给辽。萧继远就以宋太宗以燕云十六州的名义发起北伐一事质问,曹利用却说开战用什么名义都行,但和谈却是要按照实际。

萧太后怒极反笑:"和谈是双方得益的事,贵国狮子大开口,一毛不拔,这不是和谈,是开玩笑来了。就凭你们宋国节节败退,让我们打到家门口来了,还敢谈条件?你回去吧,等我们打进汴京城,自与你们谈判!"

曹利用从容道:"近日来节节败退的是贵国还是我朝?太后一生功业,恃的是耶律休哥、耶律斜轸和萧挞凛三人,如今这三人俱死,三军无帅,辽军还能再进半步吗,更谈何打进我们京城?太后孤军深入我境,如今各路勤王大军都已向此地推进,议和不成,太后便是想全身而退,都很困难!"

萧太后一听大惊,立刻看了王继忠一眼,冷笑:"显忠,这是怎么回事?"

王继忠强作镇定,只觉得心头一寒:萧太后这一眼竟像是要剜了他的心去似的，只觉得悸动不已。

曹利用微微一笑："前日我们在郓州抓到贵国的一个细作问斩了。贵国的细作能够派到我们城中来，你们深入我大宋境内，到处是我们的耳目，又有何事能够瞒得过我们？萧元帅的死，太后虽然封锁了消息秘不发丧，却瞒不过有心人。那日太后亲临棺车，恸哭失声，又为萧元帅辍朝五日，消息当然早就走漏了！"

王继忠趁机跪地奏道："臣一进宋营，寇準就劈头问臣这一句话，臣也给吓坏了！"

萧太后脸色稍敛，闭目想了想，对曹利用道："你这个人不能谈事，我明日另派使臣到宋营亲见你们皇帝，你下去罢！"

曹利用微一躬身而下，萧太后见着他的背影，长叹一声，只觉得一阵倦意袭来，转头问道："德让，皇儿，你们意下如何？"

辽圣宗耶律隆绪看了看韩德让，道："但不知叔王的意思如何？"

韩德让道："我们虽然占有优势，但宋皇亲临澶州，双方交战大半月，久攻不下；加上挞凛元帅死于战阵，士气已经大不如前了。如今我们深入宋国腹地，他们坚壁清野，一路上粮草运送压力非常大。且因宋皇在此，每天都有无数勤王军向澶州城进发，他们的兵力会越来越多。一旦短期内不能解决，等他们援兵到来，形成合围，我们将会很被动。"

耶律隆绪一怔："照这么说，那宋国又何须议和？他们只要将战事拖延下去，我们就必须退兵了。"

韩德让却道："主上放心，我们固然一时奈何不得宋国，宋国却也不可能反制我们。一则，他们新君即位也才几年，人心不稳。二则，赵光义两次北伐已经耗尽宋国元气，我料他们如今国库空虚，也坚持不了久战。如今，是我们攻入了宋国，这议和是城下之盟，优势还是在我们这边。"

萧太后叹息一声："穆宗时代，我们错过了最好的机会，让柴荣、赵氏兄弟一举统一南方，及至南国势成，反起北伐之心。此番南下，我虽有征伐之意，但也想一劳永逸解决问题。这数十年来，两国相争不下，兵困马乏，百姓不能安居。宋辽之间既然谁也灭不了谁，那我就要一次性把他们打透打怕，让他们不得不在心底承认，燕云十六州已不是宋国可以期望的领土。"

韩德让道："在你原本的计划里，打算在何时议和？"

萧太后苦笑道："我原是打算占些州郡便设法议和。后来一路顺遂，我又觉得若占了汴京,再逼宋国签下城下之盟,对大辽会更有利。而今,这澶州城久攻不下,那宋国新君竟然亲征,胆识大大出乎我的意料。宋国并非无人啊。"她这些日子的猛攻,是为了在议和的时候占据主动权,最终还是以战促和。为君者无私情,萧挞凛的死让她愤怒不已,但却不能因此坏了大局,让萧挞凛的牺牲白费。更何况,若战争不能在她手中结束,将来大辽再来一个穆宗皇帝那样的昏君,就会把国家拖入战争深渊之中。

耶律隆绪听到此处,方有些明白过来:"母后和叔王是不是早就知道,此战难遂,此番南下也只是走个过场?"

韩德让道:"也不能这么说。我们南下主要是为了凝聚人心,夺回瀛、莫二州,如今都已达到目的了。"

耶律隆绪撇了撇嘴道:"可是刚才显忠说了,宋国可是要我们返还所有占领的土地。"

萧太后笑了:"已经占有的领土,不能通过战争夺回去,难道还想通过和谈夺回吗?真是痴心妄想。耶律显忠本是宋人,他去谈判,难免内心倾向故国。宋国的这些条件,大有谈判的余地。"

韩德让沉吟片刻道:"曹利用此人棘手,还是照太后的意思,釜底抽薪,我们直接派人与宋皇谈判。"

萧太后点了点头:"何人可用?"

耶律隆绪道:"儿臣认为,飞龙使韩杞可用!"

韩杞是韩德让的族人,精明能干,亦是不可多得的人才,萧太后点了点头以示许可,次日便派出韩杞至宋营谈判。

等回到澶州,曹利用上奏赵恒:"辽国欲得关南之地,臣已拒绝,就是金帛岁币,臣亦未尝轻许。"

赵恒点头道:"此番和谈,首要条件就是辽人全部退出所占土地。关南之地归我朝已久,决不可与。至于其他方面,在汉唐之时,均有以玉帛赐单于的故例旧事,倒是可以商议的。"

韩杞到宋营后,向赵恒行过礼,呈上国书,便说了辽人和谈的底线:索还关南之地。

韩杞道:"关南之地,在本朝穆宗皇帝手中失去,全国上下无不引以为国耻。此番倾全国之兵南下,并非为占南朝的土地,而是要恢复故土。如今关南之地虽然未得,我们愿以手中现有的宋国十余座城池来换。我们若是只得金帛回去，太后与主上都无法向国人交代！"

赵恒道："关南之地，乃祖宗所传。朕既已御驾亲征至此，若是要割地求和，朕宁可率大军决一死战。你不必说了，留下国书，且下去罢！"

韩杞怔了一怔，心中暗忖：想不到宋皇态度如此坚决，竟然说出决一死战之言，看来倒是他们先前小视了他，太后釜底抽薪之计只怕不成。他想到此，也只得先行退下。

韩杞退下后，寇準奏道："依臣看来，现在辽国来求和，非但不与金帛，而且还要他上表称臣，献还燕云十六州之地，方是长治久安之计。否则数十年后，辽国必然又会来生事了。"

赵恒看了寇準一眼，点头道："寇相此计甚好，明日你且将这番话说与韩杞听罢了！如此，更能促使萧太后放弃幻想，早日达成和议！"

寇準大惊："官家，臣并非以进为退，臣说的是实情！"

赵恒笑道："倘若真照你说的做，这场和谈就完蛋了，那是非打不可了。这一战下去，胜败究难预料，就是战而获胜，也要伤亡无数，朕心总觉不忍。本朝立国不久，天下未定，国库空虚，当年汉高祖开国之初国力尚弱，也曾赐金帛于匈奴，后来文景之治国力强大，这才有名将陈汤发下那'明犯强汉者，虽远必诛'的豪言来。朕且待数十年后，子孙若英明，自能重兴大国雄风！"

寇準还要再言，毕士安拉了拉他的袖子，递个眼色，道："臣等告退！"硬拉着寇準出去了。

出了御帐，寇準愤愤地道："毕相，你何以阻止下官！"

毕士安点了点头道："你到我营帐里说话罢！"

寇準为人本就桀骜不驯，当年在先帝面前尚还心存敬畏，当今天子性情谦和，更让他平添几分傲性。满朝文武能令他稍作退让的，也只有毕士安了。

赵恒为开封府尹时，毕士安便为判官辅佐；赵恒为皇太子，毕士安则为太子右庶子并给事中；赵恒继位，便命毕士安知开封府事，后又一路提拔。毕士安精通政务，善于处事，为人老道，深得赵恒倚重。

照说寇準的脾气，那是见谁顶谁，不过奇异的是这么多年来一直也有人欣赏他的脾气，毕士安就是其中的一个。太宗皇帝临终前将寇準贬职，赵恒继位之后，首相吕端与寇準脾性不太合，也没特别地想起他来。吕端告病后，李沆继位为首相，毕士安便提起寇準来，这才召寇準回京。李沆去世后，赵恒便打算起用毕士安为首相,不料毕士安却极力举荐寇準。赵恒心有犹豫,毕士安多次劝说,这才使得赵恒打消顾虑,起用寇準。

不料寇準之后便卷进一桩谋反案中去了,有人密告寇準结交安王元杰图谋不轨,寇準险些被陷下狱。又是毕士安出面力保,并亲自过问此案,为寇準洗清冤情,并将诬告者处死。

有了这前后多次的恩遇提携,寇準对毕士安十分感激敬重,再加上毕士安为人持重,思虑深远,虽然出言不多,但是偶发一言,却正是寇準所思虑不足之处,寇準不禁为之畏服。

因此寇準虽然心有疑惑,却还是忍了下去,跟着毕士安进了他的营帐。两人坐下,寇準道:"毕相,您现在可以说了吧!"

毕士安递给他一叠卷宗,道:"你先看看这个吧!"

寇準将信将疑地看了毕士安一眼,坐下来阅读那叠卷宗,越看脸色越是难看,阅毕抬起头来道:"这,真的到了这步田地吗?"

毕士安叹了一口气道:"你天纵奇才,远在我之上,因此我数次荐你为相,不管做任何事情,我都全力支持你。年轻人血气方刚,一心建功立业,我也年轻过,自然都能明白。可是先皇两次北伐,已经耗尽了大宋的元气。你可知河北一带,连耕种的壮年农夫都找不出来了?"

寇準有些失落,问毕士安:"难道我们就无法收回燕云十六州了吗?"

毕士安摇头。这天下谁不想一统江山,可是自唐末以后,中原百年兵乱,百姓苦不堪言。后周世宗、本朝太宗都有北伐之志,可是三次北伐失败,如今亦不得不面对现实,那就是以如今之势,已经无法收回燕云十六州。而辽国几次南征,亦是失败而归,也迫使辽国接受如今中原已经不是过去的混乱之局,而是一统了的大宋江山的现实。

昔年后周世宗败归之后,本朝太祖想借辽国当时动荡的政局,用封桩库银赎回燕云十六州。太宗因被人非议得国不正,一心想建立不世之功,不顾现实两次北伐,而后两次败北,让大宋再无反击之力。

因此,不管是宋还是辽,都无法再坚持自己的宏图大业,而必须面对现实:战则两害,和则双赢。若是执着于一定要征服对方,只怕"大宋会不会步前朝后尘,难过三世"的猜测又会成为可能。而最终,兵凶战危,两败俱伤,再无赢家。

寇準听完,久久不语,半响才道:"那依毕相之见呢?"

毕士安笑道："我能有什么见识，只不过当年我曾有幸聆听老宰相赵普谈北疆之事，确是极有道理。他曾说，观历朝历代的各国相处之道，若能以财帛平息，便兵戈不兴。只有用金钱解决不了的纠纷，才会导致战争。秦始皇横扫六合一统天下何等威风，犹有筑长城防匈奴之举；隋炀帝远征高丽，以至于财尽民怨失了江山。北方部族的侵扰，并非自我朝始，亦不会自我朝而结束。历朝历代，皆是中原安定，则北国不犯；中原动荡，则北方骑兵大举南下。自唐末以来，百余年战争不息，直至我大宋立国，百姓方有这太平日子。立国之本，以民为贵，战乱连年，非国家的祥兆。他认为我们只消在边关一带加强防护，城高河深，契丹人都是骑兵，难以进攻。中原地大物博，只消有几十年的太平日子，国自然富，民自然强。辽人南下若是无所得，北方苦寒，必为争夺水草而自相残杀，我们自可得渔人之利。"

寇準仍不甘心，道："此番萧太后急着议和，亦是看到了这一点，我们何不借此逼他们达成我们的目的？"

毕士安笑着摇头道："寇準啊，和议和议，双方必然有所和解，方才议得成啊！你一点余地都不留给别人，那这战争就停不下来了。就算签了协定，也保不长啊！萧太后虽老，辽帝还年轻啊！"

寇準不服道："您的意思，还是主和了？只是好不容易说动官家御驾亲征，最后才落得这么一点成果，下官实不甘心，下官不能附议！"

毕士安看着他，缓缓地道："你必须附议。你可知道，军中已经有人传言，说你寇準挟主邀功，希图久掌兵权，所以不允议和！"

寇準一听，只觉得一股血气涌上，怒道："这是诽谤！"

毕士安叹："我知你知，这是诽谤，但是既有此言，五代十国挟兵弄权的事太多，本朝最忌这个。寇準，你不要再坚持了！"

寇準仰天长叹道："忠而见谤，我尚有何言啊！"

毕士安凝视着他："寇準，我力主议和，除我朝情况和辽国情况均是到了应该议和的时候外，还有第三点……"

寇準看着毕士安："第三点是什么？"

毕士安缓缓地道："宋辽和议达成，对辽国来说，夏州就失去了利用价值，我们正好借此收回银、夏等州。"

寇準浑身一震，缓缓施礼道："是，毕相！"

寇準不再坚持，两方使臣奔走多日，和议终于初步达成。赵恒有旨，虽

然是有汉唐前例,和亲亦是国耻,因此必须"一不割地,二不和亲"。

辽人放弃收回关南之地的要求,但是辽国穷困,要宋国每年都付给金帛支援,称之为岁币。

毕士安叫丁谓算出,一旦宋辽和议达成,除却省下军费以外,每年光是宋辽边境榷场贸易中就可得一百五十万贯。和议达成,这每年榷场收入算是额外所得,正可用来支付给辽人的岁币。

毕士安在上报时,说决不可动用现有的收入,请赵恒按最保守估计为每年榷场收入所能得到的一百万贯作为谈判底线。

赵恒将这个数字亮给曹利用,曹利用领旨后出了御帐,寇準早已经候着他了:"官家虽有敕旨给你一百万贯和议,但是你听着,若是答应的数字超过三十万贯,我便以官家所赐的御剑先斩了你,再向官家请罪。"

曹利用心中一凛,道:"寇相放心,下官必不辱使命!"

经过几轮来回谈判,宋真宗景德元年,即辽圣宗统和二十二年的十二月,宋辽和议达成,史称"澶渊之盟",主要内容如下:

辽兵北撤,退出所占的十几座城池。宋国每年输银十万两、绢二十万匹给辽国,"以风土之宜,助军旅之费"。双方交换誓书,彼此以平等的地位相待,并且约同"所有两朝城池,并可依旧守存,淘濠完葺,一切如常,即不得创筑城隍,开掘河道"。这条约也永久有效,所以共同声明"质于天地神祇,告于宗庙社稷,子孙共守,传之无穷。有渝此盟,不克享国,昭昭天鉴,当共殛之"。书中两方都称赵恒为"大宋皇帝",耶律隆绪则为"大契丹皇帝"。

和平终于到来,从此铸剑为犁,千里江山,不再是战场,而为良田、榷场,繁华时代,就此开始。

第六十八章
皇后杀机

过了数日,车驾回京。

汴京繁华,有五六十万百姓安居。太平日子过惯了,原听说辽人逼近京城,众人都是惴惴不安,此刻和平消息传回,听得辽人北撤,天下太平,家家户户备了香案,早早准备迎接圣驾还京。

景德二年(1005)开春,赵恒大赦天下,同时大量裁减河北诸州的士兵回乡。此举不但省下大量军费,还使得河北诸州荒了数年的地转眼呈兴盛之势。朝廷收瘗战殁遗骸之余,还宣布停止征收太宗皇帝当年为北伐所增收的江南榷酤钱,也不再向百姓征用军粮。

这期间,却又有一件让人又好气又好笑的事发生。

萧太后的兵马都已经退走将近一个月了,王超才在再三严旨下,迟迟向澶州开来。他的三路大军经过天雄军时,驻泊孙全照吓得不敢开城门。刚好此时王钦若被寇準弄到天雄军来了,他倒是有主意,不但没有闭城,反而在城外十里扎彩棚相迎,然后杀猪宰羊,招待王超部大吃大喝。王超喝了几天的酒,一出门,发现他所领的三路大军都让王钦若分别派人指挥所属将领给拆分了。到得此时,王钦若才劝王超去京城向皇帝请罪。

王超到了赵恒跟前,跪下就道:"臣不敢求官家宽恕,只求不牵连家中老少。"

赵恒本是极愤怒的,听了他这话,却是百思不得其解:"王超,你为什么要这么做?"

王超申辩:"臣也不想。可是,臣身不由己。"

赵恒冷笑:"身不由己?你手握重兵,人马比朕在澶州的还要多,你说你身不由己?你曾经要求朕给你'随宜裁制'之权,可是你的随宜裁制,却是按兵不动,无视旨意?"

王超磕头:"官家,臣的确是有畏惧心,有私心,臣有罪,臣领罪,但臣却也要冒死将真实情况禀报官家。河北诸将虽为大宋臣子,可他们也曾经是后汉、后周的臣子。后汉、后周灭亡的时候,他们没有忠君效死过,如今又如何能指望他们忠君效死?哪怕抗击辽兵,他们也只能做到保一方疆土,守一方城池。辽兵来攻,他们会拼死反击,但若是要他们主动攻击辽兵,或者牺牲自己的部将去救援别人,就难了。"

赵恒情知他不过是狡辩而已,但说的却也是这个理,心中的怒火就渐渐消了些。

王超趁势道:"虽从名分上说,五代更易,人人都可称帝,可实际上,自唐亡之后,到本朝开国前,中原已经近百年没有天子了,而人心也习惯了这没有法度、不听号令、各凭拳头说话的世道。近百年来,中原动荡,稍有实力者就会将自己的兵马视为私产。兵力不足者热衷于请兵出战而得权,兵力强壮者则处处避敌锋芒保全实力。五代以来,大家只看到将骄逐兵,可实际上,是兵骄逐将啊。只有当要做的事符合他们的利益的时候,他们才会听。人,坐在什么样的位置上,就会变成什么样的人。"

说到最后,王超也感叹:"臣在汴京时,也鄙夷轻视这样的人,臣也曾沙场浴血不顾生死,可臣到了现在这个位置,到了这个环境中,臣竟然……会不由自主地认为,如今身边这些人的想法才是对的。官家的恩义,官家的严旨,会让臣有片刻恍悟,可更多时候,臣只能向所处的环境妥协,被其同化,甚至与其同流合污。"

赵恒回到后宫,便同刘娥感叹:"王超自然是在砌词狡辩,可他提到的这些事,却不能不令我犹豫。"

刘娥亦点头:"是,大将擅权,大族夺田,小兵逐军功,恶民无人管。我还记得你当年跟我说的板桥三娘子的故事,还有我在逃难路上看到的,那个全家被黑店所杀的人。后来我又看卷宗,发现情况最严重的反而是南方。"

原来南方有诸国时,虽然能力较弱,但好歹有个管束。太祖时灭了南方诸国,降君降臣北上,或幽居或闲置或无所作为,地方上小官们便人心惶惶,做得再好也不受内阁赏识。更有北官易地治政,对地方事务不了解,更受当地豪族胥吏蒙蔽,所以反而出现地方上官府的力量削弱,豪强胡为的情形,甚至出现公然劫掠妇女小儿的事情,官府也并未追究。

赵恒若有所思。只有天下太平,没有战事,才能够绝了傅潜、王超这些拥兵自重的藩镇的野心。也只有天下太平,让天下人都明白,五代时期已经过去,如今江山有主,律法有据,这才是最重要的。

刘娥就问:"官家想好对王超的处理了吗?"

赵恒就说要罢王超三路元帅之职,迁其为崇信军节度使,不再执掌兵权。这相对于王超之罪来说,实在是太过加恩了。

赵恒对她长叹:"我也很想杀他,可我不得不饶过他。如今盟约虽然签订,可谁知道能保多久?对付辽人,若是诸州将领各自一盘散沙,则大宋不战自败,因此必须集中优势兵力打主力战。可是,谁能担保不会再出现傅潜、王超这样的人?我宽恕他们,是因为他们虽然有私心,但在紧要关头,他们也只是按兵不动,并未在背后捅我一刀或者投奔辽国。我只是希望,若将来还有大将拥兵自重、心怀不轨,他们会认为只有大宋君王会宽待他们,会在重要关头心存侥幸,不会因为有被重处的前车之鉴,而采取过激措施。"

刘娥肃然道:"官家圣明。这,就是官家说的,召天地之和气吧。"

大宋立国至今才三代,而在此前,几乎没有人敢断言大宋到底会不会步五代后尘。然而在宋、辽缔结了澶渊之盟,赵恒又先后放过傅潜、王超等大将之后,众人忽然感觉,似乎中原的安定之世真的要到来了。

刘娥从广阔的天地回到宫廷,忽然间对这个住了许多年的宫廷不习惯了起来。她站在院中,四周是高高的宫墙,只有头顶上一方小小的天空,这一方天空她看了十几年,从薛萝别院到嘉庆殿,都是这么一方小小的天空。她十几年以来习惯了这一方小小的天空,然而现在,她却感到无比压抑,她闭上眼睛,就可以看到出征路上那一望无际的旷野,那城楼下千军万马中的一点红袍飞扬,感受那策马飞驰的自由以及城楼上床子弩闪着的寒光。

回宫之后,她依例去拜见皇后郭熙,之后没有回嘉庆殿,而是走上了宫墙城头,站在城头向远处遥望,缓缓地吐出心中的一口郁气来。

她原可以如出征前一样,在皇后宫中待足一天,可现在,她请过安之后就匆匆离开了。她已经失去那份耐心,失去了那种从容闲笑着和皇后打机锋的心情。过去她不管顺境逆境,都可以永远以微笑处之,忍不下的也硬生生忍下,该得意的也可压抑三分以免刺激到对方。多年来,她周全完美,她喜怒强抑为了什么?为了息事宁人,为了不起风波,为了永远不让自己再度遭受当年的被逐、被弃，为了让别人无可挑剔。她处处求全，她永远在被动地接受着挑战，永远要在事前做足准备，事中被动应战，事后一忍再忍。

忽然之间，她累了，厌倦了。如果不是这一次出征，这一次险被谋害，这一次拼死脱逃，这一次走出宫廷，也许她不知道要过多久才会跳出这一方宫墙，仔细地看看自己，看清周围的一切。

"取镜子来！"刘娥忽然道。此时她出行走动，自然也有一二十名宫女内侍跟随，带着一应用具。她一言既出，一面铜镜立刻递了上来。

这么多年来，她天天照镜子，却只为整理容妆，看看自己的表情笑容是否到位，可是此刻，她却只是想认认真真地看清自己。

"这是我吗？"看着铜镜中那张雍容华贵的宫妆美人脸，重重的脂粉，永恒的微笑，仿佛一张假面具套在脸上。

她有多久没这么仔细地看过自己了？记忆中那个爱哭爱笑、敢言敢怒、俏生生的小姑娘到哪里去了？那张曾经对着皇泽寺的则天神像发问，对着强横无比的桑老板据理力争，对着太宗皇帝倔强申辩的面容哪里去了？

完美无瑕的微笑忽然间有了裂痕，她轻轻地颤抖起来："我要永远用这样的表情过完我的一生吗？我何必强颜欢笑，何必甘守其位？"

那一刹那，皇后的暗讽、雍王妃的明嘲、皇泽寺的则天像、澶州城下的大红袍一股脑儿涌上心头。

啪的一声，那面精工巧制的铜镜从高高的宫墙城头上面飞了下去，摔得四分五裂。

刘娥一拂袖："回宫！"

与此同时，赵恒正在寿成殿。

他出征后，郭熙身体不好，本来是雍王监国，中途雍王却忽然病倒，郭熙只好扶病出来理事，等赵恒回来的时候，她又病倒了。

见赵恒来看望，郭熙梳妆后相迎。她是个要强的人，纵在病中，也不肯教人看了病容去，一定要打扮得光鲜亮丽，哪怕召太医请平安脉都要换几套衣服，绝对不肯让人看到自己有任何不完美的地方。

赵恒也知道此事，见了她时也劝她："皇后很不必如此，你身子不好，只管自己躺着就行，叫太医来，只管放下帘子，何必这样折腾。宫中也没什么大不了的事，尽可叫曹氏、杜氏、戴氏去做。"

郭熙闻言只是笑了笑,道:"多谢官家,我原也没什么,本来也好些了。只是官家出征令人担忧,我不能随侍在旁,只能留守京城,心中焦急,日夜守望,不觉病势沉重。如今官家平安回来,想来我这病也能好得快些。"说着就让人叫嗣子允让来见皇帝。

赵恒却拒绝道:"不必了,我与你静静说话便是。"

郭熙面带忧色:"官家似乎不喜欢让儿?让儿乖巧,若是有哪里做得不对,官家说他便是。"

赵恒摆了摆手:"他是四弟的儿子,又是我亲自选定的嗣子,我哪里会不喜欢呢?只是……没什么。"

郭熙道:"官家何必避着我,你分明有心事。当日确是匆忙定下的嗣子,官家若真不喜欢让儿,大可不必勉强。入宫为嗣,若不能得到官家的喜爱,对让儿来说也是祸事一桩。"

赵恒叹了一口气:"你别多想。我只是看着你与他在一起,就不免想起我们的祐儿。让儿虽然乖巧,可祐儿若活着,定比他乖巧千倍万倍。"

郭熙听得神色一黯,眼泛泪光。

赵恒扶住她的肩膀,神色黯然道:"就是不想提起祐儿让你伤心,你看你,还非逼着我说出来。"

郭熙的泪水顺着眼角落下,赵恒温柔地为她拭泪。半晌,郭熙才哽咽道:"祐儿到今日还能得官家挂牵,也是他的福气。"

赵恒感慨:"祐儿是我的亲生儿子,我当然牵挂。只是,逝者已矣,皇后还需振作起来,毕竟后宫还要靠你主持,我也需要你。"

郭熙勉强控制住情绪,含泪应了。

她的侍女燕儿却是一脸欲言又止:"圣人——"

赵恒见状就问:"有什么事?"

郭熙叹了口气,没有说话。

燕儿看看郭熙,忽然就跪下了:"奴婢该死,奴婢只是为圣人难过。官家可不知道,如今宫里传言,说是德妃觊觎皇后之位,盼着我们圣人早亡。"

郭熙顿时沉下脸来:"不要胡说,德妃一向贤德,我是从来不信这种话的。官家,你千万不要相信。"

赵恒却恼了:"怎么会有这样的话传出来,岂有此理!"

郭熙低头咳嗽,将赵恒的发作阻止了,好一会儿才道:"官家恕罪,只恨

我这身体不行,卧病多时,疏于宫务,竟不知道这股邪风从何而来,这分明是离间中伤之计,都是我的不是。"

赵恒想说什么,最终叹了一口气道:"怎么能怪你呢?你身体不好,许多事顾不到,也是正常。"

郭熙却道:"此事岂可轻易放下。官家,我明日就叫人追查谣言源头,务必不使她们乱说话。只是与其扬汤止沸,不如釜底抽薪。我倒有个想法,不知能否为官家分忧。"

赵恒来了兴致,就点头示意她说下去。

郭熙就道:"太医说,我的身子如今应该能渐渐好转了。要不然这样,让德妃来为我侍疾几日。官家放心,我这边日常事情,燕儿她们服侍惯了的,只不过让德妃来走个过场罢了。这样的话,待过得几日,我的病好转,也能说这是德妃用心服侍的结果,显见我们姐妹和睦,以绝外头的风言风语。这实实在在的功劳更胜过言语辩解,也免得追查起来风声鹤唳的。"

赵恒听了这话,有些心动,但又不敢轻易应承,就沉吟不语。

郭熙见赵恒犹豫,也不禁有些伤感起来,低声道:"再说,若是……若是我当真不成了,她、她服侍我一场,也好留个名声,为将来……也更名正言顺一些!"郭熙说的正是若她不成了,将来刘娥纵有其他的礼数不周,为元后看护病情,甚至送丧送终,也补全了。将来皇帝若有意立她为后,这也是一项好名声。

赵恒虽有此意,但他是个长情之人,哪里能听得了这话,当下就道:"你不要说这样的话,太医都说了,你这病会好的。"

郭熙却又继续道:"再说,我嫁给官家一场,也替你看看她的人品。有些时候,男人看到的,与女人看到的,终究不一样。光鲜时看到的,和病榻前看到的,也是不一样的。"

赵恒听着这话,更觉扎心了,当下再也待不住,站起来道:"你不必说了,我会安排她过来照顾你的。你终究……是我的皇后,在礼法上,她也应该来服侍你。"

见赵恒走了,郭熙仍坐着不动。

燕儿去扶她:"圣人,您去歇歇吧。"

郭熙却注视着远方,露出了一个诡异的微笑:"燕儿,原来官家一直还惦记着祐儿,从未忘怀,甚至为此不愿亲近允让。"

燕儿却不解："圣人，嗣子无法得到官家的喜爱，您让他入宫的努力不就白费了吗？"

郭熙冷冷地道："怎么会白费呢？我现在才明白，让嗣子入宫竟是我无意中做得最对的一件事。没有这孩子天天在官家面前晃悠，他如何能体会我的丧子之痛，如何能明白亲生儿子是多么的不可取代！"

燕儿见她神情可怖，心中打鼓，哪里敢应，只含糊道："圣人要保重身子，不要想太多，免得伤心。"

郭熙摇头，冷笑："我不伤心。"

她看着宫人们退出，忽然低声道："我叫你安排的事情，都安排好了？"

燕儿心中一凛，低头应道："一切事宜均已安排好了，只等德妃过来。"她犹豫片刻，"只是奴婢不明白，为什么不把情况告诉雍王妃呢？她若不知情，到时候不出手杀人，这台戏岂不是唱不下去了？"

郭熙淡淡地道："法不可传六耳，任何一个机密，都是知道的人越少越好。李阮性子嚣张，她的嘴是守不住机密的，干脆让她从头到尾都一无所知的好。"

郭熙已经不想等了，往日她就是顾虑太多，犹豫太多，反而让别人一步步坐大，弄得太阿倒持。如今她已经没有了儿子，还有什么可犹豫的！

却说赵恒平安回来，最不忿的人其实是雍王妃李阮。皇帝出征，雍王监国，她自己的儿子又入宫为嗣子，她不免早做起皇后或太后的美梦来。若是皇帝这一去不回，或是她丈夫继位，或是她儿子继位，岂不美哉？也因此，京中女眷，人人都奉承于她。

那段时间，她在宫中行走如入自家，呵斥妃子、责罚诰命、贬逐宫人，各种行为逞够了威风，也足将京中贵人得罪了一批去。

如今皇帝还京，雍王却病了，宫中也不是她想进就能进的了。当众人意识到皇帝还可能继续在位许多年，而雍王倒有可能走在皇帝前头，且允让虽是雍王妃的亲生儿子，但在礼法上却是皇子，皇后才是他的母亲这两件事时，只一夜之间，他们对雍王妃的态度就有了极大变化。

当然也没有怎么无礼，只不过是少了奉承，少了谄媚，少了毕恭毕敬而已。然而这样的落差，足以让已经过度膨胀的李阮心态失衡了。

当她好不容易进了宫，正准备找皇后告状的时候，发现皇后早已经病倒在床,燕儿又在一边诉说德妃如何嚣张,而郭熙却是一脸忍气吞声的样子,她顿时就气炸了。郭熙只稍加引导,她马上就想出一个主意,说干脆让德妃来给皇后侍疾,待得几日之后,皇后便可忽然病势沉重。自然,这用一些药物即可伪装。之后,她就会提议搜索宫中,再在皇后枕下发现被针扎的人偶,显见就是德妃故意施巫蛊之术害人。皇帝纵有偏爱,在这样的铁证面前,也没办法完全无视皇后性命之忧而包庇德妃。而只要开始审问这个案子,自然就可以把皇后三子之夭折以及皇后病重之事都算在德妃诅咒上面。若是皇帝仍然偏袒,到时候只管借审问之机把德妃弄死,只说她畏罪自杀。

这自然是个极馊的主意,郭熙精通史书,早看得明白,历史上那些巫蛊之案,与其说是迷惑帝王的胡为,不如说是顺了帝王心意的举动。所有被认定的巫蛊案,受害者皆是帝王早已生厌的人,而绝不会是帝王的心头好。而且整个计划漏洞百出,若真以此去害刘娥,只怕害的反是自己。

但郭熙并没有说出来,反而露出似被打动又似害怕的样子来,只叫李阮再想想清楚,回去再向身边的人问计,拖了几次以后,这才犹豫不决半推半就地答应了。

这件事若依着李阮的计划,自然是要失败的,但郭熙早已经为这个计划补上了漏洞。

"待人偶被发现之时,我必然是晕了过去。到时候你一定要让李阮当场发作,闹得越凶越好。混乱之时,若人死了,谁都会以为是她发现刘氏用巫蛊害我,义愤之下,失手杀了她……"郭熙淡淡微笑,摆弄着手上的棋子。

到时候,李阮就要承受官家的怒火。官家追查之下,还会发现李阮为此计划商讨过多次。而她郭熙,自然是一无所知地成了雍王妃陷害刘德妃的工具。究其原因,就是雍王妃不能忍受她如今在宫外见不到儿子,而刘德妃却插手抚养她儿子的事情。她怀疑是刘德妃进谗言,所以要对刘德妃动手。这样的言行举止,十分符合雍王妃的为人。

而她郭熙,也受够了这个嚣张跋扈的"闺中蜜友"。既然这孩子现在是她的,就不能再叫别人"母亲"。

郭熙看着殿外夜色,浮起一丝冷笑——你们都以为我完了?早着呢。

杨媛听说郭熙要刘娥侍疾,急忙来找她:"姐姐,你别去寿成殿。"

刘娥问她:"为何不能去?"

杨媛道:"皇后必是不怀好意。"

刘娥微微一笑:"她不怀好意,我自然知道。可她又能拿我怎么样?"

杨媛却急了:"她心思深沉,必有后招等着。况那雍王妃常在她的身边,此人性子不好,若直接对姐姐无礼,我怕姐姐会受其害。对了,听说昨日你在寿成殿外与雍王妃直接起了冲突?你最近怎么了?变得一点都不像你。"

刘娥反问:"要怎样才像我?忍气吞声、默默流泪,还是想方设法去讨好雍王妃,把她从皇后那边拉过来?"

杨媛小心观察着刘娥的神色:"人在屋檐下,不得不低头。我相信,以姐姐的本事,一个雍王妃不足为虑。"

刘娥冷冷一笑:"一个雍王妃的确不足为虑,可我不想再忍,不想再演。"她神色厌烦,"媛妹,有时候,我真是烦透了这些小伎俩,却偏偏还得一个接着一个地应付。"

杨媛从来没看到过刘娥这样的神情,不由得吓了一跳,劝道:"姐姐,咱们身在宫中,这也是没办法的事情。妹妹不知道你去澶州城遇到了什么,看到了什么,可你回宫以后,变化太大了。皇后心思缜密,姐姐从来小心应付,为何如今却总是学那粗人,以力化巧?一次两次也就罢了,次数多了,教皇后抓住了痛处,可怎么是好?她终究是皇后。"

刘娥冷笑道:"那又如何?就因为她是皇后,所以我眼睁睁地看着大车妹妹死得不明不白,到现在仍然无法将幕后之人绳之以法。官家出征,她不关心江山社稷的存亡、君王的安危,而一心只想着置我于死地。事已至此,何必再作虚伪的掩饰。"她不待杨媛再劝,就已经摆摆手阻止了。

当日她没有趁皇后病时下手,那是因为她看到了一个母亲的伤痛,看到了皇后近乎崩溃的病容。可是她的心软却终是没用,皇后并没有领情,正相反,她真是到死都不会停下她那强烈的攻击欲望。

刘娥请来了刘承珪,问他:"我想查几个人,不知道阿翁能不能帮忙?"

刘承珪恭敬地道:"娘子有话,还请吩咐。"

刘娥目光如炬:"我想知道,谁是害死陈贵妃的真凶。"

刘承珪心头一痛,闭了闭眼,道:"真凶已经死了。"

"不,她没死。"刘娥道,"死的不过是一把杀人的刀,不是握刀的人。"

刘承珪脸色微变:"娘子希望老奴做什么?"

刘娥冷冷地道:"真相。如今只有皇城司,才能查出真相。"

刘承珪直视刘娥:"皇城司只为官家效命。"

刘娥冷声道:"官家有权知道真相。"

刘承珪却道:"除非官家下旨让老奴去查,除此之外,老奴不敢越权。"

刘娥问他:"万事有一就有二,你就坐视悲剧一再发生?"

刘承珪却道:"宫中自有尊卑上下,老奴不能乱了规矩。"

刘娥厉声道:"可最不该死的人死了!"

刘承珪闭上眼睛,脸上肌肉抽搐,半晌,终于睁开眼睛,看着刘娥。他的眼神苍凉:"老奴明白娘子想要的是什么,可是,老奴和皇城司不能成为任何人的刀子,这是底线。"

他不是王继恩,他决不越俎代庖、代主子做主,这是底线。他会查明一切,等到皇帝真的需要真相时再奉上。可他是下人,他不会成为后妃们争斗的刀子,也不会以下控上,这也是底线。这条底线不是来自道德和文章教化,而是无数的死亡教训。

那是皇后,是除了皇帝之外的至尊之人,他的七情六欲埋在心底,而占据更重要位置的,是礼法尊卑,是等级森严。德妃与皇后对立,她可以用她的手段,但他不想成为任何人的刀子。今天他若为私情成了德妃的刀子,异日德妃同样会怀疑他为了别的事情而成为别人的刀子。

那些大人物输了,他们还有许多输得起的资本。可再得势的下人,他们手里的筹码都不属于他们自己,他们若输了,唯一能输掉的,就是自己的命。

皇后可能会因为他的不识抬举而恼恨他,却不会因此而一定要杀死他。德妃也可能会因为他的拒绝而恼恨他,但同样也不会对他产生除之而后快的心态。他生于乱世,净身入宫寻求的不过是活着,宫中的那些下人也同样是为了活着而割舍掉生命中其他重要的东西。可惜有些人往往为表象所迷惑,而忘记了他们这些人,唯一属于自己的,只有一条命。

刘娥懂了。她看着刘承珪,点点头:"我敬佩阿翁。"

世间繁华迷人眼,很多人因此而忘记了根本所在。而刘承珪,却始终是清醒的。

刘承珪松了口气,心中感激,长长一揖:"多谢娘子。"

他慢慢后退,一直退到门边,刘娥也没有叫住他,他却忽然直起身,道:"老奴最近听说了一些事,不知道对娘子有没有用。"

刘娥心头一跳。这时候说出来的话,必是对她极有用的。当下就道:

"阿翁请说。"

刘承珪道:"自圣驾回京,都说皇后的病情已经渐渐好转,可是前段时间,却又忽然显得病势加重。"

刘娥脑子如电闪,道:"那是真的加重,还是没有?"

刘承珪没有确认,仍然恭敬地道:"更怪异的是,宫中开始有流言,说是有人对皇后行诅咒,才使得皇后病重难愈。"

刘娥没有说话,只是静静地听着。

刘承珪只说了一句:"雍王妃性子容易冲动,她是很容易变成别人的刀子的。"

刘承珪走了,但是,刘娥长长地吁了一口气。她不断地向刘承珪提起陈大车,就是因为,陈大车临死前,分配遗物的时候,把自己的藏书给了刘承珪。她相信陈大车是个极聪颖的女子,她唯一的弱点就是太单纯太善良太侠义。但是她看人的眼光,是不会错的。

刘承珪没有如刘娥所愿地臣服于她,但却依旧给了她一个最重要的信息,一个救命的信息。

第六十九章
图穷匕见

次日,刘娥踏入了寿成殿,向郭熙行礼。

郭熙穿了一件雨过天青色的衣服,手捻着佛珠,坐在病榻上,面带微笑,宛如观音坐像。不知道从什么时候起,她开始供起佛像,手执佛珠,有时候还抄抄佛经。她并不见得是信奉这些,但是念念佛经,可以让她乱麻般的心平静下来。念念佛经,也可以让人觉得她是有善心的。所以宫中的低等侍人都说皇后是极仁善的人。

郭熙笑道:"你坐吧,其实我这里并没有什么事,不过是陪我说说话罢了。你看我这宫里一大堆人且闲着呢,偏官家热心。"

刘娥并没有动,也笑了笑:"我也奇怪,圣人宫中一堆能干人,为什么要我这个笨拙的人来添乱。若我粗手笨脚服侍不好,岂不反惹圣人生气?"

郭熙一怔,听刘娥这话说得毫不驯服,大异往常态度,不由得诧异起来:她到底是受了什么刺激,竟敢这般无礼!

燕儿见状,忙亲手去倒了药来,端到郭熙面前:"圣人,刚才的药您没喝,奴婢又煎了一帖。"她说到这里,不由得看向刘娥,似在征询刘娥的意见。

刘娥初时不明白,但转眼间就想明白了。的确有一些人在服侍家中长辈、主母时会亲尝汤药,以示同甘共苦之意。燕儿这样,显然是给她递出了一个暗示。若换了从前,刘娥愿意用这样的臣服姿态换取皇后的安心,换取后宫的宁静,而如今,她不愿意。

郭熙眉头一挑,最终还是接过了药,喝了一口就放下了。这药太苦,她已经喝了太多的苦药,而如今,她不想喝了。

郭熙漱完口,却仍然觉得苦味在嘴里没有消去。她素来自持,有些人喝药后要用蜜饯来消除苦味,而她从小就不需要。

但这一刻,她想,以后喝药,要备上蜜饯。她已经苦了太久,而这种苦没有回报,她不想再自苦下去。

她拿帕子拭了拭嘴,看向仍然站在那里一动不动的刘娥,心下诧异。她在皇帝跟前说了无数的理由,就是为了让皇帝相信她没有恶意,放心将刘娥送到寿成殿来。但刘娥好歹要明白,她这是来皇后跟前侍疾的,怎么就敢这样站着一动不动,甚至是无视燕儿的暗示?为妾妇者,想图个好名声,难道不应该如奴如婢般服侍中宫吗?

郭熙说:"德妃,你在看什么?"

燕儿直向刘娥使眼色。哪怕德妃当真恃宠而骄,不肯用心服侍,好歹递一递碗,做个样子,也好走个过场啊。当真是站在那里一动不动,那就不是骄横,而是失仪了!

刘娥看着郭熙,很坦率地说:"我在看雍王妃怎么不在。"

郭熙怔了一下,微笑道:"我竟不知你与阿阮关系这般要好了。"她当然不会在刘娥来寿成殿的头一天就动手,总要等几日,让大家松懈下来才好。

刘娥摇头:"并不是,她今日若是不在,便无好戏看了。我原想着再等几日,可是纵多等几日,结果也是一样,也没必要多等,省得圣人见我又多难受几日。"

郭熙的笑容渐渐收敛,燕儿也听出了些什么,脸色不由得一变。

郭熙变脸道:"你说这话又是什么意思?"

刘娥施了一礼,姿态很恭敬,但眼神却很直接:"圣人这次备了什么?是巫蛊,还是毒药,或是宝剑、匕首?"

郭熙一惊,正欲站起,结果不小心碰到旁边的案几,还没来得及收拾的整碗药都洒了出来,溅到了她的裙角。

燕儿惊叫一声,忙上前为郭熙擦拭,心中又惊又惧,直瞪着刘娥:"刘娘子,您这是什么意思?"

刘娥看着郭熙,笑了笑:"您知我,我也知您,再这么绕来绕去,也没意思得很。皇后娘娘,您说是吗?"

郭熙也笑了:"燕儿,你们出去吧,我与德妃说说话。"

燕儿有些不放心:"可是……"

郭熙摆手:"去吧。"

燕儿不放心地一步三回头,却也只能带着侍女们出去了。

郭熙反而镇定下来，悠然拂了拂裙子坐下："你倒是个有意思的人，比我想象中还有意思。"

刘娥也坐下，笑道："也比您想象中更愚蠢冲动。若换了别人，必是提前准备，直至您付诸行动了，再抓您一个正着，是不是？"

郭熙笑着摇头："我虽不明白你说的是什么意思，但横竖闲来无事，就再听听你到底会编个什么样的故事出来。"

刘娥看着她："官家要亲征的消息传出后，听说就有人图谋，想趁官家在外，假造消息，诅咒官家有失，逼我殉死。可惜我早已决意随官家出征，让那人图谋落空。等我一回来，就听宫里传言，说圣人病情本已好转，却因为被人诅咒，病情加重。有人想在我来服侍圣人时，借着这个流言抖出早就布置好的巫蛊小人。圣人自然是个隐忍大度的人，可惜雍王妃不是这样的人，她为圣人不平，会当着圣人的面揪出我来，甚至有可能冲动之下直接动手杀了我。此计一石二鸟，能为圣人扫除所有的眼中钉、肉中刺，岂非大妙！"

郭熙轻轻鼓掌："这个故事甚是有趣，不愧是桑家瓦肆的说书娘子。我如今倒知道官家为什么会喜欢你了，你这个人直来直去，真不像一个在宫里生活的女人。"

刘娥的脸色微微一变，想不到皇后竟连这样的昔年隐事也查出来了，当下点点头："是啊，我若没有官家偏爱，只是一个无宠之人，恐怕在这宫里活不过三个回合吧！圣人是不是一直这般看我的？"

郭熙笑道："你想得也太多了，上天有好生之德，我身为皇后，岂敢轻伤人命？"

刘娥直接问她："那陈贵妃呢？"

郭熙冷笑一声："天干物燥，汴京城里一年到头，走水的事是常有的，只能说，她命该如此。"

刘娥反问她："那涂嬷嬷也是命该如此？"

郭熙脸色变了一下，自嘲地苦笑一声："我不想接受，可我也只能认命！德妃说得这般干脆，倒似很清楚里头的内幕。那你可否告诉我，害死涂嬷嬷的真凶是谁？"

刘娥道："害死涂嬷嬷的真凶，便是害死陈贵妃的真凶。圣人若能够找出那个真凶来，请务必同我说一声。"

郭熙阴恻恻地道："看来是没得谈了。"她打了个呵欠，挥了挥手，"我倦了,你去吧。"

刘娥今日既同她摊牌,又岂肯轻易结束,因此她并没有走,而是道:"官家一直很信任圣人,他认为您是个贤德的妇人。可他若是知道自己的五个皇子早夭的真相,不知道会怎么样看您?"

郭熙脸色变了,眼中杀气闪过,看着刘娥:"德妃,诬蔑皇后,可是死罪!"

刘娥叹息:"圣人自然以为自己是最不幸的人,您亲生的三位尊贵的皇子死了,又怎么能允许别的女人生的孩子将来继承大位?可您有没有想过,正是您自己一次又一次地作损了德行,才使得几位皇子不能延寿!"

这话正说中郭熙的隐痛,她站了起来,尖叫:"你胡说,你好大的胆子!"旋即发现自己失态,又优雅地坐下,"你是疯了吗?连这样无稽的事也敢拿来诬陷于我?你如此肆无忌惮,就算官家再宠爱你,我这个皇后,也能够以宫规处置你!"

郭熙说到这里,已经是杀机毕露。如今她已经不打算让刘娥活着了,就算得罪皇帝,她也要让对方死在这里。巫蛊也罢,下毒也罢,理由都是准备好了的,至于杀死刘娥的这个人,是雍王妃,还是她宫中侍女,都不要紧。

她如今只是一个有着亡子之痛的皇后,不管谁杀死刘娥,都只是出于对刘娥暗害皇子、谋算皇后之位被揭发之后的"义愤",到时候皇帝再伤心,杀一个侍女不够,那添一个雍王妃,想来也是够了,难道还能够废了她这个"多次丧子""孤苦病弱"的皇后不成?

从刘娥迈入寿成殿开始,她的命运就已经注定了。

两人四目相对,都已经看得明白。

郭熙看刘娥的眼神,宛如看一个死人。

刘娥忽然笑了,她问:"圣人,您杀过人吗?"

郭熙看着刘娥。她自然是杀过人的,她手底下有很多条人命了。

但刘娥却问她:"圣人真的看到过死亡吗?圣人知道被杀死的人,是怎么样的吗?"

郭熙不禁一怔,本想说,她如何会不知道,大郎死时,因她怀着四郎,怕她伤心,所以涂嬷嬷没让她看到。四郎和二郎,却是在她的怀中死去的。

刘娥却道:"圣人是没看过的,因为对圣人来说,死一个人,不过是随口一句吩咐罢了。涂嬷嬷动手杀人,圣人却是没有亲自动过手的。所以,让我告诉圣人什么叫死亡罢!我亲手杀过山猫野狸,每一个鲜活的生命在我手底下死去的时候,都会用尽全力去挣扎。我一刀割下去,先是划破皮,变得血肉模糊,再割断喉管,滚烫的血便喷到了脸上……"

刘娥在郭熙的耳边低低地说着,说得极是详尽又可怖。郭熙只觉得整个人都僵住了,听着她的叙述,自己的手底下也似按着一个活生生的生命。她仿佛感受到了手底下的温热和扑面的血气,再也忍不住,推开刘娥,呕吐了起来,直呕得刚才的药翻腾上来,从心底到口中都是一片苦意,整个人蜷成一团,难受已极。

刘娥冷冷地看着,并没有去扶她:"外和内刚,外谦内骄,圣人从来打心底就是不肯忍让的。太后当时赐下杨良娣,您心绪大受影响,大郎因此先天体弱而没能保住。到怀上二郎,您不敢掉以轻心,又不肯让出位置来,于是便安排侍女茜草侍奉,得以安心生下二郎。只可惜却不曾想到,茜草会生下一个更健康的三郎。"

郭熙终于止住了呕吐,无力地扶榻倚着,忽然笑了:"好故事,继续说啊。"横竖事已至此,两人也算真正撕破脸皮了,那就让她把话说完吧。

刘娥道:"因着四郎多病,后来府中有流言,说是三郎夺了四郎的气运。圣人出身名门,这种市井之言原本是不应该去信的,可是您信了。这并不是一个母亲的病急乱投药,不过是为尊位者的傲慢而已,对吗?"

是的,不过是为尊位者的傲慢而已,郭熙看着刘娥,点头承认。在当年,她是逃避的,不想面对的,甚至是迁怒于涂嬷嬷的。但如今事过多年,她再回想当时的心境,才觉得紧守着那种不必要心理负累的自己是多么天真与可笑。

"东宫被困那日,圣人把所有的人都叫到院中,然后涂嬷嬷调开了三郎的乳母,将三郎骗到后园,推入水中。"刘娥看着她说。

郭熙冷笑,神态悠闲:"三郎虽非我所生,我却视若己出。茜草与我从小一起长大,是我心腹。三郎出事,我救他比谁都用心,他死后,我因此而大病一场,你说这样的话,可有人信?"

刘娥看着她的神情,越发肯定:"圣人也许没有指使涂嬷嬷杀人,但却默许了。甚至在此之后,还继续留她在身边。圣人也许因为良心受谴责而去救三郎,甚至因他去世而大病一场。可是,圣人以为这样,他的死就与您无关了吗?"

郭熙心中闪过一丝恐慌和脆弱,脸上却是不显,反而更加镇定:"你所说的,只是你的一面之词。要这样说的话,我也能说,所有的孩子都是你杀死的,因为你自己无子,还想谋夺皇后之位,所以你害死了我所有的孩子,想逼得我伤心失望,一病不起,好腾位置给你,是也不是?"她已经没有耐心了,拂了一下裙子,就想叫燕儿进来。

刘娥长叹一声:"圣人敢说这样的话,一定是以为自己将所有的事情都做得天衣无缝,没有人能找出证据来指证。可是雁过留声,人过留痕,一件事没有证据,两件事没有证据,可事情做多了,再没有证据,也有痕迹会留在那儿。三郎的乳母虽然出宫了,得了厚厚的赏赐封了口,可是没人会因为赏赐而顶得住杀头之罪的压力。你借释放宫女之机,让帮助涂嬷嬷驯猫的桂枝与桃枝出了宫,可是出了宫的人,难道就找不回来了吗?还有涂嬷嬷宫外交好的那个道婆,给她提供无数恶计之人,也还在呢。"

刘娥看着郭熙的脸色变得越来越白,最终简直要透不过气来,道出最后一句话:"圣人可以去问问,她们可还在原处?"

这些人,她也是去找过的,却都已经找不着了。她不知道这些人是落入了皇后之手,还是落入了刘承珪之手。但是见过刘承珪之后,她已经有几分把握,这些人应该是被刘承珪控制住了。

郭熙只觉得眼前的刘娥似已经变成了厉鬼!涂嬷嬷活着的时候,她不屑去过问这些会脏了手的事。而涂嬷嬷死后,她亦没有把这些事情放在心中。她终究是个出身尊贵的名门淑女,那些傲慢的心态是与生俱来的。有些底层的思维,是她永远不会接触到,也永远不会想到的。

是,这些卑贱者的证词,无法让一个皇后入罪。但是,这些事情一旦被人所知,则足以让她身败名裂,让她被世人唾弃,让她生不如死。

郭熙看着刘娥优雅行礼,看着刘娥悠然而出,想说留下她,想说杀死她,可是郭熙不敢,她不能冒这个险。

这一战,她一败涂地。

郭熙看着刘娥迈出门槛,一口鲜血喷出。

刘娥迈步走出,眼望长天,长长地吁了口气,疾步而去。

门外的人听不到门内之人说话,但是燕儿是知情的,她在等着郭熙发出指令。但是她没有等到指令,她只看到刘娥出来了。她急忙进去,却看到郭熙襟前都是鲜血,忙上前扶住,却发现郭熙眼也直了,人也魔怔了,情况竟是比先太子去世时更差些。

当夜，郭熙便噩梦连连。

到底是什么样的梦呢？她也说不清楚，只是一个梦串着一个梦，她不断地逃，却是逃出这一个，又进了另一个。

她一会儿看到涂嬷嬷同她说，三郎已经死了，可当她抱着三郎哭的时候，三郎忽然从她怀中起来，指着她说，她是凶手。

一会儿又看到二郎死了，她抱着二郎的尸体在哭，可那孩子忽然变成了更小的婴儿，却是杨媛的孩子，杨媛冲过来要与她拼命。

转眼杨媛又变成了刘娥，同她说："圣人做过的事，官家都知道了！"

果然刘娥说着的时候，赵恒就出现了，那些死掉的皇子都站在他身后。他说："我原以为你是个贤妇，想不到你是个毒妇！"

她想辩解，说自己不是个毒妇，只是个无助的母亲、无奈的皇后。

可是赵恒后面还是出现了许多人，那些文武大臣都指着她说："你是毒妇。"刹那间，她仿佛置身市井，那些往来的人都指着她说她是毒妇。

不，她不是毒妇，她是从小熟读诗书的名门淑女，她是立志要以长孙皇后为典范的贤后，他们在诬蔑她，他们在冤枉她……她不能就这样被拉到烈日下暴晒，受千夫所指，她应该成为天下人的懿范，成为世人顶礼膜拜的贤人，她不应该有这样的结果！

她一夜又一夜地做着这样的噩梦，竟是无法摆脱。

那一日刘娥回去以后，也只对赵恒说，皇后素以皇帝为重，更希望她用心服侍好皇帝。赵恒那日冲动之下答应郭熙，不好反口，其实早就后悔了。见刘娥说了这个理由，也不细究，就接受了。

郭熙病了几日，寿成殿的都知内官来报，赵恒听了也上心，就召太医问起缘由来。太医只知皇后因为先太子的死伤心过度而大病一场，有损寿元，只怕也就是三五年的事了，但终究还有希望。且皇后性子强悍，生机未断。可如今的脉象却是生气全无，现在的身体就如一株内部蚀透的大树，多少药下去也如掉入海中，毫无作用，恐怕就是这几日的工夫了。

赵恒细问原因，太医如何能说得出来，只说是皇后伤心过度，非药石之力可以治愈。赵恒忧心郭熙之病，就令王得一等道士来为她祈福。众道士看了以后就道，寿成殿虽是贵极之所，只是皇后神气衰弱，以至于不能克物。当令亲近之人日夜诵念经文，以通上苍，庇佑心神。

赵恒遂令郭熙亲近之人在她病榻边日夜诵念，又恐奴婢等不足以表达诚意，令后宫曹氏、杜氏、戴氏等人也去轮班。

皇后病了几日，这日渐渐醒来，正是戴贵人在皇后床头念着《太上感应篇》，她表情疏淡，声音平平，念着："太上曰：祸福无门，唯人自召；善恶之报，如影随形……"

皇后只觉得眼前一片晕眩，定了定神，方从一片蒙眬中渐渐看清。门外的喧闹似乎离得很远，唯一在近处的就是隔着帘子念经的戴贵人。她坐在床头暗处，阳光斜照进来，她的脸大半在阴影里，半阴半明，晦暗不定，令她面无表情的脸似乎也像一个面具或庙里的泥塑木雕似的。

经文从她几乎没有顿挫的语调中念出来，既遥远又不真实，但却让郭熙觉得恐怖："……又有三台北斗神君，在人头上，录人罪恶，夺其纪算。又有三尸神，在人身中，每到庚申日，辄上诣天曹，言人罪过。月晦之日，灶神亦然。凡人有过，大则夺纪，小则夺算……"

郭熙正有心病，听了这话，只觉得字字刺心，"善恶之报，如影随形""大则夺纪，小则夺算"云云，倒像是故意针对她心中隐事而念的。

但听得戴贵人的声音飘摇不定："夫心起于善，善虽未为，而吉神已随之；或心起于恶，恶虽未为，而凶神已随之……"

是了，她一直对自己说，涂嬷嬷做那些事皆是其自作主张，而她并没有吩咐涂嬷嬷应该怎么做，所以她的手是干净的。可这句"恶虽未为，而凶神已随之"竟是让她所有为自己辩白的话都显得苍白无力。她想起陈贵妃，当日她就对自己这样说过，于是她杀了陈贵妃。

而如今，她竟杀不掉这个当着她的面念经的人，甚至无法阻止。

郭熙嘴唇颤动，她想说："不要念了，不要念了……"可是她的声音微弱，旁人几乎无法听到。

戴贵人如同浮雕面具般的脸似乎忽近忽远，声音似断似续："是以天地有司过之神，依人所犯轻重，以夺人算……算尽则死……"

郭熙脑海中嗡的一声响，那句"算尽则死"竟似魔音缠绕，在她耳边反复不去。

床帐外，戴贵人正坐着念经。忽然帐内传来一声绝望的呓叫，只见郭熙大叫着拉开帐帘，整个人坐起，直挺挺地看着外面，眼神涣散，忽然口喷鲜血，又直挺挺地倒下了。

此时，皇帝正亲自驾临雍王府，探望雍王元份的病情。刘娥却静静地坐在嘉庆殿中，泡了一壶消滞化气的药茶等着。

一个时辰之后，赵恒回宫。他人还未进内殿，光是走廊上远远传来的脚步声，就足以表明此刻他充满了怒气。

过得片刻，赵恒掀帘进来，刘娥含笑站起来问候："官家今日探望雍王，他的病可好些了？"

赵恒哼了一声："不消说起了。有这么一个女人在，四弟的病，还不得越来越重了！"

刘娥早料定此事，故作不解："怎么了？"

赵恒坐下，喝了一杯热茶，这才说了今日所见。

却原来雍王妃十分悍妒，雍王病重，身边竟然连一个侍女也没有，只用些童仆侍候。赵恒当场恼怒，却碍于雍王病重，不便当着他的面发作，只坐了一会儿便起身离去。

刘娥听完笑道："原来是为此事生气，这有何可气之处呢，我倒有个主意，不知道成不成？"

赵恒问道："什么主意？"

刘娥笑道："雍王身边既没有侍女照顾，甚是可怜，官家是他的亲哥哥，不知道倒罢了，如今知道了岂能不管不问？雍王妃敢将雍王身边所有的侍女逐走，若是官家御赐几个宫中女官照顾雍王，谅这雍王妃也不敢将宫中之人怎么处置。如此，雍王有人照顾，官家也放心了。"

赵恒点了点头："这倒也罢了，就依你的主意。"

转念一想，怒气不息道："我还未登基时便听说此人悍恶，四弟身边所有侍女，略亲近些的，都会被她鞭杖而死。近年来不闻她的恶行，只道她年纪渐长晓事些，谁知道依然如此不堪！"

刘娥淡淡笑道："官家做了天子，日理万机，哪里顾得来这些家长里短，自然是不知道的。其他人或看雍王的脸面，或以为她是皇嗣的生母，许多事不敢说不敢传的。实际上，这人种种可笑的不堪的事儿多着呢！"

赵恒挑了挑眉："哦，还有什么更不堪的事情不成？"

刘娥早令雷允恭等人退下，先喝了一口茶，才闲闲地道："我也只敢告诉三郎你。听说雍王妃自恃是皇嗣的生母，俨然以未来的皇太后自居，背地里将自己的衣服、器皿都偷偷弄上了皇家的龙凤式样,底下人不许称她为王妃,要称她为娘娘。她还纵容府里头以及自己娘家的人私下里结交大臣,如今就开始封官许愿,说将来允让那孩子做了皇帝会如何如何……"

赵恒脸色大变:"反了反了,这是结党谋逆!哼,我还没死呢,她是不是现在就想咒着我早死?"

刘娥叹了一口气,道:"我只愁将来她自恃是皇嗣生母,插手朝政,弄得母党专权,天下岂不是要大乱了!"

赵恒收敛心绪,冷静道:"这件事我会处理好的。太祖、太宗传下来的江山,不能让一个女人这么糟蹋了。如今四弟病着,且再容她几日罢了!"

刘娥劝道:"官家心中有数便是,只是也不要太过了,毕竟是皇嗣生母。"

不是自己要下手,而是纵然皇后拿雍王妃做棋子,却也要雍王妃自愿入局。雍王妃不是自恃是将门之女,闺阁中也能杀伐决断吗?她既然不给自己留后路,自己也不必怜惜她。更何况皇后到了此时此刻还想着对付自己,自己焉能没有一点反应?皇后要以雍王妃为刀,自己就先折了这把刀,倒要看看,皇后还能有什么后招!

赵恒脸色铁青,自牙缝里挤出一句话:"我知道了!"当下更是不甘,"若当日皇后好好照料祐儿……我但凡还能有一儿半女,又何至于受此妇闲气。"

他的心中不是不怪皇后的。皇后"贤德"的面貌虽能够让他迷惑一时,但他毕竟是个帝王,对人对事不止观其言,更要察其行。先是宫中除了皇后之外,其他人的孩子都没活成,而皇后体寒,生的孩子先天不足,也是他从太医院早就得知的。若是皇后当真贤德,就不会让他如今再无一个孩子能活下来。只是如今皇后丧子伤心病倒,他也不忍在这种时候去苛责,但未免更寄望于刘娥。

刘娥叹息一声:"也是我无用。"

赵恒见勾起她伤心事,忙安慰她。

刘娥张了张嘴,想要说话,却改了话题:"三郎看着好像很累。"

赵恒长叹。澶渊之盟虽立,后续的事情还有很多。这么多年来他一直准备着打大仗,如今虽然说已经订约,但是边境上的防备不能松懈,还要准备开互市,整个北境要劝流民返乡,恢复耕种。财政上要筹措,地方势力要调整,银、夏州那边的武备也要重新安排。还有对党项、高丽、吐蕃等也要重新调整使者……

刘娥劝他："官家在朝上已经够烦累的了,后宫的事就不必操心了。你放心,我与皇后都不会给你添麻烦的。"

赵恒点头："我知道,有你们在,我也放心。我以前看前朝后宫相争,只觉得心累。连枕边人都活成那样,还有什么意思呢?"不由得发起牢骚来,"都说红颜祸国,依我看,还不是帝王自己欲望膨胀,所以才会令身边的人投其所好,不择手段。"

刘娥安慰他："三郎宅心仁厚,自然不会有这样的危害。"

赵恒握住她的手："我从来就没想要什么后宫三千,我从头到尾只有一个小小的愿望,就是与心上人白头相守。我无法给皇后以同等的感情,能给她的只有尊重和保护。其他的人我就顾不上了,我也不会给她们虚幻的目标,也唯有希望她们能够自己想通。"

刘娥看着赵恒,多少次许多话到了嘴边,可见了他,又不忍说了。他是个宅心仁厚的君王,是个宁可压抑自己也要温柔待人的好男人。如果他知道了皇后的真面目,会怎么样呢?

她不忍看到他的失望、他的痛苦、他对人的信任和温柔被打碎。她默默地想,她会守护着他的愿望,守护着他的安守,也守护着他想守护一切的心。

三千宠爱在一身的帝王易得,而只愿得一心人的帝王,却是千古罕有。

第七十章

郭后之死

景德二年八月，雍王元份重病不治去世。赵恒大为悲伤，追封他为太师、尚书令等，又派朝廷重臣治丧，葬礼极尽哀荣，甚至还派在宫中的嗣子允让到雍王灵前行了一礼。

李阮在雍王死后，将当日赵恒派去的四名宫女奉还宫中，赵恒便叫了这四名宫女来问话。

此四人是皇帝所留，又未正式赐予雍王府，李阮不敢动，却也没有好脸色给她们。她们身为宫中女官，哪里受得了这个，回到宫里便跪于赵恒面前，将李阮种种恶形恶状诉于赵恒。又说雍王病重，雍王妃只顾自己作乐；又说雍王是被雍王妃恶语冲撞，活活气死的；又说雍王妃在雍王死后不但不哀伤，而且有不少对官家不敬的言辞；又说雍王妃在府中日日扬言"我儿做了皇帝如何如何"等等的话。赵恒大怒，立刻叫周怀政拟了旨意，待要发放，想了一想，却又先放下了。

待到雍王正式下葬之后，文武百官散去，整个雍王府顿时空了下来。只有雍王翊善晁迥带着王府属官还在料理诸项后事。

一队宫卫飞骑自宫门而出，直抵雍王府。周怀政手捧圣旨，昂然直入："圣旨下，雍王妃李氏接旨！"

晁迥在王府经历的事多，此时看着周怀政入府的架势，大有当年王继恩入恭孝太子府绞杀张良娣的气势，心中已是冷了半边，连忙请出雍王妃与雍王长子允宁，摆下香案接旨。

此时周怀政站在灵堂中间，大声宣读圣旨："察雍王妃李氏，生性悍妒凶残，杖杀婢女、气死雍王。又察先帝驾崩之时，戚里皆赴禁中，伊称疾不至。衣服、器用皆饰以龙凤，僭越逾制。又察伊居元份丧，无戚容，而有谤上之语。且结交外臣,有谋逆之言,又纵容母族行为不法。着削去李氏雍王妃封号及一切爵禄国封,贬为庶人,立即迁出雍王府,置之别所。雍王府翊善、翰林学士晁迥辅佐无状,降为右司郎中。钦此!"

李阮听着周怀政朗声诵读圣旨,仿佛被人当头一棒打下,顿时化为石像,直到周怀政宣读完毕还没回过神来,傻傻地跪在那里。

周怀政催了数声,见李氏仍然怔怔的,只得将圣旨交由晁迥道:"晁郎中,日落之前,李氏要迁出雍王府,事情就交给您了!"

晁迥无奈,只得走到李阮身边道:"王妃——咳,李娘子,您是否该……"

李阮如梦初醒,抬起头来发出一声绝望的呼喊:"不,这不是真的——"

她毕竟出身将门,此时回过神来,早收起往日的骄横之气,忙一把将允宁紧紧抱在怀中,冲周怀政磕头道:"圣上明察,我是教小人诬陷了。我对圣上一片忠诚,怎么会有谤上的言语?我亲生儿子都入宫了,怎么会有谋逆之心?我与王爷结发十几年,相濡以沫,我衣不解带地侍奉他啊!千不念万不念,生母蒙冤,教皇嗣以后怎么面对臣子?我儿允宁还小,怎能没有母亲照料啊……"

周怀政面无表情地道:"娘子何必为难我们这些下人?我们也只是奉旨行事罢了!圣上是最仁厚的人,娘子自己种的因结的果,到此时还诬圣上冤枉了您不成?娘子若有怜子之心,就该早早起身出府,何苦再继续连累宫中的皇嗣、府中的小王爷!"

李阮神经质地抱紧怀中的儿子,仿佛是抓紧救命的稻草,不停摇头,不停抽泣。

周怀政咳嗽一声道:"圣上有旨,小王爷尚小,乏人照顾。宫中赐下四名嬷嬷,并由恭孝太子妃就近照顾。娘子可以放心去了!"

晁迥心中暗叹。李氏的罪过较之当日的张良娣要重,但是所受的处罚也仅是废爵出府,较之张良娣灵前当场绞杀,当今圣上已经是仁厚许多了。却就为当今圣上素来性情仁厚,李氏估计错误,以为仗着有儿子做护身符,万事皆可,却不知道再仁厚的天子也是逆不得龙鳞的。晁迥心中想着,却也不免帮着周怀政,将李氏半哄劝半强迫地拉开,押送出府。

昔日威风赫赫的雍王妃,此时只着了一袭麻质孝衣,没有半点首饰行李,没有一个侍从,被押上马车,送到城西一座废弃的旧行宫幽居起来。

李阮被贬为庶人的消息几乎是以最快的速度被人报到了寿成殿,郭熙正服完药,听闻这个消息,只觉得服下的药汤全部化成了冰水,哽在胸口,顿时咳嗽不已。她咳了半日,终将方才的药汤全部呕了出来,伏在枕上喘息不已,吓得来报的郑志诚忙跪在地上请罪。

郭熙脸色灰暗,郑志诚偷眼看着,也知道她已将近油尽灯枯了。

郭熙心有不甘:苦心布置的棋子,就这么轻易让刘氏废了吗?她恨恨地喘息了半日,方冷笑道:"好、好、好个德妃,我道她真贤惠呢,不承想她如今才真见厉害!"

燕儿在一旁忙扶着,恨恨地道:"奴婢当日就说,圣人休教她给哄了。果然不过安静了几天,圣人眼错不见的,她那里就对雍王妃下手了。"

郭熙扶着头想了想,悔道:"嗯,也是我病中精神短了,官家回京就去看望雍王,我原本该想到这一层。"

她说得这几句,不小心岔了气,又伏在枕上喘息不已。

燕儿见她方才这一阵呕吐喘息,原本蜡黄的病容更加毫无血色,枯黄中透出一股青黑来,不由得心慌起来,忙劝道:"圣人将养好身子要紧,外头这些不相关的,等圣人大安了,有多少事办不得呢!"

郭熙转念一想,点头笑道:"说得是呢,横竖李阮已经贬了,我倒不急着生这闲气。转过头来想想,我瞧她这阵子也得意过头不知进退了些,我倒虑着将来允让大了,岂非除狼进虎。关她几年,将来我也用得顺手些。难受的只有嘉庆殿那边,自种祸根!"

郑志诚跪在地上,想着雍王妃为了讨好皇后而得罪刘德妃,因此遭这一番大难,源也自皇后起,皇后却浑不在意,倒有几分幸灾乐祸的模样,也不觉一阵心寒,却不敢露出什么破绽来,只告了罪起身。

郭熙靠在床上,闭目想了想,吩咐道:"今日叫太傅放一日假,志诚去把允让抱过来,他也不小了,他家里头出的事儿也该让他知道、记住!"

她虽是连眼睛也未睁开,郑志诚却觉得汗毛直竖,连忙应了一声,转身出去。

郑志诚去了半日,依旧独自回来,奏道:"回圣人,小的到集英殿时,小皇子已经被刘德妃带走了。"

郭熙银牙暗咬,手中紧紧地绞住了一条帕子,却未发作,只冷笑道:"我的嗣子,她凭什么带走?"

郑志诚支吾了两声，只得回奏："前几日官家念及圣人身子欠安，怕圣人过于劳累，也怕小皇子无人照顾，刘德妃便请旨代圣人暂时协同照顾小皇子，官家就下旨同意了。"

郭熙失声道："什么？"她用力推开燕儿坐起来，"我还没死呢，她就如此迫不及待了吗？"

燕儿吓得跪在地上劝道："圣人千万不要动怒，保重凤体要紧啊！"

郭熙怒道："你拿我的令牌立刻去嘉庆殿把允让抱过来，看谁敢拦！"

燕儿不敢相劝，只得拾起金符匆匆去了，过得片刻，果然将允让抱了过来。这允让也才十岁，甚是胆小安静，见了郭熙行了个礼，便规规矩矩地站在一边，一声也不敢响。

郭熙此时也强撑着梳妆完毕，她甚为重视仪容，便是病重之时，也每日梳妆整齐，脂粉均施，哪怕只是见一个小孩子，依然要如此。

妇容是女子四德之一，甚至可说是最重要的。虽然她自病后不想让人看到她容颜惨淡，已经免去后宫妃嫔每日请安，但每天仍然要将大量精力用在梳妆上，为的是在太医和宫中妃嫔前来看望时能够勉强提起精神，保持良好气色。她的病一直迟迟难以见好，固然是因为亲生儿子去世的打击而心力交瘁、积劳成疾，却也不乏在病中一直没有好好休息将养的缘故。

郭熙不能让别人看到一个病容惨淡的皇后，一个病人固然会博取别人的怜悯，却会失去别人的敬畏。没有人会怕一个病人，尤其是在处处暗伏刀光剑影的后宫，她更不可以让别人看到她的软弱和无力。让别人看到她的憔悴，无异于当着人面将自己皇后的尊严摔得粉碎，这是她万万不能允许的。因此，也只有她贴身的侍从，如燕儿和郑志诚等极少的几个人，才看过她卸妆后的真实面容。

此刻，郭熙露出最慈爱的微笑，向允让招了招手："到我身边来，告诉我，今天到德妃那里去，玩些什么了？"

允让怯生生地靠近她。他怕这个名义上的母亲，她看上去严厉而古怪，但是他又在几乎所有人的教育下意识到，她是不可违抗的。

郭熙抚摸着允让的小脑袋，笑道："你这孩子，怎么不说话呢？"

允让很想躲开，哪怕郭熙的妆容再整齐，在如此紧密的距离中，他也能感觉到郭熙身上那种衰败的气息。这种气息在郭熙呼吸之间尤为明显，这令他害怕。犹豫好久，允让用极细的声音说："其实……也没什么，德妃给我吃糕点,还叫人给我量做衣服。"

"量做衣服?"郭熙皱起了眉头,"难道你还少了衣服穿不成,为何要给你量做衣服?"

允让嗫嚅着说不上来,他也只不过是个孩子而已,如何晓得这许多。

郭熙转身问燕儿:"你过去时,听到什么风声没有?"

燕儿想了想道:"好像就在说过节的事儿。"

郭熙警惕地问道:"过什么节?"

燕儿摇头道:"奴婢也不太清楚,好像是德妃与官家要一起去金明池过节,还、还要带上小皇子……"说到这里,她的声音渐渐低了下去。

郭熙的脸色冷如寒冰:"这么说,她打算连孩子一起带走,所以张罗着要量做衣服?"

燕儿低下头不敢看她:"也许是吧!"

郭熙冷笑一声:"你们都出去打听一下,把整个事给我弄出个前因后果来!"她心中发狠,手中不由得用力攥紧。

忽然,哇的一声,允让大哭起来。却原来郭熙方才正拉着允让的手以示亲热,不想一时忘情,用力一握,那小小孩童哪里经得起这一握,早痛得大哭起来。郭熙猛然醒悟放手,允让那小小的手腕上却已经是一圈紫青色了。

郭熙这边忙叫人拿了糕饼来哄孩子,另一边又叫人去太医院取些化淤去青的膏药来敷上,心下不免暗暗懊悔自己失态,竟亲手将把柄落在一个小小孩童手中,怕又要教刘德妃无事生非地说嘴了。

燕儿见状,忙带了允让去哄劝,又教他说,他的生母教德妃害了,如今被赶出王府,废为庶人,关在囚所受苦呢。又说皇后如今得病,亦是德妃所害。叫他悄悄记在心中,不要说出来,将来记得为皇后与生母报仇。

见得允让乖巧地应了,燕儿又给了他糖吃,这才满意地去了。

燕儿虽为侍女,却是个有私心的,眼见这嗣子就是将来的皇帝,她自然也希望做如秦国夫人刘氏那样的人。如今这孩子养在宫中,皇后多病,李氏被囚,她只消掌控了这孩子,将来的富贵权柄,又如何不唾手可得呢?

她临出门前,盯了允让的乳母好一会儿,想着如今允让还小,不解人事,缺不得乳母,待稍大些,便要让这乳母出宫,免得有人与她争这个掌控嗣子的权力。

允让的乳母张氏被燕儿这一眼盯得胆战心惊,趁着夜深无人,允让犹未

睡之时，悄悄在他耳边说："宫里的事情，你要多听官家的，别的人说什么你都不要相信，但也不要顶嘴，只管点头答应就是了。"

张氏是雍王亲自为儿子挑选的乳母，若论起感情来，她对允让的母爱只怕还胜过李氏。如今见雍王死、李氏囚，母子分离，小小孩童在宫中活得已经是极不容易，皇后病成这样，将来这孩子只怕要在刘德妃手里过活，若被皇后当成对付刘德妃的棋子，这孩子岂不是会更艰难，甚至会有不测之风险！想到这里，张氏才顾不得风险，悄悄地劝告允让。

不想允让甚是懂事，听了这话就乖巧地说："我知道。"

他顿了顿又道："进宫以前，爹爹教过我，说进宫以后只能听官家一个人的话。官家叫我听谁的我就听谁的，其他人不管说什么，点头就是，不要当面违逆。爹爹还说，千万不能听母亲的话，母亲叫我听谁的，我可不能听，否则只会给我和家里招来祸事。我一直记得。"

张氏听得鼻子一酸，将允让紧紧抱住，哽咽地道："好孩子……都是大人作的孽，却苦了你。"

过了数月，赵恒便觉得国朝政事，桩桩件件都在向着好的方向发展。

先是澶渊之盟订立后，寇准等人依着毕士安之计，趁着与辽国签订合约，夏州已失去牵制的工具作用，且又遇李继迁刚死，其子李德明继位未久，加紧控制夏州边境的出入。又因与辽国开了边贸，再不需要到夏州买马，于是将与夏州边境所有公私贸易一概取消查控。却又制造谣言，说是李德明有意投宋。

西凉边荒，本难自给自足，往年靠着做宋、辽的属国而得些援助和贸易，现在两边断供，又遇上大荒年，李德明继位未稳，未免慌了手脚，便派人向辽国求援。辽国不愿徒然增加开支，又听闻李德明两边投靠，乐得借此理由拒绝了他。李德明走投无路，只得再度向宋称臣，纳还银、夏等州。

赵恒接表大喜，赐德明国姓赵，封其为定难军节度使兼侍中、西平王。至此，西北二境的边患完全消除了。

赵恒大喜之余，决定西巡到西京长安，安抚西北各境边民，彻底安定西北边境，同时也在西京接受赵德明的使臣朝贡。

此次西巡不比那次北上澶州，是全副仪仗地开了过去。想起上次刘娥冒险与他共同北上，因此赵恒下旨，此番后宫妃嫔亦可随驾而行。那自是不必再掩藏行迹,而是堂堂正正地銮车同行了。

此番出行,赵恒挑了刘娥与杨媛同行,并准备带小皇子允让一同前去,好让他从小开始进行政务的学习。

皇后郭熙忽然请旨要求同行,赵恒念她在病中,本是劝她好好休息,但是郭熙坚持不肯,只得依了,于是命了数名太医随行照顾。

郭熙接旨,立刻令寿成殿做好起程西行的所有准备。

燕儿不解地问:"圣人,您身子不爽,这车马劳顿的,何必一定要跟着去呢?恕奴婢多嘴,您应该好好保养自己的身子才是啊!"

郭熙冷笑一声:"人家已经当我是活死人了,我的人她敢废,我的儿子她敢据为己有。我要再不出去走动走动,只怕天底下的人更要以为大宋的皇后不在了呢!次次随驾侍从、国宴朝贺,都叫个妃子充场面。夏州来贡,是通天下最大的事,我若不在,难保到了西京,她真的就敢穿上凤袍受贺了呢!"

燕儿无语,只得低头退下准备一应物品,却又吩咐太医跟车一路照顾而去。

赵恒此番御驾西巡,事务繁多,先是素服拜谒历代各帝王陵墓,又下诏在西京建立太祖皇帝的神御殿,谒启圣院太宗神御殿,置国子监,修周朝的六庙等事项。同时又在行宫设宴,赵德明派来使臣,奉贡驼马等物,赵恒又赏赐物品等等。

那一日大宴,赵恒携郭熙一起出现,接受万众朝贺。但见郭熙华服盛妆,仪态万千,一点也看不出是久病之人。

宴会的第二日,郭熙就开始陷入高烧和昏迷中。

她本是久病之人,身子犹如一棵被蛀空了的大树,此番为了西巡,一路上车马劳顿,早已经颠簸得七七八八了。她却又是要强之人,强忍着不说,再加上为了能够有精神体力出席宴会,又叫太医用了虎狼之药强行提神,等宴会一完回到自己宫内,便倒了下去。

也不知道过了多久,郭熙昏昏沉沉中,只觉得整个人似在云端中飘飘荡荡,又似在船上摇摇晃晃,偶尔睁开眼睛一次,却又立刻晕了过去。等再次醒来时,已经是足足十余日后,京城皇宫寿成殿她自己的寝宫之中。

却是因为郭熙忽然病势沉重,赵恒匆匆结束西巡赶回京中,会集了太医院所有太医一齐给郭熙会诊。无奈多少药下去,也只如投入大海中一般,毫无作用。众太医数日会诊下来，只会磕头请罪。

寿成殿中一片寂静，但听得铜漏一声声滴落的声音，仿佛滴在人的心头上。刘娥坐在郭熙的病榻边，看着陷入昏迷的郭熙，思绪万千。

早在当日与郭熙翻脸的时候，她就知道这一天会来，但是却没有想到会来得这么快，快到连她自己到得此时都还未反应过来。

深宫何尝不是另一个战场，进了宫的女人，犹如上了沙场的死士，哪怕伤痕累累筋疲力尽，除非至死，否则无法退出来。

易位而处，她能明白郭熙此番的坚持。昔日门庭若市的寿成殿，哪怕郭熙下令免去妃嫔的参拜，依然有人殷勤上门。而自郭熙倒下后，所有的妃嫔全部移驾她的嘉庆殿。而竟是她，在郭熙回宫之后第一个来看望。

如果是她，她不会有这番坚持，只因为郭熙所经历过的她都经历过，而她经历过的，却是郭熙永远无法经历的。当年大雨滂沱中的九死一生，薜萝小院的多年幽居，何等惨淡的心境，她都已经经历过了。所以，在宫中哪怕有再多的风云变幻，她都能够守得定、耐得下、忍得起、撑得住。

回京之后，她隐然已是后宫之主了，所有的人都去她的宫殿向她献殷勤，而她却率先来到寿成殿照顾郭熙。

听起来有点讽刺，郭熙恨她，三番五次对付她，甚至曾经想要取她性命，对此她并没有忘记。

杨媛也曾经问她："姐姐忘记皇后是怎么对姐姐的了吗？"

"她快要死了，而我还活着！"刘娥平静地说。

杨媛疑惑地看着她："只怕易位而处，皇后可不会这么善待姐姐。"

刘娥只说了一句话："所以，今日站在这里的人是我。"

杨媛似有所悟，看了她一眼，这一眼里，是一种从未有过的眼神。她也许未能完全明白刘娥，但是她知道，自己做不到这样。

只有刘娥明白，自己并非毫无保留地宽容，不管是当年主动为潘妃请求追封，还是今天的率先照顾郭熙，她的仁慈只施于死者和弱者。她出手只用来制服对方，而不屑于报复，当她对对方施以仁慈的时候，也就表示彼此曾经对战的这一页已经翻过。

忽见静静躺着的郭熙动了一下，刘娥俯身上前看了一看，转头道："燕儿，倒杯水来，圣人可能要醒了。"

郭熙悠悠醒转，睁开眼睛，却见是侍女燕儿憔悴的脸。

燕儿见她醒来，喜极而泣道："圣人醒了，圣人醒了！"

紧接着，却是刘娥出现在她的眼前，柔声道："圣人可醒了，快拿灵芝汤来，快通知官家去！"

郭熙的神志有些恍惚，茫然道："德妃，你也在啊！"

燕儿轻声道："圣人，自您回宫之后，连着三四天，德妃是天天过来亲自侍候着，奴婢们劝也不管用，都好几天不曾歇息了！"

郭熙闭上眼睛，微微调息一会儿，这才慢慢地道："德妃，难为你了！"

刘娥淡淡地道："圣人别这么说，您是一国之母，服侍圣人原是我的本分！"

郭熙神色复杂地看着刘娥，自嘲地一笑："本分！这世上的事若都能凭'本分'二字而定，那就没有这些纷争了。"

刘娥看着郭熙，意味深长地道："是啊，世间所有的纷争，不过就是因为人心的不满足罢了。"

郭熙缓缓地扫视了一眼，见宫中诸嫔妃倒有一小半在这里，缓缓道："难为你们都在，都回去吧！"

见郭熙病着，而刘德妃先过来日日侍候着，宫中诸妃嫔亦不敢不来。刘娥见她们献这个殷勤，便奏知赵恒，分成三批轮班侍候着。诸人见皇后病重，侍候得也懒怠得很，只是见德妃日日在此，亦不敢开溜，此时听到皇后吩咐，巴不得这一声，忙拿眼睛看着刘娥。

刘娥点点头，众人皆退了出去。

郭熙看着刘娥，闭了闭眼睛："一转眼，你入宫也这么多年了，时间过得可真快啊。十几年前我知道你的时候，还想不到会和你纠缠这么久这么深。"

刘娥轻叹："是啊，我也没想到。"她也没有想到，这个赵恒口中的"贤德"之人，竟走到了这一步。

郭熙目光茫然，不知在看何处。她自言自语道："我不愿提你和官家的从前。可如今人之将死，也没什么不能说的了。你知道我和官家第一次见面是在哪里吗？"

刘娥没有说话，只静静地看着她。

郭熙微微一笑，美好的回忆仿佛就在她眼前。她见皇帝的第一眼就喜欢上了他，他是个谦谦君子，笑容是那样美好。

她说："我以为，嫁给他以后能够夫唱妇随，儿孙绕膝，平安喜乐地过完这一生。"她看着刘娥，眼神又是憎恨，又是恐惧，"为什么世间竟还有一个你！天地间既生我郭熙，为什么又要生你刘娥？我曾经以为我是世间最幸福的女人，可却教你残忍地撕碎了这一切。"

刘娥镇定地说："这一切不是我撕碎的。真情只有用真情来换，早在我撕碎这一切之前，您就已经自己撕碎了这一切。"

郭熙看着刘娥，忽然笑了起来，笑得有些疯狂和绝望："我若能够像你这样让他爱着我，有这样的底气，就不会惊慌失措，就不会步步踏错。"

刘娥摇头："我并非永远这么有底气，可我再没有底气，也不会去践踏为人的底线。这底线一旦破了，那所谓的真情，就只是一厢情愿的自私罢了。"

郭熙却忽然问："你没有说出来，你为什么不说？"

燕儿脸色一变，紧张地看看郭熙，脚下一步步地往后退出。

郭熙犹在激动中，没有看到。

刘娥却已经看到，也看到了燕儿与她对视时眼神中的惊惧。刘娥将眼神移了过去，任由燕儿一步步地悄然退出宫殿。

殿中只剩下刘娥与郭熙。

刘娥才笑了一笑："你希望我说，还是不说？"

郭熙笑着笑着，又咳嗽起来，好不容易止住咳嗽，才道："你为什么不说，这种猫戏老鼠的游戏很好玩吗？还是你就在等着我自己折磨自己，一直到我如今这般油尽灯枯？德妃，好手段！"

刘娥平静地道："祸福无门，唯人自召；善恶之报，如影随形。圣人若于神明无疚，我纵有手段，又有什么用？圣人自己心在炼狱，别人的言语，不过是点燃的火引子而已。"

郭熙点头："受教了。我承认你的手段比我高明，我杀人，而你诛心。"

"若诛心比杀人更有效，你为何不诛心，而要杀人？"刘娥反问，"地狱是自己踏进去的，却怪别人拆穿，这不可笑吗？"

郭熙执着地问她："我就想知道，你为什么不告诉官家？"

刘娥问："你为什么这么执着于这件事？"

郭熙看着她："就像我执着于为什么官家会爱你爱到目中无人一样，我不弄明白，死不瞑目。"

刘娥道："一开始我是想说的，可是话到嘴边，又忽然不敢说了。其实，官家很天真，他真的相信你是个好女人，相信你当年救三郎时的急切和崩溃是出于善良。身为帝王，想要心狠手辣很容易，可是他的这份天真和纯情，却是亘古难求的。"

郭熙喃喃地道："是的,我爱他,不是因为他是皇子,也不知道他会当上皇帝。"她没有说出口的话——她是真爱过他的,因为他让她的心温暖过。

刘娥轻叹："所以,你让我怎么告诉他?"他所信任、倚重,甚至为之心怀愧疚的皇后,因为嫉妒而无法安胎失去大郎,因为嫉妒而不顾身体生下病弱的四郎,因为嫉妒而杀死三郎,因为争宠而让二郎装病成疾,因为残暴而令五郎早产夭折,因为迁怒而将仗义执言的陈贵妃活活烧死在西阁。这个残暴虚伪的女人,是他的枕边人,是他的三子之母?

郭熙张口,一口鲜血喷了出来,她想辩解:不,她不是,她也不想,她也曾经想做一个贤德的妇人,想以长孙皇后为范做表率,可她也不知道为什么,一步错,步步错。她说："上天待我不公,为什么不让他把对你的心用到我身上?若我是你,我也会同样……"

刘娥摇头："不,你不会。"

难道上天待她就公平?她虽得宠爱,却前半生流离失所,后半生无儿无女。

难道上天待别人就公平?

"杨婕妤才貌双全,为人算计独守空闺多年,生子夭折。陈贵妃善良耿直,无辜惨死。戴贵人生子夭折,被你毁了一生。还有曹美人、杜才人,她们何尝不空闺寂寞,但除了言语抱怨,又做过什么了?太祖皇帝的孝章皇后独守空闺,太宗皇帝的孙贵妃有子而夭折,三年前薨逝的明德太后更是一生无子。这宫里,没有谁可以随心所愿,但谁会像你一样,因这个理由就敢理直气壮地残杀人命?是你内心恶毒,而不是上天待你不公。"

郭熙指着刘娥,整个人都在颤抖:"你、你……"她再也说不出话来。

刘娥轻声道:"我要杀你容易,我要摧毁你在官家心目中的印象也是容易的。可是,我不想为了毁你,而毁了官家的心。"这个世界,摧毁信任很容易,重建信任却是太难太难。一个人要是知道连自己的枕边人都在骗自己,他会怎么样?他会不会觉得真心被轻贱,会不会觉得自己被愚弄,会不会变得怀疑一切,会不会变得畏惧信任而猜忌多疑?

郭熙忽然大笑起来:"你在乎这些?"这后宫女子,谁不是为了赢得君心而不顾一切,可刘娥说的这些,她听不懂,但她只觉得可笑。

刘娥摇摇头,她与她,说不通:"你在乎的,是权力和名分。而我在乎的,则要更多一些。我要官家的全部,不仅仅是名分和权力,我更要守护官家的初心,那颗温柔的少年初心。所以我宁可暂时搁置对你的恨意,让你这个皇后依旧有着生前的名声、死后的荣光。"

郭熙想着,那颗温柔的少年初心,就是令她不能自拔的所在啊。她爱上的不是皇帝,而是初时那个温柔的少年,因此沉迷、不甘、痛苦,至死不能挣脱。她这般痛苦了,她的初心早在十万八千年前就没了。这世间,谁能守住初心? 连自己的初心都守不住,居然还妄想守住别人的初心?

可笑啊,真可笑。

她不停地笑着,不停地笑着,笑得一脸是泪。

景德四年(1007)四月中旬,皇后郭熙因随驾西巡感染风寒而病死,终年三十二岁,赵恒赐谥号为"庄穆"二字。

第七十一章
立后之争

郭熙死后,赵恒深为悼念,特下诏罢朝十三日。

百日之后,百官上表,请立新后。

赵恒满心想要立刘娥为后,然而,一个一直存在的问题,或者说阴影,却又冒了上来。

自本朝以来,宫中乃至诸王府所纳女子皆出自将相高门。此时赵恒提出要立刘娥为后,众臣皆是十分反对,说她出身低微,又无子嗣。过了数日,却有大臣上表,请赵恒在各将相世家中另选名门淑女立为新后。赵恒暗叹一声,只得让各大臣先报上待选的名册来。

虽然各家均有拥立之人,但终究还是已故宰相沈伦的孙女呼声最高,这其中虽然也有臣子们站队的原因,但究其根底,却是先皇后郭氏临死前留下遗书,其中内容,是请皇帝在她死后,要继立新人为后,以便生下嫡子,传继皇嗣。说到新后的人选,她亦提出:一则要出身名门望族将相之家,二则要年轻貌美以便为皇帝生下皇子,三则要德容功言俱全。她留心多年,挑中了已故宰相沈伦的孙女。

沈伦在后周时便已经跟从太祖皇帝出任幕府,献策甚多,及至太祖登基,便继赵普之后为相。沈伦为人谋事而不谋政,因此后来太宗皇帝登基,亦得信任,增为右仆射兼门下侍郎,太宗北征,又为东京留守。沈伦为相多年一直安然不倒,如今朝中重臣倒有近一半是经他手提拔起来的。

沈伦的孙女沈令仪是京中有名的美人,且为人举止无不符合淑女的典范。去年郭熙听说了她的名声,也特地召入宫赐见数次,已经在赵恒面前隐约地称赞过几次。

沈令仪的父亲沈继宗任光禄少卿,为人豪迈好客,家中每日饮宴不息,许多沈伦的故旧亦是常常光临沈府相聚。沈继宗的儿子沈惟清,此时又娶了相王元偓的女儿。

不说沈令仪本身的才德容貌,便是从门第、威望、人缘及与皇族的关系上看,她也都是上上之选。其余或者也有推举了将相之家年岁相近的,却是寥寥无几。

余下众臣之中,也有人提出立杨婕妤为后,她是天武军副指挥使杨知信的侄女,在赵恒为襄王时就已经服侍赵恒,不论出身、年资,都在刘德妃之上;又有人提议立杜才人,她是昭宪太后的侄孙女,身份尊贵;还有人提议立曹美人,她是本朝第一名将曹彬之女,出身将相门第,武官拥护者甚多。

且按下朝中纷议,只说这后宫之中,如今也是如热油沸腾一般,不得平静,人人都怀着别样心思。

此时曹美人与戴贵人齐聚杜才人处商议对策。

杜才人最沉不住气,道:"两位姐姐今日大驾光临,不知为了何事?"

曹美人是将门出身,也是性子爽快之人,闻言冷笑道:"为了何事?杜家妹妹可真是明知故问。如今这朝中上下,闹得沸沸扬扬的这么一件天大的事情,妹妹竟不晓得?"

杜才人冷笑道:"闹就闹吧,横竖轮不到咱们头上来。"

曹美人笑道:"话可不能这么说,好不容易去了一个,何苦又再请个太岁镇着。说白了,都是后宫妃嫔,便是称呼上差着一点半点的,也没什么。若真要再分出个上下尊卑来,岂不是给自己找不自在?"

杜才人微微一笑,看着坐于一边有些拘谨的戴贵人:"戴贵人,不晓得你有什么看法?"

戴贵人本是郭熙的侍女,如今郭熙去世,恍若树倒猢狲散,各人自去寻了各人之路。曹、杜二人尚还算得绮年玉貌,且各自有显赫家世,倒也罢了,唯有戴贵人心中的凄惶不安更甚他人。她向来无甚主见,依附郭熙已久,郭熙一直对刘德妃心怀忌惮,她再愚钝,跟得久了也看得出来。如今刘德妃得势,万一将来做了皇后,会不会对着郭熙一党的人开刀?像她这样的正是最好捏的软柿子,会不会首先拿她下手?这些日子她见了人都带着种怯怯的讨好神态,紧紧跟住了态度和蔼的曹美人。

曹美人的父亲曹彬虽然是沙场百战的武将,为人却非常谨慎谦和,做人做事"让"字为先,遇士大夫必引车回避,对下属小吏从不直呼其名,见人必衣冠整齐,朝野上下风评极好。他在战场上杀的人多了,卸下盔甲来便极为惜生,家中直是到了扫地恐伤蝼蚁命、爱惜飞蛾纱罩灯的程度。曹美人幼承家教,虽然她本性爽快利落,但有时候,这种爽快利落更是她的一层保护色。饶是如此,初进宫时毕竟年轻气盛,还是教郭熙算计了一把用来对付刘德妃,自此以后她行动更是谨言慎行,审时度势。

可是谨慎并不代表无所作为,曹美人端起茶杯抿了一下,心中暗忖,这也正是她今日带了戴贵人过来找杜才人的原因。

戴贵人啜嚅着道:"我觉得,曹美人也是一番热心肠,咱们大家总要齐心协力才是!"

杜才人拊掌笑道:"这话我爱听,可官家喜欢她,如今又正好这位置空出来了,要预备给她,咱们能有什么办法呢?"

曹美人笑道:"官家喜欢她,这谁也管不了。可若真要立后,那却不是后宫一句话能定得了的。她能在后宫横行,文武百官却未必理会她是谁。杜家妹妹要真没办法,怎么今日朝堂上,倒有人提起杜家妹妹?"

杜才人脸一红,强笑道:"这可真是冤枉了,我在深宫里,如何知道外头的事儿?"

曹美人笑道:"这又有什么可忌讳的,何止杜家妹妹,还有人提起我呢!妹妹,掏心窝子告诉你一句,何必什么事情都瞒着我们?我倒说,有热闹大家一齐凑。"她指了指西边神秘地道,"她在朝中能有什么人,到头来,只怕官家不提倒罢,提了她便是枉为他人作嫁衣裳。"

杜才人心一动:"曹姐姐,依你说,到最后会是谁?"

曹美人沉吟片刻,方说:"依我看,要么是玉宸殿那位,要么是沈家娘子。"

杜才人吓了一跳,悄悄指了指:"玉宸殿那位?杨?怎么可能?"

曹美人冷笑道:"怎么不可能!论位分论宠爱,玉宸殿都仅次于嘉庆殿啊。更何况论资历论家世,玉宸殿那位是强过她的。可笑她如今这算不算是搬起石头砸了自己的脚?若官家真是对宫中现有的委决不下,那估计就是沈家娘子了。男人哪个不贪鲜,再说朝中拥沈的人也不少。"

杜才人不服道:"你这般说我倒不服气了。论家世,咱们如何在杨、沈二人之下?论资历,戴贵人也不低于杨婕妤啊!哼,我倒要看看这场风波闹到最后,是怎么个结果了!"

曹美人抿嘴一笑。她今日来的目的已经达到，便不再说话了，当下正想岔过话题去，免得后宫耳目众多，一个话题说得久了倒容易惹人疑心。

正在这个时候，却有人报雷允恭来了。曹美人暗吃一惊，却见雷允恭进来道："原来各位娘子都在这里，这下可省得小的到处跑了。德妃请各位娘子到嘉庆殿中品茶，今年刚到的大龙团，昨天才送进来的！"

三人皆吃了一惊，相互看着对方，一时倒不知道该如何是好，还是曹美人先回过神来，咯咯一笑道："正是呢，杜家妹妹也请我们喝茶，原来德妃也有兴致，我们还真是念着嘉庆殿的好茶呢！"

一缕青烟袅袅，殿中安静得只听到红泥小炉中泉水煮开的声音。侍女莲蕊执壶，将泉水注入建盏之中清洗，依着炙茶、碾罗、烘盏、候汤、击拂、烹试的次序如此七次，才将茶汤奉给宫中妃嫔。

莲蕊煮水分茶的动作已经娴熟，日光斜影下一举一动更是美得如诗如画，倒把诸妃嫔焦灼不安的心安抚了下来。

曹美人接过茶盏，不由得赞了一声："还是娘子会调教人，看娘子身边的侍女一个个都玉人儿似的，哪像我们身边，净是些粗丫头。"

刘娥脸上淡淡的不见喜怒，拿起手边的一份奏疏叫人递过去给曹美人，道："曹家妹妹素来聪明，帮我看看这奏疏上的字句可有不妥。"

曹美人接过来一看，吓得站了起来："娘子要上辞表，辞去皇后推选？"

刘娥面无表情地道："正是。"她眼神缓缓地向众人一扫，众人皆有悚然之意，"先皇后去世百日，朝堂上就有人提出国不可无后，请立新后。众臣各执一词，纷扰不已。我想官家繁忙，我等后宫妃嫔不能为官家分忧倒也罢了，如何还能给官家添烦添乱呢？因此我上了这道辞表，不知道各位妹妹意下如何？"

曹美人只觉得脑子轰的一声，尚未反应过来，下意识地眼光一撇，却看向那新皇后的有力竞争者杨媛。

杨媛也是一怔，她的直觉比她的思维快，立刻也站起来笑道："小妹附议，我也上辞表。"她这次列入候选本就是德妃授意，为的是冲淡后宫妃嫔的立后之议。

曹美人怅然若失，不得不道："不知道是谁竟然把我的名字也放进去了，我今日来本还想向娘子道喜，谁知道娘子竟……娘子不肯做皇后，我们又何德何能，自然是要请辞了。"

刘娥的眼光扫过怔在那里的杜才人，含笑道："曹家妹妹多心了，你不必请辞，杜家妹妹也是一样。"

杜才人醒过神来，连忙道："我正要请辞呢，只是想不到娘子您……唉，这皇后之位明明就是您的，您要请辞，岂非中宫虚位了？"

刘娥淡淡一笑："难得各位妹妹都这么深明大义，既如此，那么你们明日就把辞表递上，免了朝中一场纷争吧！立后之事，以后都不必再议了。"

众人只得应道："是！"

次日上朝，赵恒将杨、杜、曹三人的辞表昭示众臣，昨日拥戴她们的各大臣只得低头无言退后。只是拥立沈氏为后的传言却更加激烈了，一时间朝堂上下、宫内宫外都纷纷传说，沈氏要进宫为皇后了。

杨媛急忙来找刘娥："姐姐，你可曾听说外头的谣传，说什么沈家娘子要做新皇后了？"

刘娥扑哧一声笑了："既然你自己都说是谣传，那又有什么可紧张的？"

杨媛看着刘娥，似有所悟："莫不是姐姐早已经胸有成竹？"

刘娥微微一笑："郭熙也算是费尽心思，只可惜以她的聪明才智，在宫中耗尽心思，亦动不得我。沈令仪才十几岁，又能有什么作为？"

杨媛还是不放心道："可是，真的要让沈家娘子捡了这个便宜不成？"

刘娥笑道："官家还没发话呢，你着什么急啊！"

那边安抚了杨媛，这边刘娥却依然按兵不动，对于朝中上下议论的新皇后人选不发一言。

终于赵恒自己忍不住想问刘娥，但又不好意思直接提，只好婉转地从郭熙那边说起："如今想来竟是我对不起她。玄祐夭折，她必是十分伤痛，可是那时候辽兵进犯，我要御驾亲征，竟是无暇顾念于她。我只以为，我与她以后有的是时间，可没想到，竟是没有机会了……"

刘娥欲言又止，只劝道："三郎已经尽到最大的心意了，这不是你的错。只怪……命运弄人吧。"她终究还是什么也没有说出来，就让赵恒留着对郭熙的美好印象吧，她又何必去破坏。她在郭熙生前没有说，在郭熙死后也没必要为了让自己出一口恶气而特地说出来。

赵恒叹了一声："我年轻的时候不知世情，还一厢情愿地以为她是父母所赐，我要尊重她，赋予她执掌王府的权力，要迁让她，让她共享身份、荣耀就够了,只要有一方小天地让你我可以逍遥自在就好,不想与谁争,也不想惹谁的眼。可是我如今才明白,世事是难以两全的。我与你能得偿所愿,可她,并不是有了尊重、有了权力、有了迁让、有了荣耀就能够满足的。"

赵恒并不是什么都不知道,身为帝王,身居高位,既是最容易受蒙蔽的,也是最容易看透底下的人心的。在登基前,他或许会认为郭熙是一个贤妻,但在登基以后,他已经隐隐感觉到郭熙并不如她表面那般贤惠大度,也并不如她表现的那般宽容善良。明德太后移宫的事,让他看到了她的急切,而杨媛怀孕之事,则让他对她隐隐有所怀疑。但终究,因为她是他唯一儿子的生母,因为她是皇后,所以他没有继续追究下去。之后变故迭起,她丧子重病,又让他不忍追究。

刘娥问他:"三郎不欲立其他人为后,只是该如何平息群臣之念?"

赵恒摇头:"我不想她们成为第二个郭氏……"

他顿了一顿,又道:"我也不打算再纳新人。宫中的其他妃嫔连权力和荣耀都没有,却要独处深宫,她们又能够得到什么?家族或许能够多得些许荫庇,可毕竟有国法在,我也不能乱纪。"他轻叹,"陈氏死的时候,我就觉得我当初真不应该让她们进宫。我当时没有勇气对天下说,我有你就够了,我当时也并不知道,后宫对于女人而言意味着什么……"

刘娥心中轻叹:帝王享天下之供奉,古往今来,视三千粉黛为寻常,却很少有帝王似三郎这般宅心仁厚,体谅妇人之情。只是……她不想说,终究还是道:"群臣以先皇后遗书举荐沈氏为继后,三郎意下如何?"

赵恒皱眉:"有什么可说的?我早就说了,我又不是好色之君,这宫里人尽够了,何必再祸害别人家的女儿一生呢?"

刘娥叹息一声:"我与三郎这么多年夫妻,难道还不明白三郎待我的心意?只是沈家娘子怎么办?人家好端端的一个闺阁女儿,教朝臣们扯出来当枪使,倒是委屈她了。若是立她为后,这后宫里曹美人、杜才人她们,论家世未必在她之下,论资历远比她高,素日里连先皇后都要敬重她们三分,这十几岁娇滴滴的小娘子,又哪里压得住她们呢,岂不是苦了她?且百闻不如一见,若是传言有误,官家将来的麻烦还更甚于今日呢……"

赵恒听了这半截话,就笑指着她道:"听听是谁口是心非呢,我还以为你真的全不在意,到底还是吃醋了是不是?"

刘娥白他一眼,拍他一下道:"你还没听我说完呢!如今这么一闹,官家若不纳了沈家娘子,日后教她怎么嫁人呢?"

赵恒挑了挑眉:"听你这意思,难道是力劝我纳了她不成?"

刘娥并不愿意说,但如今总得有个解决之道:"如今官家要立我,朝臣们又荐她,都顶在那里了,这也不是个办法。与其扬汤止沸,不如釜底抽薪。既然是先皇后的遗愿,又有朝臣们力保,倒不如将沈家娘子纳进宫来。到底是立她,还是立曹美人、杜才人,则要察其性情,以后再说罢了!如此,既不教官家为难,谅朝臣们也无话可说!"

赵恒亦知此理,叹道:"我真不知道他们这般多事是为什么!为这点事闹了这么久,倒比朝堂上的正事还要紧。"

刘娥心中暗道:这可不是比正事还要紧吗?水旱钱粮看着要紧,不过也就一件公事罢了。而立谁为后,却干系着朝政今后的走向,影响着将来至少几十年的格局,朝臣们怎么可能不急、不争、不闹、不抢?

依赵恒之意,自然是想立刘娥,只是北派的大臣却是不肯。一来刘娥出身寒微;二来刘娥出身蜀中、结姻江南,更得南派大臣拥护;三来刘娥无子。他们更希望拥立沈伦的孙女,就是因为这个位小娘子符合北派大臣的要求:出身名门,属北派阵营,年轻有可能生子。便是南派大臣,有拥立刘娥的,也有拥立杨媛的,更何况杨媛比刘娥更占优势的是她出身将门,而且比刘娥年轻,又曾经生过皇子,将来生下皇子的概率更大。

谁也不希望这时候大家拼了老命地争,结果这个皇后生不出儿子来,将来江山照样属于不知道哪方的皇子或者皇侄。

赵恒却不愿意让他们继续争下去了,他心里已经有了主意,不想让他们继续拿这事当成焦点。过了数日,就与群臣微露心意,说人言未必可信,中宫重要,不能不知贤愚,要先进宫来看看。于是再过得数日,就下诏让沈氏入宫,封其为才人。但同时,又另选了徐氏和陈氏入宫,也封为才人。徐氏出身河北名门,这陈氏却与原来的陈贵妃家族无关,而是南康郡王陈洪进的族人。

立后之事就此告一段落,不复有人提起。然而,表面上的狂潮虽然平息,底下的暗流却更为激烈。

此时后宫之中,只因为沈才人的入宫,而引起了一些不平静。

沈才人以新皇后的热门人选身份入宫,且她年轻美貌,青春活泼,皇帝

又说是"暂为才人",一时间也有不少妃嫔上前趋奉,徐、陈二人也唯沈氏马首是瞻。

沈氏一进宫,曹美人、杜才人就前后脚地来拜访送礼,虽然她二人资历都在沈氏之上,但待沈氏亲切可人,竟有些奉承之意。

没过两日,嘉庆殿刘德妃就派人来请几位新人到殿中品香。

嘉庆殿的侍女引着三位才人进来,亦是沈才人走在前头,她谨慎低头,但却是处处留意。

此时皇后之丧已过,宫人们也换了新鲜打扮,在廊下嬉笑争妍。亦有人喂着鹦鹉,那鹦鹉忽然吟诗:"等候大家来院里,看教鹦鹉念新诗……"

三人怔了一下,徐、陈二人先笑了起来,紧接着,就连沈才人也不由得笑了一笑,满心的戒备与紧张竟也似少了许多。

那侍女引她三人绕廊入内,又道:"德妃与众娘子在水榭品香赏画。"

嘉庆殿后是一处水榭,原不属于嘉庆殿,改造以后却只有从嘉庆殿出来方能到这水榭赏景,便是将那处水榭单独圈给嘉庆殿赏用了。

但见水榭之中有四五个妃嫔,十余个侍女站在水榭内外侍候。沈才人不敢多看,只跟着引路侍女上前向刘娥行过礼,就听得刘娥道:"沈妹妹、徐妹妹、陈妹妹不必拘礼,都是一样的姐妹,怎样自在便怎样。"

沈才人站起身来,就见一个明艳的少妇拉了她过来,笑道:"姐姐说得是,妹妹随我来。"说着给三人介绍起来,"这是曹娘子,如今住在祝禧殿;这是杜娘子,如今住在栖云殿;这是戴娘子,如今住在蕊珠殿。我住在玉宸殿,妹妹们有空,尽可来寻我们玩。"

沈才人便知此人是杨婕妤了,忙逊谢道:"多谢杨娘子。"又跟着她一一认了诸人,各自行礼。

先帝时妃嫔较多,今上即位至今也就是眼前的几位妃嫔。原来诸人初入宫时,低位妃嫔合居一宫,倒有许多宫院空着。郭熙去世后,因又有新人进宫,此时刘娥代摄六宫事,就请旨给诸人迁了宫室,如今这些早期的妃嫔都各据一宫。一来省得诸人聚在一起生事,二来大家住得宽敞自在,也是好事。

刘娥道:"我想着这几年大家拘束,如今有新姐妹到来,也可松快一二。"

沈才人听了这话,心里思忖刘娥到底是什么意思,口中却应答道:"自然是谨遵娘子的吩咐。"

她只道刘娥会因为之前的事而对自己有戒防之心，打点了满腹的应对之词，不能让人挑出事来，又不能过于弱了声气。其实她对于自己以这个身份进宫来是心怀不满的，也曾向心腹侍女抱怨："又不是我要争着来的。我是先皇后选定，如今却叫我入宫做个才人，当真是折辱。"

侍女也不敢驳她，只劝："娘子如今年轻貌美，只要得了官家喜欢，一两年里生下皇子，这皇后之位自然就是娘子的。"

沈才人看着刘娥，心想：虽然看着不甚显老，但听说她比自己母亲年纪还大，这样的人在别处都是可以做祖母的了，居然还与年轻妃嫔争宠，真是不知羞臊！沈才人在闺中早听了一耳朵关于刘娥的传言，自然都是不好的，如今看着她，满心都是戒备、抵触、厌恶、嫉妒。

沈才人只道自己的小心思藏得很好，但她不知道自己到底年轻，这些小心思在她的眼神中，在她压抑不住多出来的几句闲言碎语中，在她的所有言行举止中，都时不时漏出来。

杨媛先看出来了，低声对刘娥道："姐姐，我看这沈才人心思不小啊。"

刘娥就笑道："不过是小孩子罢了，浅得很，不必在意。"

她是真不在意，此时此境，还有谁能与她相争？皇后之位，只是时间问题。而她这一生艰难奔波，一直活在不安定的情况下，到了此时，才真正放松下来。

此时宫中也没有人能是她的敌手，她并不愿意如郭熙般对诸妃嫔防范猜忌，她的心里想起了陈大车：大车妹妹活着没能够得到的，她希望其他的人能够得到。

刘娥让太医来给诸人诊脉，又带着诸人玩乐。今日赏花，明日品香，后日试新茶。或到金明池看水嬉，或到上林苑打马球，或到秘阁品鉴金石书画，或在水榭中开宴畅饮。

郭熙在世时为人内敛，诸妃嫔都是战战兢兢的，如今被刘娥带着玩了一段时间，这才有些开怀起来，诸人的性格爱好也各自显露。如杨媛喜欢蜀中之物，曹美人喜欢马球、水嬉，杜才人喜欢华服，戴贵人却爱调香，徐、陈二才人也有所喜好，沈才人爱的却是下棋。

一段时间下来，曹、杜二人虽然仍然心有不甘，但脸色却明显好转许多，眉宇间也显得阔朗放松。杨媛管着后宫许多杂务细事，十分忙碌。她在襄王府空置多年，如今最怕寂寞，最爱忙碌。戴贵人畏事退缩，连身边的侍女

都会给她气受,刘娥替她换了侍女,找了脾气好的来服侍她,又让她拜了王得一为师,念念道藏经书,也好了许多,如今有些宫里的活动竟也愿意来参与了。沈、徐、陈三位才人年纪更轻,遇到这些玩乐时倒比别人积极,一时嘻嘻哈哈玩成一团,周围尽是她们几个与年轻宫娥们的笑声。

这些活动不仅有宫中妃嫔参与,有时候也邀了宗室女眷。除诸王妃外,太宗时的几位公主也与刘娥渐渐熟识起来,俱都交好。

她们玩乐的时候,赵恒有时候会来,有时候特意不来。但他若来了,与诸人赌博斗彩,总是输的那个。他却不是那等玩乐时非要众人哄着捧着只能他赢的性子,个个装作输给他,只他一人欢乐,其余人都强颜欢笑,有何意趣呢?因此,他与刘娥、杨媛三人合谋,总是让自己大输特输,过了几遭,众人也明白了,见了他来,都一哄而上,不管真赢假赢,哪怕输了也要混赖,总之是要让皇帝出钱。他也哈哈大笑,借着玩乐散财,人人尽欢。

第七十二章
宰相寇準

且按下后宫之事,却说朝中诸臣。

自澶州回来后,毕士安因病去世,赵恒便升了王旦与寇準同殿为相。

王旦多年来辅佐过吕蒙正、李沆、毕士安等老相,当年跟随赵恒出征澶州,正是签订盟约的紧要关头,忽然传来留守京中的雍王元份病重的消息,当时毕士安立刻举荐王旦回京主持大局。王旦快马回京,持圣旨直入禁宫,与元份连夜进行交接稳住局势,日夜住在行衙之内办事,京中除有关人员外竟全然不知东京留守的人事变动。直到赵恒御驾回京,王旦之子在迎接圣驾时忽然看到父亲竟是从宫中率队出迎,也吓了一跳。王旦多年来政绩出色,又经此一役,深得赵恒的信任,因此毕士安病倒之时,赵恒与毕士安同时想到了王旦。

毕士安一病,寇準本以为自己可以一家独大,不想赵恒又升了王旦加以钳制,心中甚为不服,每于赵恒面前攻击王旦。

赵恒不胜其烦,这日回到嘉庆殿中,便说起了朝中的两相之争,说了一会儿,正要端起茶来喝,忽然发现:"咦,小娥,你今日为何一言不发?"

刘娥微笑道:"一国之相,执宰天下,我不过一妇人尔,焉敢妄评!"

赵恒把茶一放,笑道:"朝臣们说什么的都有,倒把我闹晕了。我今日倒想听听你一个局外人有什么看法,不许躲懒,今日你非讲不可!"

刘娥笑道:"我只得一个躲懒的方儿,官家偏不许,这可教我难说了!"

赵恒眼睛一亮:"好,且听听你这个躲懒的方儿!"

刘娥执壶又倒了一杯茶,笑吟吟地奉上道:"常言道,解铃还须系铃人,他们二人自己的事儿,还是让他们自己解决好了,官家何必伤这个脑筋!"

赵恒微微一笑:"怎么说?"

刘娥俯身在赵恒耳边细细地说了一通，赵恒喜道："好好好，你真是虞卿再世、陈平重生啊！"

过了一个月，赵恒召来了寇準，行礼赐座已毕。

寇準又道："官家，臣还是认为，王旦才学平庸，虽然在朝中人缘很好，却只不过是和稀泥打哈哈，做得一个老好人罢了。无卓越才识，无独立见解，只堪为副相，不能独当一面。他为首相统率百官，只怕不能教人心服，若是百官人人学他这样唯唯诺诺，只怕朝中尽是庸官了。"

赵恒凝视着寇準："这就是你眼中的王旦吗？"

寇準昂然道："正是！"

赵恒看着面前两叠如山的奏疏，笑道："你想不想看看王旦是如何评价你的？"

寇準冷笑道："无非是说臣太过刚愎自用，独断专行，不将他这个宰相放在眼中罢了！"

赵恒将右手边厚厚的一叠奏疏一推道："这就是王旦与你同殿为相以来针对你的所有奏疏，你自己拿去看看吧！"

寇準接过奏疏，带着一种漫不经心的态度打开，然后一封封地翻看下去。他的神情，从起初的轻慢，渐渐变得窘迫不安，脸色忽青忽白，到最后已经涨成紫红色了……

这是王旦自上任以来为寇準所做的各类辩护举荐担保奏疏，分析细致，指出寇準虽然确有犯其中种种，但为小节，同时又列举其种种政绩功劳，更进一步将赵恒一军，以为仁厚之君方能舍短用长，成就一代功业；同时更有数封奏疏举寇準才能，力保寇準安居相位，自己愿为副相辅佐。最后一封奏疏写道："官家赐弹劾寇準之章问臣，臣以为此中种种，皆为寇準好人怀惠，又欲人畏威，皆大臣所当避，而準乃以为己任，此其所短也。然文官好名，武官好财，直臣无忌，顺臣无胆，人有长短，此皆常性也。知臣莫若君，惟明主择长用短。功大于过，建树大于疏失，皆能用也。然非至仁之主，孰能全臣下之终！"

寇準看完出了一身冷汗。此中种种皆是王旦从别人的弹劾件上一一反驳为他辩护的话，而且也的确指出了他的种种疏忽之处。他自己为人刚愎自用惯了，竟不知平时种种不经意之所为，若教人上纲上线，已是无数大罪。然细细想来，自己确有粗疏无忌之处，若真个细究起来，论个"无人臣之礼"

的名目，确是跑不了的。然王旦奏疏将对方奏疏上一件已经上纲上线之事又化为性格粗疏之小事，将种种连自己都不能为之辩解的事，或辩解掉，或干脆以一句"圣主能容"的大高帽送上去给赵恒消掉。

寇準将奏疏恭恭敬敬地送上去，退后一步跪下请罪道："臣惭愧，臣不及王旦器识雅量也，如此才是宰相度量。"

赵恒微笑道："朕知道，你口中服了，心中却未服。你且起来罢！"他拿起手中另一叠奏疏，"王旦保你，是因为朕还没有给他看这叠奏疏。这是你给朕上的有关王旦的奏疏，你想不想看看，王旦看了这些奏疏会有什么反应？"

寇準冷汗直下，想一想若换了自己是王旦，平时不断地为这个人说好话，突然一下子知道这个人竟然一直在说自己的坏话，真是神佛都会嗔怒。

赵恒挥手，令寇準转入一旁的屏风后，又召来了王旦。

王旦行过礼后，赵恒又将方才对寇準说的话照样与王旦说了，也同样将另一叠奏疏给王旦看了。

王旦慢慢地翻看着，等他看完，也如寇準一样，将奏疏呈上去，并退后一步请罪道："臣惭愧！寇準所说确是有理，臣过于中庸，不能如他这般直言敢谏，这是臣的短处。他所指出的每一件事上的过失，确实都是真的。"

赵恒看了一旁的屏风一眼，故意道："你每每直说寇準的长处，寇準却每每指责你的过失，你有何感觉？"

王旦从容道："臣辅佐吕相、李相、毕相多年，经手的事件多，过失必然比别人更多，这本是实情。寇準为人忠直，并不因为臣与他身为同僚，而向官家隐瞒臣的过失，这正是臣敬重他的地方！"

话犹未完，寇準已经从屏风后转了出来，向着王旦跪下道："王相，寇準惭愧！"

王旦愕然片刻，恍然大悟，向着赵恒磕头，颤声道："官家真是仁德之君。臣、臣感怀无地！"

赵恒亲见自己导演的这一出两相和大戏圆满成功，不由得欣慰大笑。战国时有廉颇与蔺相如将相不和，幸有名士虞卿设计，将蔺相如为国相让之心转告廉颇，廉颇负荆请罪，将相和传为千古美谈。今日刘娥设计，却又把将相和的故事重演，让寇王二相交好，朝局大安。赵恒得意之下一时忘形道："卿等不必谢朕，此乃德妃所献的妙计也！"

寇準错愕道："后妃不得干政，官家岂可听妇人之见？"

赵恒不想此时一团高兴的局面却被寇準一言而弄得老大不舒服，沉下脸来道："与国有益的事，何人不能提议，何言不可采用！你堂堂宰相，却无容人之量……"他说到这里，猛然住口，已经是顾及了寇準面子。

寇準大为难堪，他的性子极烈，更不能忍受此语，方上前一步想要开口，旁边王旦却抢先一步道："官家教训得是，臣忝为宰辅，不能善处臣僚之间的关系，实是有负圣恩，惭愧无比！"

寇準只得退后一步道："臣也告罪！"

赵恒勉强一笑道："你二人往后同心协力，辅佐朝纲，便不负朕今日这一番苦心安排了！"挥了挥手，"你们下去吧！"

半个时辰后，刘娥端坐嘉庆殿，听着雷允恭把刚才御书房之事禀报之后，点了点头："知道了！"

刘美之妻钱惟玉正坐在一旁与她下着棋，见刘娥听到寇準说到"岂可听妇人之见"时，眉毛挑了一下，然后无声无息地叹了口气，转而若无其事地继续下棋。钱惟玉低下头来，也视而不见、听而不闻地继续下棋，过了片刻，走了一着棋，道："这马横在这里，娘子每走一步都要碍着，打算怎么办呢？"

刘娥淡淡一笑，走了一步道："我的炮走这里，不就把你的马移到这里不挡路了吗？"

钱惟玉笑着也走了一步道："可是我这相走上，不就把马替下来了吗？"

刘娥叹息道："太迟了，此时我的车已经直逼中军，这马走回来的时候，棋局已经结束了。"

钱惟玉微微一笑，拂乱了棋局站起来道："娘子棋力高超，我口服心服。"

刘娥接了雷允恭端上来的茶，轻拂着茶汤上的白沫，半晌才道："我累了，就不留嫂嫂了！"

钱惟玉行了一礼，无声退出。

过了数日，寇準提拔了几名官员，赵恒召了他来问："朕看这几名官员，照例资历功绩都不够，不知你为何破格提拔？"

他本是循常问问罢了，谁知寇準却道："臣认为，臣身为宰相，自有进贤能退庸才的权力。若是事事依例而行，那不过是一个小吏的能力罢了！"

这竟是叫皇帝不必过问。赵恒被寇準一句话噎得说不出话来，他是知道寇準性情的,也无心再理会,挥挥手令他下去。

正在此时,王钦若捧了正在编写的《历代君臣事迹》新卷出来,见寇準昂然直出,赵恒看着他的背影半晌不语,心中已经有数了,这边放下书卷,漫不经心地说了一句:"寇相又为什么事情顶撞官家了吗?"

赵恒强笑道:"这个'又'字说得可笑,人君自能容谏臣,却也算不得顶撞。"

王钦若却笑道:"这又是王相做老好人,次次拿这话打圆场。官家这般容忍寇準,不过是认为他在澶渊之盟中有功于社稷吧。"

赵恒意外地看了一眼王钦若:"你这话又怎么说?"

王钦若微微一笑:"澶渊之盟,官家不以为耻,反而认为寇準有功,岂不怪哉!"

赵恒收了笑容,沉声喝道:"王钦若,你且说个明白!"

王钦若跪下道:"臣素习史书,所谓城下之盟,实是屈辱无比。辽军兵临澶州城下,官家以万乘之尊在澶州城中与辽人订立了城下之盟,怎么不是耻辱呢?"

赵恒的脸立刻变得铁青,不再说话。

王钦若见势再进一言道:"赌徒通常会在钱快输光的时候,把剩余所有的钱全部押上去做最后一搏,这叫孤注一掷。官家以为寇準请求御驾亲征的目的是什么?他于危难之时被立为宰相,却拿不出更好的退敌之策来,只有把自己手头的全部赌注都押上。而那个时候,他能够押上的,也只有官家了。官家就是他的孤注,北伐澶州若是成功,功劳自是他的;若是失败,那所有的危险——"他偷偷瞄了一眼赵恒的脸色,大声道,"这辱君丧国所有的危险却都是由官家承担了!"

赵恒浑身一震,一拍御案喝道:"大胆王钦若,竟敢口出妄言!"

王钦若却道:"臣记得,周世宗在世时,欲征刘崇,冯道以为不可,再三谏阻,因而惹怒了世宗。结果此战不利,世宗回京时,冯道已死,乃追谥追封,以示敬重。冯道死时,百官相送,痛泣不已,称赞甚隆。"

赵恒点了点头,却有些不解其意。

王钦若又道:"当日郭威起兵造反,汉主刘承祐为郭允明所杀后,郭威乃认为大业已成,可冯道却仍然当道而立,不以为主,反迫使郭威如往常一般向他行礼。当时郭威手握兵权,已可称帝,却因为冯道的态度,而不得已立刘赟为帝,依旧称臣。这又是为了什么?"

赵恒很自然地回答:"冯道不允,郭威因此不敢。"

说到这里,竟是不由得一怔,细细沉吟起来,仿佛有一层窗户纸被戳破了,窗外竟是另有一番天地。

王钦若就道:"冯道能够一直不倒,不是因为冯道需要向新帝乞活,而是新帝需要得到冯道的支持。当年晋元帝南渡,得王导相助,乃有'王与马共天下'之说。可王导的背后是琅邪王氏,人才辈出,财雄势厚。然冯道出身平平,他的背后可没有王氏这样一个豪族,那冯道凭什么有这样的底气?"

赵恒迟疑地道:"凭的是……时值乱世?"他忽然就有些明白了。那时候,便是帝王将相也不过是如同草芥,朝生不知暮死。

王钦若就道:"冯道的背后没有豪族,但有着跟他一样在乱世之中有能力却无所适从的无数读书人。只要这些人联合在一起,便是乱世中君王也不得不倚仗的力量,是冯道自后梁历经五代而凝聚出的力量。这股力量能够最大限度地保持中枢运转,而不至于一团混乱,还能令新君得以征钱粮坐江山。这股力量超乎君权、曾有功于社稷,令天下不可或缺。"

赵恒张了张口,说不出话来,好一会儿才能发声,只是声音干涩:"朕有些明白你的意思了。"

寇準需要他上前线,北地需要他上前线。他若南迁,那北方这一片土地就要拱手送给辽人。至于战争是否能赢,他这个皇帝能不能活,大宋江山能不能存,其实并不重要。寇準效忠的是这股力量,不是他这个皇帝,也不是大宋王朝。

的确,从后唐至今,有过多少朝代更换,都不过三朝,而大宋至今,也不过三朝。

这样的领悟,似一盆冷水当头浇下,让他寒彻心扉,痛可锥心。

不错,他也知道,"民为贵,社稷次之,君为轻"。当日他毅然前往战场自然也是抱有此心,可是他这个皇帝可以怀有牺牲之心,但臣子却不可以把他当成赌注。自己多番犹豫挣扎,却只是臣子的筹码,那么到底谁才是皇帝?今日之域,到底是谁之天下!是他,还是以寇準为首的这批人背后的北方豪族?而这样的臣子,不止这一个两个,而是覆盖大半个朝堂。

赵恒看着王钦若,声音尤其艰涩道:"朕曾经向王旦提议以你为相,可王旦反对。他说不是你王钦若能力不行,也不是你王钦若人品不端,而是我朝至今未尝有南人为相。"

王钦若道:"而寇準更是于朝堂上公然宣称'南方下国,不宜多冠士'。"

赵恒用力一捶桌案:"这是我大宋江山,不是他们的掌中之物!"

王钦若长揖,没有说话,但这无疑比开口更令赵恒愤怒。

北人排挤南人,这是将这大宋江山视为他们的禁脔。难道南人不是大宋子民?还是这些人,仍然将大宋赵氏视为过客?

赵恒只觉得脑中一阵晕眩,怒喝一声:"滚出去!"

王钦若磕了一个头,抱起书卷,踉跄着退了出去。他的样子虽然狼狈,可等出了门,嘴角却不由得挂上了一丝诡笑。

赵恒来到嘉庆殿,刘娥见他整个人似有些崩溃,忙上前问道:"三郎,怎么了?"

赵恒忽然问她:"我是不是一个没用的皇帝?"

刘娥诧异道:"怎么这样说? 三郎御驾亲征,为天下换来和平;勤政爱民,令百姓生活安康。没有人会认为你不是一个好皇帝啊。"

赵恒冷笑道:"可在他们眼里,这个位置由谁来坐,恐怕没有区别。"

刘娥问:"他们是谁?"

赵恒欲言又止,摆了摆手:"罢了。"

刘娥却道:"三郎,你答应过我,咱们之间,没有隐瞒的事。"

赵恒犹豫半晌,这才将今日与王钦若所谈之事说了,叹息道:"我每日兢兢业业,勤于政务,不敢有丝毫懈怠,宁可自己为难,也不愿意让朝臣失望。我很想做一个好皇帝,可如今才知道,他们并没有如我待他们一样待我。"

刘娥劝他:"那又怎么样? 你是为天下人做这个皇帝的,并不只是为了几个朝臣。你有所作为,有自己的想法,是从自己角度的衡量,而不是朝臣的衡量。天下熙熙,皆为利来;天下攘攘,皆为利往。寇準有寇準的利益,王钦若何尝不是有王钦若的利益。"

赵恒点了点头。他自然明白,王钦若这么说,也是站在他自己的利益方面。南人被北人压得狠了,自然什么话也说得出来。但是王钦若说的,又何尝没道理呢?

看着刘娥,赵恒忽然想到关于立后之事,握着她的手叹道:"冯道虽死,冯道的体系所凝结的力量却依旧掌控着一切。蜀中、江南、吴越之地的人才想要挤进中枢,难如登天。我要立后,这本是家事,如今令不能行,以小见大，我受到的掣肘甚多。"

只有做出一个重大的变局，把朝中人事重新调整，天子，才能有天子之威，有天子之权。

刘娥看着他的眼神，便知道他心中已经有了决断，不禁暗叹王钦若这几年潜心修史，确是可怕。以史为鉴，可以知得失，而一个通史之人，有多大的杀伤力，由此可见一斑。

赵恒自心中存了事，待寇準的态度不免就有些冷淡了。

寇準在王旦面前虽然稍作收敛，但是于众大臣之中依然树敌无数。王钦若早有准备，暗中下手，一时风言风语潜传。

寇準性本粗豪，落在有心人眼中的错处便能挑出许多来，朝中诸人何等眼利，顿时墙倒众人推，纷纷告状。赵恒耳中听得多了，更加不悦。

且说寇準一心要做一个名垂千古的名臣，行事未免有些刚愎过激。凡是君王有言，必要顶撞以求让史官记录下来得一个谏臣之名，凡是同僚提议必不肯合拍，开科取士故意排斥江南人士，录取官员必要选取贫寒的，提拔下属必要选取直言敢说的，赈灾放粮必要超出预算给的，若是听到有什么民间案情，便一定要指派官府偏袒贫穷一方的。

他既然性情如此，则难免有人投其所好，故意不依着司法程序，天天拿着状纸到他的门上投递，只要得寇相一纸书信，无论有理与否都能赢；也有些下属为了升迁，故意惹事而博得直言之名；也有地方官吏夸大其词，故意虚报赈灾数目而中饱私囊。

他的性子又豪放，日日府中开宴招待宾客，酒似流水，歌舞不休。当时劝谏过他的人也不少，张咏听说寇準为相时，当场说："寇公奇才，惜学术不足尔。"这话传到寇準的耳朵里，等到两人见面，寇準故意问："不知张公有何以教我？"张咏见寇準一脸不以为意，沉吟片刻说："《霍光传》不可不读！"说罢起身而去。

寇準疑疑惑惑地看着张咏去了，怀着满腹不解拿了书来看，读到"然光不学亡术，暗于大理"时，失笑道："原来如此，张咏大约自负才学，不过是说我不学无术罢了！"遂放下书不再理它。直到若干年后，寇準再拿起这本书，翻看这段时，方才明白张咏的一片苦心。

第七十三章
天书封禅

景德四年岁末,京中大雪纷飞。这段时间,弹劾寇準的奏疏比雪花更密集地飞向赵恒的御案。赵恒看着如山的奏疏沉思着,周怀政侍立在一边,等着赵恒宣召王旦入宫的旨意。

赵恒只要挥一挥手,周怀政就立刻可以去了。可是——赵恒放下朱笔,重重地叹了口气:召,还是不召呢?

案上这如山的奏疏都是弹劾寇準的,上面还有一封新的奏疏,是寇準自请外放的。那是赵恒叫人拿了全部弹劾寇準的奏疏副本给寇準之后,寇準给的回复。照例,像这样的朝中重臣若是上了辞表,皇帝是可以挽留再三的。寇準上辞表,他的心里也是希望皇帝能够挽留一二的。

但是——留,还是不留呢?赵恒沉吟着。

寇準的辞表一上,王旦就在宫外等着召见了。王旦必然是希望寇準留下的,而自己的心中,何尝没有犹豫过呢?

赵恒为皇子时,与寇準并没有太多交往,当时寇準是太宗皇帝的倚重之臣,由于得罪同僚太多,被群起而攻之,因此太宗皇帝将他下放青州磨磨性子。之后因为皇储议立难定,又将寇準召回。寇準看准太宗心态,大力拥立赵恒为皇太子。太宗末年,其却又恐寇準倚拥立之功而使新帝难以降伏,遂将寇準外放,让他受新帝之恩。赵恒登基之后,在李沆、毕士安先后推荐之下,寇準又入朝拜相,于澶渊之盟中立下大功。

赵恒是个念旧的人,也是个可以容忍臣子们个性的天子。他不会忘记寇準的拥戴之功,他亦非常赏识寇準的聪明才干,可是他难以容忍寇準的刚愎自用和嚣张气焰。他可以容忍寇準在澶渊之盟时的君前无礼,但他不能容忍澶渊之盟过后,寇準有意无意地纵容门客士人将澶渊之盟的功劳记在自己一个人身上。寇準可以生活奢华，可以放任个性，可以荫封亲友，可以坐拥特权，但却不能插手朝廷人事，挑战君权，将自己的好恶凌驾于君王的旨意之上。

赵恒自登基以来，头几年一直谨言慎行，锋芒不露。他在看，也在学着如何做一个皇帝，并非一顶帽子戴上来，他就能够由着自己的意愿发号施令。一个对的举措可以很好地推行，但是一个错误的号令绝对会令他的威信大打折扣，权力旁落。

直到宰相吕端去世之后，他才在李沆的辅助下，大力推行新政，大举裁官，大开科举之门，新皇帝的声音开始传遍九州。不想澶渊之盟打乱了他的步骤，此后寇準为相，一时间朝野上下，寇準的声音竟然比天子更大。

赵恒无声地叹了一口气，他或许表态得太晚了。在王钦若密奏之前，朝野上下无不是一片赞颂寇準之声；而在王钦若密奏之后，朝野上下竟奇迹般地出现一片倒寇之声。揣摩皇帝心思的人很多，可是测知皇帝的心思很难；皇帝希望知道群臣的反应，可是在寇準、王旦一片清流整肃的朝堂上，竟然没有几个人主动把群臣的心思向皇帝表露。

做一个皇帝，需要王旦、寇準这样做事的人，也需要王钦若这样上通下达的人。否则，若是群臣自成团伙，皇帝要看臣子的脸色做人，天子的权势也就荡然无存了。

赵恒定了定神，令周怀政召王旦觐见。

王旦听到寇準上辞表的时候，还想着寇準过于意气用事了。不过就是有几封奏疏说了几句闲话而已，置之不理即可，何必上辞表直接顶上呢？皇帝要经常亲自解决大臣们的个人纠纷，实在没有什么意义。乃至进了御书房，他尚未开口，赵恒便叫周怀政拿了众人弹劾寇準的奏疏给王旦看。王旦看着这些措辞严厉的奏疏，只觉得心越来越冷。这一次的弹劾与前几次不同，明显看得出来，没有什么鸡毛蒜皮的小事，每一封奏疏都直指要害，每一个议题都是从触犯国家法度的角度来开刀。

王旦停下翻看，那一刹那，他有片刻的晕眩：这不是寇準因得罪许多人而被围攻，而是一次经过精心谋划的行动。

王旦推开奏疏，无声地走到御案前，跪下。

赵恒迟缓的声音从上面传下："这些奏疏都看完了？"

王旦俯首道："是，臣都看完了。"

赵恒停顿了一下,忽然声转急促:"你没有话要对朕说吗?"

王旦听出这声音中的犹豫和急促来,他张口欲言,终于轻叹了一口气,道:"臣无话可说。"

赵恒明显地松了一口气,声音转为松弛:"王相平身!"

周怀政上前扶起王旦,赵恒道:"寇準身为宰相,不以律法而以自己的好恶为准绳,拿着国家的爵位俸禄随心所欲赏赐于人,只为自己邀买民心,实在有失大臣体统。长此下去,将来不知会出什么样的乱子。"

王旦拱手道:"寇準是有不检点的地方,天子能容他,臣想他必会感怀天子的恩典,从此修身养性。"

赵恒叹了一口气道:"可他如今身居高位,未必看得到自身的不足。朕看古往今来,许多有大功之人不得善终,皆是不知进退的缘故。如今寇準他自己也已经有所认识了,因此上了辞表。朕若是继续强留他,不免误了他毕生功业。朕打算准其所请,也正是为着爱护于他,保全他的富贵!"

王旦知事已不可挽回,只得道:"官家既然心意已决,臣以为寇準当年未满三十已蒙先帝擢升入了二府,此时若罢去他的相位,也当委任以使相之职,做一方封疆大吏才是!"

赵恒点了点头,口授圣旨,改封寇準为刑部尚书,兼任陕州知州,令王旦回中书拟诏颁行。

王旦退出御书房,走在长长的甬道中,眼望青天,长长地叹了口气,忽然之间眼眶就湿了。

是他误了寇準。

寇準不是一个懂得在官场上如何做人的人,正如你无法指望一个刚正敢言的人圆滑周全。寇準在官场上的人缘不太好,可却一直有人愿意容忍他的坏脾气,愿意为他周全,愿意为他辩护。就如同当年的李沆、毕士安,现在的王旦也一样如此。

能够坐上宰相之位的,必然是素日谨言慎行、不出错漏、天子信任、百官敬服之人;必须是老于世故,善于把握朝政走向,善于控制任何局面之人。这样的人,一般情况下不会轻易得罪人,不会轻易就任何事情表明立场,更不会向群臣传达与皇帝意思不同的声音。然而作为一国宰相,他要掌控局势,他需要在朝堂上有另一种声音供他选择,供他发挥。

直言敢谏的寇準,就是最好的另一种声音。

王旦的好人缘里,有多少是寇準的坏人缘铺了底;王旦处理政事的游刃有余中,有多少是借助了寇準的仗义执言;王旦的深得皇帝倚重中,有多少是因为皇帝对寇準的不满而一次次将权力加重给王旦;有多少次得罪群臣的话,王旦到嘴边又咽下,因为他知道寇準会帮他说出来;有多少次逆了旨意的事,他欲行又止,却是寇準冲上去顶上了……

也同样,他纵容了寇準的脾气一次次见长,他纵容了寇準的骄横放纵,他纵容了寇準的越权越位,因为他不想那个跟寇準起冲突的人是自己,因为他不想寇準的坏脾气落到自己的头上使自己难堪,所以有些早就应该说的话他没有说,早就应该劝的话他没有劝,早就应该阻止的事他没有阻止。

如果在这一次次的冲突中,他能够有决断敢担当一点,他能够不畏事不自私一点,也许寇準就不必背负这么多的积怨而被逼出朝堂。他高估了自己的掌握能力,他高估了天子的容忍程度,他低估了王钦若,也低估了另一股即将崛起的潜在势力——直到如今的一发不可收拾。

王旦蹒跚地走在甬道上,像忽然老了好几岁。没有寇準的日子里,他将孤身面对来自各方面的压力,前面的路将更加艰难。

寇準被贬出京后,赵恒本欲提拔王钦若为相,却被王旦反对,因此不再提起。王钦若虽然心有不甘,但也只得再思别计。

这段时间,赵恒却因为王钦若那番澶渊之盟是城下之盟的话,心里常常觉得不受用。王钦若趁机进言道:"太祖皇帝一手打下大宋江山,太宗皇帝时又有灭南唐、收吴越、平北汉的战绩。官家春秋正富,岂不应该留下一番名扬天下的功业?"

赵恒听得怦然心动,问道:"何谓名扬天下的功业?"

王钦若知道赵恒并不想动兵,故意道:"澶渊之盟订得不公,不如再次发兵,直取燕云十六州?"

赵恒连连摇头:"一则背盟叛约,非大国之风;二则河北生民方免兵灾,朕何忍再动兵戈。此法不可!"

王钦若道:"既然官家怜惜生民,不愿意再动刀兵,臣还有一个办法,可以兵不血刃,达到威慑辽国的目的!"

赵恒问:"是何办法?"

王钦若道:"官家可知,当日萧太后为何在占有优势的情况,只定下三十万的岁币便匆匆撤兵?"

赵恒看着他:"自然是朕亲临澶州,大败辽军,曹利用折冲樽俎得宜所致。"

王钦若摇头道:"非也。依臣看来,她是畏于天命。辽人向来无进犯中原之心,每次南侵,亦只不过是得些金帛便宜而已。当年辽太宗耶律德光一意进攻中原,述律太后曾经劝他说:'如果汉人做契丹王,可否?'辽太宗说:'不可。'述律太后又说:'既知不可,那你何必非要做汉王呢?汉人难制,便是得了汉地也不能久留,若有何意外,后悔莫及!'辽太宗不听劝,果然身死异地。尸体回乡,述律太后因他不听母命,而不许他安葬,以此警戒后人。此后历朝辽帝均明白汉人治汉地、契丹统治辽地的道理。那萧太后自恃曾有过高梁河之役和雍熙北伐的胜利,想要破了这个传言,因此领兵进犯。谁知道兵马未动,先是折损了耶律休哥,后来耶律斜轸又在军中阵亡。萧太后也算得性情极悍,不但没有因此退兵,反而在萧挞凛的煽动下再次南侵。谁知道官家御驾亲征,未到澶州,萧挞凛已被床子弩射死。那萧太后再是倔强,也由不得她不相信这天命所在,辽人不可南侵的道理。"

赵恒微微点头:"这倒也有理。"

王钦若又道:"况且辽人向来敬畏天命,获飞鸟谓之天赐,猎走兽谓之地与,必要拜谢天地。萧太后数次行再生祭礼,也是以自己权位为天地所赐的理由来掌握契丹的二百部族。想当日也是因为官家行太庙祭祖之礼昭告天下,所以王继忠阴谋叛乱才不能得逞。因此臣认为,为了威慑辽人,不如效法历代明君圣主,行封禅之礼,昭告天下,大宋天子乃天命所归,以镇服四海,夸示外邦。尤其辽国最敬畏鬼神,必能够达到威慑的目的。再则,自唐末以来,征战百年,百姓人心惶惶,官家行封禅大礼,则是太平盛世的象征,可以安天下百姓之心,更增对朝廷的拥戴和身为大宋百姓的自豪感!"

王钦若精通史实,口才又好,引经据典,指说中外故事,说得赵恒不由得点头,只是微一犹豫,道:"历代都是国泰民安,必得世上罕见的祥瑞之时,才可下封禅的诏书啊!"

王钦若微微一笑:"所谓历代的祥瑞之事,又哪里件件是真的天降地生的?汉高祖斩白蛇,化出一段赤帝白帝的传言来;河图洛水,又哪一件不是人力所为?圣人以神道设教,只要君王做一个信奉的姿态,便足以教天下人信其为神明了。"

赵恒点了点头,又道:"只是泰山封禅,所需费用,又不知要消耗多少国

库钱财。国家尚贫困,朕此时不宜为了示威而置百姓于不顾啊!"

王钦若躬身道:"至于国库费用,非臣所职司,臣不敢妄言,官家何不召三司使丁谓前来一问,国库是否有余钱举办封禅大典?"

赵恒遂召了丁谓来问:"朕且问你,国库所得收入,可能承担得起一次封禅的费用吗?"

丁谓早与王钦若商议过此事,因此来时已经是胸有成竹:"回官家,臣这里有景德年间的全部赋税收入,与咸平年间相比,全国新增五十五万多户人家,赋税收入增加三百四十六万多,仅这增加的赋税部分就足以支付好几次封禅的费用了。况且,天子封禅能安定民心,促进生产,让流民定居耕种,天下各州及与边境的贸易也会增加。封禅花出去的钱,只怕从来年赋税上就可以很快地收回。"

王钦若忙道:"这正如毕相当年所说的,虽然给付辽国岁币有三十万,但我朝不但可以省下大量的军费,而且每年可以从与辽国的榷市赋税上收回百万之数,虽有所付出,但所得更大。"

赵恒点头道:"以钦若的建议,最好能在封禅之后,在京中修一座供奉上天的玉清宫,只是大兴土木,我怕朝臣们反对此事!"

丁谓眼见正是趋奉之时,忙道:"天子富有四海,祭奉上天,又有谁敢说您的不是!且官家至今只得一个皇子,臣建议可建宫在宫城的乾地,正可以祈福,便是朝臣们,只要说明原因,又有谁敢阻拦官家祈福求子?"

赵恒听到求子一事,正中隐痛,不由得点头,道:"很好,此事就由你们二人着手办吧!"

过了几日,王钦若就献上了精心绘就的封禅图。

这图轴极大,铺开了在长廊上足有数丈长。数名宫人拉着图轴,赵恒带着刘娥一边看,一边将此前王钦若的设想一一说给刘娥听。两人从这一头慢慢地看到另一头去,看了近半个时辰还未看完。

王钦若这卷图轴将封禅的整个想法设计全都详细地列了出来,工程浩大,而且自筹备、兴建、设祭、主持等等,设了大量的官职。王钦若精通史书,满腹文才,每一项皆引经据典,内涵极深。这一番图轴显见用了许多心血,绝非一朝一夕能做出来的。

刘娥越看脸色越是凝重,原以为王钦若只是自恃才高不服在寇準之下,如今看来，他的野心远不止于此。

赵恒看她脸色有异，问道："小娥，你有什么想法？"

刘娥挥手令周怀政等人收起图轴退下，看了赵恒一眼，大胆道："这次封禅大破常规，举动浩大无比，依我看，倒像是重组一次内阁。"

赵恒沉默片刻，忽然笑了起来："真不愧是我的小娥。"

刘娥微一思索，不由得心惊："三郎不满意王相了？"

赵恒摇头："不，我还是要倚重王旦的，这朝中上下，他也确实是无人可以取代。只是……"

刘娥问道："只是什么？"

赵恒冷笑道："只是自寇準外放之后，王旦不知为何像是转了性子，竟然将寇準的脾气学了十成十，内阁之中针插不进。我本提议让王钦若接替寇準的位置，不想王旦一口拒绝，倒像是虚位以待寇準回来似的。"

刘娥点了点头："若是让王钦若插入，来对王旦有所牵制，亦是不错。可是……"她犹豫了一下，"王钦若显然是要君。古往今来，有多少臣子巧立名目多生事端，或修土木工程，或祈福祭天，或借神道之言，名义上为国为君，其实是利用这个事端，借天子、国家之名，将普天下的官职、钱财任意调遣，变为自己的权势。此等事不可不防啊！"

赵恒点了点头，若有所思："小娥这番话，当真把古往今来臣子们努力施政的心思都说透了。只是说透了又如何？臣子们努力想法子以便要君挟权，为君王者亦可以利用他们这份心思从容制衡。天下熙熙，皆为利来；天下攘攘，皆为利往。要推行一件事，也必得容做这件事的人从中得到好处，否则，只怕无利之事，后续无力。水至清则无鱼，臣子们也是寻常人，不是圣人，倘若一个人无欲无求，倒是可怕了。为君者倒不怕臣子们有权欲名欲利欲，知道他们的欲望在何处，方可为我所用。"他长叹了一声，"封禅之事，虽然是王钦若之议，却的确是当下应该行的事了。正如王钦若所言，一可以安定天下百姓之心；二可以镇服四夷天命所归；三则我要他们看明白，大宋立国至今，已经不是五代十国的时候了，我要看看他们是选择继续抱紧过去的力量，还是臣服于当下的天命。"

刘娥知道他心中所思。赵恒是大宋开国以来第三个皇帝，太祖、太宗有开国之功，他身为天子，自不甘心毫无建树。他自登基以来，勤政不息，亲自巡察边关，亲征澶州，大开科举，大举裁官，兴修水利农田等，如今积累到一

定的程度,也应该给天下一个盛世已经到来的交代了。

更何况契丹虽订盟约、夏州虽然来归,但都是暗伏野心,蠢蠢欲动,而辽、夏均十分相信神道,封禅之举也确是展示国力,借神道之力以镇服四夷。同时,天子的权威也需要更进一步的加强。

刘娥低头暗忖。如今朝堂之上,北官力量太大,这于建国之初有用,但到如今却于国有碍,连赵恒上次提出的立后之议也被驳了回来。王钦若举动背后的深意,她看出来了,而赵恒也看出来了。但是既然赵恒有意推行,对于她来说,未尝不是一件顺水推舟的好事。

刘娥想到这里,转而笑道:"三郎说得有理,是我多虑了。"

赵恒点了点头道:"不,小娥,你一句'要君'之言也的确是提醒了我,不过我此举还有第四点原因,"他缓缓地道,"我也是希望,我的这番诚意能感动上天,让上天真的能够再赐给你我一个新的孩子。"

刘娥心一沉,微微别过了头去。

第二年正月,皇城司上奏,说城门守卫看见左承天门南鸱尾上有一条黄帛吊在那里,不知道是什么征兆,特来上报。

此时赵恒正在朝元殿接受群臣及外国使臣的朝贺,听说此事,连忙派周怀政前去一看,这边对文武百官说:"去年冬天十一月间,庚寅日夜半,朕方就寝,忽然觉得宫室中光华灿烂,见一仙人着星冠绛衣来对朕说:'来月宜就正殿建黄箓道场一月,当降天书大中祥符三篇。'说完就不见了。朕正疑惑着,因此十二月间在朝元殿设道场一月。但是此事非同寻常,因怕引起疑惑,所以不曾对人明言。如今城门上见帛书,难道真有天书下降这种事不成?"

王钦若当即出奏道:"官家至诚格天,应该上邀天眷。"

赵恒含笑点头,过得一刻,见周怀政已经回来,跪奏道:"小的去了承天门外,果然见有帛书挂在空中,约长二丈许,卷成一卷封住,小的远远看着,那封口上像是隐隐有字。"

赵恒故意道:"这莫非是天书不成?"

此时知情的大臣们忙着上前添油加醋地道贺,不知情的大臣们瞠目结舌,不知如何是好,只得乱哄哄地随大流跪下朝贺。

赵恒道:"若真是上天赐下帛书,须得由朕亲自前去拜受。"说着,带领群臣步行出殿,直抵承天门前。但见左承天门南鸱尾上有一条黄帛正随风飘荡,摇曳空中。

赵恒率群臣望空而拜,三拜之后,即命两名内侍搬来梯子,登上去恭敬地取下那条黄帛,再奉送到道场上打开。但见那黄帛上写着文字:"赵受命,兴于宋,传于恒。居其器,守其正。世七百,九九定。"

赵恒又向天书跪拜之后,令陈尧叟打开天书向众臣宣读。

天书共有三卷,大致内容亦不过是赵宋如何能够得国,乃天命所归,如何将传世永久云云。

那些外国使臣本就文化不多,且敬畏天命,此时更是听得心中骇然,暗道怪不得大宋天子能得天下,原来是上天早就注定了的。

待得天书读完,赵恒仍然跪拜领受,仍用原帛裹着天书,令人封入金匮之内。赵恒下旨,君臣皆要茹斋戒荤,同时派遣人到太庙告天地宗庙社稷,大赦天下,并于即日起将年号改为大中祥符,今年即大中祥符元年(1008)。左承天门也同时改为承天祥符门,置天书仪卫扶持使,令宰执近臣兼任。

王旦原本并不同意此事,刘娥设计,在宫中设宴之时,赵恒赐予王旦一壶封口了的御酒,让他带回家享用。等王旦回到家中打开那酒壶时,发现其内哪里是御酒,分明是满满的珍珠宝石,粒粒晶华璀璨,珠光流转。

王旦自寇準离开之后,压力倍增,数招赵恒之忌。赵恒要以王钦若继寇準为相,他知道若王钦若插手,则会引起整个内阁的大变动,导致政局走向自己无法把握的境地。此番王钦若搞这一套天书封禅,也是变相架空他这个首相,因此坚决不同意。

本来若是赵恒以君王之威相逼,自己尚可抗辩,不料赵恒却暗中如此恩赐,忽然间,那股刚强之气就松了下来。君臣恩遇到此份上,皇帝已经以此等方式向他屈尊,夫复何言,难道当真要与皇帝作对到底吗?

再说,他在心中微弱地为自己辩护:"古往今来,帝王或驱骋田猎,或淫流声色,做臣子的反对抗谏,还有理可恃。当今天子崇真奉道,实为天下社稷和万民祈福,并非沉迷于田猎声色之中!虽然有扰民费财之说,但是,却也有安定天下之心啊!王旦啊王旦,难道你也要像寇準一样把自己弄到不可收拾的地步吗?"王旦捧着酒壶,心中已经妥协了。知道赵恒心意已决,他既然领受了珠宝,少不得要领头做足这场戏了。

天书下降后数日,首相王旦率文武百官、诸军将校官吏、藩夷僧道耆寿共二万三千二百余人,上表请赵恒封禅。赵恒故意推托,直到第五次的表章上来，赵恒才下旨封禅泰山。同时下旨，封禅费用浩大，先从宫中节俭，宫中内外除命服外，不得以金银为饰。

此后，准备封禅等事宜让群臣忙得不可开交。

此时因为辽宋和议边境和睦，天下各州府都民生安定。且赵恒自登基以来，屡派大臣到全国各地兴修水利，襄阳淳河可灌民田三千顷、河北诸渠可灌田数万顷，治理黄河、长江等流域，又得了数万顷的良田。同时占城稻已经在汴京以南地区推行，百姓们不再流离失所，且田地收成大大增加，全国上下因此也有闲心兴高采烈地迎接这一场大庆典。

自开国以来，普天下各州各府还是第一次这般热闹，万民齐贺这场盛典，各地纷纷报上祥瑞。

五月，前去泰山准备封禅事务的王钦若上表说泰山顶上醴泉涌出，锡山苍龙出现。

六月，又发现天书再降泰山醴泉北面。

八月，王钦若进献芝草八千余株。

九月，赵安仁又进献五色金玉丹、紫芝八千七百余株。

十月，赵恒下旨出京往泰山行封禅之礼，用玉辇载着天书先行登途，自备卤簿仪卫随后出发。途中历经十七日，始至泰山。王钦若迎谒道旁，献上芝草三万八千余株，赵恒慰劳有加。而后斋戒了三日才上泰山，途经险峻之处，赵恒便下辇步行。又一日，开始祭祀昊天上帝，并左陈天书，配以太祖、太宗，命群臣于山下封祀坛祭祀五方帝及诸神。礼成，出金匮函封禅书，藏置石箧。赵恒再巡视圜台，然后还幄，王旦复率从官称贺。

翌日，在社首山祭地，仪式同祭天一样。而后赵恒又登朝觐坛的寿昌殿受百官朝贺，上下传呼万岁，震动山谷。有诏大赦天下，文武百官都得到晋升。同时，令开封府及所过州郡考选举人，赐天下聚饮三日，又改乾封县为奉符县。

待得封禅之后回到京中，诸事完毕，又是一年过去了。

次年春天，赵恒又下旨，宣布免去各路百姓历年来欠下的赋税。消息传来，百姓欢呼之余，不免暗暗祈祷赵恒最好多封禅几次。

第七十四章
后宫生变

虽然封禅耗费甚大,但五代之后,中原多战乱,百姓竟不知如今是何人之天下。大宋虽立国三朝,但其实百姓心中却未安定。此番皇帝封禅,一路传扬,皇帝车驾去后,沿途生产竟渐渐恢复。也就在此番过程当中,三司使丁谓的能力也落入皇帝眼中。

这日赵恒与刘娥用晚膳的时候,也当成一个逸闻来说:"丁谓此人颇为能干,不但将开支核算得极为明白,又想出许多生财之道来。"

刘娥就想起来:"前日你让人带来的《会计录》便是这丁谓写的吧。我正在看,果然是极好。古往今来,国家财税度支出问题,皆在于人丁、田亩、赋税不清,各地自行其是。不想丁谓竟有这样的毅力,能够真的做出统计来。"

赵恒:"是啊,我如今才知道,如今天下有将近七百万户,一千……"

说到这里他有些想不起来了,转问周怀政:"一千多少来着?"

刘娥一边布菜一边回答:"景德四年新收户三十三万二千九百九十八,流移者四千一百五十;全国总共实管七百四十一万七千五百七十户,计一千六百二十八万零二百五十四口;户税收入共六千三百七十三万一千二百二十九贯、石、匹、斤。同咸平六年相比,增加五十五万三千四百一十户,二百万零二千二百一十四口,三百四十六万五千二百九十贯、石、匹、斤。"

赵恒一怔:"你都记住了?"忽然想起旧事,笑了起来,"你还真是过目不忘,以前教你背诗词的时候,你连字都不认识,我头一天教你,第二天你就能记得一字不差。不像我,最近好多事都记不住了。"

刘娥笑道:"你每日朝上那么多事情,有三五件记不清,那才是正常的,若都能记得,岂不成神仙了。我们没什么事,不过几件记得清楚罢了。"

赵恒却道:"我知道,我不聪明,不用你安慰。从小不要说和大哥、二哥比，就算是和四弟、五弟比，我也是武不如四弟，文不如五弟。"

刘娥见他情绪低落，忙去安慰："可是要论做皇帝，论包容天下的气量，却是谁也不及你的。"

赵恒也知其意，笑了："就数你最会哄我，我要在意这个，早不活了。我知道的，天下人才何其多也，我哪能都跟人比长处。我也有我的优点，我脾气好，能听取大家的话，能集思广益，合众人之长，就是优点。"

刘娥忙笑道："我还想夸你呢，没想到你自己把自己夸完了。"

两人又说了些朝政之事，赵恒与刘娥谈及免税之事，刘娥想了一想，忽然一笑。赵恒见她笑得别有深意，不禁问道："小娥，你笑什么？"

刘娥笑道："不过是想起小时候听过的一个笑话罢了。"

赵恒心知必有古怪，便问道："是什么笑话，说来听听？"

刘娥便道："说有一个农人，某次上山打柴时，见到草丛中有一个大的鸟窝，鸟窝里头有五个色彩斑斓的鸟蛋。农人心想，听说此山中有凤凰出没，这莫不是传说中的凤凰蛋？农人忙抱了这五个巨蛋下山，心里想着，凤凰蛋乃是个祥瑞之物，不是我这等平常百姓可以享用的，须得进贡给官家才是。只是他一个寻常百姓，如何见得到天子？便将此物献给了地保。那地保见了凤凰蛋，难免心动，心想这等稀罕之物，我少不得要留下一个做传家之宝，反正官家得四个凤凰蛋亦是足够了。这样想着，便偷偷私吞下一个凤凰蛋来。只是那地保也见不得天子，便呈给县令，那县令便也私吞下一个凤凰蛋，转呈督府；那督府见了凤凰蛋，也不免私吞下一个来，便将剩下的两个凤凰蛋急速送到京中呈与宰相；那宰相依样画葫芦，到最后，便将仅剩的一个凤凰蛋呈与了官家。官家大喜，心想这山野村夫得到宝物时，心中竟想着朝廷，实是难得，便赐下一个大大的金元宝予那农夫……"

赵恒听到这里，笑道："可惜可惜，这农夫原该得五个金元宝，如今却只剩下了一个，实是可惜！"

刘娥笑着抿一抿嘴道："故事还没完呢！那宰相拿了金元宝，换了一个银元宝赏给那督府；那督府万不想自己两个凤凰蛋送上去只得一个银元宝，回府便把银元宝换成了铁元宝；那县令拿了铁元宝，很是不服，心想算了，这么大个铁元宝拿回家还能打把菜刀，便换成一个锡元宝给那地保；那地保见了不服，心说怎么四个凤凰蛋才换得一个锡元宝，没奈何，这锡元宝拿回家去还能打只酒壶。眼见那农夫来问官家赏了些什么，那地保只得拣了个元宝大的石头疙瘩给他罢了！"

赵恒哈的一声笑了出来，笑了两声便停下来叹道："你这笑话初听虽是可笑，细细品来，竟是可畏得很。若官吏们如此层层盘剥，当真出现一个农夫进献了五个凤凰蛋只换得一块石头疙瘩这样的事例，这社稷江山还能坐得稳吗？"

刘娥肃然道："三郎你减轻赋税固然是天大的好事，但是以我从前在民间所知，太祖、太宗皇帝时也曾经多次宣布减轻赋税，只是若此事执行不力，许多地方官吏阳奉阴违层层盘剥，则朝廷的一番美意也不过是让他们的腰包更鼓了，对于百姓来说，并未得到好处。我大宋朝廷的官员自然多是贤能，但只要地方上有些微蠹吏，则不免朝廷赏下的金元宝到了百姓手上只剩下石头疙瘩了。于朝廷来说，这般蠹吏只不过是少数，于当地百姓来说，这些人则是代表了整个朝廷！"

赵恒脸色肃穆，好一会儿才道："整顿吏治确是一件大事。本朝原自乱世中建立，为了吸纳人才，便要厚待官吏。这吏治不治，固然不成，但若是动得厉害了，地方上立刻就不稳。咸平三年，我一次就裁撤了近二十万冗吏，至今地方上元气还不曾恢复过来呢。"

刘娥笑道："是啊，只为那几次北伐征兵征粮征饷，任用了许多官吏。官家一道铁旨何等果断，我至今记忆犹新。治大国若烹小鲜，如今这地方上的官吏，短期内自是不宜再动。金元宝变成石头疙瘩，只为天子的号令，未能让地方百姓知晓，而地方百姓上缴多少，京城也不清楚。我的浅见是，朝廷可以派出使者到各州府去晓谕百姓，朝廷已经免去积欠的赋税，同时亦可监督和了解百姓到底有没有从朝廷的恩旨中得到实惠。这样一来，则地方的蠹吏就无法再行欺上瞒下之事了！"

赵恒点了点头道："难得你如此处处为民着想。"

刘娥笑道："我原是平民出身，若非三郎垂爱，我此刻与他们何异呢！"

赵恒叹道："话虽如此，这天底下有多少人一朝得志便忘记了根本呢！"

过得数日，赵恒便派出数十名使者到各州各府去张贴朝廷免欠赋的号令。此番由朝廷亲自派员下去监督，果然收效甚好，百姓实实在在地得到了朝廷的恩惠。

却说这段时间，后宫之中，刘娥发现有些异样。赵恒一直以来与她亲密

无间,纵然后宫妃嫔再多,他也不过应付一二,大部分时间还是宿在她这里。但是不知道从什么时候起,赵恒好像好几次都因为朝政繁忙而没有过来。

夫妻之间若是极亲密的,有任何变化,只要留意,就会有蛛丝马迹留下。刘娥觉出异样来,也不说什么,只叫雷允恭去打听。过了数日,果然打听了出来。却是赵恒这几日,临幸了沈才人。

之前的那场立后风波,沈令仪作为当事人,自然也是清楚内情的,她怀着当皇后的心进宫,就不会有屈人之下的意。只是如今她也不过是区区才人,当务之急,自然是获得皇帝的喜欢。

但自她进宫以来,皇帝也不过偶尔来看,更只有刚进来头几日有所临幸,此后顶多赏赐些东西,却没有多加关注,让她不由得心中有些焦急。思来想去,不免疑心到刘娥身上去,想着必是她忌惮自己,才阻止皇帝过来。

但她也不可能学徐氏与小陈氏那般经常去花园或者别的妃嫔处"偶遇"皇帝。否则,纵然得了宠幸,只怕将来也会在名声上留下污点。

因着宫中之前出过一位陈贵妃,虽然她人已经不在了,但宫中还是有些避忌,就称呼现在的这个陈氏为"小陈氏"或者"小陈娘子"。小陈氏听了这事,还在她面前抱怨过一阵。但也恰恰是这件事提醒了沈令仪,让她看到了一条新的途径。

那位传说中的陈贵妃虽然早逝,但位分犹在如今得宠的德妃之上,据说她是因为爱书成痴,经常在秘阁看书,以至于秘阁走火的时候还未发觉,不小心被火烧伤,香消玉殒。

沈令仪虽然觉得这位陈贵妃未免太傻,失去了天大的福分,但也给了她一个启发。更何况她也打听过,如今宫中内宦之首刘承珪就是个爱书之人,据说陈贵妃能得宠,也与他在皇帝跟前引荐有关。

于是她就去了秘阁借书,虽与刘承珪遇见过几次,借故攀谈,但刘承珪都神情寡淡,反应木讷,几次以后,她就不再从这方面打主意了。但却也知道了皇帝经常会来秘阁看书的事,她打听了时间,前两次故意在皇帝将至时匆匆避开,第三次时却因"沉迷书中内容"而延后了一小段时间,及至皇帝出现,才"避之不及"地相遇了。但她并没有借此攀谈,反而是匆匆辞别。

一来二去,皇帝就渐渐对她起了兴致,后来又遇上几次,就谈些书上的内容。恰一日下雨,她与皇帝都在秘阁,那天下午听着雨声,闻着香气,皇帝便在秘阁中临幸了她。此后或召她去万岁殿,或在早朝后与她偶试云雨,一来二去，竟有了几分意动。

赵恒如今已经四十多岁了，膝下却并无亲子，任何一个男人都不免会为此心焦。朝臣的进谏、身边近侍的哄劝，让他起了心思。

他对自己说，他只是想要一个属于自己的儿子，这是任何男人最正常的需求，更何况他是皇帝，他有一个江山需要自己的血脉去继承。

但他没有想过让沈令仪成为皇后，皇后自然是属于刘娥的，这一点他不会改变。他只是希望沈令仪能够生下一个儿子，这个儿子可以由沈令仪自己养，也可以对外宣布抱养给刘娥，这样他就可以立刘娥为皇后了。

虽然他已经过继允让为嗣子，这个孩子也非常聪明懂事，但是只要有一丝可能，只要他一息尚存，他都更希望是自己的亲生儿子继承这个皇位。

更何况允让的生母不贤，若是允让继位，将来他又怎么会不放出自己的生母，到时候刘娥又何以自处呢？若是他的亲生儿子，那自然会孝敬刘娥，待他百年之后，会帮着他继续照顾刘娥的。

这时候他忽然有些明白父亲当年的心情了，明白为什么父亲宁可拼着一世清名不要，也要将皇位从四皇叔的手中夺回，传给大皇兄了。那时候他们还太年轻，还不知道皇权是什么。

而他，如今明白了。明白了，就不能放手。

杨媛时刻关注着刘娥的变化，所以刘娥这几日神情恍惚、若有所思的样子也让她瞧在了眼中。这一用心，就查到了最近雷允恭要打听的事。她如今一身荣辱都系在刘娥身上，听说以后，比刘娥自己还着紧，立刻赶去嘉庆殿问刘娥："姐姐打算怎么做？"

刘娥一怔，强笑："妹妹说的是什么？"

杨媛也不掩饰，直接道："我说的是沈才人。"

刘娥故意装糊涂："沈才人又怎么了？"

杨媛恼了，冷笑道："你我姐妹，难道还分彼此吗？姐姐说这话，分明是把我当外人。姐姐是为了沈才人的事而伤神吧。"

刘娥勉强一笑："媛妹多虑了，我在宫里走到今日，又怎么是一个沈才人能够影响得了的。"

杨媛却道："那姐姐因何神伤？"

刘娥不由得抚了一下脸："哪里的话，不过是因为最近时节变化，有些不

适应罢了。"

杨媛忽然问："官家昨夜是不是没来？"

刘娥脸色变了，强笑："朝上事忙，官家哪能日日都来。"

杨媛顿足："姐姐，如今到这种地步了，你还要坐以待毙吗？"

刘娥扭头站起："媛妹别说了，我不想听。"

杨媛急了，拉住刘娥："姐姐你好糊涂，如果你和官家之间真有什么事，你以为只是你们两个人的事吗？你忘记大车姐姐是怎么死的了吗？这是会让我们所有人都粉身碎骨的事啊。"

刘娥本能摇头："不——"

不，他不会这样对我的。

杨媛看出她未说的话来，冷笑道："古往今来，后宫多少女人就是死在'官家不会这样对我'的自信上了。姐姐，千里之堤，溃于蚁穴，纵是恩情如海，也架不住什么时候漏了个口子，就把水给漏完了。"

刘娥无力摇头："媛妹，你别问我，我的心乱得很……"

她知道杨媛的意思，她要她去斗。她并不是拿沈才人没办法，她只是不敢去想——他是不是真的变心了。

她竟是不知所措。这几日她翻来覆去无法入睡，一时想，自己这一生孤零零地来去，连他的心都变了，她又有什么可争的？一时又想，她咽不下这口气，想去问他，为什么会变了心意。一时又想，他若已经变了心意，那又何必多问，撕破了脸，反而令自己没有了变局的机会。一时又想，一个变了心的他，她争来又有何用？不过是个躯壳而已。就算赢了，她又有什么意趣！

她来来去去地想着，一时走不出这个茧来。其实她早年历经波折，求生之志最强，只不过是这些年来赵恒的温柔深情，让她有了许多自我的束缚。便是杨媛不来，她也不会就这样坐以待毙的。

杨媛却不知道，见她这样回答，不由得急了，道："姐姐，我相信官家不是这样的人，他和你这么多年的感情，他是怎么样待你的，我们都看在眼里，怎么可能说抛下就抛下。你和官家这么多年不容易，哪能这么轻易就败给一个小丫头？"说到这里，她不禁哽咽，"一入宫门深似海，这么多年，我只要看着他待你的一片深情，就觉得人世间还是有许多温情的。若你们也……"若是他们到最后也走到帝王薄情，宠极而衰这一步，这宫中也太让人绝望了。

刘娥目光飘向远方。是啊，她与他，是患难夫妻。这么多年一起走过，他对她从未以妃妾视之,待她比待皇后更胜三分。入宫这么多年,他们如寻常夫妻一般,她从不需要为争宠费心。除了郭熙出于忌恨给她带来的麻烦外,她在宫中顺风顺水。皇后去世,宫中人人都认定后位是她的。便是她自己,虽然口中不提,心中也觉得是"舍我其谁"。所以她不屑于弄阴谋,不屑于耍手段,她想保有原来的她,为的是能保有原来的他。

她明明可以不理会那沈氏,由着皇帝和朝臣硬顶,却还是设法从中转圜,让沈氏入宫做了才人。她善待后宫妃嫔,带着她们玩乐,希望她们不要只为君王恩宠而困住一生。但是她所有的谦让和宽厚,都源自她很笃定皇帝的心在她身上,无论什么人都夺不走。

可是她却漏算了一点:皇帝毕竟年过四旬,她盼着有一个孩子,他又何尝不是!当日郭熙逼他立嗣,放纵李阮揽权,都是要他真正去体会无子的切肤之痛。郭熙是要逼他正视她刘娥已年过四旬的事实,只要他去宠幸新人,新人生下皇子,那就是郭熙打败了她刘娥。

现在,郭熙终于成功了吗?

杨媛见刘娥沉默不语,急道:"姐姐,只要你点个头,不需要你做什么,甚至不需要你说什么,只要你许我出手——"

刘娥沉默着,但终于摇了摇头:"不,媛妹,我不要你出手。我、我自有我的办法。"

且说这日赵恒下朝,方回到嘉庆殿中,却见杨媛站在刘娥身边,正愤愤地说些什么。见赵恒到来,刘娥忙停了话题,率杨媛含笑迎驾。

赵恒坐下接了茶喝着,一边笑道:"你们俩在说些什么呢?说得这般入神,连我来了都不曾听到。"

杨媛急忙道:"官家问得正好,姐姐受了委屈了,官家是不是还会为姐姐做主?"

赵恒这才看到刘娥眼角微红,忙问道:"谁敢让你受委屈?快说出来!"

刘娥笑道:"没有的事,不过刚才沙子迷了眼,先是教媛妹误会,如今又教官家误会了!官家如此宠爱于我,我不给别人委屈受倒罢了,谁还敢给我委屈受!"

杨媛这边已经是按捺不住:"姐姐,你为什么不说出来呢?你不说我可要说了……"

话未说完,刘娥已经是沉下脸来道:"媛妹,你别给我生事,少说两句不成吗?"

赵恒已经是听出来了:"怎么了?"笑着握住刘娥的手道,"你吓得住阿媛可吓不住我。阿媛,你只管大胆地说!"

杨媛生怕刘娥阻止似的,急急忙忙地说:"沈才人以未来皇后自居,还在后宫诸嫔妃之间拉帮结派,处处对姐姐无礼,甚至于、甚至于……"说到这里,竟是停了下来。

赵恒就问她:"甚至于什么?"

杨媛就道:"她说她将来要为官家生下皇子,入主中宫。那些生不出儿子的人,不应该霸着官家。"

赵恒有些不信:"怎么会呢? 沈氏哪至于到这种无礼的程度。"

杨媛冷笑:"官家不信吗? 只管去问问,我还敢说一句假话不成? 她凭什么敢这么做,不就是仗着官家宠爱她。官家,姐姐进宫这些年,谁敢这样踩她,谁敢给她这样的委屈受? 官家,您就算移情变心了,可不可以也给姐姐留一些体面,何至于让这样的小丫头来羞辱她?"

赵恒斥道:"胡说八道,什么移情变心,这是根本没有的事!"

杨媛冷笑道:"敢问官家何时立沈才人为后? 到时候我一剪子铰了头发做姑子去,别服侍了官家一辈子,临了倒受这黄毛丫头的气!"

赵恒喝道:"够了,不许胡闹! 我除了小娥,怎么可能会立别人为皇后? 我对小娥的心从来就没有变过,更不可能去喜欢别人。"

杨媛诧异:"此话当真?"

赵恒转向刘娥:"别人不知我,小娥,你怎会不知我?"

刘娥脸一红,忙推杨媛出去:"你快些走吧,不要杵在这里胡闹。"

杨媛见目的已经达到,忙退出去了。

赵恒见杨媛出去了,问刘娥:"小娥,沈才人当真对你无礼?"

刘娥却道:"我并没受什么委屈,三郎也忒小瞧我的心胸了。沈才人不过是年纪轻不懂事,我能同她一般见识吗?"

赵恒沉下脸来:"这么说,阿媛说的是真的?"

刘娥道:"媛妹脾气急,她说的也是过头的气话,官家不必理会!"

赵恒盯着她:"看来当真有此事了。"他叹了一声,"小娥,你我约定坦诚相待,你为何要对我隐瞒?"

刘娥也看着赵恒:"非我隐瞒三郎,怕是三郎有事瞒我吧。"

赵恒怔了一下,忽然长叹一声,颓然坐下:"这件事,我不是想隐瞒你,只是不知道如何开口罢了。"

刘娥一怔,坐到赵恒身边:"到底什么事情,令你心事如此之重,竟连我也不能说了?"

赵恒眼神游移,最终还是长叹一声:"我,终究还是不死心,还是想再试一试,看我能不能再有孩子。"

刘娥立刻懂了,心头一酸:"三郎是希望沈才人能够为你生一位皇子?"

赵恒忽然愤慨起来:"我只是不甘心……"他只是不甘心,将皇位交与他人之手。允让再听话顺从,终究不是他的亲生儿子。

刘娥已经明白了,她抱住赵恒,低声道:"三郎,我明白的……"

赵恒忽然拉住刘娥,看着她眼中又有泪光闪动,急切地道:"你别想多了,我从来没想过让沈氏当皇后,我只是想,如果她有了孩子,就抱过来给你养。小娥,皇后之位只能是你的,你要相信我。"

刘娥一惊,这才明白他的心意,不禁心里又酸又涩,低声道:"我知道,我知道,三郎,我明白的……"

赵恒轻叹:"李氏为人不仁,将来……必会对你不利。小娥,我不放心你!若是我走在前头,我不能让你受委屈。"

刘娥听了这话更是心酸,也更明白他一分,哽咽道:"三郎,你不必如此……"

过了良久,两人又重述了些别的事,好一会儿,赵恒才迟疑地道:"沈才人那边,我自会教训她。"

刘娥心内苦笑。身边这人,是世间最体贴最痴情的皇帝,可也是最不懂女人心的男人。他若是去教训沈才人,除了让沈才人更恨她以外,并没有什么用。而她,也根本没有耐心再和另一个女人在这个宫廷中为了已经属于她的男人展开无意义的争斗,不如索性就断了他的心思吧。当下就肃然道:"三郎,我求你答应我一件事!"

赵恒笑道:"什么事?"

刘娥道:"沈才人虽然不懂事,念在她年少无知,也不过是素日听了身边人的教唆罢了,并不是她的错。三郎且答应我,就当没听过此事,也不要去追究惩处,待沈才人也一如既往,可好?"

赵恒怔了一怔:"这却是为什么?"

刘娥叹道:"沈才人并不是一个人,她的身后站着她的家族,和倚仗着她的家族要一道鸡犬升天的一群人。当日我力劝你纳她入宫,便是想息事宁人。如今她入宫未久,若遭训斥惩处,只怕有人借题发挥,说我容不得她。既然她已经入宫,你就不宜偏袒我。三郎国事繁多,我岂能再让后宫生出什么事来让你烦心,就让我把这件事平息在后宫罢。"

赵恒叹了一口气道:"我何曾偏袒过你,每每都是教你受委屈。后宫之事虽然皆由你做主,但是,若再教我看不过去,我还是会管的!"

刘娥笑道:"三郎只管放心,我再不敢委屈着自己!"

赵恒没有说话,只笑了笑,也就此不提。待离了刘娥这里,就召了雷允恭问:"你在德妃身边服侍多年,当知她的心意,她为何不许朕责怪沈氏?"

雷允恭是极聪明的,但却也不懂这里头的弯弯绕绕。此前他听到皇帝说的那句欲抱沈才人之子给刘德妃养的话来,这是对他主子的绝大恩宠,自是大喜过望。但皇帝这一问,他倒是没想到,当下细想了想,就从自己的角度得出了结论:"官家,依小的看,官家的安排虽是极好,但沈才人出身名门,心高气傲,岂会甘居德妃之下。如今官家若是为了德妃而责怪沈才人,将来又抱养沈才人之子,只恐沈才人心含怨恨,对德妃不利。因此德妃想是不敢得罪沈才人,才有此言。"

他这话,恰是一个人自以为往北射箭,却弄反了方向,反中了南边的靶子一样。不过猜测的方向错了,指的路却对了。赵恒竟不曾想到这点,顺着他的思路一想,竟出了一身冷汗来!他只管自己想得如意,却不曾想沈令仪怀着皇后梦入宫,若是自己将其子抱与刘娥抚养,将来又立刘娥为后,只怕刘娥就与沈令仪结下深仇了。

想到这里,他心里不由得暗悔,当下就有些心冷。再加上他性子宽厚,若是此时真的处置了沈令仪,倒将此事揭过,只怕回头就觉得沈令仪委屈而去弥补。偏生刘娥宁可自己委屈,也要求他不要处罚沈令仪。沈令仪虽然不曾因此受罚,但是有过未罚,赵恒反因此耿耿于怀,再加上雷允恭的猜测虽然无据,却也有几分可能。他是想过将来李阮得势会委屈刘娥,却没想到将来沈令仪得势,对刘娥来说,可能是更坏的结局。因而此事之后,他就渐渐疏远了沈令仪。沈令仪不解其意,只猜测是刘娥进了谗言害她,心中不忿之下,几番就在面上言语上带出来,说得多了反令赵恒更生警惕,也更远着她了。

第七十五章
借腹生子

不久之后，因兄长刘美新生儿子满月，刘娥请求回家省亲。

因是家中小宴，在座的只有刘娥、刘美、钱惟玉和钱惟演。酒过三巡之后，钱惟玉借故带了乳母抱着孩子离开，雷允恭也早将侍立的宫人撤下，只留如芝服侍。

刘娥将酒盏一放，道："我不好召你们入宫，只好让大哥借孩子周岁的名义，出宫与你们商议。"

刘美与钱惟演站起来道："臣等无能，教德妃受委屈了。"

刘娥道："这当下且不是怪谁的责任，只是要好好衡量一下，咱们前头失误在哪里，下一步应该如何打算。"

这么多年来，赵恒的专情给了她绝大的信心，因此对于皇后之位，她虽然有"舍我其谁"的自信，却也不屑于似唐朝武氏那样，弄得背水一战鱼死网破般决绝，待人处事总留有三分余地。直到郭熙去世，自以为已经是水到渠成，不想朝堂上却被群臣联手抵制，迫使她不得不釜底抽薪，先抽身退出，再把这一场风波所涉及的所有候选人逐个击破：后宫的妃嫔，先以上辞表的形式逼迫她们退出，再将沈氏弄进宫中架空。由她一手掀起的立后风波，又由她一手化于无形。这场风波中冒出来的所有对手，也已经全部解决。

"接下来，谁也别先提立后的事。"刘娥缓缓地道，"每一次事情折腾得天样大，就算最后得手，也无趣得紧。我希望下一次是水到渠成，风平浪静。"

前番刘德妃一击不中即全身而退，连朝中百官也对她无话可说，钱惟演心中暗服，分析道："朝中众臣都已经结党成派，互为援引，容不得他人进阶。这不但对你不利，连官家也有尾大不掉之无奈。官家要立后，这本是家事，如今令不能行，以小见大，官家受到掣肘的又何止这一件事呢……"

刘娥只觉得脑海中某一点思绪闪过,似乎有什么东西启发了她,迅速看了钱惟演一眼:"说下去!"

钱惟演道:"只有把朝中人事重新做一番调整,官家才能有天子之威,有天子之权。官家自登基以来,对朝中人事并没有多大的改动。前些年官家下旨裁官,又大开科举之门,便是为人事更换而做准备……"

刘娥顿时明白:"虽说裁官是以国库空虚、减赋于民为由,但却也是因为事权不谐。"

这近二十万的官吏,大半是荫封官。这些荫封官有的是为安抚开国武将,有的是为安置前朝的旧官吏,也有的是为平息党争,绝大部分都是过去的老皇历了。闲吃着朝廷的俸禄,又不承当今天子的恩,有职有权还容易生事,一股脑儿裁了,好腾出地方来安置新人。新官不管是在任的官员荫封,还是从科举上来,总是较老官年轻,且都是当今天子恩泽所及,岂不更好。

刘美听得明白,点头笑道:"原来这里头还有这么多的花样,怪不得打从太宗皇帝时起便年年听说裁官,却不想这官儿倒越裁越多了。原来裁官也不是单纯的裁官,而是为了空出位置进新人。"

钱惟演道:"正是,本来自咸平年间大裁官起官家就已经逐步在推行了,恰遇上澶渊之盟,因此把这事搁下了。"

刘娥思索片刻:"嗯,朝臣中对此有何看法?"

钱惟演道:"朝臣们也怕官家借立后之机大举更换人事,这些人都是互为援引,立后则必然后族进阶。我是降王之后,世济又出身平民,因此朝中容不得我们。"世济是刘美的表字。

刘娥心中已经有了主意:"嗯,大哥这几年一直外任,这原是我的意思,免得被后宫的纷议波及。再则大哥在外面这么一圈立下军功回来,就任要职也不会惹人议论。如今诸事已备,我想调大哥回京,咱们先把京畿军务给掌握了。惟演你这些年修史,入阁的事准备得如何了?我原本不想在封后之前有所举动,现在想来,倒是太过自恃,反而弄得自己被动了。"

钱惟演道:"娘子深谋远虑。我奉旨编纂《历代君臣事迹》之时,与杨亿、刘筠等人闲暇之余另起诗社,酬唱应和,集了这本诗集,请娘子过目。"说着递上诗集来。

刘娥粗粗一翻,笑道:"好啊,都是当世名士,威望不亚于在朝的这批人。有这些人上来,不愁后手不继了。"

钱惟演微笑道:"这本诗集尚未定名,大家拟了好几个,都不中意,王钦若就提议说不如定名为《西昆酬唱集》。"

刘娥含笑道:"你特地提出,这'西昆酬唱集'可有什么来历?"

钱惟演道:"只因这三年诗社酬唱,都在皇家修史的秘阁中进行,王钦若解释说,据《山海经》和《穆天子传》中昆仑之西有群玉之山,是为帝王藏书之府的传说,将这本诗集题作《西昆酬唱集》,以此为标榜之意。"

刘娥听出些什么来:"王钦若解释说……那么实则是否还有未解释出来的意思?"

钱惟演眼中光芒一闪:"昆仑山乃西王母所居之处,嘉庆殿正处于西边,王钦若有心敬奉西王母,诚意可嘉啊!"

刘娥大笑:"好,我正愁在你之前缺少一个过渡之人,不免收他这一份诚意罢了。"

诸事议定,酒宴散去,刘娥方进入今日正题,令钱惟玉抱了孩子过来,共享天伦之乐。

那孩子长得白白胖胖的,极是可爱,刘娥抱着孩子舍不得放手,笑道:"这孩子好生可爱,嫂嫂以后要常抱着孩子进宫才是!好久不见嫂嫂,甚是想念,如今我更要添上一个想头了。"

怀孕生子这段时间甚长,钱惟玉好久不曾入宫了,闻言笑道:"我虽在家里,却也是时常想着你的。可从德太小了,怕抱进宫去乱哭乱闹的,吵着你。待他稍大点儿,自然是要多抱进宫去给你请安的!"

刘娥笑道:"不怕,我是最喜欢孩子的。小孩子便是吵了闹了,哭了尿了,都是可喜的!嫂嫂如今儿女双全,是真正的有福之人。我虽然人在深宫,也为你们高兴。"

钱惟玉忙道:"我们能有今日,也是托了你的福。可惜你如今在宫中,就算有烦忧缠身,受了委屈,我们也难以为你分担。"

刘娥道:"哥哥嫂嫂助我甚多,我心中已经是无限感激了。再说,哥哥忠于皇室,官家几次想升哥哥的官,均是我怕身为外戚太招眼而阻止了,说来,倒是因我而连累了哥哥才是。"

钱惟玉忙道:"你说哪里话来!对了,听说近日沈才人得宠,恐对你有所影响,我跟你哥哥都甚是担心。"

刘娥一怔,苦笑道:"这话竟传到嫂嫂耳中了!"旋即又轻描淡写地道,

"你们只管放心,不过是小娘子的妄念罢了。"

钱惟玉却道:"虽是如此,但如今官家膝下无子,终究是求子心切。若是一直无子,只怕还有其他人会寻机生事。"

刘娥长叹一声:"他总说,怕将来嗣子继位,有那样一个母亲,我会受委屈。其实我何曾怕这个,若是他不在了,难道我还要孤零零留下来不成?只是我想着,他这一生待人仁厚,爱民如子,实不该是无子之命。他这般为我着想,我又如何能够为着自己的私情强占住他?如今我也想开了,不管是沈才人还是谁,只要有人能够为官家生下儿子,那都是为官家消愁解忧,我都要谢谢她。"

钱惟玉一急:"你万不可有此念!"

刘娥看她一眼:"嫂嫂急什么?"

钱惟玉听了这话,趁机道:"说到孩子,你何不再抱养一个孩子?"

刘娥笑容微敛,道:"嫂嫂好记性,官家不是已经抱养了允让做嗣子吗?"

钱惟玉左右看了一看,试探着道:"我有一句话,不知道当讲不当讲?"

刘娥看了看左右,只有雷允恭跟着,道:"你放心,只管说便是!"

钱惟玉谨慎地道:"我这几年冷眼看来,小皇子好像跟你不太亲近?"

刘娥淡淡地道:"也没有什么亲不亲近的,允让这孩子从小沉默寡言,倒是跟谁都不亲。"说实话,允让对她,已经比对郭熙亲近多了。

钱惟玉叹道:"可是,他毕竟由郭后抚育多时,他的生母又是戴罪之人!"

刘娥听她提起李阮,也不语了,良久才道:"那又怎么样?"

钱惟玉道:"郭后死,雍王妃废,这段时间各位王爷都让王妃带着孩子来向你请安问候,想是人人都看得出来,若是宫中有两个嗣子,多个选择不是件坏事。"

刘娥微微一笑:"也是啊,都是皇家血脉,不见得谁先走一步就占尽天机了。你怎么看?你也觉得我应该再选一个嗣子入宫吗?"

钱惟玉笑道:"不论再挑哪个王府中的孩子,将来都是多一层掣肘!倒不如……"

刘娥看她神秘的样子,不由得皱眉道:"嫂嫂从来是个爽快性子,今日为何吞吞吐吐?"

钱惟玉低下头来,想了想笑道:"那我就说了。朝臣们反对你的理由,一个是出身门第不够,另一个就是未有子嗣。若是你有了子嗣,一切便顺利得多了。宫中似沈才人这般的年轻妃嫔只会越来越多,总有一天,会有人生下皇子,官家始终需要一个皇子。所以,你也需要一个皇子,一个完完全全属于你和官家的皇子。"

刘娥微眯起眼睛:"嫂嫂,我越听越糊涂了。"

钱惟玉就道:"当日郭后令戴贵人服侍官家,试想一下,若是郭后未有生育,而戴贵人有子,这孩子何尝不是郭后之子呢?"古人有媵女之制,通常结亲时,会带着几个媵女陪嫁,若是主母无子,也可以媵女之子为己子。

刘娥一怔:"嫂嫂的意思是……"让她抱养其他妃嫔的孩子?

钱惟玉却道:"娘娘可曾听说过'借腹生子'?"

"借腹生子?"刘娥喃喃地重复了一声。

钱惟玉道:"我们老家民间有个习俗,有些人家薄有资产,夫妻因年老无后,又不愿意纳妾的,就典一个贫穷人家能生养的妇人住到家中来。一年两载的,等生下一个儿子,那生母拿了钱回家补贴家用,那户人家得以继承香火。那孩子虽非大娘亲生,但是只要遮了众口,一生一世也不知情,依旧母子相亲相爱终身。如此则两全其美,岂不是好?"

刘娥怔怔地听着,半晌才道:"拆散人家母子,岂非有伤阴骘?"

钱惟玉道:"这岂是拆散,却是各取所需,彼此有益。倘若那贫妇家无余粮,那家里原有的几个孩子岂不是要饿死?得了这笔钱,倒能够养家活儿。那富家若是无人接续香火,岂不有绝后之虞?况且便是纳了妾侍,这孩子仍是认原配为母,这母子到底也是要分离的。"

刘娥摇头道:"这也不过是民间小户行得罢了,这法子宫中岂能使得!"

钱惟玉笑道:"依我看,可在宫中寻些有宜子之相的宫人,若能为皇家续得香火,你养了皇嗣,官家自可据此立你为后,谅那些朝臣再无话可说!"

刘娥怔了半晌,忽然盯着钱惟玉道:"嫂嫂素来不会这些歪门邪道,你这些是从哪里听来的?"

钱惟玉被盯得有些心慌,强笑道:"这是正经的继嗣之事,如何是歪门邪道了。也就是因为我嫁过来之后一直无所出,才有人在我耳边提这事儿。没承想你哥哥一口反对,后来我又怀上了,才没再提……我早说过了,若是不中听,你只当我说笑罢了!"

刘娥淡淡在道:"既知是说笑,我也只当说笑来听罢了!"

雷允恭站在身边,听着两人对话,眼神闪烁。

隔了几日，赵恒在宫中，就见刘承珪过来告老。

刘承珪历经太祖、太宗与当今天子，掌皇家秘阁三十年，三馆秘阁书籍经久不治，多谬误乱简，他率朱昂、杜镐一道整理，著为目录；先朝修《太宗实录》，本朝编纂《历代君臣事迹》以及修国史、编著雠校等事，均由他典领。他修撰目录心得，亦为后世之本。

大中祥符元年封泰山过程中，刘承珪掌发运使，迁昭宣使、长州防御使。这次祭祀活动，凡百物供应全由刘承珪安排。不管路上如何艰难，无不妥帖。修建敬奉天书的玉清昭应宫时，刘承珪又为副使。此项工程规模宏大，每天服役的民工达三四万人，所用建筑材料分别从全国各地征调。刘承珪均是亲临现场指挥，屋室稍有不合要求，虽金碧已具，也要把它毁掉，重新建造。

他执掌皇城司，许多事他心里明白，待人却并不严苛。在建造玉清昭应宫的过程中，铸铁监前后盗铜数千斤，埋藏在地里头。刘承珪早就知道，却不动声色，待得那人偷得多了，联系了外人正欲将东西运走转卖，不想那埋在地底的铜居然全部不见了。次日，刘承珪竟邀请那铸铁监一同去清库盘点，那人满以为死期将至，谁知道库里头居然账物相符，他这才明白，他盗走的东西一夜之间回归库藏，且他作假的账册也换回了原来的真账册。那人吓得魂飞魄散，刘承珪却恍若无事，并不曾追究。但那人却不敢当真只作无事，自此既畏其威，又怀其德，只能加倍用心办事，以赎其过。事情传开，更无人敢懈怠，玉清昭应宫也比原来计划少了一半时间建成，更少费了银钱。其中虽有丁谓精心控制财务之功，但更有刘承珪努力监督之效。

此后赵恒率百官朝陵、东封及祭后土，刘承珪奉命留宫掌管大内公事。封祀礼后，赵恒要依功进秩，刘承珪却上表要求辞去所有官职，言自己多病，要告老休养。赵恒不肯，作七言诗赐给刘承珪，以示敦勉，并为他卜算，说珪字不利，亲自为他改名为刘承规，又封他为宣政使、应州观察使。而后拖了一段时间，刘承规又来告老，如此已经是第三次了。

赵恒见了刘承规进来，就道："你若是要说告老，就不必了，朕不会允的。"

刘承规却道："老奴年纪大了，身体不好了，这是最后一次来给官家请安了，也是来跟官家辞行。这是老奴的辞呈，官家这次就准了老奴吧。另外，这里有老奴一直压着的几桩旧案，也一并呈给官家，老奴也能走得安心了。"说着就将一些新旧不一的案卷呈给了赵恒。

赵恒坐下来打开文书，一件件看起来，越看脸色越难看。

这却是刘承规自太祖、太宗朝至今经手过的一些案子，包括秦王被贬之缘由，许王暴死时诸王动向，以及赵恒诸子夭折的一些蛛丝马迹，还有陈贵妃死后涂嬷嬷的口供等。

赵恒翻了两页，就令身边侍从退出，只留刘承规一个，再细细看下去，当真是看得肝胆俱裂，愤然击案问他："这些事，你如何今日才与朕说？"

刘承规叹了一口气，道："老奴想了许久，本想将这些事情都带进棺材里的，只是不想令官家一直不明白其中缘由。老奴无能，许多事不能防患于未然，及至查清楚了，又不敢说出来。秦王之事、许王之事，前头都是王继恩掌事，后来官家继位，隐患已平，再说出来，徒增猜忌。后来因为陈贵妃出事，老奴生了疑心，这才开始暗查先皇后之事。可是没想到这事情越查越多，牵扯越来越广，许多事情又无法查找证据。老奴才查到个方向，欲向官家回禀之时，先皇后已经因为先太子之死而病势沉重，而官家也因为内忧外患而心力交瘁。当时纵是把话说出来，除了逼得先皇后一命呜呼，令官家更加痛苦之外，又有何用？何况，当时另一个人也知道先皇后之事，她也没有说出来。"

赵恒瞪着眼睛问他："谁？谁知道？"

刘承规就道："便是刘德妃。"

赵恒一怔："她早知道？她为什么不说？"

刘承规长叹一声："是啊，德妃若当时说出去，先皇后身败名裂，甚至有可能立刻被废，而德妃也完全有可能在当时就被立为皇后。可是德妃却说，一个人要是知道连自己的枕边人都在骗自己，他会不会觉得真心被轻贱，会不会觉得自己被愚弄？这样的伤害太深，她不敢让官家去面对。何况，若这件事传扬出去，官家的尊严、皇家的威仪，都会受到无可挽回的伤害。"

赵恒怔住了，心中波澜万千，竟是一时无言，只喃喃地道："小娥，小娥，你为何如此之傻……"

刘承规跪下道："官家，老奴既然开始查这件事，就不想半途而废，最终还是把所有能找到的物证和人证都留了下来。老奴原想等着一个合适的时机上呈官家，可老奴的身体等不得了，只能在此时禀报官家，请官家恕老奴欺瞒之罪。"

刘承规说完，便端端正正地磕了三个头。

赵恒忙扶住刘承规，自己却险些站立不稳，忙扶了桌子，长吁了一口气，道:"承规,你很好,你无罪,你有功,你说得正是时候。"

赵恒心潮澎湃,急急来找刘娥,却见嘉庆殿内静悄悄的,雷允恭等人均不在。赵恒深觉疑惑,走了进去,却见刘娥坐在床边,床上散乱地堆着一团锦缎似的东西,刘娥轻轻地抚摸着这些锦缎独自垂泪,房中却无内侍宫女侍候着。

赵恒走到她的身后,问道:"怎么了?"

刘娥一惊,忙欲收拾起东西,赵恒按住,细看那竟是一些婴儿的衣服,针脚细致,显见用心不少,虽然年岁过久,但锦缎上的颜色依然艳丽如新。

赵恒心中已经有数,叹道:"你又想起那个孩子了?"

刘娥心中犹豫,反反复复,见赵恒看到,反而有些退缩,只道:"今天是那孩子的忌日。第一个忌日时我给他做了这些衣服,以后每年的忌日,我都给他上一炷清香,把这些拿出来看看。往年你下朝的时候,我都已经收拾起来了,只是今年心里有些事,不免忘记时辰了。"

赵恒坐了一下,拿起一件褓裤,轻叹道:"这是我的第一个孩子,竟没能保全,此后我的皇子们竟都不得保全。莫非是上天罚我,没能好好地保全你们母子?"

刘娥轻叹一声,含泪笑道:"不,不怪你,三郎。我记得那时候,我痛不欲生,三郎你抱着我说,我们以后还会有更多的孩子,你还要我给你再生十个八个孩子。"她想到当时的盼望,想到自己当年亲手做这些衣服的期盼,心里又痛楚起来,"若咱们的孩子还活着,今年该有二十多岁了。这会儿咱们就不是想着抱儿子,而是抱孙子了。媛妹怀上孩子的时候我不知道有多高兴,结果还是再失望了一回,再痛心了一回。我已经什么都不求了,但求上天准我能够再做一回母亲,能亲手抱一抱孩子,再亲手为他做衣服让他穿上。"

赵恒握着刘娥的手,只觉得她双手冰冷,不由得心痛如绞。

杨媛的孩子,是他们两人共同所盼,可却死在了郭熙手里。如今再看刘娥精心准备的衣服,更觉刺痛。

刘娥拭泪:"可恨张太医竟骗了我二十多年!这二十多年来,我求医问药求神拜佛,总是想着能再为三郎怀一个孩子。又哪里知道,我自那一年小产之后,竟是不能再生育了。"

赵恒的手一紧,只觉得心脏猛地收缩了一下。他张了张口,想要说些什么，却是千言万语，一时竟不知道从何说起，只是叹了一口气。

刘娥遥望前方，怔怔地道："前些时候我才逼问出这件事来。一旦知道这个事实，反而更是发疯地想那个孩子……"

赵恒按住她，痛惜道："够了！小娥，原是我想岔了，任何一个对皇后之位有企图的女人生下孩子，都是要你的命，你知不知道？"

刘娥浑身一震，低下头，眼角落下泪来，哽咽道："我只盼着能先你而去。若真有那一日，至少你的江山有血脉传承，我便是身赴黄泉，心中无愧，也就够了。"

赵恒紧握住刘娥的手，心痛不已："不，我绝不负你。"

站在身边的雷允恭忽然道："官家，其实也并非没有办法。"

赵恒一怔："你有什么办法？"

雷允恭就道："官家可知民间有个习俗叫'借腹生子'？"

赵恒问他："借腹生子？如何借？"

刘娥听他说了这两句便明白了，斥道："允恭，住口！"

她心里其实甚是矛盾，听到钱惟玉的话时，她是不以为意的，但是回到宫里，却又不由得越想越是心动。所以她才会翻出婴儿旧衣，才会说那样一段话。可是当赵恒说到"原是我想岔了"那句话时，她又后悔起来。三郎真心待她，她又何忍用此心计。

雷允恭听了钱惟玉的话，只道刘娥已经有所行动，会依计接下去讲，谁知道她居然会说出"身赴黄泉"这样的话来，眼看大好机会就要错失，就忍不住开口说了这话。他知道德妃犹豫是为何，但身为下人，有些事哪怕是主子怪罪，也要替主子去做的。他相信自己做的是对的。

赵恒见雷允恭犹豫，知其中有内情，按住刘娥，对雷允恭道："你只管大胆地说。"

雷允恭飞快地道："民间有些人家薄有资产，夫妻因年老无后，又不愿意纳妾的，就典一个贫穷人家能生养的妇人住到家中来。一年两载的，等生下一个儿子，那生母拿了钱回家补贴家用，那户人家得以继承香火。那孩子虽非大娘亲生，但只要瞒住了旁人，只说是大娘所生，孩子与大娘便能母子情深，亲密无间。"

赵恒不由得心动，沉吟道："我今年已经四十多岁了，难道还真的能再生皇子不成？"

雷允恭笑道："汉武帝年过花甲才生汉昭帝，官家怕什么？若真的有人能够为官家生下一个皇子来，未尝不是一件天大的喜事。"

刘娥长叹一声，见事已至此，不再阻止。

就听得赵恒犹豫："这……可是去哪里找那能生养的贫寒妇人呢？"

雷允恭笑道："哎哟，我的官家，这生的可是皇子，多的是人想生。只需挑选有宜男之相的宫人来服侍官家，一旦其中谁有孕，就对外宣布是德妃有孕。十个月后，孩子生下来，便抱来当作德妃所出就是。"

赵恒凝神细思。

刘娥不安地道："三郎，这不过是允恭胡思乱想，你不要当真。"

赵恒将刘娥抱在怀中，抚着刘娥的背，心中感叹。

他做皇帝这些年，帝王心术多少还是有一些的，就算是那些骄横不驯的臣工如今也都恭敬了。别人看着小娥如今脾气刚强，只道必是之前这么多年在他面前装模作样，如今做了德妃才原形毕露，想来自己这时候必也是后悔了。因此这些日子，不是没有妃嫔在他眼前以恭谨的姿态晃来晃去，却又畏着德妃，不敢太明显。他看在眼中，却只觉得好笑。

就算小娥在世人面前是强横的，可在他看来，却依旧如初见的时候一样让人怜惜。她永远不知道，她真正让他心动的，不是瓦肆初见时的玲珑，也不是厢房献歌时的妩媚，而是在她初进王府时，他一边教她识字读书，一边听她说起往事时，她没有悲号哀泣，没有怨天尤人，只有对于自己在生死一瞬躲过的庆幸，只有对自己用尽所有力量而活下去的开心。

她的命太苦，这一路的摸爬滚打，他作为局外人，听着都是心惊胆战的。那样多的生死一线，那样多的目睹死亡，那样多的割舍与抛下，那样多的动心忍性。当年她才十三岁，就已经经历了许多人几辈子未曾经历过的生离死别、肝肠寸断。

她从地狱一般的地方爬出来，经历过刀山剑雨，一路上厉鬼缠绕。她必须要这样刚强心硬，必须要这样没心没肺，必须要这样永不回头，必须要这样健忘与无情。他似乎看到她每走一步都被命运撕下一层血肉，而她就是这样忍着痛，不去留恋落下的残肢，不去回望，不肯停下，所以才能够一步步往前走，在残躯里头生出新的血肉来。

她永远是鲜灵灵的，活生生的，可这样的鲜灵灵活生生，却是经历了脱胎换骨式的蜕变。

那时候他握着她的手,心里就想:你这是把别人几辈子没受过的苦都受了。好吧,老天爷亏欠了你的,我给补上,必不再教你受苦。你不会的,我教你;你没有的,但凡我能给的,都给你。

　　可后来还是教她受苦了,她走了千山万水都活下来了,因着他,却差点死了。她那样有活力的人,因为他,没了孩子。

　　从那以后,她的笑容就少了。

　　从那以后,她的无畏和爽直就有了犹豫和谨慎。

　　他用一生都还不了她。

　　这个孩子,是他欠她的。

第七十六章 得子封后

自从赵恒泰山封禅改号之后,国中诸事兴盛,各地不断地报上祥瑞之兆,边境安定,四夷不兴,国库收入一年比一年增多。次年,宫中更是悄悄传出一桩大喜事来。

自赵恒同意借腹生子后,雷允恭与张太医二人在宫中挑选了年轻端庄又有宜男之相的四名宫人,隔个几日轮番侍候着赵恒,张太医又每月给这四名宫人问脉,果然就有一名宫人怀了身孕。

却正是秋风起兮,五谷飘香之时,赵恒知道了这个消息。

赵恒大喜。他今年已经四十多岁了,虽然生过五个皇子,但均都夭折。后宫嫔妃虽多,这数年来却是毫无动静,令他不免怀疑起自己的身体来。那天书封禅之类的做作,虽然是假借神道欺世,但是他自己亲身参与,跪天拜神弄得久了,却也未免有些假戏真做起来,渐渐地也有些忘形投入。如今忽然听得有宫人怀了龙种,惊喜之余,不免想:这当是老天爷怜悯,觉得我与小娥当有个麟儿……随即又想:上天保佑,果然能够赐我一个佳儿,我一定大兴土木,建神立庙敬奉上苍诸神!

刘娥见赵恒欢喜得傻住了,笑唤道:"三郎,三郎!"

赵恒回过神来,啊了一声道:"怎么了?"

刘娥笑道:"三郎要不要宣李宫人进来?"

赵恒忙点头道:"宣!"

说实话,这四个宫人轮番侍候,又是间隔着进御,且每夜枕席间悄悄地进来,悄悄地离开,因此这李宫人长得是圆是扁赵恒是半点儿印象都没有。如今听说她怀了龙种,不免要仔细地看上一看她的容貌品相如何了。

过了片刻,但见张怀德引着一个低首敛眉的青衣宫女自长廊上缓缓转进,那宫女一直低着头,身体绷得僵硬,显见得十分紧张。她提起裙角,轻移莲步走上台阶时,尚可见那娇躯微微轻颤。她随着张怀德跪到赵恒面前行礼道:"奴婢李氏,叩见官家、德妃。"虽然声音轻轻颤抖,却是带着一股江南吴侬软语的腔调,煞是动听。

赵恒忙道:"平身,赐座。"

此时刘娥坐在赵恒右边,便示意张怀德搬过一张小机子来放在赵恒左边下首,李宫人告了罪仍旧不敢坐,刘娥笑道:"你大胆坐下吧,有我呢!"

李宫人讷讷地谢过恩以后,小心翼翼地只敢坐了半边。

赵恒见她仍垂着头,道:"你且抬起头来!"

李宫人微微地抬起头来,赵恒这才看清她原来肤色甚白,脸庞小小的,五官细致清秀,低眉顺目的,别有一种怯生生的娇态。

赵恒心中暗忖:虽然说在宫中如云美女之中,此女容貌也不过是中人之姿,倒也别有一股江南女子特有的温柔如水的韵味。心里想着,便伸手握住她的指尖,只觉得触手之处冰凉如玉,微微颤抖,知道她是害怕,笑道:"你不必怕我,来,我带你出去走走!"说着,握住了她的手站起来。

李宫人吓了一跳,忙偷眼看刘娥,见刘娥含笑鼓励点头,李宫人只得退后一步,一手被赵恒握着跟了出去。

张怀德吓了一跳,忙请示刘娥:"娘子,这……"

刘娥含笑道:"没事,官家这是高兴的,就让他们在近处走走,你们后头跟着就行了!"

张怀德跟出去了,刘娥将一干人尽数赶出去侍候赵恒,自己倚在窗前看着他们的背影,笑叹道:"官家好久没这么开心了!"

房中却只剩下一个侍女梨茵,见状小心地问道:"娘子,官家好像挺喜欢莲蕊的,您真的不在乎吗?"

刘娥笑着揉揉她的头道:"傻丫头,你这小脑瓜里想的是什么乱七八糟的呢!这是个好消息,一个能够让官家开心的好消息。刚才我把这件事告诉他的时候,我看见他的眉头舒展开来,一下子像年轻了十岁似的。他喜欢莲蕊,因为他喜欢莲蕊带给他的这份欢喜。"她含笑轻轻地道,"看到他开心了,年轻了,我也是满心欢喜!"

梨茵也不禁含笑道:"是,听娘子这么一说,奴婢也觉得自己一下子就开心了!"她站在刘娥的身后,也向窗外看去,"这里看出去,今天的花格外鲜

艳,树叶也格外嫩绿呢!"

刘娥点了点头道:"嗯,梨茵,从今天起,我就把莲蕊交给你了,你们两人原是一起进宫的,情同姐妹,我最是放心不过。你到后头理出一间朝阳的房间来,一应饮食器具,你只管挑好的用,我让张太医、王太医轮班儿候着,随叫随到。"

梨茵忙跪下道:"奴婢代李家妹妹多谢娘子恩典!"

刘娥笑道:"要谢还不如用心点儿帮我照料着,若她真生下一个皇子,我先记你一个大大的功劳!另外,你们三个从今天起都不用再侍候官家了!"

梨茵忙磕头道:"奴婢遵命!"

这边刘娥正吩咐为李宫人准备一应事宜,那边赵恒带了李宫人正走到御花园中,回头对李宫人笑道:"登高望远,兴致更好,咱们上承露台看看去!"

李宫人侍寝时,不过是夜晚进去,侍候了便出来,哪里想到能如今日这般面对面地与皇帝把臂同游,赵恒如此兴致勃勃地说话,她却是怯生生地一句也应不上来。此时随着赵恒走上高台,才走得没几步,赵恒拉她向外看去,她只觉得有些晕眩,身子晃了一晃。她头上插着的玉钗,刚才走得快有些松了,因这一晃,悄然滑落台阶,落到地上,发出一声脆响。

李宫人吓得忙回身欲要自己去捡,赵恒拉住了她笑道:"是什么东西掉了,急成这样!"

李宫人急得苦着脸道:"是娘子早上才赏下的,刚刚戴上,若是摔坏了可怎么好!"

赵恒哈哈大笑:"放心,我再赏你一支罢了!若你家娘子恼了,我帮你赔她一支。"忽然忖道:我听得刚才那钗落地的声音倒不像摔坏的样子,这钗既然是小娥为她怀娠而赏下的——他闭目沉思了一会儿,睁开眼道:

"我方才在心里卜了一卦:从这么高的台子上掉下去,若是这钗完好无损,则你腹中怀的是儿子;若是钗断了,则是女儿。"

正说着,下面的内侍已经捡了玉钗送上来,周怀政接过忙奉上给赵恒,赵恒一看,大喜:"你来看,这钗果然完好无损!"

李宫人忙就赵恒的手中看去,果然这玉钗晶莹剔透,一丝损坏也没有,心中欢喜,也不禁笑道:"果然是上苍保佑,愿上苍为官家和娘子赐下龙子。"

赵恒执钗笑道:"来,我给你戴上!"

李宫人忙跪下奏道:"这玉钗既然是吉兆,奴婢再不敢戴了,怕把兆头弄坏了。奴婢要把它里三层外三层地包起来,好好地锁到箱子里去!"

赵恒见她说得天真,不禁笑道:"好,怀政,你便把这支钗里三层外三层地包起来锁到箱子里,待会儿再帮着李宫人送回她房里去!"便把手中的玉钗递给周怀政,周怀政不敢用手接,忙用锦帕捧了,再包好放进描金箱子里头去。

赵恒笑道:"好,这玉钗放好了。我再赏你一支金钗,金子是跌不坏的,这下你可敢放心地戴着了!"

李宫人不禁低下头,羞涩地一笑。

大中祥符三年(1010)四月十四日那天,开封府知府周起正在御书房奏事,忽见周怀政悄悄地进来,在赵恒的耳边说了一句话,赵恒喜形于色,站了起来问道:"果真是男的?"

周怀政退后一步,恭声道:"嘉庆殿那边刚刚来报的,雷允恭还站在外头呢!"

周起事情正奏到一半,见状不知是该继续还是该告退,怔在那里。

这边赵恒已经是欣喜若狂地拉住了周起:"卿可知朕有大喜事了!"

周起忙跪下道:"臣不知,请官家示下!"

赵恒喜不自胜地道:"快快平身,你是朝臣中第一个知道的——朕有儿子了,朕有儿子了!"

周起忙重重地磕了一个头,大声贺道:"恭喜官家贺喜官家,这是官家之幸、臣等之幸、大宋之幸,这真是普天同庆的大喜事啊!"

赵恒哈哈大笑,指着他急急地道:"你且等着,朕回后宫去看一看,回头还与你说话!"

周起忙磕头道:"臣不敢离开!"

赵恒这"看一看"足足有一个时辰,方才想起被自己忘在御书房的周起,忙又跑回来,周起却还在御书房等着。

赵恒笑道:"朕一欢喜,几乎把你给忘了。来来来,先领份洗儿钱罢!"说着,亲手取过周怀政捧着的洗儿金钱赐予周起。

周起笑道:"皇子诞生,臣能够第一个听到这个喜讯,又第一个领了官家亲手赐的洗儿钱,真不知是几世修来的福气啊!"

赵恒笑道:"说得好!今日这巧宗儿归了你,来日必是要你进东宫辅

佐的！"

周起大喜，忙又谢过圣恩。他向来官运平平，好不容易刚刚挨到这开封知府，还以为仕途至此到顶了，没承想今日皇子降生，这运气都归到他的身上了，又亲耳听得皇帝让他入东宫的承诺，但见眼前一条金光大道，徐徐展开，喜得忙又问道："但不知是哪宫的娘子有喜！"

赵恒笑道："你没听到是嘉庆殿来报喜吗，自然是德妃刘氏了！"

周起忙告罪，又恭喜着退下，出了宫门，心中暗忖，看来这刘德妃为皇后的势头是挡不住了。

嘉庆殿后殿中，李宫人悠悠醒来，却见梨茵坐在床前，笑道："好妹子，你终于醒了！"

转头对旁边的侍女道："快去禀告娘子，李宫人醒了！"

又对李宫人笑道："娘子吩咐，你醒了就禀告她，她亲自过来看你！"

李宫人吃力地向左右一看，问道："孩子……"

梨茵道："恭喜你了，是个男孩。已经抱给娘子了，如今官家下了朝，正看着呢！"

李宫人只觉得心头一阵刺痛，不觉垂下泪来，道："姐姐，我想看一看那孩子！"

梨茵叹了一口气："妹妹听我一句劝吧，你还是不看的好。反正你还年轻，过些时候就忘记了。若看了，反而更抛舍不下。"

李宫人哽咽道："我就想看一眼，只看一眼而已！"

梨茵叹道："好妹子，这就是咱们的命，谁让咱们是下人呢！从一开始就知道，不管谁生下孩子来，这个孩子都不能是自己的，那是娘子的儿子。倘若今日换了我，我也得认命。你虽然生了个主子，可自己这身子，还是下人的命啊！"

李宫人抽泣道："我知道，我都知道，我原以为我都能明白，可是事到临头，却还是割舍不下啊！"

梨茵忙拿了帕子给她拭泪，道："好妹妹，月子里可别这么哭，伤眼睛呢！你得往好处想，莫说咱们只是个下人，便是三宫六院的主位们，哪一位生了孩子，娘子若是要，官家一道旨意，还不照样抱过来？且这宫中母以子贵，也一样是子以母贵，这孩子有娘子这样一位生母，将来必然福泽无穷。你且别管自己伤怀,但为着小皇子的将来着想,这也是一件大大的好事。更何况咱们服侍娘子这一场,这些年来看着娘子的苦处难处,且说娘子待咱们的恩德,也得回报啊!"

李宫人怔了一下,忽然说:"可我还是想看那孩子一眼,看了之后,我保证,我再不想他了。"

梨茵犹豫片刻,才道:"那孩子,你权当没生过吧。娘子赏下了东西,官家封了你为崇阳县君……妹妹,你还年轻,将来还有无限的机会。"

李宫人拭泪道:"你说的是这个道理,可是我这心里、我这心里——"她哽咽,"让我自己慢慢想开罢!"

此时刘娥抱着孩子,赵恒站在她的身边,一齐看着这红通通、皱巴巴的孩子,宛如无上的珍宝。

刚出生的孩子嫩生生的,刘娥抱着他的时候,都只敢慎重地托着,虽然十分吃力,却不敢换个省力的姿势,生怕哪里不对,会碰着。

赵恒看得眼馋,道:"给我抱抱吧。"

刘娥警惕地看着他,不放心地道:"你是男人,不懂得抱孩子的,若是笨手笨脚,抱得哪里不舒服了怎么办?孩子还太小呢,等过些时候骨头长得牢固了你再抱吧。"

赵恒眼巴巴地看着,样子可怜极了。刘娥又不忍起来,只得将手递过去,道:"你在我手上抱着吧。"

赵恒忙托着刘娥的手,手指轻轻地在婴儿手上碰了一下,又忙缩回来,只觉得手触到的地方嫩如豆腐,不由得升起一种似乎自己稍一用力,这肌肤就会似豆腐一般化了的感觉。

但见这婴儿皱起眉头,刘娥也急了:"必是你让他不舒服了,看看你做的好事!"

赵恒缩着头,不敢说话。

谁知道那婴儿眉头越皱越紧,紧接着忽然就哭了起来。

刘娥也慌了,忙问:"这是怎么一回事,乳母呢,乳母呢?"

乳母忙过来抱起,道:"小皇子想是要尿了。"说着将婴儿放到摇篮里,解开襁褓,一看果然是尿了,要换尿布了。

两人同时松了一口气,刘娥这才觉得手臂与肩膀酸得厉害,不由得拿手

去揉了两下，赵恒见状也忙帮她揉了两下。

这一个肉嘟嘟的小生命带给刘娥异样的惊喜和迷恋，只要有可能，她都尽量亲自抱着孩子，亲自动手照料孩子，哪怕孩子屎尿沾在她的身上，她也只是开心地笑。

赵恒也表现出了同样的喜悦来，每日下了朝之后，两人双双立于摇篮一侧去逗弄孩子，嘉庆殿中充满了欢笑。

但同一件事，有人欢喜，自然就有人生怨。

就在嘉庆殿其乐融融的时候，其他妃嫔也在暗中交流着。其中自然是有许多人不相信，刘德妃一把年纪了，忽然就能生下一个儿子来。但是最怀疑最不忿的，反而不会是最先跳出来的人。

孩子满月之后，赵恒才在宫中设宴相庆，请了满宫嫔妃。刘娥抱着孩子满面春风地出来，赵恒下旨各宫各院均赐厚赏。

不料酒过三巡，杜才人却忽然发难，冷笑道："恭喜德妃姐姐，姐姐这一有了孩子，怕是指日就要入主寿成殿了吧！"

刘娥怔了一怔，淡淡地道："杜家妹妹酒喝多了。"

杨媛忙上前笑道："这杜妹妹喝不得酒，都是我不好，多灌了她几杯！"

她说着，又忙去拉杜才人："来来来，咱们到外头喝杯醒酒茶去。"

杜才人一把推开她："我就知道每每都有你出来挡风。德妃姐姐独宠专房我们也认了，不敢有什么话。倘若真是生了皇子，封皇后我也无话可说。若是拿这种偷天换日的手段来，谁能心服？咱们又不是不能生，只是等不来官家的雨露恩泽罢了！"说到伤心处不禁泪下，指着戴贵人、曹美人、沈才人等道，"倘若官家肯把在嘉庆殿的时间放一半到咱们任何一宫里，哪怕是十个八个皇子也早就有了，哪里用得着这么偷偷摸摸的！"

吓得曹美人等忙上前哄道："杜妹妹你真是喝多了，又扯德妃姐姐又扯杨姐姐的，如今又扯上我们来！"

杜才人冷笑一声，一个个地指过去："难道说你们心里头就不叫屈、不生恨？戴贵人，打先皇后去了之后，官家连你是圆是扁都忘记了吧？曹姐姐，咱们和德妃姐姐一起进的宫，我心里委屈，你难道就不是同我一样吗？沈才人，你是何等门第，又有先皇后的遗荐，满朝大臣作保，进宫时谁不以为你是未来皇后？如今呢，人家玩个偷天换日就把你搁冷宫里了。我们这辈子活够了,你才十几岁,你将来的日子还长着呢!杨婕妤,在座的数你资历最老,如今呢,你就靠着奉承别人……"

啪的一声,赵恒听不下去了,将手中的酒杯重重地掷在地上,发出一声脆响。声音虽然不大,却吓得众人立刻静下来。刘娥忙跪了下去,其他妃嫔见状也忙跟着跪了一地,独有杜才人昂着脖子仍立在那里。

赵恒脸色铁青:"杜才人行为悖乱,着立刻回宫闭门思过,听候处置!"

周怀政忙上前来要拉走杜才人,杜才人厉声道:"你也敢来动我?"吓得周怀政不敢动手。

她又愤愤地指着曹、戴、沈等人道:"你、你们,个个都是胆小鬼!早先咱们不是说得好好的,今日却都做了缩头乌龟!"她说着一跺脚,头也不回地冲了出去。

赵恒眼神凌厉地扫过诸人:"你们莫不是早有预谋!"

吓得诸妃嫔忙道:"我们并不知情!"

刘娥跪前一步,道:"官家,臣妾想她们一定不知情,官家且消消气吧!"

赵恒叹了一口气,挥手道:"算了,今日就这么散了吧!"

刘娥一急,站了起来,走到赵恒身边,附耳低声劝说了好一会儿,才见他脸色缓过来了,勉强道:"好,就依你所言。"

赵恒对众嫔妃道:"今日是皇儿满月,不必为一个不懂事的坏了兴致,你们都起来吧,酒宴继续!"

众人皆松了一口气,内侍们忙轻手轻脚地上来撤去所有的菜肴,撤去杜才人的席位,重新布置了酒宴再送上来。

酒宴中虽然刚开始气氛仍然有些僵,却是刘娥与杨媛、戴贵人等忙说说笑笑打岔过去。过得一会儿,赵恒的脸色也渐渐好转,刘娥忙叫乳母重新抱出孩子,又把赵恒哄得笑了一下,这才雨过天晴。

酒宴散去,诸妃嫔皆得了厚厚的赏赐,她们心知肚明,却是一句话也不敢多说,各自散去。

次日赵恒的旨意下来:"朕于大中祥符元年下旨,自即日起除命服外,不得服饰销金及以金银为箔之制。后宫杜氏,违禁擅用金银之服,大不敬,着即日起出家洞真宫为道。"

杜才人是昭宪太后的侄孙女,昭宪太后是太祖、太宗的生母,于辈分上来说,亦算得赵恒的表妹,因此也只有她才敢在酒宴上直犯龙颜。

那一日沈才人来找她，同她说起刘德妃生子蹊跷，她亦是想到这点，就找了诸人来，合计在酒宴上一齐逼问个真相出来，也好大闹一场，不料事到临头，个个退缩，倒将她逼到无路可退。

直到赵恒大怒，她冲回宫中冷静下来，也有些后悔，只是恃着赵恒向来仁厚，想来亦不过是降级罚俸受责骂罢了。谁知道一道旨意下来，竟是从此终身断送，犹如晴天霹雳，哭了好几场，无奈最终还是要奉旨前去洞真宫出家为道。

在她离宫前夜，曹美人悄悄去找她，见着平日最爱华服美食的杜才人如今一身道袍，再无妆扮，不由得落下泪来，哽咽道："杜妹妹，你，你这又是何必呢。"杜氏与她一起进的宫，虽然平时给她带来诸多麻烦，让她又气又恼，但终究还是有多年感情，见她如此，当真是又怜又恨，"你但凡多听人一句劝，也不至于……"

她只道杜才人必会哭闹抱怨，或者逼她去向皇帝求情，她亦是犹豫再三，却抵不过心中的义气，最终还是硬着头皮来了。想着若是杜才人当真要逼她求情，她也只能去求上一求，全了这份姐妹之情，至于皇帝愿不愿意赦免，却不是她能力所及了。

谁晓得杜才人素日是最爱生事的，此时哭过之后，反而显得心平气和，倒笑了笑道："满宫的人，只有曹姐姐来送我，不枉我们多年的情分。"

曹美人上前一步，低声道："我见着那个人了，是她的侍婢，姓李，官家封了她崇阳县君。她根本没打算将那个人完全隐匿起来，大大方方地升赏，反倒教人无话可说。"

杜才人却道："如今这些事已经与我无关了。"

曹美人顿足："杜妹妹，你这又是何必呢。你也当真糊涂，咱们当日哄着沈才人出头，不过是看场好戏罢了。你怎么还当真了，还受了她的唆摆，岂不是本末倒置！"

沈令仪一进宫，她二人就忙去结交送礼，无非就是想怂恿沈令仪，激起她的野心，好与刘娥争胜。这些年来，她们也看得清楚，自己二人无法与刘娥在后宫相争，但却终究不甘心就这么认输。教唆沈令仪相争，若是沈令仪败了，她们又无损失，若是沈令仪倚仗着年轻貌美胜了，倒是给她们送了机会来。谁知道杜才人竟这么傻，没能够让沈令仪冲锋，倒把自己搭进去了。

杜才人摇了摇头："这事，与她无关。"

"怎么会?"曹美人急了,"便是你一时控制不住自己,后来明知道官家会发怒,你还这么倔强,我几次劝你向德妃赔礼,向官家请罪,你为什么就是不肯低这个头?如今好了,让你出家为道。你如何过得了这样的日子?要不,我再去向官家求求情吧。"

杜才人反而笑了:"不必了,你怎么知道这样的结果不是我想要的?"

曹美人诧异道:"你说的是什么话啊,到现在你还赌什么气,这是赌气的时候吗?"

杜才人长叹一声:"我不是赌气,我是放弃了。曹姐姐,我从小性子就要强,想要什么就一定要弄到手。可这么多年,我努力了多少回,我都得不到。夜深人静的时候,我的心就如同在油锅上煎熬。我知道我得不到官家的爱,可我不像你,你可以平心静气,我做不到。"

曹美人听她说得斩钉截铁,不由得伤情,叹道:"可我又能如何呢,不认命,不是和他们较劲,而是和自己较劲啊!"

杜才人昂首道:"可我就是忍不住要和自己较劲,只要我还在这宫里一天,只要我名分上还是宫中妃嫔一天,我就没办法死心,就没办法不较劲。"她忽然笑了,笑得有些嘲弄,"你以为我在宫里这么多年,会傻到看不出沈氏的心思吗?我只是想作最后一搏,把天捅个窟窿出来,也斩断自己的念想,给自己放生。"

曹美人震惊地看着她:"杜妹妹,你、你竟是这么想的?"

杜才人轻叹一声。她何尝不反复犹豫,甚至后悔痛哭过。当日凭着一腔孤勇闹事,有决绝之心,又有侥幸之念,更有不甘之情。可是到了如今,她反而想开了:"你放心好了,洞真宫到底是皇家道观。再说我娘家还有人在,会照顾我的,不会让我吃苦的。"她先还哭得泪下,这时候倒笑了起来,站起来道,"我去了,此一去倒是割断尘缘。长风破浪会有时,直挂云帆济沧海。"

曹美人看着杜才人走进内室,只余背影,不由得又哭又笑。是啊,她倒超脱了,可自己呢,却是放不开,只能困死在这宫闱之中。

大中祥符四年(1011)四月,皇子满周岁时,赵恒大赦天下,取名受益。同时,因庄穆皇后郭氏已去世四年,中宫虚悬,诏众臣议册立皇后之事。

此时朝中已然分成两派,一派以资政殿大学士王钦若、给事中钱惟演为首,拥立刘德妃;另一派则是以参知政事赵安仁、翰林学士李迪为首,力荐沈才人为后。

赵安仁是副相,辅佐王旦执掌中枢甚久,广闻博记,于历代典制律法、近代史实沿革均如数家珍,便是王钦若也难比及。澶渊之盟时,双方使者往来礼仪、文书制订等,皆由赵安仁一一安排。李迪是景德二年的进士,亦是多次上疏,反对立出身寒微的刘德妃为后。此二人甚是强硬,赵恒不免有些头疼,只得早早宣布退朝。

过了几日,王钦若在御书房奏事,此时因为王旦年纪渐大,赵恒亦在考虑将来首相的人选,就问他:"朕问你,诸大臣之中,谁人的品行德望较好?"

王钦若忙道:"依臣所见,文武众臣中,若论为人,没人能比得上参知政事赵安仁了!"

赵恒笑道:"我倒是少听得你如此夸人,赵安仁果然为人极好吗?"

王钦若忙道:"他不但与同僚交情好,而且为人最是念旧记恩。昔年已故宰相沈伦对他的知遇之德、提拔之恩,他至今仍念念于心,常存报恩之念。"

赵恒哦了一声,似有所悟:"怪不得他如此力争……"挥手令王钦若退下。

过了几日,赵恒与王旦谈话时,轻描淡写地提及,叫他留心一下可接替参知政事赵安仁的人选,王旦大惊,忙奏道:"赵安仁任职以来并无过错,请官家三思。"

赵恒颔首道:"朕知道了!"

过了数日,旨意下,罢力主立沈氏为皇后的副相赵安仁参知政事一职,改任兵部尚书。赵安仁一被贬职,朝中大臣们纷纷倒转方向,一时间满朝争着议立刘德妃为皇后。然而刘德妃却一再上辞表,请辞皇后之封。

众臣心领神会,刘德妃每上一次辞表,下一次请立刘德妃为后的朝臣就更多。

眼见朝中上下反对之声越来越弱,李迪等人也不敢再上书反对,只得频频往王旦家跑。

这一日,王旦忽然称病,不再上朝。宰相这一无声的表态,令议立刘娥为后的朝臣们忽然之间停了下来,不敢再有举动。

然而经过天书封禅赐珠宝一事,刘娥已经掌握了如何对付王旦的办法,她依然再上一道辞表以示退让。

紧接着,赵恒下旨:宰相王旦加封为门下侍郎兼玉清昭应宫使。第二年,又封副相向敏中为中书侍郎,内外官均加官加恩加荫封。同时,大封皇族,长兄楚王元佐加封为太师,六弟相王元偓加太傅,八弟彭王元俨加太保等。

经过一年多的波折,大中祥符五年(1012)十二月,旨意传至中书省:因中宫虚位,特立德妃刘氏为皇后,并于来年元旦举行封后大典。

只因时间紧迫,而封后大典事项极多,礼部、鸿胪寺忙了个晕头转向。

册后前一日,先设守宫之仪式于朝堂,派册宝正使、副使依次于东门外,捧旨的命妇依次于受册宝殿门外,设皇后受册宝位于殿庭阶下北向。

另有奉礼设册宝正使位于内东门外,副使、内使位于他的南面,参差而退,再东向北依着礼册上规定的步子走到上面,把宝册放在案几上,位置在正使前面的南向,又设内给事站于北厢南向。

一应礼仪完后,正副使和内使等就守着宝册地过了一夜。

第二日,正是元旦,册后大典开始。

文武百官着官服早早依次入场,礼直官、通事舍人先引中书令、侍中、门下侍郎、中书侍郎及奉册宝官,执事人身着红衣,率先到垂拱殿门外依次站好,等着册符之降。

然后是礼直官、通事舍人分引宰相、枢密使、册宝副使、文武百官到文德殿立班,东西相向。内侍二员自内宫承圣旨,取皇后册宝出垂拱殿,奉册宝官俱捧玉笏率着执事人,礼直官引着中书侍郎押送金册,中书令跟从于后,门下侍郎押宝符,侍中跟从于后,由东上阁门出,一直送到文德殿暂时安置。

礼直官、通事舍人再引册宝正使、副使就位,次引侍中于使前,西向依礼制而拜。典仪官高呼"再拜",然后一声声依次承传到位,册宝正使、副使、在位百官皆再拜,内侍行首周怀政展圣旨宣曰:"赠定国军节度使兼侍中刘通女册为皇后,命公等持节展礼。"

册宝正使、副使再拜,侍中还位,门下侍郎自周怀政手中取过节杖,并授予册宝正使,册宝正使跪受节杖,然后再将节幡授于册宝副使。

杖幡俱受,再引中书令、侍中站到册宝东北,西向而立,中书侍郎引册案立于中书令右,中书令取册授予册宝正使,册宝正使跪受,而后起立,置册于案。中书令、中书侍郎退回班列。门下侍郎引宝案于侍中之右,取宝授册宝副使亦如上面的仪式。

典仪唱赞曰:"拜讫。"

众人再拜,礼直官、通事舍人引册宝正副使押送册宝,一名官员手持节杖在前导引,奉册宝官捧着宝册,在众多仪仗卫队的簇拥下依次出了朝堂门,自内东门跟随内臣进入后宫。

然后是内臣引内外命妇就位,内侍到阁中,请刘娥换上大礼服,等候册宝使到来。正副使来到阁下,站到东向内给事的前面,自北向内跪下,俯伏在地,道:"臣册宝正使王钦若、副使丁谓奉制授皇后册宝。"

刘娥坐在帘内,拿过准备好的答词照念,然后道:"起。"

正副使站起,退回原位。

内给事捧着册宝入殿,向刘娥跪下说明仪式,然后正副使退回外殿。

内侍引刘娥出,立于庭中北向位置。内侍跪取册,次内侍跪取宝,起立,西向站在皇后右稍前,内侍二员进立皇后左稍前东向。在内侍赞词中,刘娥再拜,依次接受金册宝符。然后内侍导刘娥入正殿升座,再由内侍引着后宫诸妃嫔、各家命妇朝拜称贺。

刘娥再换上后服,面见赵恒朝谢,此时文武百官已到东阁门上表祝贺。

整整一天,在琐碎的礼节中完成这场封后大典,刘娥的心情却并不如自己想象中那般激动和兴奋。这一天她等了很久很久,久到此刻到来之际,反而变得不再重要,而只是这样静静地走完这个过场而已。

在所有人都在为这一天而忙乱时,她反而显得异常冷静。在内给事的唱赞声中,她一丝不苟地完成着一项项礼节,甚至还能有余暇观察到宫人摆错的礼器。在通向大殿那长长的甬道上,听着两边如山的人群静静的呼吸声,她忽然有一种错觉,那穿着大礼服如众星拱月般走向文德殿的,好像是另一个人,而自己的灵魂已经脱离了躯体,浮在空中静静地旁观着。

等走到尽头,赵恒已经坐在殿中的御座上含笑看着她。

看到赵恒的那一刻,刘娥的心情忽然平和了下来,浮在半空中的灵魂已经回到体内。她看着赵恒,温柔地一笑。

刘娥坐上御座,接受文武百官的朝拜。此时,她第一次与赵恒并肩坐在一起。在天下人的眼中,她这个时候才正式成为他的妻子。

赵恒下旨,为贺封后大典,京城张灯结彩,金吾不禁,狂欢三日。

图书在版编目(CIP)数据

天圣令.叁 / 蒋胜男著.—杭州:浙江文艺出版社，2021.9
ISBN 978-7-5339-6473-3

Ⅰ.①天… Ⅱ.①蒋… Ⅲ.①长篇历史小说—中国—当代 Ⅳ.①I247.5

中国版本图书馆CIP数据核字（2021）第059180号

选题策划	柳明晔
责任编辑	徐　旼
营销编辑	宋佳音
封面绘图	珑　玮
封面设计	水玉银文化
版式设计	吕翡翠
责任印制	张丽敏

天圣令·叁

蒋胜男　著

出版	浙江文艺出版社
地址	杭州市体育场路347号
邮编	310006
电话	0571-85176953（总编办）
	0571-85152727（市场部）
制版	浙江新华图文制作有限公司
印刷	浙江新华印刷技术有限公司
开本	710毫米×1000毫米　1/16
字数	311千字
印张	19
插页	2
版次	2021年9月第1版
印次	2021年9月第1次印刷
书号	ISBN 978-7-5339-6473-3
定价	69.00元

版权所有　侵权必究

（如有印装质量问题，影响阅读，请与市场部联系调换）